小書痴的下剋上

為了成為圖書管理員不擇手段！

第四部 貴族院的自稱圖書委員I

香月美夜——著
椎名優 繪 許金玉 譯

本好きの下剋上
司書になるためには手段を選んでいられません
第四部 貴族院の自称図書委員I

CONTENTS

第四部 貴族院的自稱圖書委員 I

登場人物

第三部劇情摘要

成為貴族以後，羅潔梅茵因為領主養女與神殿長的身分忙得不可開交。好不容易印刷機完成了，還在城堡舉辦了販售會，歌牌、撲克牌與書正順利普及開來。然而，就在喬琪娜來訪以後，情勢變得非常緊張。不只韋菲利特遭到算計，羅潔梅茵為了拯救被擄走的夏綠蒂，被敵人灌下毒藥性命垂危。雖然浸入了尤列汾藥水，但再次睜眼醒來，時間竟然已是兩年後……

羅潔梅茵

本書主角。因為沉睡了兩年，外表仍是七歲幼童。內在也還是沒什麼改變。到了貴族院，依然是為了看書不擇手段。現為貴族院一年級生。

艾倫菲斯特的領主候補生

韋菲利特

齊爾維斯特的長男。羅潔梅茵的哥哥，現為貴族院一年級生。

夏綠蒂

齊爾維斯特的長女。羅潔梅茵的妹妹，年紀小一歲。明年才要就讀貴族院。

羅潔梅茵的監護人們

斐迪南

齊爾維斯特的異母弟弟，羅潔梅茵的監護人。

齊爾維斯特

收養羅潔梅茵的艾倫菲斯特領主，羅潔梅茵的養父。

芙蘿洛翠亞

齊爾維斯特的妻子，三個孩子的母親。羅潔梅茵的養母。

卡斯泰德

艾倫菲斯特的騎士團長，羅潔梅茵的貴族父親。

艾薇拉

卡斯泰德的第一夫人，羅潔梅茵的貴族母親。

波尼法狄斯

齊爾維斯特的伯父，卡斯泰德的父親，羅潔梅茵的祖父。

羅潔梅茵的近侍

黎希達
首席侍從。熟知三名監護人孩提時期的上級貴族。

莉瑟蕾塔
貴族院四年級生，中級見習侍從。安潔莉卡的妹妹。

布倫希爾德
貴族院三年級生，上級見習侍從。

哈特姆特
貴族院五年級生，上級見習文官。奧黛麗的么子。

菲里妮
貴族院一年級生，下級見習文官。

安潔莉卡
貴族院六年級生，中級見習護衛騎士。莉瑟蕾塔的姊姊。

萊歐諾蕾
貴族院四年級生，上級見習護衛騎士。

托勞戈特
貴族院三年級生，上級見習護衛騎士。黎希達的孫子。

優蒂特
貴族院二年級生，中級見習護衛騎士。

柯尼留斯
貴族院五年級生，上級見習護衛騎士。卡斯泰德的三男。

達穆爾
下級護衛騎士。未隨同至貴族院。

奧黛麗
上級侍從。哈特姆特的母親。未隨同至貴族院。

羅潔梅茵的專屬

艾拉	專屬廚師。
雨果	專屬廚師。
羅吉娜	專屬樂師。

貴族院的教師

赫思爾	艾倫菲斯特的舍監。 斐迪南的師父。
普琳蓓兒	庫拉森博克的舍監。
洛飛	戴肯弗爾格的舍監。
傅萊芮默	亞倫斯伯罕的舍監。
索蘭芝	貴族院的圖書館員。

貴族院的學生

羅德里希　艾倫菲斯特的中級見習文官。舊薇羅妮卡派。
亞納索塔瓊斯　中央的第二王子。
蒂緹琳朵　亞倫斯伯罕的領主候補生。喬琪娜的女兒。
盧第格　法雷培爾塔克的領主候補生。

貴族院 其他

休華茲　圖書館的魔導具。
懷斯　圖書館的魔導具。

其他貴族

艾克哈特　斐迪南的護衛騎士。卡斯泰德的長男。
尤修塔斯　斐迪南的文官。黎希達的兒子。
蘭普雷特　韋菲利特的護衛騎士。卡斯泰德的次男。
奧斯華德　韋菲利特的首席侍從。
布麗姬娣　羅潔梅茵的前護衛騎士。已返回故鄉伊庫那。
莫里茲　上級貴族，韋菲利特的老師。
喬琪娜　齊爾維斯特的姊姊，亞倫斯伯罕的第一夫人。
薇羅妮卡　齊爾維斯特的母親。現正受到幽禁。

神殿的侍從

法藍　負責管理神殿長室。
薩姆　負責管理神殿長室。
莫妮卡　神殿長室與廚房的助手。
吉魯　負責管理工坊。
弗利茲　負責管理工坊。
葳瑪　負責管理孤兒院。
妮可拉　神殿長室與廚房的助手。

平民區的家人

昆特　梅茵的父親。
伊娃　梅茵的母親。
多莉　梅茵的姊姊。
加米爾　梅茵的弟弟。

平民區的商人

班諾　普朗坦商會的老闆。
馬克　班諾的得力助手。
路茲　都帕里學徒。
歐托　奇爾博塔商會的老闆。
珂琳娜　奇爾博塔商會的裁縫師。
達米安　商業公會長谷斯塔夫的孫子。

古騰堡夥伴

英格　木工工坊的師傅。
薩克　鍛造工匠。負責研究構思。
約翰　鍛造工匠。負責提供技術。
海蒂　墨水工匠。約瑟夫的妻子。
約瑟夫　墨水工匠。海蒂的丈夫。

其他

沃克　伊庫那買下的前灰衣神官。
戴爾克　被迫與賓德瓦德伯爵簽下主從契約的孤兒。
戴莉雅　青衣見習巫女時期的前侍從。
莉莉　懷孕後被趕回孤兒院的灰衣巫女。

第四部

貴族院的自稱圖書委員 I

羅潔梅茵曾那樣努力不懈，只為了成為受夏綠蒂尊敬的「姊姊大人」，萬一讓她知道了如今妹妹變得比她還高，不知道會有什麼反應？斐迪南不敢去想像。

但不論會有什麼反應，一切也已是既定事實……

斐迪南長嘆一聲。就在這時，他感覺到了羅潔梅茵的魔力出現不穩定的波動。激動地訴說著不安的她，雙眸開始從熟悉的金色，變成了像是覆上薄膜的虹色。

「我完全被大家拋在原地了吧！自己身邊的一切都變得好陌生，這種感覺好恐怖！」

「羅潔梅茵，冷靜。」

「我怎麼冷靜得下來嘛！周遭一切完全不一樣了耶?!除了我以外，大家都……」

「這兩年來，妳魔力的流動方式也變了。再不冷靜下來又會失控。」

這時已經能看見魔力的不穩流動。早就料到會發生這種情形，斐迪南從腰間皮袋裡拿出準備好的魔石，按在羅潔梅茵的額頭上。他接連拿出了好幾顆魔石，魔石都在轉眼間盈滿魔力。

見狀，羅潔梅茵倒吸口氣，張大了雙眼。她眨了幾下眼睛後，開始慢慢地深呼吸，調整氣息。靠著自己恢復冷靜後，羅潔梅茵伸出還使不上力的顫抖小手，和從尤列汾藥水裡起身時一樣，抓住他的衣袖。

「……神官長，這兩年來到底發生了哪些事情？請你全部告訴我。大家都變了好多，我好害怕走出去。」

「到底發生了哪些事情嗎？那麼，該從何講起……」

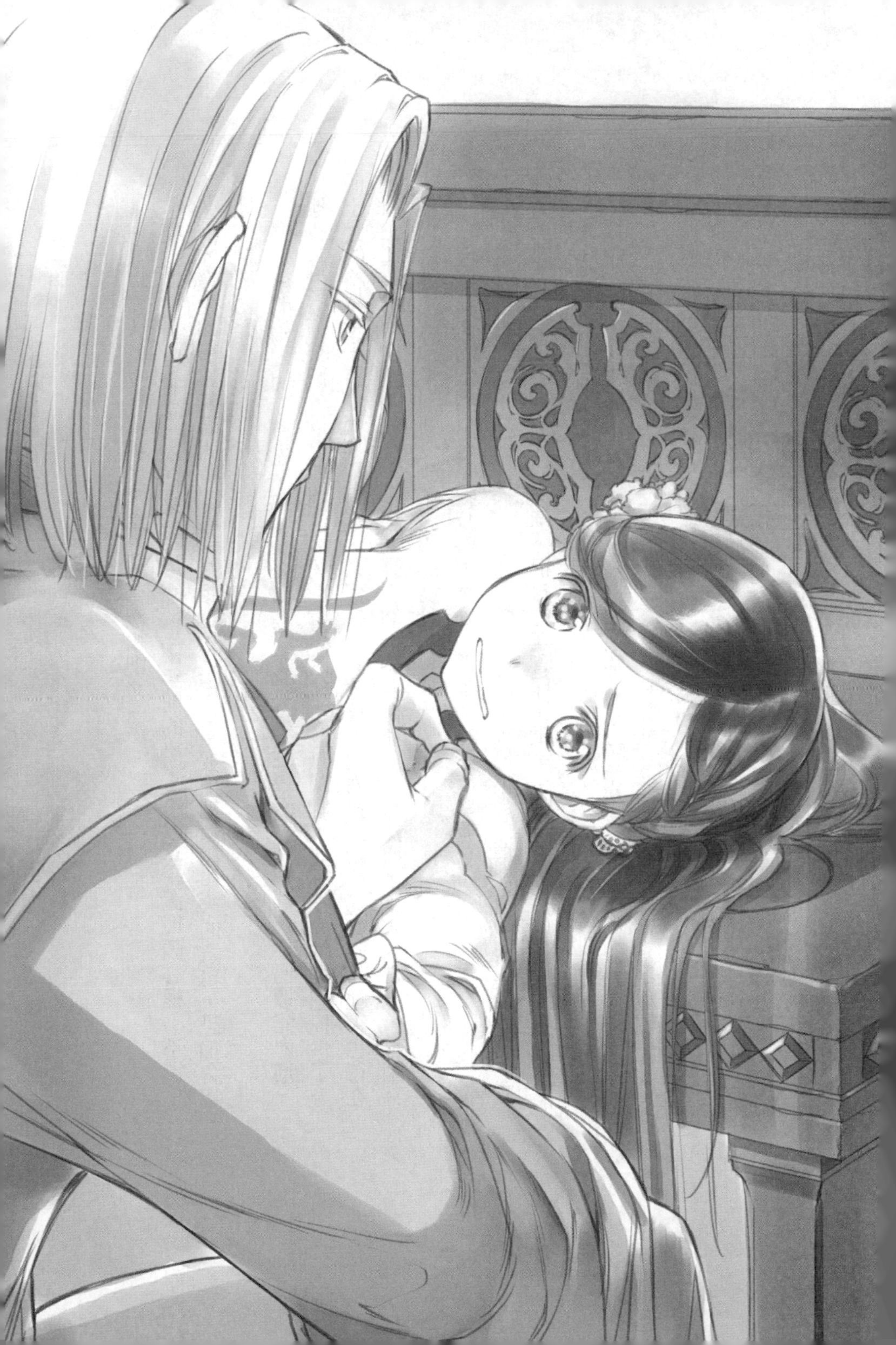

「請問擄人的歹徒抓到了嗎？夏綠蒂沒事吧？」

斐迪南聞言才驚覺，對他來說這已經是兩年前的事了，但在羅潔梅茵心裡，不過是不久前才發生的事。倘若對時間的認知相差了這麼多，要填補這兩年來的空白，恐怕會比預期的還要困難。

斐迪南開始說明。首先，綁架了夏綠蒂的歹徒是羅潔瑪麗的親戚，早已遭到處刑，但他與羅潔梅茵被擄，以及對羅潔梅茵下毒這兩件事並無關聯；此外，向綁架犯提供了身蝕士兵的格拉罕子爵儘管非常可疑，奈何找不到證據，再者接到敵襲通知時，他人也待在被封鎖起來的大禮堂；最後，是護衛騎士們雖然各自在當下都採取了正確的行動，但因為未能保護好主人，全員皆受到了減俸的處分。

「幸好護衛騎士們只是受到減俸的處分。那冬季的兒童室呢？」

「負責監督兒童室的侍從們，還有負責搬運與出借繪本的達穆爾都向我報告過，夏綠蒂與韋菲利特依著妳信上的指示，很努力在管理兒童室。聽說下級貴族菲里妮也提供了不少協助。」

據說這名下級貴族十分仰慕羅潔梅茵，達穆爾、韋菲利特與夏綠蒂都多次提起過她的名字。羅潔梅茵聽了，似乎也馬上就知道是誰，原先不安的表情恢復了淡淡笑意。

「是嗎？菲里妮她……一定幫忙寫了很多故事吧。」

「嗯，大概吧。不過，妳的侍從們嘆氣說過，在兒童室蒐集來的故事全以小孩子的說話方式寫成，完全無法印製成書。最終有些派不上用場。」

斐迪南提起了法藍與吉魯對此傷透腦筋，羅潔梅茵輕笑出聲。

「啊！那哈塞呢？有沒有舉辦祈福儀式？」

「夏綠蒂說要代替妳，所以由她在哈塞舉行了祈福儀式。」

正確說來，是斐迪南下的命令，但夏綠蒂確實曾經說過「要代替姊姊大人」。

「……夏綠蒂的魔力足夠嗎？」

看著一臉擔心的羅潔梅茵，斐迪南哼了聲。

「怎麼可能足夠，她是用妳融進尤列汾藥水裡的魔力舉行儀式。此外收穫祭與今年的祈福儀式，也都請夏綠蒂和韋菲利特幫了忙，記得向他們道謝。如今看來，兩人也都比以往更習慣操控魔力了。」

「是嗎……大家都成長了呢。」

羅潔梅茵垂下眼簾，非常落寞地低聲說道。這種時候，斐迪南不知道該說什麼才能表達安慰，所以只是冷淡回道：「畢竟已經過了兩年。」

「……說得也是呢。那平民區那邊呢？既然我在尤列汾藥水裡泡了兩年，我想爸爸他們一定非常擔心……」

這次換作斐迪南目光低垂。縱然現在身分不同了，羅潔梅茵還是珍惜著與家人之間微弱的連結。斐迪南猜想，她的家人應該比能夠探視羅潔梅茵的自己還要擔心。

「關於妳的家人現在過得如何，我並未接到任何報告。與平民區那邊有關的消息，我只知道手壓式幫浦現正慢慢普及。至於妳的家人，負責管理工坊的侍從們也許知道一些消息吧。」

「……那我之後再問吉魯和弗利茲。印刷業現在是停擺的狀態嗎？伊庫那的造紙業還好嗎？好不容易之前的進展那麼順利……」
羅潔梅茵逕自想像後，露出了不滿的表情，斐迪南便為她說明伊庫那的現況。
「咦？沃克報告他們有孩子了嗎?!一定是過得很幸福吧。」
轉達了收穫祭的情況後，果不其然，羅潔梅茵高興得彷彿是發生在自己身上的事。她竟能對他人的事情感同身受到這種地步，斐迪南實在是匪夷所思。
「至於印刷業，由於艾薇拉擔心就此停滯不前，已開始在老家哈爾登查爾發展印刷業。為此，古騰堡那邊也動員所有人力，在今年春天前往了哈爾登查爾，聽說收穫祭後已經回來了。前幾天班諾才向我稟報。」
「咦？母、母親大人幫忙發展了印刷業嗎？」
羅潔梅茵不可置信地睜圓雙眼，斐迪南重重點頭。艾薇拉代替了忙得焦頭爛額的他，做為母親，為了發展女兒所起頭的印刷業不遺餘力。但由於艾薇拉是上級貴族，想當然耳，完全不了解平民是如何做生意。雖然必須面對各種強人所難的班諾令人同情，但斐迪南也藉此讓自己減少了點負擔。
「妳要好好感謝艾薇拉這般為妳著想的心意。」
「我當然是很感謝母親大人啦……」
羅潔梅茵講話支支吾吾，表情也十分古怪，抬頭看著斐迪南。有好幾秒鐘的時間，羅潔梅茵都露出了欲言又止的眼神，最後她輕輕閉上雙眼，一臉若有所思地嘀咕：「……神官長居然會答應呢。」
「因為說實話，我完全沒有餘力再去管印刷業。既然艾薇拉願意代勞，我自然樂意之至。」

「因為我的工作全部落到神官長身上了吧。真是辛苦神官長了。那有關印刷業的事情，我之後再問吉魯和普朗坦商會吧。」

對於斐迪南把印刷業全權交由別人處理，羅潔梅茵沒有指責，反倒一臉理所當然地表示慰勞，接著更改變話題說：「那舊薇羅妮卡派的情況穩定下來了嗎？」也許是因為這個緣故，斐迪南不由得脫口說出了在他人面前絕不會說的喪氣話。

「目前舊薇羅妮卡派還沒有任何動靜，格拉罕子爵也巧妙地全身而退，沒有留下任何馬腳。雖然也有人要我設下陷阱，蒐集證據，但我光是處理眼前的工作就已經分身乏術。所以，還是沒有抓到犯人。抱歉。」

羅潔梅茵負責處理的工作量，一般孩子根本應付不來，靠他一人也無法完全攬下，必須把大部分的工作都分配出去。光是神殿這邊，工作量就已經大到斐迪南想要抱頭，後來又多了各種儀式、孤兒院與工坊的管理，還有與普朗坦商會的往來溝通。不僅如此，他還失去了羅潔梅茵這個擋箭牌與負責計算的人手。

斐迪南接到傳喚前往城堡的次數不斷增加，而且不只齊爾維斯特，連波尼法狄斯也會提出無理要求，諸如：「犯人肯定是格拉罕子爵，你隨便設點什麼陷阱也好，快去蒐集證據。」「快點讓羅潔梅茵醒來。」

……要是波尼法狄斯大人沒那麼鬥志高昂，或許還能有些進展。

因為能夠擔任他助手的艾克哈特，以及分配好了工作要「代替主人盡心盡力」的達穆爾與布麗姬娣，全被叫去參加了訓練，否則本來還能採取一些行動。但是，斐迪南能夠信任的近侍太少，實在是沒有餘力再對接受過問話後、早已心生警戒的格拉罕子爵設下陷阱，取得證據。

「不過，我們已經阻止了喬琪娜再次來訪。目前整個領地都提高警戒，全面斷絕與亞倫斯伯罕的交流，所以那邊也無法採取行動吧……不過，對了。今後該擔心的，是蘭普雷特。說不定他會引出什麼風波。」

「蘭普雷特哥哥大人嗎？」

斐迪南回想了這兩年來的變化，深深皺起眉心。

兩年前羅潔梅茵陷入沉睡的冬季尾聲，蘭普雷特為了慶祝戀人畢業，前往參加了貴族院的畢業儀式。由於蘭普雷特的魔力在就讀期間比戀人要低，所以聽說對方的父親對於兩人的戀情並不贊同，但自從蘭普雷特學習了羅潔梅茵教導的魔力壓縮訣竅後，冬季期間增加了些許魔力。

「所以，對方的父親答應兩人可以結婚了嗎？」

「沒錯。聽說對方的父親告訴他，既然魔力還有增加的餘地，那麼這樁婚事可以考慮。蘭普雷特從貴族院回來後，便向自己的父親卡斯泰德與齊爾維斯特，提出了結婚的請求。」

「噢噢……」羅潔梅茵的雙眼發亮，催促他繼續說。為何女性都如此喜歡聽別人的戀愛故事？斐迪南完全無法理解。他嘆口氣後，接著說下去。反正並不是羅潔梅茵會高興的結果。

「但是，蘭普雷特的戀人是亞倫斯伯罕的上級貴族，因此他的請求立即遭到駁回。」

本人也了解艾倫菲斯特現在的情勢，早就料到不會被接受吧。據說蘭普雷特只是點點頭說『果然啊』，很快便寄了道別的書信給戀人。」

相愛的人即便想結為連理，若無父母與領主的許可，依然不能成婚。一同出席貴族院的畢業儀式，還算是可以允許的個人行為，但今後會面臨到更多的限制。只要身為貴族，這種最終無法結為連理的戀情並不少見。

「……因為蘭普雷特哥哥大人是韋菲利特哥哥大人的護衛騎士嘛。要與亞倫斯伯罕的貴族千金結婚，應該很難吧。」

羅潔梅茵微微蹙眉，這麼說道表示理解。

「原本在請求遭到駁回、寄出了道別的書信以後，這件事理應就此劃下句點。然而，蘭普雷特的戀人似乎是亞倫斯伯罕領主的侄女，因此去年春天在領主會議上，奧伯．亞倫斯伯罕便詢問齊爾維斯特，為何不答應這門婚事。」

「嗚哇……」

在領主會議上被這麼一問，齊爾維斯特絞盡腦汁，搬出了他能想到的各種理由。諸如除了蘭普雷特以外，也有其他貴族想與亞倫斯伯罕的女性成婚；而且如今所有領地都是貴族人數偏少，沒有領主會願意讓上流的貴族女性嫁去他領，畢竟她們有能力產下擁有強大魔力的孩子；而艾倫菲斯特又比亞倫斯伯罕還要弱小，再怎麼想讓兩人成婚，人手也缺乏到無法讓男方入贅。所以，他實在無法答應這種其中一方必定會蒙受損失的不平等婚事云云……才讓奧伯．亞倫斯伯罕停止追問。

「但我認為今年的領主會議，奧伯．亞倫斯伯罕很可能又會繼續糾纏。所以等妳進入貴族院，要仔細查探亞倫斯伯罕的情勢。」

「……喔。嗯，我會努力。」

羅潔梅茵回答得極其興致缺缺，斐迪南不禁按住太陽穴。

「羅潔梅茵，妳有沒有在聽我說話？」

「有啊。可是，比起因為領地間的問題，已經確定無法結婚的蘭普雷特哥哥大人，我更好奇布麗姬娣與達穆爾的結果。」

「……比起身為妳家人的哥哥，妳更想知道護衛騎士是否成婚了嗎？」

「對呀，因為相處時間不一樣。」

聽了這出人意表的回答，斐迪南輕吸口氣。由於羅潔梅茵甚至會為韋菲利特與夏綠蒂操心，他本以為只要是家人，便會自動被她歸類為自己人。但是，羅潔梅茵所認定的自己人，似乎並不是依據血緣和所謂的家人，而是依據與自己相處時間的長短，從而各有不同的重要性。斐迪南還以為羅潔梅茵把所有人都當成了自己人，而且數量還在不斷增加，這還是他第一次知道，原來當中有著明確的區別。真是教他意外。

「神官長，達穆爾的求婚成功了嗎？」

「很遺憾要潑妳冷水，那兩人未能結為連理。」

「為什麼?!他們不是兩情相悅嗎?!明明沒有領地間的問題……」

羅潔梅茵震驚得瞠大雙眼，但斐迪南才納悶，她怎麼會以為兩人能順利成婚？

「因為兩人對未來的期望並不相同，這也是無可奈何的結果。」

「……原來就算兩情相悅，還是有可能沒辦法結婚啊。」

「這世上本就有許多事情，皆是因為外在因素無法如願。既然妳有過成年的經驗，這點道理應該也明白吧？」

「我在書上是看過不少，可是以前在我身邊，從來沒有人明明兩情相悅卻無法順利在一起。」

嗯，也是。斐迪南能夠理解。先前她所在的世界，與這裡似是而非，有許許多多的不同。在各個方面上，常識也是截然迥異吧。

「他們兩人若想成婚，只有兩條路可走。一是身為中級貴族，一族又擁有土地的布麗姬娣留在貴族區，身分降為下級貴族；二是身為次男的下級貴族達穆爾藉由這樁婚事，升為中級貴族。」

「那只要達穆爾升為中級貴族，不就沒有問題了嗎？地位還能提高……」

羅潔梅茵說得一派輕鬆，顯然完全沒搞懂貴族間的複雜關係。

「那就代表達穆爾必須辭去護衛騎士的工作，入贅至伊庫那。換作是一般的下級貴族，這麼做就好了吧。但是，達穆爾的立場十分特殊。他知道了太多關於妳的事情，當初又是妳為他說情、提拔了他。」

局外人自是不用說，就連接受了求婚的布麗姬娣，也不知道達穆爾熟知羅潔梅茵的平民時期。

「那如果我現在告訴達穆爾，他可以辭去護衛騎士的工作，兩個人就能結婚了嗎？」

「來不及了。布麗姬娣已在今年夏天與艾薇拉介紹的對象成婚，返回了伊庫那。」

「……事情未免也發展得太快了。我真不敢相信。」

為了讓兩人能得到幸福，明知達穆爾掌握了自己的重大秘密，羅潔梅茵似乎仍真心想要解除他護衛騎士的職務，讓他前往伊庫那。對於艾薇拉這般有先見之明，趕在羅潔梅茵醒來前便消除了潛在的危險，斐迪南在內心向她獻上掌聲。

只要關係到人的生死，羅潔梅茵的情緒就很容易變得不穩定，所以斐迪南並無意告訴她。但是，倘若達穆爾決定入贅至伊庫那，他多半會遭逢不測吧。畢竟比起下級貴族的性命，能確實防止情報外流，對艾倫菲斯特來說更重要。

「對了，妳的專屬廚師也提出了希望能夠成婚的請求。這件事也一樣，只有身為主人的妳才能下達許可，所以一直擱到了現在。比起已經沒有希望的兩名護衛騎士，妳先處理專屬廚師的婚事吧。」

「……雨果終於也迎來了春天呢。」

羅潔梅茵露出了想笑卻失敗的表情，呢喃說道：「真是可喜可賀。」臉上的表情和剛才說著「大家都變了好多，我好害怕走出去」時一樣。

「至於孤兒院與工坊的情況，妳的侍從們遠比我要了解。這部分就交由侍從向妳報告，妳會更加清楚吧。」

「……是。」

羅潔梅茵的表情僵硬，明顯非常緊張，斐迪南不禁為此感到苦惱。至今他也認識好幾個人使用過尤列汾，但他們浸泡的時間都是十天到一個季節不等，從未見過有人沉睡這麼多年。更何況羅潔梅茵一點變化也沒有，還對身邊人們的改變感到不知所措。所以看在一直觀察著過程的斐迪南眼裡，他完全無法理解羅潔梅茵的感受，反倒更能體會這兩年來，侍從與周遭人們一直擔心著「羅潔梅茵什麼時候才會醒來？」「真的會醒來嗎？」的心情。

「羅潔梅茵，我不知道妳在害怕什麼，但妳的侍從一直在等妳醒來。他們都遵照著妳留下的指示，把神殿長室、孤兒院與工坊管理得井然有序。為了在妳醒來時能感到高興，還努力印了許多新書。妳不應該害怕他們的成長，而是該慰勞他們。」

「是！」羅潔梅茵開朗應道，嘿嘿笑了起來。看著那張熟悉的笑臉，斐迪南暗暗鬆了一口氣。

浦島太郎般的我

從尤列汾藥水出來後，我覺得自己簡直像成了民間傳說的浦島太郎。由於在秘密房間裡時，眼前的斐迪南一點變化也沒有，所以我只是哀嘆於醒來後居然就跳過了九歲。

然而，斐迪南把我抱出秘密房間以後，我卻發現妮可拉與莫妮卡都成年了，頭髮不只往上盤起，胸部也變得突出，裙襬也變長了。甚至吉魯似乎是正值發育期，本來在我的記憶裡面，他的身高還只到法藍的胸口而已，現在竟然已經超過法藍的肩膀了。再加上連聲音也低沉得判若兩人。

……聽說我沉睡了將近兩年的時間，但在我的感覺裡只像過了一晚。一覺醒來，大家都在瞬間長大了，老實說很恐怖又驚悚。

而且大家都長大了，卻只有我別說是成長，甚至還退化了。這兩年來我的體力似乎下降不少，身體遲遲難以動彈。在身體完全不聽使喚的情況下，還要由明明認識卻也好陌生的侍從為我脫光衣服，協助完全無法自理的我沐浴。儘管內心升起了難以言喻的恐懼和不安，但我也說不出口「我自己來」、「我不想洗了」。我只能緊閉著嘴巴，握拳和攤開掌心，在移動雙腳時試著使力。一邊慢慢動著根本動不起來的身體，一邊對著熟悉卻又陌生的身邊人們擠出笑臉，內心其實惶惶不安。

進入秘密房間以後，斐迪南大略為我說明了沉睡期間發生過哪些事情。聽到大家都非常擔心，一直在等我醒來，現在我的心情總算稍微平靜下來。不過，面對自己完全無能為力、就這麼飛逝而過的兩年，我還是覺得眼前彷彿有道跨越不了的高牆。為了習慣現在已是兩年後的事實，我想快點回復到平常的生活。

「從明天開始，我要盡快回到從前的生活！不過，前提是這副身體動得了的話。」

我說完，斐迪南想到什麼似的站起來。

「我去拿魔導具過來，妳要在這裡等？還是先出去？」

「……我在這裡等吧。請從那裡拿一本書給我。」

我用眼神示意吉魯堆起來的那疊書，斐迪南拿了最上面的那一本，放在我的肚子上後，轉身走出秘密房間。

「是新書呢。唔呵呵～」

我非常緩慢地伸出手，撫摸肚子上的書。新書的觸感讓我忍不住咧開嘴巴。好，開始看書吧！我為自己加油打氣，移動著使不出力氣又抖個不停的手，極力想要翻頁，卻怎麼也無法成功。只是要捏住一張紙翻開來，簡直等同不可能的任務。

「啊……」

我甚至無法在按著書的手上使力，書本就這麼往下滑，啪沙一聲掉到地面。雖然伸出了手想撿起來，但手臂從椅面往下垂落後，卻重得我再也舉不起來。然後用不著說，我更不可能有辦法撿書。

……我居然虛弱到了連看書都不行。

明明犧牲了兩年的時間，卻一點也沒有恢復健康的感覺。再加上身體完全沒有成長，體力還衰退，卻只有魔力增加，太過分了。我突然覺得為了不讓大家擔心，硬是擠出來的笑臉也只是在白費力氣，一鬆懈下來，眼淚就撲簌簌往下掉。

「讓妳久等了……妳在哭什麼？」

「我沒辦法看書，手根本動不了，沒有辦法自己翻頁。我受夠了。」

斐迪南深深嘆息，突然抓起我的左手，往我的手臂戴上某種裝飾性的臂環。臂環魔導具咻地改變形狀，變成了剛剛好的大小，開始吸取我的魔力。

「神官長，你怎麼突然……咦？手臂可以動了？」

「這是用來輔助身體強化魔法的魔導具。從前我在掌握到身體強化的訣竅之前，都會戴著這些魔導具。現在因為妳體內的魔力太多了。戴上以後，應該能恢復到和常人一樣行動吧。另一隻手也伸出來。」

兩隻手臂都戴上魔導具後，上半身可以隨心所欲行動了。這實在太神奇了。我試著轉動手臂。

「這下子就能看書了呢！」

「……妳不能多為其他方面感到感動嗎？」

「咦？這已經包含我最高等級的感動與敬意了喔？」

斐迪南輕搖了搖頭，彷彿在說不予置評，又把兩個環狀魔導具放在我手上說：「之後妳再把這些戴在腳上吧。」我接下後，往旁邊歪過頭。

「現在戴上不就好了嗎？」

「因為魔導具必須接觸到肌膚才有用，妳想在這裡露出自己的雙腳嗎？未免也太不知檢點了。妳有沒有暴露的嗜好雖與我無關，但至少挑我不在場的時候再說吧。我可不想被捲進奇怪的謠言裡。」

現在我下半身的襪子，是用繩子繫在腰帶上加以固定的吊帶式，就像是樣式非常簡陋，而且還一點也不性感的吊帶襪。外面則穿著襯褲般的長內褲。

也就是說，如果想在碰得到肌膚的狀態下戴上魔導具，我就必須先脫下襯褲，再戴在大腿上。此刻的我還無法憑著己力移動雙腳，因此我所說的「現在就戴吧」，意思就等同於「幫我脫襯褲」。

「暴露的嗜好是什麼意思?!我絕對沒有那種興趣！我只是以為可以戴在腳踝上而已。是神官長說明得不夠充分，沒有先說必須碰到肌膚！既然要戴在大腿上，請幫我叫莫妮卡與妮可拉進來吧。」

我請斐迪南離開秘密房間，幫忙傳喚莫妮卡與妮可拉進來。請兩人幫我脫下衣服後，往大腿戴上魔導具。戴上後我試著甩動雙腳，發現可以隨心所欲行動了。看到剛才還只能緩慢移動的我，現在雙腳竟能自由行動，兩名侍從都張大眼睛。

「因為我還動不了，這是神官長借我的。我要試著站起來，妳們能把手借給我嗎？」

「是，當然。」

試著施力後，我真的可以如願站起來了。我再放開兩人的手，自己一個人走了幾步，然後轉了一圈擺出姿勢。

「我覺得自己總算恢復活力了。」

「……神官長的魔導具好厲害喔。」

「看見羅潔梅茵大人臉上又恢復了笑容，我也非常開心。」

妮可拉露出如釋重負的笑容說道。看來我在沐浴期間硬是掛在臉上的假笑，早就被她們看穿是裝出來的了。

「不好意思，讓妳們兩人擔心了。」

我靠著自己的雙腳走出秘密房間。我從沒想過能夠照著自己的意志活動身體，是件這麼暢快的事情。我一邊深刻地感受著健康的重要性，一邊踩著輕快的步伐衝向房門，用力打開。

「多虧神官長，我現在可以自己走動了。非常謝謝你！」

法藍與其他侍從都瞪大了眼睛看向我，接著鬆了口氣地展露笑容。斐迪南在他們後頭一臉「那當然」地點頭。

「羅潔梅茵，三天後要往城堡移動。之後必須接受密集特訓、補上進度，到了冬季的社交界，便直接進入貴族院就讀。」

「可是……我處在這種狀態下，還是非去貴族院不可嗎？不需要急著接受密集特訓，應該可以延遲一年再入學吧？」

就算對象是必須戴上魔導具才能行動的病人，我想斐迪南還是會毫不留情，反覆告誡我說身為領主的養女，一定要取得符合身分的成績，或者可以做到哪些事情都是應該的。可以想見將面臨嚴厲的指導，我皺起臉龐。

……不管神官長說什麼，我絕對不要馬上去貴族院！我討厭斯巴達教育！

「貴族只有從貴族院畢業才能得到認可。一旦延遲一年入學，妳也會延後一年才被視為貴族。貴族的畢業儀式與成年禮又是同時進行，所以就算妳已年滿十五歲，在貴族社會也不算是成年人。不只會影響到結婚、工作與其他一切，妳身為貴族，容易引人非議的弱點也會增加。」

「嗯……可是，我已經是與實際年紀差了一歲才開始過起貴族生活，也早已經有在神殿長大、身體虛弱這些弱點了，所以就算延後一年入學，我也無所謂喔。而且如果晚一年才算成年，就代表我可以在神殿多待一年吧？」

我完全感覺不出有急著進入貴族院的必要性。而且晚一年才算成年，似乎也能與平民區再多往來一點時間。我這麼表示後，斐迪南露出思忖的表情。

「十歲是去貴族院就讀的年紀。換作是我，與其冬季期間要一直忍受貴族們好奇的眼光，甚至頻頻追問：『身為領主的孩子，延遲一年入學真的好嗎？』我還寧願進入貴族院，更能獲得心靈上的平靜。」

「就算真的有這種麻煩的貴族，但我還要舉行奉獻儀式、討伐冬之主，而且只要待在神殿療養，應該幾乎不會與貴族碰到面吧。」

我反駁後，斐迪南「嗯」地頷首。但是，他仍然一臉沉思。雖然成功躲開了攻擊，仍無法完全迴避。看這樣子，他還是想讓我去貴族院。我才不會輸呢！我這樣心想著進入備戰狀態，等待下一波攻擊。

「但若是延後一年，明年妳與夏綠蒂就會同時入學。沉睡的這兩年來，妳不只外表沒有改變，要是連年級也相同，妳不覺得更沒有半點像姊姊的地方了嗎？」

……什麼?!要是休息一年，我就會變成和夏綠蒂同年級嗎?!

這可就嚴重了。我的決心立刻產生動搖。斐迪南彷彿看穿了這一點，勾起嘴角。

「夏綠蒂對妳一直感到非常歉疚，認為是自己的關係，才害妳沉睡這麼長時間。倘若妳這個姊姊到了明年才與她一同入學，每次前往貴族院時，她一定都會後悔自己當初採取的行動吧。屆時面對那樣的夏綠蒂，難道妳就不會耿耿於懷嗎？」

當初我是為了拯救可愛的妹妹才衝出去，絕不想看到夏綠蒂為此良心不安，鎮日消沉沮喪。這我不要。但連這種想法也被斐迪南看穿，真是教人火大。

「這次的特訓，並沒有夏綠蒂的洗禮儀式前那麼緊湊。況且妳戴上魔導具後，現在也能自由行動了。就算有兩年的空白，妳還是有機會變回受到尊敬的姊姊。」

「……我明白了。身為夏綠蒂的姊姊，我接受特訓就是了。」

「很好。那麼，三天後就要前往城堡。妳若要與普朗坦商會的人會面，盡快安排妥當吧。」

斐迪南說著「我話都說完了」，打開秘密房間的房門。結果我還是徹底慘敗。雖然我根本不在乎貴族間的麻煩規矩，但身為夏綠蒂的姊姊，也只能去貴族院了。

「羅潔梅茵大人，關於在您沉睡期間發生的事情，能允許我們依序向您報告嗎？」

「好的，麻煩你們了。」

聽到法藍這麼說，我抬起頭，發現侍從已經全員到齊。負責管理神殿長室的法藍、薩姆與莫妮卡成排站在一起；妮可拉因為這兩年來更常出入廚房，所以自己一個人單獨站著，準備向我報告廚房的情況。孤兒院方面是葳瑪與羅吉娜負責報告。葳瑪不知道是什麼時候變得能夠出入貴族區域，此刻也站在神殿長室裡等著報告。最後是負責報告工坊情況的吉魯與弗利茲。

「神殿長室這裡並沒有特別需要報告的事情。為了輔佐神官長，我、薩姆與莫妮卡，每天都是從早到晚待在神官長室工作。至於祈福儀式與收穫祭，是夏綠蒂大人與韋菲利特大人代替了羅潔梅茵大人，前往各個直轄地。第一年兩位都還顯得有些不安，但到了第二年，已能出色地操控神具，給予祝福。」

「這樣呀，必須向兩人道謝才行呢。」

「由於兩位出發與抵達時都會來到神殿，因此青衣神官們的心態也出現了些許變化。為了讓兩位記住自己，開始有人變得願意認真工作。」

勢利歸勢利，但多少能產生點工作的意願也好。

「而我們最擔心的，莫過於神官長的藥水服用量。現在神官長開始和以前一樣頻繁喝藥。還請羅潔梅茵大人幫忙勸告。因為不管我們說什麼，神官長總是充耳不聞。」

聽了法藍的擔心，我點一點頭。斐迪南本來就很常喝藥，現在的工作量又大到連他都說光是處理眼前的工作就已經分身乏術，所以就算侍從在旁邊提醒，他一定不可能就這樣不喝。

「看來我必須多幫忙處理工作，讓神官長不用喝藥呢。」

法藍報告完後，換作妮可拉拿著木板開始報告。

「託羅潔梅茵大人的福，這兩年來我以廚師助手的身分，成功精進了廚藝。羅潔梅茵大人先前留下來的食譜，我已經全部都會做了。此外，雨果與尹勒絲現在還會進行餐點對決，所以也推出了新的菜色。」

……餐點對決？那是什麼？聽起來好好玩！

「新的菜色真教人期待，那比賽結果又是如何呢？」

「目前是一勝一敗，雙方平手。」

「真好奇下一次的比賽結果呢。」

「還有，雨果與艾拉想請求羅潔梅茵大人答應他們結婚。雨果說了，等羅潔梅茵大人醒來，想最先問您這件事情。」

……什麼?!原來雨果的對象是艾拉嗎?!

「聽說貴族女性在結婚後都會辭去工作，但艾拉希望可以繼續。還請羅潔梅茵大人能考量到艾拉自身的意願。」

「艾拉婚後也願意繼續工作，我當然很歡迎喔……不過，到時候房間該怎麼準備呢？我也會問問神官長，總之先安排兩人能在明年夏天結婚吧。」

「哇啊，雨果一定會很高興。謝謝羅潔梅茵大人。」

接著表示食譜集已經完成後，妮可拉結束了報告。妮可拉退下後，換葳瑪與羅吉娜走上前來。

「羅潔梅茵大人，接下來向您報告孤兒院的情況。在您休息的這兩年期間，院內增加了三名孤兒。其中兩人是被丟棄在神殿大門前的棄嬰，另一個人是原先擔任艾格蒙大人侍從的灰衣巫女莉莉所生的孩子。」

艾格蒙？我記得他就是破壞過我圖書室的危險人物。

……這次他居然讓侍從懷孕，孩子還被丟進了孤兒院嗎？咦？等一下。這在這裡是很常見的情況嗎？我該生氣嗎？怎麼辦？

我一時間反應不過來，決定先不去思考艾格蒙這樣的行為是好是壞。

「呃……所以那名灰衣巫女是在這裡生產的嗎？」

「不，由於沒有人擁有生產方面的知識，孤兒院這裡完全無人能夠處理。我們找了多莉與普朗坦商會商量，最後決定讓灰衣巫女先搬去哈塞的小神殿，再向哈塞的居民請求協助。」

聽說斐迪南一開始只說「時間到了自然就會生下來」。葳瑪內心納悶著是否真是這樣，感到非常不安，於是找了多莉和路茲商量。結果兩人立即反駁：「這怎麼可能啊！」然後指出了大家的無知。多莉、路茲，幹得好啊！

孤兒院雖有二十人左右的女性，但誰也沒有協助女性生產的經驗。因此當時是在班諾的指示之下，讓莉莉與幾名灰衣巫女移動至哈塞的小神殿。由有過協助生產經驗的諾拉帶頭，找來了哈塞的婦女幫忙生產。聽說那個時候，班諾還曾怒斥說：「孤兒院的管理人怎麼能夠完全不懂生產?!」所以葳瑪也不得不與幾名灰衣巫女一同前往哈塞。

「這……葳瑪，妳那時候一定很辛苦吧？後來還好嗎？」

就算班諾只是兇神惡煞地怒吼，但葳瑪本來就有男性恐懼症了，對她來說一定是非常恐怖的體驗。只怕葳瑪的精神創傷又更嚴重了。

「……當時確實非常難熬，但也是難能可貴的經驗。現在，莉莉母子二人都住在孤兒院裡頭。我們正活用戴爾克那時的經驗，輪流照顧小寶寶。」

「戴爾克現在怎麼樣了？有沒有定期吸取魔力呢？」

「是的。一旦出現徵兆，我們會立即透過法藍找神官長商量。神官長也會迅速處理，所以戴爾克一直都很健康平安。」

聽到只要魔力增加過度就有危險的戴爾克也平安無事，那我就放心了。

「在孤兒院教導孩子們學習音樂一事也相當順利。讓所有孩子都接觸過飛蘇平琴以後，我開始只指導其中感興趣的人。在我看來，有潛力成為樂師的孩子只有一個。不過，那孩子好像不太喜歡練習，所以我想很難再有進步。」

不同於必須首次亮相的貴族，孤兒院的孩子們學習音樂並非義務。當初我也只是想了解有沒有孩子擁有才能，或是對音樂有興趣。有的人即便有潛力也不想努力，也有的人對音樂並不感興趣。既然本人不想努力，也就到此為止。

「不過，有個孩子有潛力成為繪師。那孩子很喜歡畫畫，經常模仿葳瑪的畫，一有空就在石板上作畫。」

「這樣呀。那可以幫他補充石筆，讓他繼續畫畫吧。」

「遵命。」

對於指導孤兒院的孩子們這項工作，羅吉娜似乎相當認真投入。我本來還擔心她會拒絕，說這不是專屬樂師的工作，但現在看來是不用擔心，我鬆了口氣。

「羅潔梅茵大人，向您報告工坊的情況。」

不只個子長高，聲音也變得低沉，成長驚人到幾乎像個大人的吉魯開始向我報告工坊這兩年來的情況。聽說後來因為缺乏能夠印書的原稿，他們向多莉借了書，並在孤兒院對多莉和路茲進行禮儀指導作為回報。

「我想兩人現在的程度，應該可以會見中級貴族了。」

負責指導路茲的弗利茲這麼說道，負責指導多莉的葳瑪也點頭同意。

「因為兩人都非常上進，努力練習。也多虧了他們會定期來孤兒院，在我們要照顧戴爾克和協助莉莉生產的時候給予建議和幫助，真是幫了我們大忙。」

「那我也要向兩人道謝才行呢。」

我說完，吉魯又補充說：「多莉還建議了我們可以製作禮儀方面的書，所以已在去年冬天試著印製。教人如何與貴族寒暄的書在富商之間賣得很好。關於這件事，也請羅潔梅茵大人向她道謝。」

……多莉果真是天使。

聽說這兩年來工坊販售的書籍，總共增加了五本。一本是我統整編寫的騎士故事集，一本是我給多莉的「母親故事集」，一本是由妮可拉負責整理，再由葳瑪加上插圖的食譜集，最後兩本是侍從們在多莉的建議下寫出的禮儀指導書。

「除了這五本書之外，我們也印製了艾薇拉大人提供的原稿，但這部分因為時間緊湊，又只印了剛好需要的數量，所以沒有半本剩下的書。再加上艾薇拉大人交代過，就算是印失敗的書她也會統統收回去，所以不管是原稿、成品還是失敗品，工坊這裡一概沒有剩餘。」

看見吉魯的眼神有些游移，我就猜到了內容是什麼。想也知道絕對不能放在工坊。萬一不小心被發現了，氣得抓狂的斐迪南有可能會傾盡全力摧毀印刷工坊。

……母親大人，您就這麼想要斐迪南大人的書嗎？

除了這些事外，吉魯還報告了他們在哈爾登查爾的活動。古騰堡夥伴們前往哈爾登查爾後，在那裡成立了植物紙協會和印刷協會的分會、談好了利潤與各自應得的獲利，也把工匠們送往基貝‧哈爾登查爾準備的工坊，提供技術。

「至於製作印刷機所用的金屬零件，我們先從艾倫菲斯特帶了過去。因為約翰說設備如果不一樣，他不確定能否做出一模一樣的東西。雖然在哈爾登查爾也教導了製作方式，但姑且不論設備，技術方面還十分不足……」

「……我想也是呢。」

因為我毫不間斷地訂做各種精密物品，所以約翰的技術也在不斷提升，比起其他人完全是遙遙領先。

「聽說他們冬季期間會試著製作金屬活字，到時想請您檢查成品。」

「我知道了。吉魯，去那麼遠的地方工作，也辛苦你了。」

「哪裡，這都是為了推廣印刷業。」

吉魯咧嘴一笑時，可以清楚看見他從前的樣子，我也忍不住跟著笑了。

「在我沉睡的這段期間，大家在各自的工作崗位上真的非常努力呢。謝謝你們。不愧是我的侍從。」

報告結束後，我這樣慰勞大家。法藍讓我躺到床上休息，順便拿來好幾片木板。

「羅潔梅茵大人，今天神官長拿來了這些要請您過目。請您一邊閱讀這些資料，一邊休息。神官長吩咐過了，要您千萬別勉強自己。」

「可是，我還要寫信……」

「請放心，我們已經通知了普朗坦商會與奇爾博塔商會。安排會面這點小事請交給我們，現在您先休息吧。三天後您就要前往城堡，進入貴族院之前還要密集學習。」

我聽完點點頭，躺在床上看起木板。斐迪南準備的木板上，照著優先順序列出了我在入學前必須完成的事項清單。

首先要做的事情，就是閱讀書籍與資料，記住本國的地理與歷史、每個領地依據魔力與財力所排出的影響力順位，還有也正在貴族院就讀的王族與領主候補生的名字等等。這真是太好了。看來我有好一陣子都能盡情看書。

……唔呵呵、呵呵呵，有好多書正等著我看呢！……嗯？這個奉獻舞練習是什麼？還有與祖父大人的增強體力特訓？咦？我不會在去貴族院之前就翹辮子吧？

法藍動作迅速地為我安排好了會面。會面時間訂在隔天下午。因此上午的時間，要照著神殿往常的作息開始活動。

由於我已經醒來了，這天第二鐘響後，達穆爾很快就來到神殿，執行護衛騎士的工作。現在的達穆爾完全是個大人了，再也沒有半點少年的氣息。看到他臉上有著濃濃化不開的疲倦，我還以為是因為失戀，但結果好像是因為波尼法狄斯的訓練太操勞。

「為免羅潔梅茵大人再度遇到危險，波尼法狄斯大人宣布，他要訓練領主一族的護衛騎士，所以大家日日都在接受訓練。安潔莉卡與柯尼留斯也都有驚人的成長。」

「是嗎？那我開始有些期待去城堡了呢。」

早餐過後，我與羅吉娜一起練習飛蘇平琴，但我驚訝地發現，自己的手指簡直像生鏽一樣動也不動。

「一般而言只要三天不練習，音色就會出現變化，更何況羅潔梅茵大人沉睡了兩年的時間，這也是沒有辦法的事情。不過，也許是因為在羅潔梅茵大人的認知當中，覺得自己幾天前才練習過，所以您很快就抓回了感覺呢。」

「……我現在這樣去貴族院，會不會有失體面呢？」

我的琴藝水準維持在了八歲，但其他貴族十歲之前都在接受密集的練習，到時候我處在他們之間，練習量會明顯不夠充足吧。

「請您不必擔心，只要繼續練習就沒有問題。因為以往練琴時，都是在神官長的指示下不斷提升難度，所以只要您的手指動作回到往常，必定不會有損顏面。」

話雖然這樣說，這也表示我頂多只在及格邊緣吧。這種需要實際練習的技藝很難填補兩年的空白，我也只能不停苦練了。

第三鐘後，是去神官長室幫忙。我和法藍他們一起過去幫忙處理公務時，斐迪南的侍從都高興得流下眼淚，悲切地向我傾訴神官長現在的工作量對身體有多不好。

「可是，因為我就要去貴族院了，只有今天和明天能幫忙……」

「光是能減少被傳喚至城堡的次數就夠了，我們總算可以安心了。」

……唔唔！可惡的養父大人！

總之，為了稍微減輕斐迪南的負擔，我專心一意地埋頭計算。斐迪南一臉非常滿意地說著「非常好」，朝我遞來了消除疲勞的藥水。

「謝謝神官長。」

雖然心情五味雜陳，但畢竟是基於斐迪南自以為的好心與體貼，才做出了這款改良過味道的回復藥水，所以我必須表現得高興一點。

吃完午餐後，是巡視孤兒院與工坊，先報告我已經恢復健康，也慰勞大家這兩年來的辛苦。同行的有吉魯和達穆爾，莫妮卡與妮可拉先去了孤兒院長室作準備。

到了孤兒院一看，我發現這裡也出現了不少變化。本來還是見習生的孩子們，有好幾個人已經成年；身高原本與我差不多的孩子們，現在則已是見習生。尚未受洗的孩子只剩下戴爾克，還有三個走路搖搖晃晃的幼兒。五官本來就很標緻的戴莉雅更是徹底變成了美少女，戴爾克也成了小男童，不再有幼兒的感覺。

……加米爾現在大概也是這個樣子吧。

今後再不努力長高，搞不好連加米爾和戴爾克都要比我高了。我切身地感覺到這種事情很有可能發生。

「羅潔梅茵大人，普朗坦商會的人到了。」

我在孤兒院長室看著吉魯拿來的工坊收支帳本時，法藍前來向我通報。隨後，班諾、馬克與路茲三個人走上二樓。雖然沒有吉魯這麼誇張，但路茲也長高了不少，現在已經到法藍的肩膀了。大概是因為在忙碌的工作環境裡受過磨練，路茲的神情變得比以前精明，越來越有種成功人士的感覺。

結束了冗長又正經八百的寒暄後，我走向秘密房間。進來的成員還是老樣子，有我、普朗坦商會的人、吉魯和達穆爾。確認房門「啪噹」一聲關上後，我先不管三七二十一地撲向路茲。

「路茲，你長高了耶！」

用力撲上去緊緊抱住後，本來我的頭還有到路茲的肩膀，現在只能碰到他的胸口了。之前的身高差了大約十五公分，現在卻變成了三十公分左右。我的好心情不由得直線往下掉。班諾接著走過來，輕拍了拍還巴在路茲身上的我的頭，偏過臉龐說了。

「……羅潔梅茵，妳是不是縮小了？」

「我只是沒長高而已，才沒縮小呢。班諾先生，你太過分了。我也不是自願變成現在這樣的啊……」

說著說著，我的淚水突然潰堤般地滑下臉頰。大概是因為在這裡可以盡情地釋放自己的情感，我想停也停不下來。

「啊……抱歉。是剛才有人對妳說了什麼嗎？還是妳一直想哭卻不能哭？」

後半句話一下子就咻地進入我心裡。

「神官長確實說過要我保持冷靜，否則魔力會失控，但我好像一直很想要盡情地大哭一場呢。」

「那魔力要是失控就糟了吧?!」

「我現在戴了四個可以輔助身體強化的魔導具，所以不會有問題的。」

「那好，妳就盡量哭吧。不然妳也找不到其他地方能哭了吧？」

班諾用力揉亂我的頭髮以後，往旁邊走去。路茲也低聲笑著，輕輕拍著我的背。

「好了，妳哭吧。老實說看到妳都沒變，我也安心了。我之前還和多莉在討論，要是妳突然變得判若兩人該怎麼辦呢。」

「嗚嗚……路茲～～」

聽見自己可以哭到心滿意足為止，我整個人忽然放鬆下來。我靠在路茲身上，哭出的眼淚多到連自己也嚇了一跳。

哭了一會兒後，大概是心滿意足了，淚水很乾脆地止住。一直積在胸口的鬱悶心情好像也隨著眼淚一起流掉了，我只覺得神清氣爽。抬起頭後，看向路茲比記憶中還要更高的臉。看見路茲低頭望著我的那雙翡翠色眼睛完全沒變，我安下心來。

「路茲，你抱起來的感覺跟以前完全不一樣呢。現在變得硬邦邦的，還有點凹凸不平。吉魯和路茲都長得太快了啦。而且，兩個人也都變得好有男子氣概喔。吉魯甚至連聲音也不一樣了。還有，班諾先生也老了。」

「喂！妳剛剛說了什麼?!」

我把路茲當作盾牌，向班諾先生吐出舌頭，然後得意地「哼哼」笑了起來。班諾的臉頰一陣抽搐後，用拳頭猛鑽我的腦袋。

「呀啊——!好痛、好痛！」

「妳根本不懂我們的辛勞，這點懲罰只是剛好。」

「嗚哇啊——!今天來這裡不就是要聽你們訴苦的嗎！」

「那就快聽！我要一五一十地統統告訴妳。」

在班諾的催促下，我端正坐好。坐在路茲的大腿上。「喂，羅潔梅茵。」坐在對面的班諾沉下了臉瞪過來。

「路茲的抱抱我補充得還不夠，所以我坐這裡就好了。而且我再過不久就要去城堡，十萬火急地補上這兩年來落後的進度，還要去就讀滿是貴族的學校，所以必須事先徹底補充才行。」

「哦，是喔，隨妳高興吧。那我們開始報告了。」

聽完班諾的報告，我了解了印刷業在哈爾登查爾的發展進度與現況。不同於只是教導紙張做法的伊庫那，包括金屬活字的做法在內，如果要協助哈爾登查爾發展印刷業，只去一次根本不夠，明年春天必須再去一趟，而且還有許多事情需要確認。此外，有些事情因為需要我的許可，暫時也都是擱置不動。

「那等春天到了，我就騎著騎獸迅速載大家過去，迅速解決這些事情吧。」

「迅速嗎……我也求之不得。總之聽到妳醒來，我真是鬆了口氣。麻煩妳好好管住身邊的人吧。我已經受夠了在一大票上級貴族的包圍下，還要邊談生意邊忍受神官長投來充滿同情的眼光。」

想到班諾不只要面對興沖沖地想成立印刷工坊的艾薇拉，還有哈爾登查爾那些老在懷疑「這真的能賺錢嗎？」的貴族們，我默默別開視線。

「呃……該怎麼說才好呢……班諾先生，真是辛苦你了。」

再聽說了艾薇拉堅決表示「無論如何都必須在冬季的社交界前印出來」，大家不得已只能拚命趕工的辛酸往事後，我把要給家人的信交給路茲。

「怎麼辦啊……我從去年夏天開始，就已經住進普朗坦商會，多莉現在也是住在奇爾博塔商會。」

「咦？啊，對喔。多莉也是都帕里……」

多莉十歲的時候，普朗坦商會與奇爾博塔商會各自獨立開來，所以那陣子店裡都在忙著搬東西，她無法立即住進奇爾博塔商會。聽說班諾他們先是搬到了普朗坦商會的二樓，原先住在奇爾博塔商會三樓的珂琳娜與歐托則移動到二樓，然後才為多莉準備好了房間。

「路茲，你還是回家後直接拿給她比較妥當。信先由你保管吧。」

「是，老爺。」

說好請路茲把信轉交給家人後，我也告訴大家，冬季期間我會去貴族院，所以無法見到面。關於哈爾登查爾的印刷業，班諾也要我先與貴族們好好詳談，與普朗坦商會的會面就此結束了。

「吉魯，你蹲下來吧。因為這兩年來你非常努力，我要摸頭給你獎勵。」

來吧——我伸出手後，吉魯卻吃驚得瞪大眼睛。

「羅潔梅茵大人，我已經不再是需要摸頭的年紀了……」

「咦?!啊，嗯，對喔。說得也是呢。」

被一臉非常為難的吉魯拒絕，我把伸出去的手縮回來。還以為就算外表變了，內在還是不會有太大的改變。但這時的我總算意識到，吉魯已經十四歲，就快要成年了，而且正值青春期。

……被摸頭會感到高興的吉魯已經不在了。總覺得有點寂寞呢。都過去兩年的時間了，果然不只外表，連內在也會改變吧。

見我垂頭喪氣，吉魯在我面前跪下來，低下頭去。

「羅、羅潔梅茵大人，我現在想起以前總是期待被摸頭的心情了。請。」

我知道吉魯是在顧慮我的心情。他都這麼體貼了，總不能辜負他的好意，所以我朝著長高的吉魯伸出手去。像這樣子摸頭並稱讚他，會是最後一次了吧。吉魯的頭髮變得比記憶中要硬一些，我慢慢用手撫過。

「吉魯，這兩年來你非常努力喔。我醒來的時候發現竟然有五本新書，真的很高興。謝謝你，以後也請多指教。」

「……是。」

往城堡移動

很快就到了要前往城堡的日子。我變出了小熊貓巴士後，要羅吉娜、艾拉與雨果三名專屬上車，斐迪南的侍從們也開始把裝有工作用具的木箱放進來。斐迪南說他暫時都會住在城堡，一邊在我接受短期集中講座的時候負責監督，一邊也要處理神殿的工作。簡直是無藥可救的工作狂。

「我會在秋季的成年禮與冬季的洗禮儀式回來，記得作好準備。」

看見斐迪南開始囑咐留在神殿的侍從，我也轉向自己的侍從們。

「之前我沉睡了兩年的時間，大家也都沒有發生任何問題。相信冬季期間就算我不在，大家也一定可以管理得很好。之後就麻煩大家了。」

「是，期盼您及早歸來。」

坐上小熊貓巴士後，我緊跟著前方達穆爾的騎獸，向著天空起飛。由斐迪南護在後方，一行人往城堡移動。

到了城堡，諾伯特出來迎接，安潔莉卡與柯尼留斯也已經跪在地上等候。

「羅潔梅茵大人，歡迎歸來。見您氣色如此紅潤，我也放心了。」

「諾伯特，我回來了。」

「諾伯特，把這些行李搬去我的辦公室吧。」

斐迪南說完，諾伯特便搖了搖他不知道從哪裡拿出來的手鈴。鈴聲一響，大批下人就接連走出，開始搬運放在小熊貓巴士裡的木箱。斐迪南看也不看他們一眼，對我說道：

「羅潔梅茵，我要把妳該看的資料和書籍拿給妳，更衣完後來我辦公室。」

「是，我會盡快換好衣服。」

「不了，妳不必趕時間，行動時記得表現出十歲該有的優雅。」

……有夠莫名其妙。十歲該有的優雅是什麼？

難以理解的要求我當作沒聽見，轉身面向安潔莉卡與柯尼留斯。

柯尼留斯現在十四歲，一眼就能看出褪去了少年的氣息，越來越有大人的感覺。他的肌肉看起來並沒有太往健壯魁梧的方向發展，也已經和我記憶中的蘭普雷特一樣高了。與艾薇拉相似的五官多了分男子氣概，好像也變得比較像卡斯泰德了。

「羅潔梅茵大人，真高興看見您這麼有精神。」

「柯尼留斯，我的魔石掉到地上後，是你幫我撿回來的吧？我一直想當面向你道謝。」

「哪裡，未能保護好主人，還讓您沉睡了兩年的時間，您不需要向我這麼失職的護衛騎士道謝。」

「哎呀！柯尼留斯不是救了我想拯救的夏綠蒂嗎？對我來說，這些都是幾天前才發生的事情而已。請讓我向你道謝吧。柯尼留斯，謝謝你。」

「愧不敢當。」

我與抬起頭來的柯尼留斯互相對視，對彼此微微一笑。

「羅潔梅茵大人，衷心期盼著您的歸來已久。」

安潔莉卡現在十五歲了，今年冬天尾聲就要迎來成年禮。綁成馬尾的水藍色頭髮隨著她抬頭的動作柔順滑動，深海般的湛藍色眼睛朝我看來。安潔莉卡變成更加楚楚動人的美少女了。雖然聽達穆爾說她在接受波尼法狄斯的鍛鍊，但從外表一點也看不出來。

……不過，安潔莉卡的外表從以前就在騙人了。

「聽到時間已經過了兩年，我一直在擔心安潔莉卡是否順利升級了呢？」

「請您放心。有師父、達穆爾與柯尼留斯的指導，再加上與斯汀略克一起學習，總算勉強沒有留級。」

「勉強嗎……看來安潔莉卡也盡了自己最大的努力，那我放心了。」

如今我的兩名見習護衛騎士都快要成年了。帶著兩人與達穆爾，我朝著自己的房間邁開步伐。

「羅潔梅茵，妳用騎獸吧。」

「斐迪南大人？從這裡去我房間而已，我還走得動喔？」

「妳的身體還沒完全恢復。況且現在只是戴了魔導具才能行動，妳本來連起身都有困難。之前在神殿不需要走多少路，但城堡遼闊，妳還是使用騎獸吧。」

斐迪南提醒完後，護衛騎士們皆面露緊張。看見柯尼留斯的眼神中流露出了擔心，我立刻變出一人座的騎獸坐上去。

「羅潔梅茵大人，怎麼了嗎？」

前往北邊別館的半路上，當時遭到攻擊的恐懼突然湧上心頭，我忍不住在遇襲的迴廊前停下腳步。但是，覺得害怕的人好像只有我而已。為了不讓護衛騎士們看見我僵硬的表情，我讓騎獸繼續前進。

「……抱歉，因為我忍不住想起了之前曾在這裡遇到攻擊。」

「我們明白。韋菲利特大人與夏綠蒂大人行經這裡的時候，有好一陣子臉色也都十分僵硬，護衛騎士也會提高警覺。」

聽到柯尼留斯這麼說，知道不是只有自己這樣後，我有些安下心來。

到了房間，黎希達與奧黛麗旋即上來迎接。看見兩人雙眼噙淚地說：「真高興看到您這麼神采飛揚。」我才知道自己讓她們多麼擔心。

「現在是韋菲利特大人與夏綠蒂大人的學習時間。聽說羅潔梅茵大人今天會回來，兩位都快坐不住了呢。」

「因為所有人都在期盼著羅潔梅茵大人回來呀。艾薇拉大人還準備了新的絲髮精等各種生活用品，全都已經送過來了；波尼法狄斯大人也因為太過期待，不小心搞錯了日期，昨天就跑來城堡，結果大受打擊呢。」

……雖然至今很少接觸，難不成祖父大人其實很孩子氣？

邊聽著這些事情邊更完衣後，我帶著黎希達與護衛騎士，一同前往斐迪南在城堡的辦公室。

「打擾了。」

一踏進辦公室，斐迪南便指著兩個木箱對黎希達說：

「黎希達，麻煩妳把這兩箱搬去羅潔梅茵的房間。裡頭全是羅潔梅茵在進入貴族院前要看的資料。」

「是，斐迪南小少爺。」

「羅潔梅茵，我之前已經把清單交給妳了。妳要照著那份清單，依據上頭的優先順序閱讀這些資料。除了我在貴族院時期留下的筆記與紀錄，裡頭還有達穆爾統整的最新資料。還有，這張是妳去貴族院之前的行程表。快點先看過一遍吧。」

「是。」

我看起行程表時，身後傳來了黎希達向僕從下達指示的聲音。雖然與學習有關的行程密密麻麻，但只要想到多數時間都在看書，就不覺得痛苦。讓我感到痛苦的，是增強體力的訓練與奉獻舞練習。

「今天直到晚餐之前，妳就在這裡背這些資料吧。」

「……這些是什麼？」

木板上一排排地寫滿了某些名字。我往斐迪南示意的椅子坐下後，歪過頭問。

「這些是國內各領地的名字與現在大致的順位。」

「艾倫菲斯特先撇開不說，我連國內各領地的地理位置都不清楚呢……」

「嗯，這麼說來，兩年前妳只學習了艾倫菲斯特的地理知識吧。」

斐迪南站起來，打開上了鎖的書箱，拿出兩張地圖，在辦公桌上攤開。是手繪的地圖。從上頭的筆跡來看，我猜是斐迪南自己畫的。

「這張是舊地圖，這張是新地圖。」

斐迪南把兩張地圖擺在一起，開始為我說明。他說以前原先共有二十五個領地，但在中央發生了大規模的政變以後，進行了廢除與合併。如今共分為二十一個領地，分別是王族所在的中央，以及四個大領地、九個中領地、七個小領地。從地圖來看，艾倫菲斯特是坐落在國內東北邊境地帶的中領地。斐迪南說考慮到人口與順位，艾倫菲斯特雖然幅員廣闊，卻是非常接近於小領地的中領地。

……西邊是芙蘿洛翠亞大人長大的法雷培爾塔克吧？南邊是喬琪娜大人如今所在的亞倫斯伯罕。

我邊指著比較熟悉的地名邊看著地圖，突然發現了一項重大事實。亞倫斯伯罕南邊是海洋！搞不好亞倫斯伯罕其實是個有美味海鮮的地方！

……那裡說不定有昆布和海帶芽！說不定可以吃到生魚片！

我本來已經放棄尋找類似日本料理的食物，卻在這時發現了新的可能性，雙眼不禁亮起光輝。如果能在貴族院交到亞倫斯伯罕的朋友，說不定就有機會吃到海鮮！我的內心霎時間充滿期待，但下一秒想起現實後，馬上委靡消散。

……依現在的情勢，這種事情肯定不只挨罵而已吧。呿。

「現在艾倫菲斯特的影響力大約落在正中間。」

斐迪南指著我手上的木板說。他說艾倫菲斯特地處邊陲，又沒有值得受到矚目的特產，所以從前的影響力原本就相當接近底層。由於中央發生政變的時候未被波及，影響力才得以提升到了快要靠近中間，但這單純只是因為周遭領地的影響力下降，並非是領地本身的實力。

「不過，這幾年來我們在貴族院的成績變好了。明年的順位會再稍微往上提升吧。」

「斐迪南大人，貴族院是孩子們去上課的地方吧？為什麼學生的成績，會讓領地的影響力產生變化呢？」

「因為學生從貴族院畢業以後，不是在中央任職，便是回到自己的領地工作。倘若學生在貴族院的成績逐年上升，就代表我們能夠培育出優秀的人才。在這種情形下，影響力往往會在數年之後一鼓作氣提升。」

哦……我點了點頭，斐迪南再為我說明了貴族院的現況。

「安潔莉卡、柯尼留斯與鄂妮思塔學了妳的魔力壓縮法以後，他們在騎士課程的成績也有所上升，曾在兒童室使用妳的教材上過課的孩子們，也都開始進入貴族院。近年來我們領地學生的學科成績突飛猛進，聽說還有其他領地來打探消息。」

「這樣啊……」

「妳的回應還真是事不關己，貴族院可是妳接下來要前往的地方。」

斐迪南不快地瞪著我瞧，但我之所以前往貴族院，有一半是被逼的。我只要能平平安安地修完一年級的課程就滿足了，對學習以外的事情毫無興趣。

「我會去就讀貴族院，只是因為我不想與夏綠蒂同年入學，除此之外對我來說沒有任何吸引力。更何況我的身體還沒有完全恢復，學習方面我也不打算全力以赴，只要能達到領主候補生該有的及格分數就好了。」

為了讓密集課程可以排得寬鬆一點，我表明了自己的想法。況且我現在沒有魔導具就動不了，一點也不打算全力以赴。但是，斐迪南似乎對貴族院的成績有什麼執著，嘀咕說著「這可不行」。

「雖然斐迪南大人說這樣不行，但有些事情本來就有做得到與做不到，還有想做與不想做的分別。現在的我，已經沒有餘力再為義務努力。」

斐迪南有些驚訝地看向我後，說著：「動力光有夏綠蒂還不夠嗎？」再次沉思起來。我又有種要被施壓的強烈預感。

「話、話說回來，斐迪南大人還真了解貴族院的現況呢。」

我還以為尤修塔斯再厲害，也應該無法潛進貴族院，那斐迪南究竟是從哪裡取得這些消息的呢？我話鋒一轉想要改變話題，斐迪南卻按著太陽穴，一臉愕然。

「對學生們下達指示，要他們在貴族院蒐集情報的人，不就是妳嗎？蒐集來的情報是由達穆爾負責整理，我只是看過一遍。達穆爾還說了，他已經先支付既定的報酬給提供情報的學生，等妳醒來以後，針對那些情報具有價值的人，妳要再支付額外的報酬。」

這樣說來，我好像真的拜託過大家蒐集貴族院的情報。但是，我並不是要求學生們進行這種諜報活動，而是想請他們去調查圖書室裡有哪些書、其他領地又流傳著什麼樣的故事。看來是我的說明不夠充分，結果和我預期的大不相同。而且我覺得有價值的情報，與斐迪南覺得有價值的情報似乎截然相反，所以關於彼此對情報的價值是如何判定，可能也需要溝通一下。

「多虧了妳，艾倫菲斯特也找到了可以當作特產的優勢。往後，艾倫菲斯特的實力將越來越堅強。而且有領主候補生在貴族院就讀的時期，也比較容易提升學生的士氣。今後有妳、韋菲利特、夏綠蒂與麥西歐爾，所以有好幾年的時間都有領主候補生會在貴族院，我希望妳能激發大家的士氣，提升整體成績。聽了妳在兒童室的事蹟，這妳應該很擅長吧？」

聽到斐迪南這麼說，我歪了歪頭。我不記得自己曾公開表示我很擅長激發他人士氣，況且我也不覺得自己擅長。

「不，我並不認為自己擅長喔。我當時只是在想，如果孩子們能看懂文字，那麼看書的人也會增加；喜歡看書的人如果增加了，說不定就有人會開始自己寫書。」

我雖然想過，真希望自己動手寫書的人變多，還有如果想用公費建蓋圖書館，也要有足夠的閱讀人口才行；但是我從來沒想過，要藉由提升領地的整體成績，來提升我們在國內的影響力。我挺起胸膛這麼說完後，斐迪南按著額頭，緩緩左右搖頭說了：

「……看來我還是太小看妳對書本的熱情了。」看斐迪南這樣子，似乎是我的回答遠在他的預料之外。

「不過這下子，我也明白要怎麼讓妳產生動力了。」

斐迪南說完，慢慢地抬起頭。

「羅潔梅茵，我至今都沒有對妳詳細說明過，但其實在貴族院裡，有著藏書量高居全國第二的圖書館，規模也是艾倫菲斯特的圖書室完全無法比擬。」

「咦咦?!高居全國第二嗎?!」

我好想馬上衝去貴族院的圖書館！眼看我開始坐立難安，斐迪南勾起嘴角。

「只要上完課，自由時間妳便能盡情在圖書館度過吧。但想當然耳，必須先取得領主孩子該有的成績……」

「成績不好就不能看課外讀物，這也是天經地義嘛。」

早在麗乃那時候，母親就好幾次這樣告誡過我。我不由得懷念起了麗乃那時候的學生生活。那時我經常趁著午休時間跑去學校圖書室，放學後則跑到附近的圖書館。看來我又可以和那時候一樣，午休時間和放學後都跑去貴族院的圖書館，沉浸在閱讀的世界裡頭了。一想到這裡，本來我還覺得要去貴族院真教人心煩，此刻貴族院卻蛻變成了閃閃發亮的存在。

「我要去！我要去貴族院的圖書館！為此我會全力以赴！」

「大小姐，您太認真了。差不多該去更衣了。」

我重新調整好心情，打起精神閱讀資料後，不久黎希達出聲叫我。為了確保去圖書館時沒人會有意見，我覺得自己看得還不夠呢。我這樣心想著看向斐迪南，他指著木板說了：

「今天的進度不錯。明天之前，妳要看完到這裡為止的資料。」

「是，謝謝斐迪南大人。那麼稍後晚餐會上見……」

我抱著木板才剛站起來，斐迪南輕抬起手叫住我。

「本日的晚餐會是要慶祝妳大病初癒，卡斯泰德一家與波尼法狄斯大人也會出席。

雖說波尼法狄斯大人當時的動作是有些危險，但如果不是他找到妳，很有可能來不及幫妳解毒。包括差點給妳致命一擊這件事，他一直很擔心妳，所以記得向他道謝。」

那時候我一直被波尼法狄斯上下顛倒地搖來搖去，還被高速甩出，整個人如飛盤般在空中旋轉。老實說，差點被殺死的記憶更鮮明。但如果波尼法狄斯沒來救我，我的情況確實很危險，所以我也發自內心地覺得，應該要正式道謝。

「知道了，我會在晚餐之前寫好感謝函。」

「既然要寫，也要感謝他幫妳鍛鍊了護衛騎士。為了妳今後的安全，波尼法狄斯大人以領主一族的護衛騎士為主，花了很多心思提升騎士團的整體戰力。」

原來這兩年來，波尼法狄斯一直極盡所能地在提升艾倫菲斯特的整體戰力。

「送上感謝函的時候，順便請他指點妳身體強化的訣竅吧。波尼法狄斯大人能像呼吸一樣自然地使用身體強化，我記得他也指導了妳的護衛騎士。」

……祖父大人與安潔莉卡嗎？大腦彷彿由肌肉組成的這兩個人感覺非常合得來。真不知該說恐怖還是溫馨，實在難以界定。

「羅潔梅茵大小姐，要與您同行前往貴族院的侍從，已經決定是我了唷。」

返回房間的半路上，黎希達這麼告訴我。她說學生去貴族院的時候，可以帶一名已經成年、負責照顧生活起居的侍從前往宿舍。而隨我同行的侍從已經確定是黎希達了。

「哎呀，有黎希達陪著我，真教人放心呢。」

黎希達不只至今都負責監督韋菲利特的學習進度，又是我的首席侍從，想必也能管理好整個學生宿舍，一定是基於這些理由被選中的吧。我說出自己的推測後，黎希達「呵呵」地笑了起來。

「我之所以被選上，是因為我能把走進圖書室後，便動也不動的大小姐帶出來喔。聽說這是斐迪南小少爺最擔心的事情呢。」

「哎、哎呀，真是的。一到閉館時間，我也只能返回自己房間呀。呵呵呵呵……」

雖然麗乃那時候我曾經沒注意到閉館時的廣播，又待在形成死角的書架角落裡專心看書，結果被關在圖書館裡頭，但是基本上，一到閉館時間我就會出來了。這種事明明不需要擔心啊……但身邊的人似乎不這麼認為。

來到房間前面，柯尼留斯走到我跟前跪下。

「羅潔梅茵大人，由於晚餐我也會一同出席，請容我就此卸下本日的護衛任務，先行告退。」

「好的，柯尼留斯。我很期待稍後一起用晚餐喔。」

因為是受邀要與領主夫婦共進晚餐，不能以一身騎士團的打扮出席。簡單來說，就是必須換上具有貴族氣息、袖子又長又飄逸的服裝。

達穆爾留在門外待命，我與安潔莉卡一同走進房間。

「……少了布麗姬娣，感覺好寂寞喔。」

如今已經看不見在神殿也負責保護我，布麗姬娣那熟悉的身影。考慮到婚齡，這也是無可奈何，再者結婚也是一件值得高興的事，但關係親近的人不在身邊了，還是讓人感到寂寞。在神殿護衛我的騎士，又只剩下最終與布麗姬娣分手的達穆爾，所以我不敢在他面前說出這種內心話。

「因為布麗姬娣是基貝．伊庫那的親人呀……」

聽見我的低喃，奧黛麗面帶溫柔的笑容，更衣動作不停地為我說明。她說伊庫那在前任基貝去世後不久，布麗姬娣便解除了婚約，前未婚夫因此開始蓄意刁難，使得伊庫那陷入困境。原先侍奉基貝的貴族們一一被拉攏走，能夠維持土地運作的貴族人數驟減，基貝一家人只能團結一心，努力守護伊庫那。

「為了突破這樣的困境，布麗姬娣才自願成為羅潔梅茵大人的護衛騎士，得到了您的援助。伊庫那會想藉由結婚增加一族成員，這也是當然的吧。如今，伊庫那正因為製紙業不斷在發展進步，布麗姬娣也在努力從旁輔佐。」

「艾薇拉大人也找了門好親事，讓伊庫那往後仍舊能與大小姐保有聯繫。對布麗姬娣不會有壞處的。」

奧黛麗與黎希達相繼說道，我這才想起自己也曾聽說過艾薇拉幫忙找了對象。艾薇拉很喜歡聽戀愛故事，又和我不一樣，十分擅長社交，一定找到了對伊庫那與布麗姬娣都有益處的良緣吧。

「既然這是布麗姬娣的希望，那我也沒有意見……對了，還沒有決定好繼任的護衛女騎士人選嗎？」

「上一次因為還無人見過領主的養女，又必須出入神殿，所以想成為護衛騎士的人並不多，但這次想成為大小姐護衛騎士的人變多了。大小姐，請從中選擇您認為可以把性命托付給她的對象吧。」

但當然已先經過一番篩選──黎希達說完，奧黛麗也點點頭。

「安潔莉卡今年就要畢業了，所以需要一名明年之後，仍能與您一同在貴族院裡行動的見習女騎士。」

「大小姐，您可以考慮招納魔力較高的上級或中級騎士。如今布麗姬娣離開了，大小姐身邊已經成年的護衛騎士，只剩下下級騎士了。」

黎希達說得雖然有理，但目前這樣的狀態讓我覺得很自在，不太想改變。達穆爾雖是下級騎士，但如同本人說過的，他其實比較偏向文官，所以很善於指導兩名見習騎士的課業，也善於傾聽意見並進行調整。

由於身為上級與中級的見習騎士柯尼留斯與安潔莉卡都認同達穆爾的優點，願意互相托付工作，我的護衛騎士們才能相處愉快。所以比起魔力量與身分，我更想找到能與大家好好相處的人。

「我會與護衛騎士們討論後再決定。因為就算是再厲害的上級貴族，如果會破壞現在這樣能夠互助合作又和平共處的平衡，我也不想收為護衛騎士。」

……我不喜歡自己周遭的氣氛變得劍拔弩張。因為我想要的是可以不必在意周遭情況的環境，才能盡情沉浸在書本的世界裡啊。

晚餐會

換好衣服，我遵照斐迪南的指示，寫了要給波尼法狄斯的感謝函。我用的紙張加了形似幸運草的紅色勒科蘿絲葉，艾薇拉與班諾交涉過後，如今這成了我專用的便條紙。我靠著麗乃那時候的記憶，把紙張裁切成正方形，寫下內心的感謝後，就和學生時期與朋友交換書信那樣開始摺紙。

……我還記得摺法呢。而且心形剛好也和勒科蘿絲葉的形狀很像，真可愛。

最後在摺成心形的感謝函寫上「給祖父大人」，這樣就大功告成了。我坐上騎獸，朝著舉行晚餐會的大餐廳前進。今天不只有領主一家，卡斯泰德與艾薇拉也會一起用餐。

「大小姐，您看來很高興呢。」

「是呀。因為先不說在城堡用晚餐的時候，就連儀式和宴會的時候，父親大人與哥哥大人們也都是以護衛騎士的身分出席，所以就算都在餐廳裡面，也沒有一同用餐過吧？我很期待一起用餐呢。」

尤其今天還有雨果的新菜色與艾拉的新點心，真是讓人期待得不得了。

「羅潔梅茵大人到。」

餐廳的門扉打開，屋內除了領主夫婦與騎士團長一家，波尼法狄斯與斐迪南也到了。

「羅潔梅茵！」

「姊姊大人！」

朝我跑來的韋菲利特長大了。和我記憶中那種調皮搗蛋鬼的印象比起來，現在變得成熟多了。當然，這兩年來身高也長高了不少。以前因為我過了兩次七歲，所以若稍微放寬標準來看的話，看起來勉強還像同年。然而現在站在一起後，我們已經有著小學一年級生與四、五年級生的身高差距。

……嗚嗚，怎麼看都不像是同年的人。

「嗯？羅潔梅茵以前有這麼矮嗎？」

「我、我也很快就會長高的！」

魔力的凝固已經融解了七、八成，現在我的身體應該強健到了就算運動也不會突然暈倒。我預計可以像一般人一樣長高。

「這兩年來我可是非常努力，以後就換我保護妳了。我已經快要追上妳了喔。」

韋菲利特露出了得意洋洋的笑容。雖然我很想說「我才不會輸給您呢」，但如果不先確認韋菲利特進步了多少，我實在不敢亂說大話。因為對於接下來要去就讀的貴族院，我作的準備還不夠充分。

「姊姊大人不需要長高，現在這樣就已經很可愛了唷！」

雖然是不出所料，但現在連夏綠蒂也長得比我高了，她正從美麗的女童逐漸蛻變成美少女。兩個人如果站在一起，我一定會被誤認為是妹妹。眼看自己完全失去了姊姊的威嚴，我覺得好想哭。

「為了能夠保護姊姊大人，我努力的程度也不輸給哥哥大人唷。」

「那怎麼可以！我是姊姊，不能讓妹妹來保護我，應該是我要保護妹妹才對！」

我這麼宣告後，夏綠蒂欣喜地發出「哎呀！」叫聲，一雙藍色眼睛燦亮亮地低頭看我。看得出來她的眼神在說：真是太可愛了！這麼小的孩子好努力呢。

……太震驚了，明明我才是姊姊。

我感到灰心喪志，斐迪南輕輕把手放在我的肩膀上。

「羅潔梅茵，妳就接受兩人想保護妳的心意吧。他們兩人目前還不可能超越妳，妳只要在入學前的短期間內，展現出自己身為姊姊的威嚴即可。讓他們見識妳非比尋常的能耐吧。」

斐迪南這麼說完，我猛然抬起頭。

……在去貴族院之前，我要拚命學習，展現自己身為姊姊的威嚴才行！如果是一般孩童要學習兩年的知識，我應該可以馬上學會，到時再贏得夏綠蒂的尊敬就好。

我正用力握拳，下定決心時，在眼角餘光中瞥見假咳了好幾聲的波尼法狄斯。但是顧及身分，我必須最先向領主夫婦寒暄。我走到領主夫婦面前，跪了下來。

「養父大人、養母大人，讓兩位擔心了。」

「羅潔梅茵，站起來，妳這樣我看不到妳的臉。」

聽見齊爾維斯特夾帶著苦笑這麼說，我於是站起來，但他居然緊接著跪下來，與我雙眼對視。我吃驚地張大眼睛，同時周遭也一陣譁然。在領地內，領主絕不會在任何人面前下跪。我一時之間完全不知道該如何反應。但是，齊爾維斯特絲毫不理會周遭的驚呼聲，用雙手包住我的臉頰，把我往他拉過去，仔仔細細地觀察了我以後，才用手指輕輕捏起我的臉頰。

「嗯，看妳精神不錯，我就放心了。因為妳在遇襲以後，馬上就被帶到了神殿的秘密房間裡進行治療，斐迪南又不准任何人進去探望，所以大家都很擔心。」

這麼說來，斐迪南曾說過「打擾妳沉睡的人，我會悉數剷除」。看來那並不是誇飾，他連領主一族都禁止他們前來探視，真的替我把所有人都摒除在外。

「羅潔梅茵，這兩年來我一直有話想對妳說。」

齊爾維斯特放開我的臉頰，換成執起我的雙手。因為不曉得會發生什麼事，我強忍著想把手抽回來的衝動，側過臉龐問：「是什麼呢？」

「我不是身為領主，而是身為孩子的父親……感謝妳救了我的孩子們。」

齊爾維斯特低下頭，把額頭抵在我的手背上。我猜這大概是表達謝意的最高級行為吧。在牆邊待命的近侍們這次甚至沒發出半點聲音，而是倒抽口氣看著這邊。

……我知道你很感謝我了，快放開我！大家的視線好可怕！

我看向站在齊爾維斯特一步後方的芙蘿洛翠亞，用眼神向她求救，不料連她也跪下來，還追加攻擊說：「羅潔梅茵，我也由衷感謝妳。何止是艾倫菲斯特，妳更是我心目中的聖女。」明明我只是因為妹妹太可愛了，才會衝動行事，領主夫婦居然都跪下來低頭感謝我，我好想挖個地洞鑽進去！

「兩位快起來吧，羅潔梅茵都不知所措得渾身僵硬了。」

幸虧卡斯泰德小聲替我解圍，齊爾維斯特隨即站起來，回到平常的神態低頭看我。

「我聽斐迪南說了，在去貴族院之前，妳必須先補上這兩年落後的進度。想必會相當辛苦，但妳要盡己所能。」

「羅潔梅茵時常太過勉強自己，別忘了也要讓身體適度休息喔。」

與領主夫婦的寒暄結束後，我在胸前交叉雙手。

「也讓擔心妳的人們看看妳吧。」

「謝謝養父大人、養母大人。」我說完，才剛轉向卡斯泰德與艾薇拉，齊爾維斯特立刻小聲糾正。

「羅潔梅茵，接下來是波尼法狄斯。波尼法狄斯是領主的孩子，身分比騎士團長要高，別搞錯了。」

……噢噢，好險好險。

要是齊爾維斯特沒糾正，我完全不知道。我在心裡淌著冷汗，改變前進的方向。

「呃，祖父大人，這次……啊，不對，是謝謝您兩年前救了我一命。斐迪南大人告訴我，當時若不是祖父大人找到我，我很可能已經不在這個世界上了。」

我拿著剛才寫好的感謝函，開口呼喚波尼法狄斯。他一臉嚴肅，重重地點頭應道：

「妳能恢復健康就好。」我內心有些緊張，遞出感謝函。

「這是我寫的感謝函，祖父大人願意收下嗎？」

「嗯，當然……唔？這形狀還真是奇特。」

「唔呵呵，這是『愛心』的形狀喔。很可愛吧？」

「……『愛心』是什麼？有什麼涵義嗎？」

波尼法狄斯一臉不可思議，拿著摺成心形的感謝函旋轉翻看。我對他大力點頭，用兩手的食指與拇指比出心形作示範。

「這個心形是表示非常喜歡的意思喔。」

聽完，波尼法狄斯似乎大感吃驚，有好幾秒鐘的時間都張著眼睛動也不動。緊接著，他動作僵硬地重新動起來，表情極其凝重地瞪向我寫的感謝函。

「是、是嗎……」

波尼法狄斯盯著感謝函瞧的時候，周遭也籠罩著沉重的靜默。該不會波尼法狄斯並不喜歡愛心的形狀？雖說他現在已經退團了，但畢竟仍在騎士團大展身手，還會受託代行領主的職務，也許並不喜歡可愛的東西，比較偏好看來更有氣勢的形狀。

……我這個笨蛋大笨蛋！明明只要稍微想一下，就能猜到祖父大人會比較想收到男生普遍喜歡的頭盔和恐龍啊！

不——！我幾乎要抱頭哀嚎，但這時突然想到，摺紙只要攤開來就能重摺了！雖然會留下不好看的摺痕，但還是改成波尼法狄斯喜歡的形狀吧。

「那個、祖父大人，我也能摺出其他形狀喔！請讓我摺新的形狀給您吧。」

「不不不，這樣就好了。我很喜歡這個形狀，沒有必要重摺。」

波尼法狄斯邊說著「沒關係，不必了」，邊把感謝函舉到高處。看著他慌慌張張介意我反應的樣子，我有些垮下肩膀。

……在神殿都已經讓吉魯擔心我了，連祖父大人也在顧慮我的心情。

我又失敗了。不過，這次我也決定接受身邊人們的好意，於是伸手指向感謝函。這裡沒有摺紙的文化，如果不多作說明，大概不知道怎麼看裡頭的內容吧。

「祖父大人，感謝函只要攤開，就可以看到裡面的內容唷。」

「嗯？攤開？」

「現在這樣看不到內容吧？請您借我一下。」

我從眉頭依然皺在一起的波尼法狄斯手中借走感謝函，攤開摺成心形的紙張。「這樣一來就能看到裡面的內容了，對吧？」我邊展示感謝函上的內容，邊抬起頭。

……嗚咦?!

波尼法狄斯的表情彷彿世界末日到來般，低頭看著我手中的紙張。他的雙眼瞪得老大，臉上血色盡失，只差沒說「我真不敢相信」。怎麼看都不像是很高興收到感謝函的人會有的反應。該不會我也和哈塞的前鎮長一樣，在毫無所覺的情況下犯下了無法挽回的失誤？我臉色慘白，來回看著感謝函與波尼法狄斯。

「……祖父大人，難、難道是我寫了什麼失禮的話或是措辭嗎？」

「沒這回事，我只是驚訝妳竟然寫得這麼好！羅潔梅茵的字真漂亮。」

……嘴上雖然這麼說，但這絕對不是稱讚別人時會有的表情。他臉上明明寫著「怎麼會這樣?!」。

明明是想給對方感謝函，要是結果做出了失禮的事情，那就太糟糕了。雖然波尼法狄斯假裝沒事，還稱讚我想要帶過這件事，但往後面對其他人可不能這樣。我不能完全不知道自己做錯了什麼事。萬一真的做了什麼失禮之舉，必須馬上道歉才行。我整個人不停發抖，噙著淚水看向身邊的人想要求助，卻看見齊爾維斯特正在死命忍笑。

……養父大人不行，他根本在幸災樂禍。

我立刻跳過一臉像是找到了調侃機會的齊爾維斯特，轉向與波尼法狄斯有深厚關係的雙親求救。察覺到了我的視線後，艾薇拉走上前來。

「母、母親大人，我是不是犯下了什麼嚴重的疏失呢？」

「不不，羅潔梅茵，妳沒有做錯任何事情喔。別露出這種快哭出來的表情，沒事的。對吧，艾薇拉。羅潔梅茵做得很好，妳說是不是？」

連波尼法狄斯也跟著慌了起來，交互看著我與艾薇拉。

「你們兩位都冷靜一點……羅潔梅茵，我幫妳檢查感謝函上的內容有無不妥吧。」

「母親大人，麻煩您了。」

我遞去感謝函後，艾薇拉看完，為我保證說道：「沒問題的，感謝函上沒有任何失誤和不該有的措辭唷。」我聽了總算如釋重負。

「多半是看到妳破壞了感謝函原先的形狀，波尼法狄斯大人才這般吃驚吧。這封感謝函還能變回原先的樣子嗎？」

「是的，我馬上重新摺回去。」

我用力點頭後，波尼法狄斯也顯得鬆了一口氣。看來是人不可貌相，波尼法狄斯好像喜歡可愛的東西。我在桌上重新把感謝函摺回愛心的形狀。韋菲利特與夏綠蒂一臉興味盎然地看著我摺紙。

「一張紙居然能摺成這種形狀。」

「姊姊大人，請您下次也給我一封這樣的信。形狀真是可愛呢。」

「當然沒問題。」

看樣子我不只引起夏綠蒂的興趣，也稍微贏回了她的尊敬。我的心情稍稍好轉，笑容滿面地把摺好的心形感謝函交給波尼法狄斯。

「祖父大人，請您收下。」

波尼法狄斯接過心形感謝函後，再度臉色凝重地打量起來，然後「嗯」地肅穆點頭。看來他想仔細觀察事物的時候，就會露出這種嚴肅的表情。

我總算安下心來，環顧四周。然後在看到斐迪南時，想起了他對我說過，要我請波尼法狄斯教我身體強化的訣竅。

「對了，我有事情想要拜託祖父大人。能請您教我如何身體強化，以及強化時的訣竅嗎？」

我這麼拜託後，波尼法狄斯倏地張大眼睛，然後嘴角往上揚起，搥向自己的胸膛大口噴氣。

「包在我身上！我會讓妳成為艾倫菲斯特最強的人！」

我從沒想過要成為最強的人，也不覺得自己有辦法達成這種目標。看到波尼法狄斯這麼鬥志高昂，我感受到了訓練途中有可能沒命的危險，急忙補充說：

「祖父大人，請等一下。我並不是想要變強，而是希望就算沒有輔助用的魔導具，我也能和常人一樣行動。」

「……和、和常人一樣？」

波尼法狄斯眨了好幾下眼睛，像是聽不懂我在說什麼。我用力點了點頭。以前是因為我完全沒有體力，才不需要進行這種訓練，但既然現在我的身體變健康了，就該接受訓練增強體力。

「在尤列汾藥水裡沉睡的這兩年來，我的體力下降太多，所以即使戴了能輔助身體強化魔法的魔導具，也只能像一般人一樣行動。所以首先呢，我希望自己可以不戴魔導具就能行動自如。」

說明了自己現在的情況後，波尼法狄斯吃驚得瞠大雙眼，然後從頭到腳把我看過一遍，像是想要確認我是不是真的活著。

「這、這可難了。我從未教過無法動彈的人如何使用身體強化魔法。動也動不了的人，該怎麼做才能動起來？」

「咦？我、我不知道。」

「對妳進行特訓真的沒問題嗎？」

「請在不會有生命危險的前提下，麻煩祖父大人了。」

我與波尼法狄斯一同陷入苦惱，不知道該怎麼辦。這時，一臉無奈地按著太陽穴的斐迪南深深嘆一口氣，為我們提供了建議。於是我們決定先拿掉右手臂上的魔導具，從只對右手臂使用身體強化開始練習。

晚餐會開始後，大家向我說明城堡這兩年來發生了什麼事情。大部分都是斐迪南已經告訴過我的內容。由於三位哥哥大人都是領主一族的護衛騎士，所以聽說無一倖免地接受了波尼法狄斯嚴格的訓練。

「祖父大人真是厲害呢。只可惜那時候我被裹在布裡頭，又因為藥的關係睜不開眼睛，無法親眼目睹祖父大人的英姿。」

「沒錯，我很厲害喔，現在也還不輸給卡斯泰德。」

坐在旁邊的波尼法狄斯告訴我，這兩年來騎士們在實力的增長上有著明顯的差異。原來是我教過魔力壓縮法的人進步得特別多。正確地說，是現在也還在進步當中。而且聽說學了魔力壓縮法、又正值發育期的見習騎士們成長幅度最大。與此同時，想知道魔力壓縮法的貴族也越來越多。

「羅潔梅茵，妳是否該找個時間教大家如何壓縮魔力？唔，當然也要優先考慮妳的身體狀況，但似乎有不少人都急著想要知道。」

波尼法狄斯不停偷瞄我的表情，提出了這樣的建議。我先前教過魔力壓縮方法的對象，除了領導階層以外，皆以領主一族的護衛騎士為主，多是上級騎士與中級騎士。唯一例外的下級騎士只有達穆爾一個人。由於現在他的魔力仍在一點一點慢慢增加，所以聽說程度原本與他相當的人都感到十分焦急。

……我想也是，明明同樣接受了祖父大人的嚴格訓練，已經成年的達穆爾卻還在繼續成長，與他相比之後，自然也想知道魔力壓縮法吧。

「請問人選已經篩選完畢了嗎？」

我看向領主夫婦，齊爾維斯特慢慢點了點頭。

「只差得到妳的同意。」

「那麼，到了冬季社交界的尾聲我再教大家吧。」

「要等到尾聲?!那還久得很吧！」

波尼法狄斯驚愕地抬高音量，我看著他點點頭。

「因為貴族院一年級的時候，就會學到如何壓縮魔力了吧？所以我想看看韋菲利特哥哥大人這兩年來的成長，再考慮是否要讓他加入。如果韋菲利特哥哥大人可以參加，他的護衛騎士也就可以參加了。」

韋菲利特的護衛騎士們站在牆邊，克制地發出了「噢噢」的歡呼聲。

之前指導領主一族的護衛騎士時，我因為白塔那件事，認為韋菲利特的護衛騎士還不值得信任，所以拒絕把魔力壓縮法教給他們。但蘭普雷特因為和我是家人，並未被摒除在外，所以除了他以外，其他人的成長幅度好像都不大。畢竟當時才剛發生韋菲利特那件事，我也沒料到自己會睡上兩年，這也是無可奈何。但是經過這兩年，韋菲利特與夏綠蒂的護衛騎士之間，實力應該拉開了不小的差距。我認為這不是好事。聽了我的主張後，斐迪南頷首。

「羅潔梅茵，既然妳想盡快給予韋菲利特機會，這樣也好。等妳自己確認過了韋菲利特的行為與成長，再交由妳作判斷吧。韋菲利特，你身為上位者，採取行動之前切記都要考慮再三。」

「我明白，叔父大人。」

……看來經過這兩年，韋菲利特哥哥大人與神官長的關係也變好了一點呢。

我一邊感受著大家外表之外的變化，一邊傾聽哥哥大人們訴說波尼法狄斯的特訓有多嚴厲，艾薇拉也告訴了我印刷業在哈爾登查爾的進展，韋菲利特與夏綠蒂也說明了兒童室現在的情況與大家的學習進度，晚餐會就此落幕。

短期集中講座與準備

隔天，由斐迪南主導的短期集中講座開始了。吃完早餐後，先是邊看書邊複習前一天的進度。等到諾伯特前來通知，就往斐迪南的辦公室移動，然後直到中午為止都是不間斷的上課。斐迪南把兩張辦公桌併在一起，上頭擺滿了大量資料。地理和歷史若沒有資料就很難理解，斐迪南善用資料講解得非常徹底。

……貴族院的圖書館，等著我吧。我會盡快飛奔過去的！

午餐過後，要與韋菲利特還有夏綠蒂一起練習飛蘇平琴。不知道是因為我在浸入尤列汾藥水前斐迪南安排的練琴行程太嚴格，還是因為我擁有麗乃那時候的記憶，我的進度似乎超前了許多。羅吉娜說得沒錯，就算是和韋菲利特相比，手指頭恢復了靈敏度後，我很快就達到了能去貴族院的水準。

……神官長，謝謝你！我第一次打從心底感謝你的斯巴達教育！

練琴之後，是奉獻舞練習與騎士團的特訓，每隔一天輪流進行。

奉獻舞是一種成年的慶賀儀式，會在貴族院的畢業典禮上表演。為了慶祝冬去春來，也為了祝賀迎來成年的學生，要向諸神獻上歌舞。見習騎士當中會挑選出二十名成績優秀者，由他們獻上劍舞；領主候補生中則是選出七人跳奉獻舞。除此之外的人負責獻上音樂與歌聲。如果能被選上，對個人和領地來說都是種榮耀，所以聽說每個人都會傾注全業歌盛大一點吧。

力，希望能被選上。我想這大概算是成年禮與畢業典禮的一種表演節目，然後會比齊唱畢

「既然要經過選拔，我沒有必要非練習不可吧？可以讓其他人參加……」

「妳這笨蛋，領主候補生是強制參加。況且到了貴族院還得接受測驗。雖然有時因為該年度的領主候補生人數不足，才有上級貴族會被選上，但如果妳表現得比他們還差，會使整個領地蒙羞。」

看來奉獻舞比我預想的還要重要。既然奉獻舞還有測驗，也只能努力練習了。不知道麗乃那時候的習舞經驗能不能稍微派上用場。

「斐迪南大人也會跳奉獻舞嗎？」

我隨口問道，斐迪南神色自若地回答：「嗯，當然。」想也知道肯定和飛蘇平琴一樣，連奉獻舞也跳得無懈可擊，讓女學生們都為之神魂顛倒吧。

和我一起練習奉獻舞的，還有韋菲利特與夏綠蒂。兩人都已經練了一年的時間，所以早就學會基本舞步，也跳得有模有樣。

「男舞與女舞不同，但兩者皆以旋轉為主。舞蹈的基本就是旋轉。」

奉獻舞的舞步以旋轉為主，必須優雅且柔美地水平移動，而不是又蹦又跳。

「跳舞時保持緊繃非常重要，這點與克麗賽很像呢。」

克麗賽和陀螺一樣，都是種在旋轉的時候必須保持平衡的玩具。

「克麗賽維持著完美平衡旋轉的時候，看起來就彷彿靜止一般吧？然而一旦失去平衡，克麗賽也會變得不穩，最終停下。跳舞時也一樣，必須保持著繃到極限的緊張感，讓

自己看來如同靜止一般，中軸絕不能有絲毫的不穩。軸心若是偏移，便無法跳出美麗的舞姿。」

……這樣聽起來，麗乃那時候日本舞的老師也說過一樣的話呢。

麗乃那時候，母親說著「搞不好妳會產生興趣啊？凡事都先試三年再說」，強迫我學了日本舞和芭蕾舞。因為母親還說了，只要老師認同我跳舞有進步，就會買書給我，所以為了得到更多的書，我便在誘惑的驅使下勤奮練舞。上課期間，還一直為無法看書感到非常痛苦，但還是上完了整整三年的課。

……但現在因為身體完全動不了，都成了派不上用場的知識。

「跳奉獻舞時，最需要的是一顆虔誠的心。必須誠心誠意向諸神獻上祈禱與感謝，這點才是最重要的。」

……嗯嗯。也就是說如果認真祈禱，有可能會和首次亮相時一樣，發生演奏到一半飛蘇平琴飄出了祝福光芒的情況吧。這次要小心。

「我非常明白了。」

學習了基礎舞步後，首先從柔軟操開始做起。

……好痛痛痛痛痛！我的身體好硬！

有特訓的日子，則要前往騎士團的訓練場，與波尼法狄斯和艾克哈特一起進行身體強化魔法的特訓。訓練內容是拿掉輔助用的魔導具，試著僅以自己的魔力強化手臂，讓手臂能夠動彈。他們說在強化身體的同時，我還必須要能夠變出騎獸、揮舞武器，這樣才稱得上是強化成功。

練習了好幾天後，我已經能在拿掉魔導具的情況下，一邊對右手臂使用身體強化，一邊變出騎獸。安潔莉卡看到後，身子猛然一晃，整個人大受打擊。

「羅潔梅茵大人，為何您能如此輕易地施展身體強化的魔法呢？我花了一年半的時間，才有辦法同時變出騎獸……我突然沒有自信再擔任您的護衛騎士了。」

「哈哈哈！羅潔梅茵是領主一族，就算強化了身體，也還有足夠的魔力可以做其他事。她能成為領主的養女就是因為她的魔力，妳羨慕也沒用。安潔莉卡，妳至今一直努力增加魔力，也在訓練自己如何使用更少的魔力進行身體強化。往後也一樣踏踏實實地增加魔力，精進自己的技巧，減少身體強化所需的魔力量吧。」

波尼法狄斯笑著又說：「至於怎麼節省魔力，妳好好向達穆爾看齊吧。」達穆爾因為總是在想「要如何用最少的魔力量戰鬥」，聽說非常認真在研究如何節省魔力。儘管戰鬥時的表現樸素又低調，但比起其他下級騎士，無謂浪費掉的魔力非常少。

「主人的師父說得沒錯。主人的主人因為還不習慣身體強化的魔法，也因此額外浪費了不少魔力。施展上是主人更加得心應手，妳不需要沮喪。」

聽到魔劍斯汀略克這麼說，安潔莉卡才抬起頭來。安潔莉卡不只是波尼法狄斯認可的弟子，如今更成為了能使用身體強化魔法的騎士，連上級騎士會用的人也不多。斯汀略克看來也培育得相當順利，刀身變得比以前還要長。

「斯汀略克也變長了呢，這兩年來是否學到了許多新知識？」

「是啊，因為主人的記性太差，我只能多費點心。」

明明斯汀略克是在講安潔莉卡，但用斐迪南的聲音和語氣說出來，我卻覺得好像是在罵我說：「妳這傢伙記性真差，也想想我的辛勞。」這時波尼法狄斯假咳了聲，迅速往我面前遞來一把短劍。劍柄上鑲著偌大魔石，所以我猜這把也是魔劍。

「羅潔梅茵，我也培育了魔劍。能為我注入妳的魔力嗎？」

「……呃，祖父大人，我現在被禁止為他人的魔劍注入魔力。」

「妳說什麼?!」

雖然對一臉雀躍期待的波尼法狄斯很過意不去，但我不能擅自為他人的魔劍注入魔力。我說明經過了斯汀略克一事後，斐迪南禁止我再這麼做，波尼法狄斯便臉色凝重地沉吟起來：「唔、唔……需要斐迪南的許可嗎？」感覺得出波尼法狄斯為了得到許可，很可能現在就衝去找斐迪南，我急忙提醒他。

「可是，就算斐迪南大人允許了，我也要先習慣怎麼操控自己的魔力，否則很難成功。因為從尤列汾藥水裡醒來後，我現在還無法靈活操縱自己的魔力。」

舉例來說，這就像是我以前本來都是用水壺澆水，現在都只能改用桶子。在調節上相當困難。施展身體強化魔法時因為會用到大量魔力，感覺上像是往水盆注水，所以我用桶子還沒問題；但若要為魔劍注入魔力，感覺需要用大湯匙仔細測量後再倒入，對於只能用桶子的我來說太困難了。我現在的魔力大概就是這種感覺。

「還有，我當初在注入魔力的時候，是因為心想著必須要有人能嚴格指導安潔莉卡才行，所以魔劍才會像斐迪南大人那樣說話。可是，我完全想不到祖父大人還有哪裡需要補足。因為祖父大人已經很強了呀。」

「……是嘛。我已經很強了啊。」

訓練或者練舞結束以後，要先沐浴洗去汗水，然後吃晚餐。晚餐過後看書預習明天的進度，直到黎希達搶走我手上的書，就要上床睡覺。每天都要學習各種新知，該看的資料也越堆越高。只是看的話還好，要背下來卻很難。

……不過，我還是會加油的。我要贏得夏綠蒂的尊敬，成為優秀又出色的姊姊，然後在貴族院過著成天窩在圖書館的生活！

一年級的魔法相關學科並不難，都在學習魔力與魔石的基礎。魔力與魔石各自都有對應的屬性，也與諸神的貴色有關。只要記住哪個屬性是哪種顏色就好了。之前因為身分的關係，我得背下聖典的內容，所以光是聽個大概也能完全理解。

但是，歷史很難。又長又相似的國王名字接連出現，害我感到頭昏眼花。不過，因為從神話開始直到建國為止，這部分的歷史聖典上早有記載，所以很久前我就知道了。這算唯一的救贖吧？

「久遠以前的歷史，妳只要記住大概即可。近幾十年的歷史，妳才需要了解得非常透徹。尤其是中央發生政變以後，局勢產生了哪些變化，又有哪些地方因而興起，這些妳都要了解清楚。這也與妳今後在貴族院的人際關係密切相關。」

我看向斐迪南攤開來的王族家系圖。王族果然也是讓孩子們互相競爭，讓能力更強的人成為國王。先前發生的政變，就是源自於第一王子與第三王子的勢力鬥爭，鬥爭甚至嚴重到了幾乎要讓國家一分為二。

後來第一王子落敗，第三王子被第一王子在臨死前派出的刺客暗殺，雙雙命喪黃泉。緊接著，變作第四王子與第五王子以各自的權力為後盾，再度展開鬥爭，最後是第五王子贏得了勝利。但是，可能是因為在激烈的鬥爭中，第五王子自己好幾次都險些喪命，於是對第四王子及其親族，還有支持他的貴族們，進行了大規模的肅清。

「但也因為這樣導致國力大幅下降，王族是笨蛋吧？」

「這樣說確實不錯，但笨的人是妳。小心禍從口出。當初支持了第五王子，也就是當今國王的貴族們，現在在貴族院走起路來可是大搖大擺。」

「因為就算要肅清，對象也不完全只有敵人吧？像這邊的公主與她的孩子，連他們也肅清就太超過了吧？」

我指著家系圖說。王族的家系圖上，正常死亡的人是用一條橫線劃掉名字，但在政變中遭到肅清的人是劃上叉叉。有血緣關係的男性自是不用說，但連與繼承人之爭沒什麼關係的公主及其女兒都慘遭肅清。

「雖然妳認為這樣太超過了，但一般都不想再留下會引來鬥爭的種子吧？」

「危險的幼苗當然是不要留下比較好，可是肅清之後，若導致能維持國家運作的貴族減少太多，國土日漸貧瘠，那我覺得這樣子確實太超過了。起碼應該讓公主活下來，她才能再產下擁有強大魔力的孩子吧？可以讓公主嫁給自己派系的貴族，不然就是利用她，來侵占反對派貴族弱化後的領地……至少我認為沒必要殺了她。」

「妳說的雖然有理，但那位公主被殺也是無可厚非。因為這位公主花名在外，為了產下擁有更高魔力的孩子，與許多男子都有往來。若是放任不管，難保哪天不會有人突然擁戴死去王子的孩子。」

聽到王族這麼恣意妄為，我不禁感到想吐。公主居然到處風流，不知道什麼時候會冒出誰的孩子，老實說我真不明白這和青衣神官有什麼分別。

「如今王族與貴族的人數驟減，別說王族了，有權勢的貴族們也亟欲增加自己一族的成員，並且要魔力強大。雖說妳現在穿戴著輔助身體強化用的魔導具，所以乍看下魔力並不高，但還是要小心別被人突然擄走。」

「這什麼意思?!太恐怖了吧！」

「這是妳該面對的現實。所以到了貴族院，絕不能離開護衛騎士與黎希達半步。」

我害怕得雙眼冒出淚水，點頭如搗蒜。

這段日子來，我每天都要看教科書、練習奉獻舞、在波尼法狄斯的指導下練習怎麼有效率地強化身體，還得趁著空檔作好前往貴族院的準備。首先最該準備的東西，就是衣服。聽說大量的布料早已備妥，隨時都可以開始縫製新衣，但因為不知道我什麼時候才會醒來，所以都還未著手進行。

由於沒過多久我就要出發去貴族院了，這次動員了艾薇拉與芙蘿洛翠亞的專屬裁縫師，還有我的專屬裁縫師珂琳娜縫製新衣。為此，這天艾薇拉與芙蘿洛翠亞也來到了我的房間。

「居然還命人在貴族院蒐集有關服裝流行的資訊，真不愧是羅潔梅茵呢。」

在達穆爾幫忙整理的貴族院情報中，還有關於他領領主候補生所穿服裝的資料。聽說是名為布倫希爾德的上級貴族提供的，報告內容相當詳盡，還表示希望我與夏綠蒂要進入貴族院就讀的時候，可以參考這些資料縫製新衣。

其實我根本沒打算要蒐集這方面的資訊，芙蘿洛翠亞卻稱讚我有先見之明。看來不管是什麼樣的情報，都會在某方面上對某人產生到幫助，所以我想還是維持現狀，讓大家繼續蒐集各領域的情報吧。

順便說，我想要的各地故事則是半點消息也沒有。由於我從未預計要在冬天就使用尤列汾藥水，也打算親口向大家好好說明，所以只寫了「請在貴族院蒐集情報」，這真是我最大的敗筆。看完整理好的情報後，我垂頭喪氣，柯尼留斯還苦笑著對我說：「妳留下來的指示只寫著蒐集情報，我們哪想得到是指蒐集故事。」

「大小姐，您應該先準備今年冬季社交界要穿的服裝。」

「那我直接穿以前的衣服就可以了吧？不知是幸或不幸，我一點也沒有長高。」

從剛才開始，我與黎希達就在討論該優先縫製哪些衣服。黎希達認為應該要照著會穿到的順序製作，但我想優先製作要帶出去的服裝。悲傷的是，我在沉睡期間完全沒有成長，所以兩年前的衣服還是可以繼續穿。

聽了我與黎希達各自提出的意見後，艾薇拉輕輕嘆氣。

「我現在總算明白，為什麼斐迪南大人會說妳的認知還停留在兩年前了。羅潔梅茵，就讀貴族院，就代表妳已經十歲了，裙長必須與以前不同。即便妳毫無成長，也不能再穿從前的服裝。」

……啊，對喔。裙長會改變。

女孩子年滿十歲後，裙長會從及膝改為長達小腿。原本我應該要感受到自己的成長，為此歡欣鼓舞才對。然而，我不只外表和內在都沒變，也沒有人慶祝我年滿十歲，所以我一點也不覺得高興，只覺得很奇怪。

「出席社交界首場宴會的服裝，也只能重新製作了吧？」

「……如果是首場宴會的服裝，我想只要修改裙長就可以了。這樣一來也能省下許多時間吧？」

我從成排站在一旁等候的裁縫師當中，喚來珂琳娜。

「珂琳娜，麻煩妳修改這件裙子的長度。從內側加上長及小腿的裙子，再把原先的裙子像這樣子提起來，然後加上花飾。」

以前參加平民區的洗禮儀式時，我就是修改了多莉的正裝來穿。我照著那時候的修改方式，建議珂琳娜把原先的裙子提起來呈氣球狀，再加上花飾當作點綴。我希望宴會用的服裝簡單修改就好，然後在內側加上小腿長度的裙子。

關於我是如何簡單修改正裝，珂琳娜以前就聽母親說明過，所以馬上理解了我的要求。她拿出針線，先簡單地提起裙子，讓裙襬如氣球般膨起後，再暫時縫起來固定住，接著請其他裁縫師拿布料過來，邊向艾薇拉與芙蘿洛翠亞展示，邊說明會如何修改。

「正如羅潔梅茵大人所說，只要在內側另外縫上長及小腿的布料，服裝便會變成像這樣的款式。請問兩位覺得如何呢？」

「哎呀，這真是可愛呢。款式就這樣繼續保持，但內側要另外加上的布料，麻煩使用今年流行的顏色吧。」

「如果要在提起來的地方加上花飾，胸口也擺上一樣的花飾是不是更好呢？」

珂琳娜把艾薇拉與芙蘿洛翠亞的要求寫在木板上，從帶來的行李中拿出花飾，擺在兩人指定的位置上。

「依照領主夫人的意見，胸前的花飾可以選用小花，再像這樣組排在一起也十分可愛呢。兩位認為這裡頭有適合的花飾嗎？」

艾薇拉與芙蘿洛翠亞發出雀躍的話聲，決定了花飾的大小與顏色，也從珂琳娜所準備的，今年顏色正流行的布料當中，挑選出了適合的材質。我趁著這段時間測量尺寸，果然一點變化也沒有。

決定好了冬季社交界的服裝後，接著是要帶去貴族院的衣服。貴族院雖然沒有制服，但規定服裝必須以黑色為底。聽說是為了向吸收一切的黑暗之神表達敬意，並藉以表示自己在貴族院的時候，也會充滿渴求地吸收新知。

不過，唯一的規定就只有「以黑色為主」，除此之外相當自由。根據布倫希爾德在貴族院蒐集來的資訊，有人會在黑衣上繡滿五顏六色的刺繡，也有人會在袖子貼身的黑衣外再披上感覺像是波麗露罩衫、袖子也輕柔飄逸的短外套，然後依據上課內容調整袖子的長度。

「比起有刺繡的，我更想要這種可以調整袖子長度的衣服呢。」

長袖實在太礙事了。但是，有些課程例如術科的宮廷禮儀課，必須穿上長袖的服裝出席。如果能夠藉由穿脫短外套調整袖子的長度，真是太方便又有效率了。我如此主張後，芙蘿洛翠亞、艾薇拉與黎希達卻不約而同搖頭。

「領主候補生絕不能穿上這種袖子貼身的服裝。」

「……咦？可是領主候補生除了一般課程外，還有術科的課程吧？袖子不會很礙事嗎？」

「能夠優雅地克服這個難題，才是領主候補生應有的表現唷，羅潔梅茵。」

芙蘿洛翠亞笑吟吟地說道，駁回了我想更改袖子長度的請求。這下也沒辦法。只能自己準備好綁起袖子用的繩子，手動調整袖子長度了。

關於服裝，除了長度的修改以外，我的意見幾乎不被採納，由三人全權決定了服裝要如何製作。與其穿上旁人覺得怪異的服裝，還是交給三個人決定吧。

幸虧動員了大量的裁縫師，我的服裝在冬季社交界開始前順利完成了。

「羅潔梅茵，妳的專屬廚師與專屬樂師能派去貴族院嗎？」

某日晚餐席間，齊爾維斯特這麼問我。到了貴族院，學生們會依據領地在宿舍裡生活。齊爾維斯特說了，屆時會從地位高的學生手下挑出五名專屬樂師，廚師也是連下人都包含在內，會從城堡的廚師當中挑選出五個人，悉數派往貴族院。

由於我與韋菲利特是領主候補生，在宿舍裡是地位最高的人，所以我的專屬樂師已自動被列入人選當中。但艾拉與雨果雖是我的專屬廚師，卻也因為我會往返神殿和城堡，所以兩人不算是城堡的廚師，齊爾維斯特才想徵得我的同意後再指派他們。

「妳去了貴族院，不在城堡的這段期間，會讓兩名專屬廚師返回神殿吧？與其如此，我希望能更有效率地活用廚藝精湛的廚師。」

「畢竟熟悉的味道是最好的，所以我不介意讓兩人同行喔。不過，新的食譜並不會因此就教給一起過去的其他廚師唷。」

如果是艾拉與雨果這兩年來自己研發的食譜，我倒不會加以限制，但我所構思的食譜除了付過錢的以外，絕不外流。齊爾維斯特看起來似乎有些期待得到新食譜，所以他聽完後，一臉死了心地點頭。

「……好吧，這也沒辦法。但如果可以的話，我希望妳與韋菲利特在參加領主候補生的聚會或茶會時，能夠提供我向妳購買過的那些點心。」

「養父大人不是想保密嗎？」

我記得他嚴格命令過貴族們，關於教材、繪本和新食譜，都不得向他領洩露。現在要解除這項限制了嗎？我詢問後，齊爾維斯特從容不迫地環抱手臂。

「因為妳想出來的這些東西，每一樣都具有強大的影響力。在妳本人進入貴族院之前，我認為先保密比較妥當。但是，今後好幾年的時間，你們都將以領主候補生的身分就讀貴族院，我想趁著這個大好機會，盡可能提升艾倫菲斯特的影響力。」

齊爾維斯特這麼說明的時候，臉上是領主的表情。不知道他在腦海中究竟勾勒了怎樣的未來，但考慮到與亞倫斯伯罕的關係，多多提升影響力有益無害吧。

「依照斐迪南大人告訴我的，我只要提升大家在貴族院的成績就好了吧？」

「嗯，沒錯。」

「那麼領地願意提供多少預算呢？如果想認真提升領地的整體成績，我已經想到了幾個方案。但若只由我和學生們來負擔，金額太龐大了。根據領地在教育方面願意提供的經費，能夠進行的事情也不一樣。」

做任何事都需要錢，也需要時間。如果能早一年醒來，為了提升大家在貴族院的成績，我就可以採取更多的行動了。

「從現在開始直到前往貴族院，時間已經所剩不多，所以也無法執行任何計畫。正式的準備只能等到春天再開始了。今年我打算先確認教材至今發揮的成果，再根據蒐集來的情報與實際情況作比較，努力了解現況。以上述為基礎，我會想出幾個可以提升領地整體成績的方案，所以請養父大人負責編列預算吧。」

「……我知道了。貴族院就交給妳和韋菲利特了。你們身為領主候補生，要好好督促眾人。」

齊爾維斯特以領主身分下令後，韋菲利特也一臉正色，點頭應道：「是。」

之後，我在黎希達的指示下準備行李，也接受了斐迪南的短期集中講座，吸收各種知識。漸漸地秋天也進入尾聲，迎來了細雪飄飛的冬季。

頒授儀式

這天是冬季社交界的首場宴會。除了要舉行冬季的洗禮儀式，今年受洗的孩子們也將首次亮相，還會舉行貴族院新生的頒授儀式。由於我必須出席頒授儀式，今年的洗禮儀式與首次亮相都是交由斐迪南主持。我心情相當悠哉地由人為我整理頭髮、換上衣服，從容地作著準備。

「姊姊大人，要不要一同前往大禮堂呢？」

像是算好了我作好準備的時機，夏綠蒂也結束了準備，來到我的房間。我立刻說好，走出房間。

「姊姊大人因為要前往貴族院，最近都在接受特別課程，明明人在城堡，我們卻只有在練習奉獻舞和晚餐時才能見到面，我覺得有些寂寞呢。」

……夏綠蒂還是一樣這麼可愛！

如今妹妹變得比我更高這項事實，對我造成的打擊大到了內心甚至出現裂痕。但是，夏綠蒂為了感謝我從綁架犯手中救了她，也想為她帶走了我的護衛騎士，導致我身陷險境一事道歉，送了一本書給我。在收到書的瞬間，我內心對夏綠蒂的喜愛更是呈直線上升，連因為比她矮而受到的衝擊也煙消雲散。

……我的妹妹真是太堅強、太可愛了。

我變出騎獸坐上去後，與夏綠蒂一邊閒話家常一邊下樓。韋菲利特也已經作完準備，在樓下等著我們了。

「羅潔梅茵，妳還要使用騎獸嗎？浸過藥水後不是變健康了？」

看到我坐著騎獸下樓，韋菲利特瞪大眼睛。

「身體雖然有變好一點，但我現在還是不戴魔導具就無法行動喔。」

「什麼?! 妳不是說過妳在騎士團會和波尼法狄斯大人一起訓練嗎？那根本是自殺行為吧?!」

護衛騎士們接受著堪稱地獄等級的嚴苛鍛鍊時，聽說韋菲利特就在旁邊自主訓練，所以看在他眼裡，與波尼法狄斯一起進行訓練簡直與自殺無異。事實上連我自己也產生過「搞不好會死」的想法，所以說不定大家看了都這麼認為。

「祖父大人只是教我身體強化的魔法，並未對我進行嚴格的訓練喔。」

「姊姊大人的奉獻舞也進步得很快，我還以為您早就康復了呢。」

兩人似乎都以為我在城堡生活的期間已經逐漸康復，但絕對沒有這回事。

「……我打算從貴族院回來以後，才要拿掉魔導具，慢慢恢復力氣和體力。因為很快就會拿掉，所以幾乎沒有告訴任何人。」

我坐著騎獸移動時，韋菲利特與夏綠蒂走在我旁邊，護衛騎士則在四周保護我們。兩年前遇襲後，這是我們三個人首次一起移動，看得出來身邊的人也都有些緊張。

「我有點緊張呢，明明犯人都已經抓到了……」

夏綠蒂顧慮到大家的心情，微微笑著說道。大家也跟著笑了起來，緊張的氣氛和緩了一些。

到了大禮堂前面的最後一個轉角，我走下騎獸。接下來不能再使用騎獸了，之後更幾乎要站上一整天。

……我真的沒問題嗎？

也許是不安表現在了臉上，走沒幾步路後，韋菲利特擔心地皺起眉頭，朝我伸出手來。

「……羅潔梅茵，妳要不要抓著我的手臂？」

「不了，我因為走路速度慢，韋菲利特哥哥大人會很累的。您和夏綠蒂可以先走喔。我會依照自己的身體狀況，調整走路速度。」

「不行。大人吩咐過了，今天我們三個人要一起行動。」

韋菲利特與夏綠蒂都不肯退讓，結果變成了全員都要配合我的步伐。我們帶著護衛騎士大陣仗地移動，占據了大禮堂最前面的位置。移動途中，大概是因為韋菲利特、夏綠蒂和護衛騎士們團團圍住了我，所以完全遭到淹沒，前來問候的貴族們發現我後，全驚訝地雙眼圓睜。

「羅潔梅茵大人，您醒來了嗎？」

「這真是值得慶祝的好消息。那麼，我能與羅潔梅茵大人一同就讀貴族院了吧？我好高興呢。」

「是的，葛雷修伯爵、布倫希爾德，姊姊大人已經康復了唷。」

夏綠蒂走到我前面，笑吟吟地與之應對。記得布倫希爾德比我大兩歲，我三年前曾在兒童室裡見過她。她有著一頭深紅色直髮，淡褐色眼睛，我想應該是喜歡聊天、追求流行的女孩子。沒記錯的話，在貴族院蒐集了領主候補生服裝資訊的女孩，就叫作布倫希爾德。

我站到夏綠蒂旁邊，對布倫希爾德露出微笑。我想還是要先正式道謝。

「布倫希爾德，妳在貴族院蒐集到的服裝資訊，對我非常有幫助喔。」

「哎呀，能為羅潔梅茵大人貢獻己力，是我的榮幸。」

布倫希爾德興奮得抬高了音量，其他貴族為了問候，也紛紛開始聚集。畢竟我沉睡了兩年，似乎成了大家感到好奇又新鮮的目標。貴族們接踵而來。

「也請容我向羅潔梅茵大人問安吧。」

「噢，這不是達道夫子爵夫人嗎？」

我都還沒開口，韋菲利特就火速站到我前面。

「真高興看到妳健康依舊。我想與達道夫子爵說幾句話，妳知道他人在哪裡嗎？」

「哎呀，韋菲利特大人……我現在就去找他。恕我暫且失陪。」

因為斯基科薩的母親討厭我，所以我很慶幸韋菲利特幫忙把她引開。我悠悠哉哉地這麼心想道，但貴族的問候持續了一段時間後，我總算察覺到了。

……韋菲利特和夏綠蒂是在保護我。

每當有貴族出聲叫我，兩人中必定有一個人會站到我的面前。只要我不主動開口，往往我還沒有說到半句話，問候就結束了。兩年前還是我把兩人護在自己身後，負責與貴族應對，現在的情況居然正好相反，我對此瞠目結舌。

「你們兩人都學了好多喔。」

「總不能一直讓妳保護我們啊。」

斐迪南先前指導我怎麼與貴族應對時，提供的範例量非常龐大。一想到年幼的兩人也把所有內容都背下來了，我不由得發出感嘆。

「要背的東西非常多，你們一定背得很辛苦吧？」

「……是啊，真的非常吃力。可是，姊姊大人兩年前要學的內容也與我們相差無幾。但姊姊大人除了與貴族應對外，還要準備我的洗禮儀式與首次亮相吧？看到姊姊大人為了神殿的儀式，背下來的內容有那麼多張木板，我幾乎要暈過去了呢。」

聽說不只與貴族應對時的注意事項，斐迪南還丟給了兩人大量的木板，都是舉行祈福儀式前要背下來的內容。他們因此徹底了解到了我以前在檯面下有多麼努力。

「根據我聽到的報告，你們還幫我接下了神殿長的工作吧。把這麼多工作都推給你們，對不起喔。」

「姊姊大人，我也是領主的孩子。經過這兩年，我很清楚地明白到了為直轄地供給魔力，是件多麼辛苦又重要的事情。我打算明年春天也要前往祈福儀式，怎麼能讓姊姊大人獨自承擔這麼多工作呢。」

「沒錯。大家分頭前往直轄地，就能提早結束了。」

……怎麼辦，我完全被這兩個人拋在後面了。

我正感受著兩人體格以外的成長時，領主夫婦進來了。兩人走上舞臺就座後，朝我們的方向看來，微微一笑。我們也回以笑容。

「神官長入場。」

斐迪南大步流星地走上舞臺，環視了大禮堂一圈，朗聲說道：「歡迎艾倫菲斯特今年的新成員。」大門在此同時敞開，今年要舉行洗禮儀式的貴族孩子們走進大禮堂。

……唔唔，裡面有孩子比我還高呢。

「羅潔梅茵大人。」

我看著走上舞臺準備要受洗的孩子們，這時身旁的柯尼留斯出聲叫我。

「稍後要進行首次亮相的尼可拉斯……是父親大人第二夫人的兒子，也是我們的異母弟弟。」

我的洗禮儀式是由第一夫人艾薇拉以母親的身分出席，而尼可拉斯的洗禮儀式是由第二夫人朵黛麗緹以母親的身分出席，所以正式場合上也算是我的異母弟弟。

「我想等一下，朵黛麗緹與尼可拉斯也會來向您問安。」

「……有什麼要注意的事情嗎？」

柯尼留斯的黑色眼珠中有著露骨的警戒，我忍不住跟著壓低音量。

「沒有。只是父親大人要我提醒您，在冬季的兒童室裡切勿太過明顯偏袒他。因為羅潔梅茵大人對於年紀比自己小的孩子，好像總是特別寬容……」

我成為養女以後，面對自己的兄弟姊妹，最該優先考慮的是領主一族的韋菲利特與夏綠蒂，接著是同母兄弟的艾克哈特、蘭普雷特與柯尼留斯。異母弟弟尼可拉斯的順位在最後面，所以他們才提醒我，要小心別太疼愛他。

……可是，弟弟妹妹都很可愛，也會想讓他們依賴自己吧？

由於尼可拉斯是上級貴族，首次亮相時是最後一個上臺演奏飛蘇平琴。從琴聲可以聽出他非常認真練習。是個有著明亮褐髮，眼眸為淡藍色的男孩子。大概是比較像母親，五官與卡斯泰德並不相似，但體格很好。如果和他站在一起，我想我應該比他還矮。

首次亮相結束後，就是頒授儀式。斐迪南一走下舞臺，文官們便接著上臺。八名文官一字排開，手上都捧著華美的盒子。確認準備已經就緒後，齊爾維斯特走到舞臺中央。

「現在進行頒授儀式，今年前往貴族院的新生上前來！」

文官揚聲說完，我由韋菲利特護送著走上舞臺。三年前首次亮相時曾一同站上舞臺的八個人，現在再度成排站開。轉頭一看，全是熟悉的臉孔。但是，大家比起我記憶中的樣子都長高了。發現只有毫無成長的自己格外突兀，我的一顆心直往下掉。就在這時，我的目光不經意地與菲里妮對上，她立刻露出了開心的笑容。我也回以微笑。看見了菲里妮絲毫不帶有好奇與打量意味的親切笑臉，我的心情稍微好轉。

「羅潔梅茵。」

聽到齊爾維斯特的呼喚，我猛然抬頭，往前走去。一名文官把手上的盒子放到齊爾維斯特面前，恭謹地揭開蓋子。齊爾維斯特從盒子裡拿出披風與胸針，朝我遞來。

「願妳以經驗為養分，用心學習與成長，成為艾倫菲斯特引以為傲的貴族。」

「謹向黑暗之神獻上敬意，我定當誠心誠意努力，將所有經驗化為己力。」

我接過披風與胸針，往後退了數步，重新回到隊伍裡。頒授儀式全部結束後，文官接著宣布前往貴族院的日期。如同往年，由最高年級的學生開始移動。我和韋菲利特是新生，所以是最後一天的最後才移動。

就這樣，冬天的生活開始了。

冬季兒童室與出發

頒授儀式結束後是午餐時間，吃完午餐，貴族們便會展開社交活動。但斐迪南要我回房間，說我今天的活動量已經太多了。

「可是，聽說父親大人的第二夫人與尼可拉斯會來向我問安……」

「比起那種無關緊要的事情，妳的身體更重要吧？別忘了，妳現在可是靠著魔導具才能活動。等一下若是昏倒，也會影響到明天以後的行程。距離出發去貴族院，已經沒剩多少時間了，這點小事不用動腦也該知道。」

斐迪南嘮哩嘮叨地說起萬一我病倒了，結果會怎麼樣。隨著他越講越多，知道他在為我擔心的那份感動就呈反比般急遽減少。

……要是只說一開始那幾句話，就是非常體貼的好男人呢，神官長。

我垮著腦袋，聽著斐迪南的牢騷，但目前最了解我身體狀況的人就是他了。而他也確實是在擔心我沒錯，更為了停下他沒完沒了的碎碎念，我決定乖乖回房。

「我明白了，就遵照斐迪南大人的吩咐，我今天先回房間吧。不過，因為明天是第一天，所以早上我會去兒童室露面。不只要與剛受洗完的孩子們打聲招呼，我也想了解一下現在的情況。下午會去斐迪南大人的辦公室，還請您依據我前幾天提供的資料，召集蒐集了情報的那些人。」

只聽我這麼說，斐迪南好像就明白了我想做什麼。他「嗯」地應道，手抵在下巴上，輕輕蹙眉。

「妳不是要到貴族院再給報酬嗎？」

「交給斐迪南大人的那份名單，是在我沉睡的這兩年期間已經畢業的人。所以還在就讀的人，我會到了貴族院再支付。」

達穆爾整理好了在貴族院蒐集到的情報以後，我也把這份資料提供給了艾倫菲斯特的領導階層過目。因為就如同我與斐迪南對情報價值的判定標準並不相同，我才想到即便是自己認為沒有必要的資訊，也許其他人看了會很高興。果不其然，大家各自覺得重要的情報都不一樣，還有人希望某些情報可以繼續追查下去。我於是找出了蒐集到重要情報的那些人，再向很高興能獲得情報的人提出要求，請他們從自己所屬部門的預算中撥出情報費。

與我少有往來的文官聽到我要求支付情報費時，整個人目瞪口呆，但因為看到領主夫婦與騎士團長都面帶苦笑，很乾脆地付了錢，也只能爽快支付。

就這樣，我按照當初的預定，準備好了報酬。

「嗯，那些情報賣給了不少人吧。我明日下午會幫妳召集他們。」

「謝謝斐迪南大人。」

「所以意思是，姊姊大人只有明天會來兒童室嗎？」

我與斐迪南討論完明天的行程，對話告一段落時，夏綠蒂哀傷地垂下眉尾，注視著我說。想起了她才剛說過，雖然同樣都在城堡，卻只有奉獻舞和晚餐時能見到面，覺得很寂寞，我一時語塞。

「……有可能喔。我只打算與孩子們打聲招呼、見見面而已，因為我如果想彌補這兩年來落後的進度，時間真的剩下不多了。」

在頒授儀式上看到同年的人都長大了，我更是為自己的毫無成長感到難過，也產生了危機意識。外表完全沒有成長這件事，一定會遭人看輕。所以我希望至少學業方面要追上大家的進度，不能夠落後。而且，如果想提升艾倫菲斯特的整體成績，我自己也必須先取得優秀的成績。一個成績不好的人要是說：「只要這麼做，成績就會變好喔。」根本沒人會相信吧。

而且如果我想去圖書館，取得好成績也是必要條件……

等掌握了兒童室現在的情況，我想把時間都用在自己的學習上。

「我明白姊姊大人的心情了。那麼明天是第一天，能請姊姊大人幫忙準備要送給孩子們的獎勵嗎？因為有許多孩子都期待著姊姊大人廚師做的點心。」

「嗯，那當然。明天開始就由我來準備吧。」

我笑著回答，但因為我根本沒意識到這兩年來，都是由兩人的專屬廚師在準備獎勵用的點心，一不小心就會重複準備了。

……好險好險，幸好夏綠蒂有提醒我。

但話說回來，準備點心非常花錢。因為砂糖的價格貴得嚇人。就算是使用比砂糖要便宜的蜂蜜，每天都準備甜點也會是非常驚人的開銷。會自己賺錢的我雖然沒問題，但兩個人的錢夠嗎？

……雖然現在才問他們，再表示由我來付這筆錢的話，好像也有點奇怪，但畢竟是我擅自起頭的，他們只是被我牽連而已。

我「嗯……」地陷入沉思，韋菲利特不高興地瞇起深綠色眼睛。

「羅潔梅茵，妳是不是又打算自己扛下管理兒童室的工作了？」

「是啊，畢竟是由我提出想法，又由我擅自開始，雖然在藥水中沉睡的這段期間是無可奈何，但既然現在我恢復健康了，就不能再為你們造成負擔。」

我說完，夏綠蒂也不悅地板起小臉，藍色眼眸向我瞪來。被可愛妹妹用帶有責怪意味的眼神一瞪，我完全不知所措。

「姊姊大人，您現在就已經忙著在準備自己的事情，還要一個人把所有工作都攬下來，這樣子怎麼行呢？況且父親大人說過，在兒童室指導大家、提升艾倫菲斯特的整體成績，是領主孩子該盡的本分吧？」

「是、是呀。」

夏綠蒂朝我逼近，比我高一點的小臉由上往下俯視我，臉上帶著有些可怕的笑容。妹妹的逼問讓我難以招架，韋菲利特也拍了拍我的肩膀。

「也就是說，我們也該幫忙分擔兒童室的工作，妳不能自己獨占。要是什麼事情都不做，別人會認為我們無能。聰明的妳應該也能明白吧？」

兩人都想對等地分擔領主孩子該做的工作。那麼，我只要在評估過兩人的能力後，再把工作分配給他們就好了吧。

「我知道了。那麼明天看過兒童室的情況以後，我們一起分擔工作吧。」

我提議要分擔工作後，韋菲利特的臉龐馬上變得明亮。然後他「呵呵」地得意挺胸，摸了摸我的頭。

「嗯，那妳今天先休息吧，明天開始會很忙。」

「要是姊姊大人又暈倒就糟了嘛。」

夏綠蒂也笑容滿面，似乎很高興能從我這裡得到工作。既然兩人都這麼想工作，那好吧。我這樣心想著走向大門，準備離開餐廳。

「羅潔梅茵。」

「斐迪南大人，怎麼了嗎？」

聽到斐迪南的叫喚，我轉身回頭。

「妳的身體雖然需要休息，但大腦還可以繼續工作。我交給妳的那些資料，妳能讀多少就讀多少吧。」

「樂意之至。」

回到房間後，我在黎希達與奧黛麗的協助下洗完了澡、換好衣服，立刻請人把裝有資料的木箱搬到床鋪旁邊。

「斐迪南小少爺真是的，明明嘴上說對身體不好，要大小姐休息，卻不順便禁止您讀書。」

黎希達氣呼呼地大發牢騷，但我從木箱裡拿出書本後，坐在床上攤開來，不由得放鬆吐氣。雖然對擔心我身體的黎希達很過意不去，但我在看書的時候，最能安心放鬆。聽到斐迪南要我邊看書邊讓身體休息的時候，他看起來簡直是神。

「因為在去貴族院之前，該背的東西太多了嘛。這些資料不趕快看完不行呢，唔呵呵。」

對於一邊要我休息，一邊又對我出了作業的斐迪南，黎希達十分生氣，但我猜他是為了讓我遠離貴族。看見兩年過去後絲毫沒有成長的我，貴族們的視線不是充滿好奇，就是有著明顯像在嘲弄的惡意。儘管我早已作好心理準備，但面對比預期還多的視線與交頭接耳聲，還是感到非常厭煩。雖然有韋菲利特和夏綠蒂保護我，但說實話光是待在那裡，就令我心力交瘁。

到了隔天，吩咐艾拉準備好了點心後，我請黎希達與奧黛麗幫忙搬運，便往兒童室移動。今天開始就要送人前往貴族院，而雨果是第一批去宿舍廚房的人。由於我已經交代雨果：「雨果，你要保護好艾拉喔。萬一有什麼狀況，一定要馬上向我報告。」所以我想他應該也會把居住環境整理妥當。而我的專屬中艾拉與羅吉娜是年輕女孩子，我不想讓她們待在自己的視線範圍外，所以直到要去貴族院的當天，兩人才會和我一起移動。

當然不光廚師與下人，也會送學生前往貴族院。安潔莉卡今年是最終學年，所以今天就要出發，此刻跟在我身邊的護衛騎士，只有達穆爾與柯尼留斯。

「明天柯尼留斯也要出發去貴族院了吧？」

「是的。由已經熟悉宿舍的高年級生先入舍，再為迎接低年級生作準備。」

一路上聽著達穆爾與柯尼留斯講述入舍與升級儀式的情形，我走進兒童室。

「姊姊大人，早安。」

「夏綠蒂，早安呀。」

我一走進兒童室，屋內便譁然嘈雜。學生們還好，但在我沉睡的這兩年內受洗的孩子們從來沒見過我，所以有人露出了像是在說「一直以來都只聞其名，原來真有其人啊」的表情；也有人並未出席昨天的社交活動，可能也從不知道我的存在，所以一臉訝異地看著我，十分好奇我是誰。

在這種情形下，韋菲利特牽起我的手站到眾人面前，抬手要大家看過來。

「向大家介紹，這位是我妹妹，也是夏綠蒂的姊姊羅潔梅茵。因為長達兩年的時間都在接受治療，陷入沉睡，所以有些人從未見過她吧。不過，年紀較大的孩子們應該都知道，兒童室裡的繪本、歌牌和前所未見的點心，全是羅潔梅茵想出來的。」

……為、為為為、為什麼要特別介紹我?!

噫———！我用力倒抽一口氣，這時夏綠蒂更是迅速地往我欺近，露出了花朵般的可愛笑容接著補充：

「羅潔梅茵姊姊大人是艾倫菲斯特的聖女唷。即便在沉睡期間，她也提供了大量的魔力，給予艾倫菲斯特豐沛的祝福。相信就算沒有見過她，大家也一定都聽說過姊姊大人的事蹟吧？我非常尊敬姊姊大人喔。」

……不要再說了！孩子們相信了，充滿期待的閃亮大眼睛好刺眼！我才不是什麼聖女！儘管我想全力否認，然後落荒而逃，但在韋菲利特與夏綠蒂的包夾下，護衛騎士又圍繞在我四周，我根本無處可逃。我只能坐上黎希達準備好的椅子，僵硬著臉頰，擠出貴族該有的微笑。

「接下來，准許你們向羅潔梅茵問安。」

韋菲利特說完，準備問安的人在我前方排成了隊伍。不過，因為全是沒有初次問候過的孩子們，所以就算得接受所有人的問候，也只有約莫三十人出頭。

「羅潔梅茵大人，我是貝兒朵黛，基貝・葛雷修之女。歷經生命之神埃維里貝的重重嚴格遴選，得以有幸與您會面，願能為您獻上祝福。」

「准許妳。」

接受了淡淡的祝福光芒後，我笑著回應問候。在排成隊伍的孩子中，也有異母弟弟尼可拉斯。他走到我面前跪下後，交叉雙臂，明亮的褐色髮絲隨之晃動。

「羅潔梅茵大人，我是尼可拉斯，騎士團長卡斯泰德與朵黛麗緹之子。歷經生命之神埃維里貝的重重嚴格遴選，得以有幸與您會面，願能為您獻上祝福。」

「准許你。」

結束了制式的問候後，尼可拉斯準備離開。身為姊姊，應該要再親切一……但才剛這麼心想，我就聽見柯尼留斯喚道：「羅潔梅茵大人。」只見柯尼留斯露出了與艾薇拉十分相像、讓人備感壓力的笑容，低頭看著我說：「您沒忘記我昨天的提醒吧？」

「……我還記得喔。」

「那我便放心了。」

問候結束後，開始分配石板給新進來的孩子們，由莫里茲老師進行簡單的測驗，了解大家的基本文字與計算大約在哪種程度。與此同時，其他人也以韋菲利特與夏綠蒂為中心，照著去年最後一次分配的隊伍，開始比歌牌與撲克牌。聽說這麼做，是為了調查大家從春天到秋天這段期間進步了多少。我坐在椅子上，感到佩服地東瞧西望。完全可以看出他們在管理兒童室上用了自己的方式，費了不少苦心。

「還有，今天的獎勵，是時隔兩年又由羅潔梅茵準備的點心。」

韋菲利特此話一出，從未吃過艾拉所做點心的孩子們只是歪過頭，一臉茫然不解，但曾經品嘗過的學生們立即眼神丕變。

「那麼今天請容我全力以赴了，這是一場絕不能輸的戰役。」

「哼，做為對手，我也不會手下留情。」

認真起來的男孩子們發出了充滿氣勢的吶喊，開始玩歌牌。

「羅潔梅茵大人，這是我針對這兩年所整理的兒童室資料，請您過目。」

從莫里茲手中接過他們至今的成果，我開始看起資料。

「在我看來，你們管理得十分出色呢。從你提供的資料，也能看出基礎打得非常徹底，我想計算問題的難度就算再提高一點，應該也沒有問題喔。」

「還要再提高嗎？」

莫里茲吃驚瞠目，我點了點頭。

「因為奧伯．艾倫菲斯特已經下令，要趁著領主候補生就讀貴族院的這幾年期間，提升領地整體的成績。還請莫里茲老師務必協助我們。」

「遵命。」

「不過，這次也給莫里茲老師造成了不小的困擾呢。因為我完全沒有預計要在冬天就陷入沉睡，關於兒童室也只留下一些筆記而已。沒有詳細的指示，一定很辛苦吧？」

我聽說當時交給他們的指示，就只是一張簡單的筆記，條列式地列出了冬季在兒童室該做的事情，以及我想嘗試的新活動。收到這麼簡潔的指示，想必很為難吧。

「……不瞞您說，第一年確實遭遇了各種挫折，受到相當大的打擊。每當體認到了羅潔梅茵大人在準備上有多麼細心與周到，我們也只能再三摸索嘗試。第二年隨著不斷改良，總算成功摸索出了管理兒童室的一套辦法。」

莫里茲臉上，有著努力了兩年後所產生的自信。照這樣看來，把兒童室交給夏綠蒂與莫里茲管理，應該是不用擔心。

「我接下來必須彌補這兩年來落後的進度，所以從明天開始，無法再到兒童室來了。之後就有勞莫里茲老師了。」

莫里茲跪下來，交叉手臂。就在這時候，歌牌比賽似乎分出了勝負。「贏了──！」只見勝利者高舉著拳頭，韋菲利特不甘心地搥了下地板。

之後依照分組，把贏得比賽的人叫上前來，贈予當作獎品的點心。在大家羨慕的目光注視下，吃了點心的勝利者們都感動得渾身發抖。

「可惡！再比一次！」

「等一下，韋菲利特哥哥大人。應該先根據比賽結果，重新分組才對唷。」

韋菲利特似乎比賽比得太忘我了。他「唔唔！」地撇著嘴角站起來，重新為學生們分組，夏綠蒂則負責為尚未就讀貴族院的孩子們分組。兩人的分工看來十分順利，而且從孩子們協助兩人的樣子來看，隱約可以感覺出兒童室內大致分成了韋菲利特派與夏綠蒂派。

「羅潔梅茵大人。」

就在這時，菲里妮忸忸怩怩地觀察著我這邊的情況，向我出聲攀談。看見她抱在懷裡的木板，我馬上就猜到她帶來了什麼東西。

「菲里妮，妳願意拿過來讓我看看嗎？」

「是的，羅潔梅茵大人！」

菲里妮的小臉發亮，給我看了她自己一點一點整理好的故事集。初期的字跡都有些歪七扭八，又用小孩子的說話方式寫成，相當難以閱讀。不過，這兩年來習慣書寫以後，菲里妮的字也越來越漂亮，甚至可以一眼看出文字慢慢從口語變得偏向書面語。每一片木板都是菲里妮努力的結晶，我的嘴角不由自主上揚。

「菲里妮，妳寫了好多故事呢。」

「羅潔梅茵大人，您為我把母親大人告訴我的騎士故事印成了書籍。其他貴族買了書以後，也都看得十分開心，這真的令我非常高興。看見自己提供的故事出現在了書裡頭，其他孩子也都非常開心喔。」

在我編纂的騎士故事集裡頭，也收錄了在兒童室裡蒐集來的故事。她說在我沉睡以後，孩子們在借來的書本中發現了自己當初提供的故事後，全都喜出望外。

……真想親眼見到大家當時的表情呢。

「羅德里希也是，他似乎完全沒想到自己為了借閱教材，那麼拚命想出來的故事居然會印在書本上，自那之後卯足了勁在蒐集故事呢。」

「我已經看過羅德里希蒐集來的故事了，非常有趣喔。我打算修改為書面語，一樣印成書本。菲里妮，母親對妳說過的故事，妳已經全部寫下來了嗎？」

想起兩年前的對話，我這麼詢問後，菲里妮難過地垂下目光，搖了搖頭。

「我沒能全部寫下來。因為有些故事我已經忘了……這點讓我覺得好寂寞。」

「菲里妮，故事都有幾種固定的類型，即便是遠在千里之外的土地，很神奇地有些故事也會讓我們覺得似曾相識。貴族院會有來自各個領地的學生吧？說不定聽了各式各樣的故事以後，妳就會想起來了喔。」

到了貴族院，要不要問問其他人知道哪些故事呢？我這麼提議後，菲里妮睜大了嫩草色的雙眼，隨即咯咯輕笑起來。

「羅潔梅茵大人，難不成您到了貴族院以後，還打算繼續蒐集故事嗎？」

「嗯，沒錯。如果想蒐集領地以外的故事，這可是絕佳的好機會呢。」

我挺起胸膛回答後，菲里妮當場跪下來，交叉雙手。

「那麼菲里妮在此向您發誓，身為蒐集各地情報的見習文官，一定會為羅潔梅茵大人獻上各地的故事。」

「我非常期待喔。」

我話才說完，屋內就響起了惶惶不安的嘈雜聲，奇怪的緊張氣氛瞬間籠罩了整個房間。部分學生瞪大眼睛，神色慌張地向我走來。

「羅潔梅茵大人，您已經把菲里妮納為近侍了嗎？」

突如其來的問題讓我一頭霧水，只好看向站在身旁的柯尼留斯。柯尼留斯和我不一樣，似乎明白氣氛為什麼突然轉變，站到我的面前。

「並非如此。我一直在旁邊看著，羅潔梅茵大人並沒有這麼說，菲里妮只是希望能實現羅潔梅茵大人的心願而已。往後或許有可能提拔她為近侍，但不是現在。」

聞言，到處都傳來了安心的嘆息。然而，菲里妮卻無地自容似的抱起木板，往後退開。一名少女像是下定決心，開口向我問道：
「羅潔梅茵大人，您尚未決定近侍的人選嗎？」
至此我總算明白了。韋菲利特與夏綠蒂身邊已經有一群人圍繞著他們。看在無望成為兩人近侍的孩子們眼裡，接下來必須盡快任命近侍的我，想必成了他們一致的目標。但是，孩子的背後還有他們的父母。我不能基於自己的好惡，隨意決定近侍的人選。
「我會與首席侍從黎希達商量，以能在貴族院侍奉我的人為主進行選擇。」
「請問已經決定好人選了嗎？」
……雖然我不知道候補人選有哪些，但如果會以貴族院的學生為優先，還要隸屬母親大人的派系，那麼說是大致已經確定了也不為過吧。
既然不能明確回答，這時我也只能微笑帶過，事後再問黎希達。
「候補人選已經確定了。但要等到入舍以後，我才會正式宣布。」
我微笑著這麼說完後，現場的奇妙緊張感隨即消失，學生們也很快散開。
……不過，原來我還得考慮近侍的人選呢。
沉思期間，第四鐘響了。我走出兒童室，回到房間準備吃午餐。
「黎希達，關於我的近侍，候補人選應該已經確定了吧？呃，就是根據派系……」
「是的，那當然。因為這兩年來，派系也有了不少變化。」
一路上聽黎希達說明後，我才知道現在我的近侍，只剩下黎希達、奧黛麗與三名護衛騎士而已。因為身為主人的我不在，見習侍從們都先辭去了工作。
「女性本來就會因為成婚或是生產而請辭，因此與其繼續侍奉不知何時會回來的主人，往往會去尋求新的主人。畢竟依據自己服侍的主人，能找到的結婚對象也有差異。」

她說還未婚的見習侍從們，都分配給了芙蘿洛翠亞與夏綠蒂。

「到了貴族院的宿舍再挑選近侍，我認為是相當不錯的做法。因為宿舍是人們生活的地方，無法一直偽裝，能夠看見每個人的真實樣貌。」

……反過來說，我的真實模樣也會被看光光吧？這可傷腦筋了。

吃完午餐，前往斐迪南的辦公室一看，提供情報的人們已經到了。多半因為傳喚者是領主的異母弟弟，我發現所有人都是兩人一組。一個是一臉無所適從的年輕人，另一個則是看似上司的年長者。大家全都面如死灰地成排站開。

「斐迪南大人，大家的臉色都好蒼白。您是怎麼傳喚他們過來的呢？」

「我只是傳令下去，要他們吃完午餐後立刻過來。」

……聽到這種傳喚內容，根本會吃不下飯，而且難怪是和上司一起飛奔過來！

連我的胃也跟著開始抽痛，真是太對不起他們了。

「各位，今天並不是為了斥責才召喚你們過來，而是要給予慰勞與嘉獎，所以都請放輕鬆一點吧。」

我這麼表示後，年輕人們都如釋重負地吐出大氣，上司們則是饒富興味地看著我，很好奇是什麼事。

「在我陷入長眠的這段時間，各位都在貴族院努力蒐集情報，對此我非常感激。很抱歉拖了這麼久，現在就把報酬給你們。」

年輕人們抬起頭來，從臉上的表情看得出來，他們早就忘了這回事。

「騎士團的副團長非常高興喔。」

「奧伯．艾倫菲斯特很佩服你能留意到這個部分呢。」

我逐一呼喚每個人上前接受慰勞，也為這麼晚才致謝表達歉意，並勉勵他們今後也繼續努力，然後遞出報酬。

「在場各位都是優秀的人才，蒐集來的情報對領導階層而言十分有價值。期待各位今後繼續發揮所長。」

「你們今後也要努力不懈。」

所有人都意氣風發地走出房間。目送大家離開後，我馬上開始上課。真的沒剩多少時間就要去貴族院了。

「斐迪南大人，我現在這樣去貴族院，真的沒問題嗎？」

「妳現在學習的這些內容，全部都是為了自己。照妳現在這樣，應該也能取得合格的分數，但妳不能止步於此。我會親自指導妳的理由只有一個，妳也明白吧？」

斐迪南的淡金色眼眸嚴厲地看著我。在自己的工作也堆積如山的情況下，斐迪南還願意陪在旁邊親自指導我，理由當然只有一個。

「也就是希望我身為領主的孩子，絕對不能讓領地蒙羞吧？」

「……嗯，也可以這麼說。」

短期集中講座一直持續到了最後一天，然後終於來到要出發前往貴族院的日子。我穿上以黑色為基底的服裝，披上接近金黃色的土黃色披風，別上胸針，與黎希達一起走向轉移廳。現在安潔莉卡與柯尼留斯都不在了，護衛騎士只有達穆爾。

在沒有窗戶的昏暗屋內，轉移用的魔法陣格外醒目。男僕們搬運著裝有生活用品的大量行李，在轉移陣上不斷堆疊。

前來為我送行的人，有領主夫婦、夏綠蒂、波尼法狄斯、騎士團長夫婦，以及斐迪南與他的護衛騎士艾克哈特。由於韋菲利特在我之後也要移動，所以現場還有他與蘭普雷特。家人全員到齊。

「那邊有柯尼留斯在，生活方面我並不擔心，但妳自己要小心注意身體。」

「卡斯泰德大人說得沒錯，妳一定要小心保重身體。我會等妳回來，期待再與妳一同舉辦茶會。」

「我一定努力照顧好自己。母親大人，我也很期待與您舉辦茶會喔。」

「護衛騎士都接受過我的訓練了。有安潔莉卡和柯尼留斯在，想必不用擔心。妳不在的這段期間，我也會繼續嚴格鍛鍊達穆爾，妳就放心去貴族院吧。」

波尼法狄斯說完，只見達穆爾全身抖了一下，但我也無能為力，只能在心裡盡全力聲援他。

……達穆爾，加油！

「平常生活時一定要留意亞倫斯伯罕。如果想蒐集什麼情報，就交代見習文官，妳別自己粗心亂來。」

我對齊爾維斯特的叮囑點點頭，芙蘿洛翠亞則對我說了：「韋菲利特就拜託妳了。」但看過他最近的成長，應該是我要拜託他吧？

「姊姊大人，我會期待您回來告訴我貴族院的事情。」

「夏綠蒂，兒童室就麻煩妳了。」

「請交給我吧。」

最後對我說話的人是斐迪南。

「羅潔梅茵，奉獻儀式之前妳要通過所有考試，並回到艾倫菲斯特。」

「……斐迪南大人，奉獻儀式是在冬季中旬喔。這有些太強人所難了吧？」

雖說為了去圖書館已經拚命惡補，但對於沉睡了兩年、所有準備都不夠充足的我，這樣的要求好像太高了吧。我抗議後，斐迪南卻露出不可一世的笑容。

「妳以為我是為了什麼在工作堆積如山的情況下，還對妳進行短期集中講座？」

「我記得……幾天前斐迪南大人說過，這些學習都是為了自己吧？」

「沒錯，是為了自己。」

斐迪南帶著惡意滿滿的笑容點頭，我忍不住臉頰抽搐。

「請問……您那時候說的自己，莫非是指斐迪南大人自己?!」

斐迪南露出了非常可疑的燦爛笑容後，沒有正面回答。

「我相信妳一定辦得到。所以妳要盡快通過考試，務必在惹出無謂的麻煩前回來。回答呢？」

……哼！

我也沒有正面回答，只是回以笑容，踏步走進轉移陣。

入舍與近侍

轉移陣內忽然充滿魔力，開始釋出黑金兩色的光芒。與此同時，鑲在胸針上的魔石也發出亮光。眼前的空間倏地左右晃動，我一瞬間感到暈眩。大概是察覺到我的腦袋晃動了下，黎希達稍微伸出手，讓我靠在她的身上。有人可以靠著後，我安心地呼口氣，緊接著前方眾人的身影倏然扭曲。

我被扭曲的景象嚇了一跳，眨了幾下眼睛後揉揉眼皮。幾秒過後，當眼前的景色變得清晰可見時，剛才還在替我送行的人們已經不見蹤影。

「羅潔梅茵大人，歡迎您來到貴族院的艾倫菲斯特舍。」

正前方是敞開的大門，兩名騎士站在門前監督著魔法陣的運作。腳底下的轉移陣還是和剛才一樣，這裡也與出發前的房間很相似。不同的地方在於，這裡有兩張提供給騎士坐下的椅子，還有各種小型魔導具，為我送行的人們也不見了，由此可知我已經來到了另一個地方。

「大小姐，倘若您身體無恙，我們就離開房間吧。下人得趕緊把行李搬去大小姐的房間，否則韋菲利特大人無法轉移過來。」

黎希達輕推了推我的背。我與她一起離開有轉移陣的房間後，門外是城堡也有的等候室。下一個要轉移的人會在這裡堆放行李，等著輪到自己。安潔莉卡與柯尼留斯來到了等候室迎接我。

「羅潔梅茵大人，恭候大駕。」

在兩人的陪同下走出等候室後，眼前又是與城堡十分相似的走廊和門扉。一切景色都與城堡太過相像，我都要懷疑自己是不是真的轉移到貴族院來了。

「貴族院宿舍是從前的領主以創造魔法建成，所以無論哪個領地的宿舍，外觀都與自己領地的城堡大同小異。」

黎希達還說，每個領地的宿舍各有不同的特色，有的美輪美奐，有的樸素低調，也有的輪廓圓潤優美，還有建築物只是簡單的四方形，沒有任何多餘的裝飾。

「由於他領的人不得入內，只有在騎乘騎獸時能看見外觀……」

據說頒授儀式上收到的胸針，是每個領地各別製作的辨識用魔導具，所以就算搶走了胸針，也無法進入他領宿舍。

「羅潔梅茵大人，請往這邊走。茶水已經準備好了。」

「安潔莉卡、柯尼留斯，我們要去哪裡呢？」

「去多功能交誼廳，我們會在那裡歡迎新生。」

從城堡轉移來到宿舍以後，由於侍從還要整理房間，大家都無法進房，因此會先待在多功能交誼廳等候，直到房間整理好為止。而早就整理好房間的高年級生們，會負責歡迎並接待低年級生。

「大小姐就交給你們了。」

黎希達在階梯前方這麼對柯尼留斯與安潔莉卡說完，很快地上了樓，要去整理下人們搬到房間的行李。

「羅潔梅茵大人到。」

高年級的見習侍從們負責泡茶，端送點心。左右環顧一圈後，只見與我同年的新生們都一臉緊張地喝著茶。

「羅潔梅茵大人，這邊請……您身上這件衣服真漂亮呢。不只採用了在貴族院流行的款式，還裝飾了您自己構思的花朵。」

七歲那年首次亮相後，同年冬天布倫希爾德和我一樣是在兒童室裡度過，當時的她九歲，所以今年應該已經十二歲，是三年級生。一頭深紅色的直髮柔順飄逸，蜜糖色的雙眼注視著我，開心地瞇了起來。

「這件衣服是參考了布倫希爾德提供的資訊喔。因為我對貴族院的流行不太了解，真是幫了我大忙呢。」

「那些由羅潔梅茵大人構思的服裝與髮飾，我很希望能在中央推廣開來呢。就算只有一次也好，真希望在我就讀期間，艾倫菲斯特也能引領流行。」

布倫希爾德對美容與流行十分敏銳，但整體而言艾倫菲斯特被認為地處偏僻，又毫無可看之處，她說這對身為上級貴族的自己來說是種屈辱。

「我相信羅潔梅茵大人在這幾年創造的流行，一定也能被中央所接受。以前我曾對領主夫婦提出過請求，希望能在貴族院引領流行，但兩位下令說了直到您入學為止，絕不能擅自推廣。所以，我一直引頸期盼著羅潔梅茵大人早日入學。對於今年在貴族院的生活，我充滿了萬分的期待。」

布倫希爾德笑著說道，蜜糖色的雙眸燃燒著熊熊野心，與艾薇拉想藉由點心和花飾、在艾倫菲斯特引領新流行時的眼神非常相似。其實這些東西都是我臨時想出來的，也單純只是因為自己想要，所以對於讓它們流行起來沒有太大的熱忱。面對熱情地訴說著自己想法的布倫希爾德，我一邊聽一邊也有些難以招架。

「布倫希爾德大人，您不應該一味訴說自己的想法唷。這樣子羅潔梅茵大人無法放鬆歇息吧？」

一名少女靜靜地從布倫希爾德身後走出來。她將翡翠綠色的頭髮分作兩邊細心編成麻花辮，到了腦後才集中成一束。雖然看起來比布倫希爾德要小一些，但因為記憶中自己與她幾乎沒說過話，所以我想在我首次亮相的時候，她應該就已經進入貴族院了。

「妳說得對，莉瑟蕾塔……羅潔梅茵大人，真是非常抱歉。我因為太高興，好像有些失去理智了。」

「不會，可以充分感受到布倫希爾德想提升艾倫菲斯特影響力的熱情呢。我認為身為上級貴族，這是十分重要的特質。」

布倫希爾德鬆了口氣地退下後，名為莉瑟蕾塔的少女也露出沉穩的笑容說：「羅潔梅茵大人，抱歉打擾您了。請您好好歇息。」然後再度靜靜離開。

莉瑟蕾塔的頭髮不只綁得非常整齊，以免妨礙到行動，深綠色雙眼也帶有著知性的光芒。雖然髮色與眼眸顏色不同，但五官與安潔莉卡十分相似。兩人是不是姊妹或堂表親那類的親戚呢？我回頭看向身後的安潔莉卡。

「安潔莉卡，莉瑟蕾塔和妳長得真像呢。」

「是的，莉瑟蕾塔是我妹妹。優秀的她與我不同，是父母親的驕傲。」

莉瑟蕾塔看起來機警伶俐，只見她一下子準備布讓人用來擦拭拿了點心後弄髒的手，一下子為坐在附近的新生重新倒茶，在屋內忙碌地來回穿梭。她完全不會與人閒聊，始終面帶笑容，工作時也表現得十分低調，在在可以看出受過非常嚴謹的教育。安潔莉卡與莉瑟蕾塔長得雖然相像，言行舉止卻有天壤之別。

……也就是說，侍從那方面的優良血統都集中在妹妹身上了吧？

「不過，安潔莉卡只是不適合當侍從而已，做為騎士可是非常優秀喔。」

「羅潔梅茵大人，您說得對極了。」

突然也有人幫安潔莉卡說話，我眨了眨眼睛。安潔莉卡露出了有些傷腦筋的表情，呼喚那名少女的名字：「優蒂特大人。」三年前的冬天，我也曾在兒童室裡見過優蒂特，記得她比我大一歲。蓬鬆的橙黃色頭髮與安潔莉卡一樣綁成馬尾，堇紫色雙眼熠熠生輝。

「安潔莉卡大人雖是中級騎士，卻能嫻熟地使用身體強化魔法，還得到了波尼法狄斯大人的認可，成為他的弟子，實在太優秀了。而且她也得到了主人羅潔梅茵大人的器重，由您賜予魔力的魔劍斯汀略克才能擁有自己的意志，甚至能夠說話。那是這世上絕無僅有的魔劍吧？我雖然也很想要培育魔劍，只可惜魔力不足，也無法施展身體強化。」

優蒂特口沫橫飛地訴說著安潔莉卡的厲害之處，我也笑容滿面地傾聽。聽到自己的護衛騎士被人稱讚，當然教人高興。

「安潔莉卡能夠施展身體強化的魔法，真的很厲害對吧？波尼法狄斯大人還告訴我，她在我沉睡的這兩年期間又進步了呢。」

「正是如此！我也希望自己能夠變強到獲得波尼法狄斯大人的認可。安潔莉卡大人是我的目標。」

……看來優蒂特是安潔莉卡的信徒呢。

「優蒂特大人，請您別再說了。」

「您說的是。這樣吵吵鬧鬧，羅潔梅茵大人會無法歇息吧。連對主人也如此細心著想，我必須向您看齊才行呢。恕我失陪了。」

優蒂特完全是照自己的意思在解讀安潔莉卡說的話。我抬頭往上一瞥，只見安潔莉卡一臉傷腦筋地從優蒂特身上別開視線，柯尼留斯則在努力憋笑。被優蒂特這麼大力稱讚，平常很少有人誇獎的安潔莉卡顯得十分害羞，不知該如何應對。

「優蒂特真是個仰慕安潔莉卡的好孩子呢。」

「……不，羅潔梅茵大人。比起好孩子，應該說是怪孩子才對。」

安潔莉卡用非常無奈的語氣訂正，我咯咯輕笑起來，同時環視房間。屋內鋪有溫暖的地毯，牆上也掛著掛毯，都使用了與披風一樣的顏色。

觀察起屋內的裝飾品時，我才注意到了有一群人的座位明顯與我隔離開來。那群孩子都微微低著頭，散發出了陰沉的氣息，不時還會往這裡看來，眼神中有著想加入卻無法加入的悔恨。我在其中發現了曾認真幫忙蒐集故事的羅德里希，回頭問道：

「柯尼留斯，那群孩子為什麼坐在那麼遠的地方呢？」

「那些孩子的父母都是舊薇羅妮卡派。當中還有兩年前在狩獵大賽上，設下圈套陷害韋菲利特大人的人。為了防止他們對韋菲利特大人與羅潔梅茵大人造成危險，才會像這樣保持距離。」

薇羅妮卡派原是最大的派系，人數眾多。即便現在兩年已經過去了，派系也還沒有完全瓦解，所以聽說在貴族院，仍有四分之一左右的學生是警戒對象。但如果在宿舍裡生活的六十五人中，有十五人都是那種狀態，我覺得大家很難一起同心協力，提升艾倫菲斯特的整體成績。

「有沒有什麼辦法，能讓他們和我們站在同一陣線上呢？」

「所謂的派系就是這樣。我曾聽艾克哈特哥哥大人說過，從前受到薇羅妮卡大人排擠的斐迪南大人儘管是領主的孩子，卻和他們是一樣的處境。聽說直到哥哥大人進入貴族院為止，斐迪南大人身邊只有前任領主大人親自任命的近侍。」

斐迪南也曾用一樣的視線，看著當時最大的派系嗎？這樣心想後，我卻怎麼也想像不出那幅畫面。我反而只能想見，斐迪南肯定是趁著完全沒人管他，愉快地一步步踏上了成為瘋狂科學家的道路。他想必編出了各式各樣的理由與藉口，只為了守住能夠不受拘束的環境，賴在貴族院不走吧。

……雖然在城堡好像很辛苦，但根據艾克哈特哥哥大人的轉述，神官長在貴族院過得倒是如魚得水，鐵定也和這次一樣，「為了自己」而使喚身邊的人吧。

「韋菲利特大人到。」

「抱歉，讓你們久等了。」

韋菲利特與自己的近侍們一同走進來。負責準備茶點的似乎也是他的近侍，幾個人細心謹慎地動作時，韋菲利特往我旁邊準備好的椅子坐下。

「這裡就是貴族院的宿舍嗎？跟城堡的感覺很像呢。」

韋菲利特自言自語地說，卻忽然有人在背後答腔：「嗯，是呀。」回頭一看，一名身型纖細，看來一絲不苟的女性正站在那裡，臉上還帶著溫文的微笑。看起來年紀大約三十幾歲或四十出頭吧。由於左眼戴著單片眼鏡，整個人散發出了學者的氣質。

「我是赫思爾，是艾倫菲斯特舍的舍監。」

赫思爾說她原先是艾倫菲斯特的貴族，但因為成績優秀，所以留在中央工作，現在是貴族院的老師，負責教授魔導具的相關課程。

「前陣子我收到了斐迪南大人久違的來信。聽說羅潔梅茵大人是斐迪南大人的得意門生吧？當年的他可是天才兒童，在領主候補生、見習騎士、見習文官等所有課程都取得了最優秀的成績，不曉得他的愛徒又會有什麼表現，我非常拭目以待呢。」

……天才的得意門生？我什麼時候又多了這個身分？咦？難度是不是一下子變得太高了？

我完全不知道該如何回話，赫思爾先是吟吟微笑後，接著站到房間中央，開始向新生們說明宿舍構造。

宿舍三樓是女生的房間，二樓是男生的房間，一樓有交誼廳和餐廳等共同使用的公共空間。男孩子禁止進入三樓，因此會由見習騎士輪流在階梯前把守。各樓盡頭是領主及其夫人的房間，提供他們在領主會議時留宿。

「倘若考試沒有通過，春季也必須留在貴族院，只怕領主夫婦會記住你的長相和名字，並且留下不好的印象。還請各位多加小心。」

……噢噢噢，安潔莉卡。

然後每一層樓都有三間給領主候補生入住的房間，附近的房間則提供給近侍使用。除了近侍以外，越靠裡面的房間是由上級貴族，越靠近階梯的房間是由下級貴族入住。通常下級貴族與中級貴族是好幾個人共住一間房，但只要多付點錢，也能變成單人房。三餐是大家一起吃，赫思爾也告知了餐廳的開放時間。沐浴則和在城堡時一樣，由大家自行在房裡作準備。

「兩天後有升級儀式與交流會，隔天就會開始上課。請新生們務必在那之前習慣宿舍的生活，為課程作好準備。凡事準備為上。還有什麼問題嗎？」

我精神抖擻地舉起手。不只赫思爾，所有人的目光也都集中到我身上。

「我有問題！請問宿舍的圖書室在哪裡呢？」

我滿懷期待地發問後，赫思爾傷腦筋似的笑了起來。

「宿舍裡頭並沒有圖書室，因為貴族院已經有圖書館了。還有，圖書館是在開始上課後才開放。屆時會依照順位，向各領地的新生說明使用方式，所以新生要在聽完說明以後，才能夠進出圖書館。」

看到我雀躍不已地聽著有關圖書館的說明，赫思爾臉上露出了難以形容的複雜笑容。

「羅潔梅茵大人真是熱愛讀書呢。若是領主候補生在學習與閱讀上這般投注心力，其他人想必也會跟著認真學習吧。我會寄予期待。」

……這也就是說，只要身為領主候補生的我看書，大家也會跟著看書囉？那我得努

知，但既然是奧黛麗的兒子，又有黎希達推薦，我想應該沒問題。
「還有……我想最好也先挑選一名能夠接替柯尼留斯的見習騎士。托勞戈特如何呢？他是小女與波尼法狄斯大人的兒子所生的孩子。」
「祖父大人與黎希達的孫子嗎……光是聽起來就覺得很厲害呢。」
「哪裡哪裡，還遠遠比不上柯尼留斯。他身為護衛騎士，不僅向羅潔梅茵大人學習過魔力壓縮法，還受過波尼法狄斯大人的訓練。」
據說托勞戈特本來也有可能成為韋菲利特的見習護衛騎士，但因為要等到韋菲利特獲得我的許可後，他的護衛騎士們也才能學習魔力壓縮法，這樣一來不知要等到什麼時候，所以托勞戈特並不願意。聽了這段插曲，我想韋菲利特在失去了原本幾乎確定的下任領主資格後，在招攬近侍上應該相當辛苦。
「此外，雖然可以招攬優蒂特進來接替安潔莉卡，但安潔莉卡並不適合指導後輩。關於這點該怎麼辦呢？」
「黎希達說得沒錯。真是非常抱歉，羅潔梅茵大人。」
安潔莉卡用感覺不太到抱歉的語氣說完，黎希達發出嘆息。
「雖然可以拜託柯尼留斯幫忙指導，但有些事情還是同為女性才說得出口吧。我認為需要再招攬一名見習女騎士，才能夠帶領女騎士們，或是與柯尼留斯一起進行指導。安潔莉卡，妳心目中有適合的人選嗎？」
黎希達這麼詢問後，安潔莉卡只是微微側頭，沒有回答。她打從一開始就沒打算去想。我面帶苦笑，接著再問：「妳覺得有沒有哪位見習女騎士能夠代替妳，思考各種問題呢？」聞言，安潔莉卡眼神認真地立刻開始尋思。

「……我覺得萊歐諾蕾與柯尼留斯處得不錯，也很擅長思考。」

「安潔莉卡自己完全不打算動腦想事情吧。」

「是的，正是如此。」

……怎麼辦？我覺得安潔莉卡放棄思考的程度好像比兩年前更嚴重了。

「主人！這種話別回答得這麼理直氣壯！每當主人接受過了主人師父的指導，主人就越來越仰賴直覺了。請妳也稍微動動腦袋。」

魔劍斯汀略克開始說教，看來是沒有我出場的餘地。斯汀略克的說話方式和斐迪南一模一樣，嘮叨就交給它去說吧。

「黎希達，那麻煩妳問問萊歐諾蕾，若有正面的回應，就招攬她為護衛騎士吧。」

「遵命，大小姐。」

就這樣，近侍人選大致都確定了。

成績向上委員會

「大小姐，所有人都欣然答應成為您的近侍，現在已請他們開始更換房間。由於男士不能上三樓來，等到用完晚餐，您向眾人宣布時才會見到面。」

向近侍人選傳達完了內定的消息，並告知會在晚餐後向眾人宣布後，黎希達回來了。成為近侍的人，似乎必須搬進近侍專用的房間。門外很快地傳來了忙亂的嘈雜聲響。想必是近侍們正大陣仗地開始移動吧。

「羅潔梅茵大人，請問能讓近侍們進來嗎？」

「嗯，讓她們進來吧。」

在門口待命的安潔莉卡請求我允許她開門。房門打開後，成為我近侍的女孩子們相繼走進屋內。聽說是趁著侍從與下人還在整理房間的時候，她們要先過來向我問候，順便討論工作上的分配。

布倫希爾德最先走了進來，在我面前跪下。

「羅潔梅茵大人，由衷感謝您的提攜。在引領流行這方面上，還請交由我為您效勞。」

「好的。社交方面的事情，我正想請布倫希爾德多多幫忙呢。如妳所知，我因為沉睡了兩年時間，對於國內情勢的詳細情況，還有派系與領地間的關係都不太了解。我很期待妳能蒐集來各方面的情報，在社交場合上為我提供協助。」

布倫希爾德問候完後，莉瑟蕾塔接著靜靜地跪在我的身前。

「羅潔梅茵大人，您拯救了在貴族院連升級都岌岌可危的姊姊大人，我們一家人……不，是我們一族都對您銘感五內。我定當竭誠效力，讓羅潔梅茵大人能夠過得舒適愉快。」

「我聽安潔莉卡說了，莉瑟蕾塔為了能侍奉我，一直在等我醒來。妳的心意令我非常高興。今後就麻煩妳多多關照了。」

不同於見習文官只要會寫基本文字就能開始工作，像是編寫參考書和幫忙寫作業，侍從必須先培訓一年的時間，確保不會讓主人感到不快，才能夠成為某人的專屬為其侍奉。莉瑟蕾塔在我受洗那年是一年級生，為了能侍奉我，她接受了一年的培訓以後，我卻因為遭到攻擊而陷入沉睡。雖然為自己的運氣不佳感到錯愕，但看見安潔莉卡在我沉睡的這段期間越變越強，她說她也努力精進了自己。

「大小姐，兩名見習侍從，就由我來說明房內的工作分配吧。」

我點點頭後，黎希達開始向兩人說明房間的配置與一天行程。見習侍從會由黎希達負責指導，想必沒問題吧。我於是將目光投向並肩跪著的兩名見習騎士。優蒂特仰頭看著我，臉上有著無法抑制的興奮。

「羅潔梅茵大人，能夠侍奉您我真是太高興了。我也會努力變強，為您貢獻己力。」

「優蒂特，我很期待妳的努力唷。」

跪在她身旁的萊歐諾蕾是個有著葡萄色頭髮，藍色雙眼充滿知性光芒的少女。大概是因為氣質穩重，也或許是因為發育良好，給人的感覺很成熟。如果沒說她是見習騎士，單看外表我還以為是見習文官。

「羅潔梅茵大人，非常感謝您提拔我為護衛騎士。」

「萊歐諾蕾，我覺得自己託付給了妳辛苦的工作呢。如果有任何問題，我也會提供協助，希望妳能與柯尼留斯好好討論，一起輔佐和帶領安潔莉卡與優蒂特。」

萊歐諾蕾看向安潔莉卡與優蒂特後，表情嚴肅地點點頭。

「……我定當竭盡所能。」

幸好沒被拒絕——我撫胸鬆了口大氣，安潔莉卡也同樣面帶開心的微笑，像是在說「有個願意思考的人能加入，真是太好了」。我轉頭對安潔莉卡說道：

「安潔莉卡，請妳為兩人說明護衛騎士在這裡的工作，並討論要怎麼分配吧。」

「遵命。」

安潔莉卡再怎麼不擅長說明，斯汀略克想必也能幫忙補充，但是關於她完全放棄了思考這件事情，還是應該想點辦法吧。我「唔……」地噘嘴沉思，這時菲里妮戰戰兢兢地在我面前跪下。

「呃……羅潔梅茵大人，我非常高興您願意提拔我為近侍，但是，您真的不介意招納我這樣才一年級的下級文官為近侍嗎？」

菲里妮神色不安地問道。由於下級貴族極少受到領主一族的拔擢，所以我能明白她的擔憂。但是，菲里妮是唯一一個向我發誓，說她會為了我蒐集各地故事的人，所以對我來說她是同志。

「我想拜託菲里妮做的事情，基本上就是蒐集故事喔。而且我也招攬了上級貴族的見習文官，可以協助和指導菲里妮。但更重要的是，如果妳因為是下級貴族而受到了不愉快的對待，請一定要找我商量。是我拔擢了菲里妮，我會出面幫妳討回公道。」

「非常感謝羅潔梅茵大人。」

大家開始商討近侍的工作時，我決定和菲里妮一起討論成績向上委員會。

「請問成績向上委員會是什麼呢？」

「領主候補生開始進入貴族院就讀以後，奧伯．艾倫菲斯特下了命令，要我們提升領地整體的成績。我必須在就學期間提升大家的成績才行，所以才要成立這個委員會。會長是我與韋菲利特哥哥大人，而所有艾倫菲斯特的學生都必須參加，沒有人能例外。」

我一邊說著，一邊攤開達穆爾整理好的貴族院資料。包括中央在內的二十一個領地中，目前艾倫菲斯特的排名都是在中間徘徊。聽說去年是第十三名。雖然還勉強維持在中間的順位，但過去艾倫菲斯特往往是與其他小領地敬陪末座，只有斐迪南就讀貴族院的時候排名才往上提升，但也在他畢業之後逐年下降。也就是說，光有一名天才是不夠的。如果要提升艾倫菲斯特的整體成績，必須建立完善的系統。

「接下來您打算如何提升成績呢？我聽高年級生們說過，現在大家的成績都已經因為歌牌和繪本而提升了不少。」

「歌牌和繪本只能夠提升低年級的成績。單靠這兩樣東西，沒辦法提升高年級的成績吧。」

低年級有明顯進步的，也只有學科成績而已。再來，頂多是術科的音樂成績也稍微有所提升吧。但這只是因為之前的程度太低，才會給人突飛猛進的感覺，其實進步空間還很多。

「聽說在我沉睡的這兩年，柯尼留斯哥哥大人成了優等生。但那是因為他之前為了與達穆爾一起教安潔莉卡學科，先學習了高一年級的內容，也學會了更有效率的魔力壓縮法，還受過祖父大人……也就是波尼法狄斯大人的訓練。」

大概是看到「安潔莉卡成績提升小隊」那麼賣力學習，受到影響後，其他見習騎士的成績多少也有進步，但比起柯尼留斯的進步幅度還是有不小的差距。我倒覺得大家都這麼盡心盡力幫忙了，學科成績卻還只是勉強及格的安潔莉卡，讓人很想抱頭哀嚎。

「聽說魔力壓縮法也是羅潔梅茵大人想出來的吧？」

「是啊，我打算從貴族院回去以後要教給大家。因為魔力壓縮法不只需要領導階層的許可，也需要支付費用，所以無法現在就教。菲里妮如果也想學，可以趁現在多多蒐集故事和情報，為自己賺錢喔。」

我會買下妳蒐集來的各地故事──我說完後，菲里妮的嫩草色雙眼晶燦發亮。

「我會加油的……雖然我很慶幸這段時間可以先賺錢，但既然您說要等到返回艾倫菲斯特，表示大家還無法馬上提升魔力吧？」

「是呀。能對所有學生都有效，又能馬上做到的，就是學科成績的提升。」

貴族院一年級生與二年級生的課程全是共同科目，先打好基礎後，三年級開始才會依據各自選擇的專門課程分開來上課。至於一年級與二年級的學科內容，斐迪南已經全部教給我了，還要我「第一天考試就合格」。但是他也說了，最主要是因為若不具備這些基本常識，在上級貴族齊聚的茶會上，將無法與人應對如流。聽說韋菲利特也已經學完一、二年級的學科內容了。領主候補生、上級貴族以及有兄姊的學生，在第一天就通過低年級的考試似乎是理所當然。只不過，就算學科在第一天就合格了，之後還是必須把時間花在術科和社交上。

我想盡可能把時間都花在圖書館上，為此需要作好事前準備，這樣我去圖書館的時候，大家還是能繼續用功讀書。目前學生在學習時都會善用歌牌與繪本，所以在三年級之前，我想魔法與神學方面的學科應該都能過關，算術也沒問題。但是歷史和地理這兩科目，個人之間的差異可能就會很明顯，因為我最不了解的也是歷史和地理。

「有哥哥和姊姊的學生，應該很多人都有以前留下來的木板和參考資料，或是兄姊已經教過他們了吧？我希望可以打造出大家一起使用資料、一起提升成績的和樂氛圍。」

見習騎士課程那邊有艾克哈特的資料，只要柯尼留斯願意提供，大家就能一起參考那些資料。其他課程也一樣，只要大家都願意提供自己手頭上的資料，讀書就會變得非常輕鬆。

「舊薇羅妮卡派的孩子們也包括在內，我想提升艾倫菲斯特整體的成績。」

「我非常明白。有羅潔梅茵大人在的冬季兒童室，老師會不分年紀與派系，根據每個人的學習進度給予作業，大家也會為了得到當獎品的點心而努力。我真的非常喜歡那時候的氣氛。」

菲里妮懷念地瞇起眼睛微笑。她說我不在的這兩年，第一年韋菲利特因為在狩獵大賽上遭到學伴陷害，又受到了攻擊，所以對舊薇羅妮卡派的孩子們表現出了露骨的敵意。後來是夏綠蒂居中調解，韋菲利特才開始接受訓練，努力不讓情感顯露在外，因此維持住了表面上的和平。但是，時至今日在安排座位的時候，他們還是會隔離舊薇羅妮卡派，也不會招攬為近侍或加以重用。看來我的首要之務，就是改善這樣的現狀。我希望在貴族院，也能創造出菲里妮說她那年很喜歡的兒童室氣氛。

……最好的辦法就是讓大家以獎品為目標，然後互相競爭嗎？再來是對外製造一個艾倫菲斯特的共同敵人，說不定領地內的大家會比較團結？

「各位，晚餐過後請先不要離開。我要宣布我的近侍人選、支付這兩年來該給大家的情報報酬，還要向各位轉達奧伯．艾倫菲斯特的指示。」

我向在餐廳集合的大家這麼說完後，往位置坐下來。座位多半也是依據派系分開來坐。每張大桌子都能坐十二個人，我和韋菲利特是與自己的近侍們坐在一起，其他人似乎是感情好的便坐在一起吃飯，所有人分散地坐在四張桌子旁。

……明明都能看出誰是近侍了，卻還要特別宣布呢。

「感謝司掌浩浩青空的最高神祇與分掌瀚瀚大地的五柱大神，惠予萬千事物成為我們的食糧，在此為諸神的旨意獻上感謝與祈禱，必不浪費這些食物。」

韋菲利特說完飯前禱告後，大家也獻上祈禱，接著開始吃飯。順便說，只有我與韋菲利特的菜色和別人不一樣。雖說不一樣，其實也只是多了一道甜點。我發現同桌的其他人都一邊用餐，一邊驚訝得張大眼睛。

「宿舍的餐點從幾年前開始就越變越美味，今年又更是……」

「來貴族院的樂趣之一就是餐點呢。初次品嘗到時，我可是大吃一驚。」

因為派來宿舍的都是城堡廚師，所以據說從三年前開始，餐點的品質就呈直線上升。今年又有雨果和艾拉在，大家都表示餐點又更美味了。吃過從前餐點的高年級生，與一進來就吃到新菜色的低年級生，感想截然不同，讓我覺得很有趣。

「今年因為我的專屬廚師也派來了貴族院唷。經過這兩年，他們似乎更是磨練了自己的手藝。對了對了，今年冬天尾聲，我還打算販售這些餐點的食譜書。」

「哎呀，所謂的食譜書，是指書上會有這些餐點的做法嗎？」

布倫希爾德摀著嘴角，驚訝的模樣非常優雅。我也應該稍微向她的優雅看齊。

「雖然價格會比繪本昂貴，但我認為食譜書具有這樣的價值。」

「是呀，羅潔梅茵大人說得沒錯，食譜非常具有價值喔。您是否也考慮要在中央販售呢？」

「如果想在貴族院推廣食譜書，可能得先等到明年或是後年吧。今年我只打算在茶會上提供一、兩種新點心，先引來旁人的好奇心即可。若太急著改變現狀，只怕也會造成劇烈的反彈。」

曾說過想引領流行的布倫希爾德有些不滿地噘嘴。儘管給人的感覺優雅又成熟，但在擺出這種表情的時候，看來就是這個年紀的女孩子。我輕笑出聲。

「布倫希爾德，即便想引領流行，也應該要循序漸進。我雖然是領主候補生，但領主候補生間的地位高低，也會因為領地而有差異。若把中央的王族與大領地的領主候補生想成是上級貴族，那麼艾倫菲斯特為中領地的我們，就好比是中級貴族。假使中級貴族突然間引發了許多新流行，那上級貴族會怎麼想呢？」

布倫希爾德恍然頓悟似的抬起頭來。

「我們行動的時候必須像是中級貴族，要把能夠引領流行的事物當作武器，仔細思考該與哪些上流貴族合作，才能夠獲得影響力，為自己帶來益處。沒有必要馬上亮出自己所有的底牌，一點一點展示就好了。」

「遵命。」

就這樣用完了晚餐後，我宣布自己的近侍人選。由於近侍們已經和我坐在一起，根本一目了然，但聽說正式宣布是很重要的流程。

「那麼，宣布我的近侍人選如下：見習侍從有莉瑟蕾塔與布倫希爾德，見習騎士有安潔莉卡、柯尼留斯、萊歐諾蕾、托勞戈特與優蒂特，見習文官有哈特姆特與菲里妮。」

女性近侍我剛才已在房裡見過面了，但是有的男性近侍，我幾乎可以說是晚餐席上才第一次見到他們。雖然三年前在兒童室曾接受過問候，但同時向我問候的人太多了，老實說除了黑名單上該提防的對象外，我差不多都忘光光了。

「羅潔梅茵大人，非常榮幸能夠侍奉您。」

托勞戈特來到我面前跪下後，這麼說道。他今年十二歲，是三年級的見習上級騎士。剛才聽說他是黎希達的女兒與波尼法狄斯第二夫人兒子所生的孩子，但容貌既不像波尼法狄斯，也不像黎希達。他有著深金色的頭髮，群青色的眼睛，臉上始終沒有什麼表情，給人沉默寡言的感覺。

托勞戈特之後，接著來到面前的人是哈特姆特。

「羅潔梅茵大人，打從您下達指示要在貴族院蒐集情報以來，我一直期盼著您醒來。能夠侍奉您是我的光榮。」

真像是尤修塔斯會說的話。但哈特姆特與尤修塔斯不同，有著十分醒目的朱紅色頭髮，並不適合從事諜報活動。此外他自始至終笑咪咪的，感覺很和善，一雙明亮的橙色眼眸中卻又有著喜歡惡作劇的光彩。今年十四歲，是五年級的上級見習文官，聽說是奧黛麗的么子。

很快結束了問候後，我請黎希達拿來裝有報酬的袋子。

「在我沉睡的這段期間，很感謝有些學生蒐集來了十分有用的情報，接下來我要支付報酬給他們。」

我呼喚了提供情報的人上前來，把報酬遞給他們。布倫希爾德針對服裝與流行所蒐集來的情報，得到了芙蘿洛翠亞與艾薇拉的大力讚賞；哈特姆特提供的情報則讓斐迪南非常滿意。我在遞出報酬的時候，也會順便告訴他們得到了誰的稱讚，每個人都自豪得雙眼發亮。

「接下來是羅德里希與菲里妮，你們兩人為我蒐集來了很多故事呢。託你們的福，又可以再製作新繪本了。」

當時兩人都還未就讀貴族院，卻幫忙蒐集了我最想要的資訊，所以我一定要給他們報酬。而且這樣一來，說不定就有人會為了報酬，蒐集來更多的新故事。菲里妮興高采烈地上前來接過報酬，羅德里希卻一臉非常無措，來回看著我、報酬和自己的手。

「……我真的可以收下嗎？」

「那當然啊，這些是羅德里希自己努力賺來的喔。」

多半沒想到我會認同他的努力吧。羅德里希露出了不敢置信的表情看著我，小臉一瞬間泫然欲泣地皺起來。

「我很期待羅德里希今後的表現。到了貴族院，也請你繼續蒐集故事吧。」

「感激不盡……我定當傾盡所能，不辜負您的期待。」

羅德里希緊握著手中的報酬，回到自己的位置。韋菲利特緊盯著他的背影，接著眼神銳利地望向我。

「羅潔梅茵，難道妳不知道嗎？羅德里希他……」

「韋菲利特哥哥大人，對於一個人的言行舉止，應該要公正地給予評價喔。羅德里希為了我，蒐集來了很多故事，我只是針對這點給予評價。要評論一個人努力後的成果，不應該連同他的派系也考慮在內。」

我說完後，聚集了舊薇羅妮卡派學生的桌子響起嘈雜聲。

「羅潔梅茵大人，那麼即便是我蒐集來的情報，您也會公正地給予評價嗎？」

「當然。每個人的價值觀都不一樣，像布倫希爾德是著重在流行與服裝上，哈特姆特是著重在領地間的關係上。看了他們蒐集來的情報，感到滿意的人也都不盡相同。所以，只要有人對你提供的情報感到滿意，我便會給予正當評價。」

這次舊薇羅妮卡派的人完全沒有提供任何情報，我本來還以為是遭到父母的禁止。但是，似乎並不是派系禁止他們做，而是因為他們認為反正也得不到公正的評價。看了韋菲利特的態度，會這麼想也無可厚非。

「那麼接下來，我想向各位傳達奧伯．艾倫菲斯特的指示。從今年開始，我們便以領主候補生的身分進入貴族院就讀，明年夏綠蒂也將入學。」

我說完，韋菲利特也站起來，用清亮有力的嗓音向大家宣告。

「所以奧伯．艾倫菲斯特說了，他希望能趁著有領主候補生在學的這十年期間，盡可能提升領地的影響力。為此大家要團結一心，努力協助我們。」

「首先我們要一起思考，該怎麼做才能提升艾倫菲斯特的成績。」

我這麼表示後，見習騎士們立刻發表了意見。

「只要羅潔梅茵大人願意把魔力壓縮法教給我們，我想成績就能往上提升許多。為了提升領地的成績，請您也教給我們吧。」

事實上學了魔力壓縮法的安潔莉卡與柯尼留斯，以及夏綠蒂的見習護衛騎士鄂妮思塔，魔力都有了顯著的成長。最主要更是因為下級騎士達穆爾的魔力仍在慢慢增加，聽說這在騎士團中已是無人不知無人不曉的事實。

「……關於我想出來的魔力壓縮法，我打算慢慢地教給我認為值得信賴的人。所以今年冬天，我會仔細觀察大家在貴族院的表現，挑選出可以教導的對象，等到離開貴族院，又取得了領導階層的許可以後，便為大家上課。」

「這是真的嗎？」

「沒錯。但選好以後，還是需要領導階層的許可，也需要支付一筆高額的費用。」

我看見有人一臉期待，也有人一臉灰心，各式各樣的表情都有。

「所以如果想藉由魔力壓縮法提升魔力，也是春天以後的事了。今年我打算提升學科的成績。提升學科的成績不只是為了自己，也是為了艾倫菲斯特。與派系無關，大家一起提升成績吧。」

我話一說完，大家都揚起頭來。有些人的表情都流露出警戒，不知道我接下來要說什麼，我微微聳肩後，開口說了。

「首先，我要進行分組。只有共同科目的一年級生與二年級生是依年級分組，三年級以上已經分開來上專門課程的學生們，則是依課程分組。所以全部要分成一年級組、二年級組、見習騎士組、見習文官組與見習侍從組。」

雖然每組的人數都不太一樣，但大約都是十人左右。如果要共享資訊與參考書，我認為這樣的分組方式最有效率，但馬上有人出聲抗議。

「羅潔梅茵，妳瘋了嗎?!如果要分組，應該要依據派系……」

「沒錯，我們絕對無法與不同派系的人合作！」

「羅潔梅茵大人，還請您顧及遭到排擠的人的處境。」

不光韋菲利特，同派系與舊薇羅妮卡派的人也都表示了反對。但是，我就是想改善宿舍裡這種分成派系行動的氣氛。如果還要顧慮派系，那就一點意義也沒有了。在大家激動地發表自己意見的時候，我盡可能做出受不了的表情，用手托腮，搖搖頭說了。

「大家還真是喜歡派系鬥爭呢。但是你們都知道，艾倫菲斯特在國內可以說是窮鄉僻壤，他領都覺得我們這裡毫無可看之處吧？現在是互相對立的時候嗎？」

「這、這是……」

「妳都忘了自己曾經遭到攻擊嗎?!」

聽見韋菲利特的提醒，我慢慢吐了口氣。我還在想韋菲利特未免也太在意派系，看這樣子是為了保護我。雖然感激，但也教人有些傷腦筋。

「我當然沒有忘記，也覺得很生氣。可是，在貴族院這裡，並沒有我們可以仰仗的父母。反過來說，也沒有父母會強迫我們，監視我們的行動。如果想要派系鬥爭，回到艾倫菲斯特再繼續就夠了吧。現在我們該面對的，是其他領地的優秀學生們喔。首先請大家要理解到這一點。各位受過的教導，不是都告訴你們身為貴族，應該要考量當下的利益，隱藏自己的感情，還要懂得與敵人聯手嗎？怎麼每個人的度量都這麼狹小呢。」

我環顧餐廳一圈，不只韋菲利特，其他孩子也噤不作聲。

「不過，這麼不容分說就要大家用功讀書，我想大家也無法馬上提起幹勁吧？所以為了讓大家能有努力的動力，我準備了獎品。最先整組成員都通過考試的小組，以及有最多優秀者的小組，我會把磅蛋糕的做法送給他們。等回到艾倫菲斯特，你們就可以讓自己家裡的廚師製作磅蛋糕了。」

雖然我對芙麗妲說過可以公開做法，也把做法教給了親近的人，但因為大家都想獨享花了大錢買下來的新食譜，所以事實上，磅蛋糕的做法至今都還沒有廣為流傳。目前在艾倫菲斯特的貴族區，就只能去公會長的商會購買，不然就是要受邀參加芙蘿洛翠亞與艾薇拉舉辦的茶會，才有可能吃到磅蛋糕。如果祭出磅蛋糕的做法當獎品，大家不僅在家裡就能吃到，還能自由地提供給客人當點心。只見大家的眼神都變了。只有韋菲利特與柯尼留斯的表情相當不滿。

「至於已經吃習慣磅蛋糕的人，就改為提供艾拉的新點心如何呢？」

我瞥向兩人說道，他們隨即笑容滿面地點頭。看來是成功激起他們的鬥志了。

「低年級生們也許很快就能全員通過考試，但因為難度不高，恐怕不太可能被選為優秀者吧。而高年級生們只要努力，說不定很多人都能成為優秀者喔。」

見習文官哈特姆特沉思了一會兒後，舉起手來，看著柯尼留斯說：

「羅潔梅茵大人，見習騎士當中，有幾名護衛騎士都已經學過魔力壓縮法，還有艾克哈特大人提供的優秀參考書，我認為這對他們太有利了。」

他的話聲一落，立刻有其他人表示贊同。看來這種時候就不在乎派系了。

「只要其他小組的成員也有哥哥姊姊，我想應該也有辦法取得參考書，但魔力這部分確實很難維持公平呢。看來的確需要調整難度……那麼，學科的時候，禁止安潔莉卡使用斯汀略克。」

「咦?!這樣子難度也太高了吧！」

這次換作高年級的見習騎士們發出哀嚎。「怎麼這樣，羅潔梅茵大人……」安潔莉卡更是倒抽口氣，臉色變得鐵青，但我直視著她說：

「這兩年來安潔莉卡太過依賴斯汀略克，變得比以前更不動腦想事情了。這樣下去不行。請妳多使用自己的大腦，好好思考，把學到的東西記下來。兩年前妳辦得到，今年也一定辦得到。」

「羅潔梅茵大人，您討厭我嗎？」

安潔莉卡故作楚楚可憐狀，一臉泫然欲泣，但就算裝出那種表情也不行。雖然神色

哀戚，看起來就是憂鬱的美少女，但不能被安潔莉卡的外表騙了。這是她不想動腦時的表情。

「怎麼可能呢，我才不會讓討厭的人擔任護衛騎士，我是希望安潔莉卡能夠成長。斯汀略克，你聽到了嗎？我不允許作弊唷。」

看見安潔莉卡摸著魔劍的魔石像在求救，我立刻囑咐斯汀略克。斯汀略克是複製了斐迪南性格與語氣的魔劍，它絕不可能允許安潔莉卡作弊。「我明白。」它很快就用堅定的話聲回道。

「身為騎士，絕不該有任何不當行為。更重要的是，我也希望主人能夠成長。」

「斯汀略克也能明白我的苦心，真是太好了。」

「怎麼這樣，斯汀略克?!羅潔梅茵大人?!」

安潔莉卡發出哀嚎，我用笑臉鼓勵她後，再度掃視了餐廳一圈。

「那麼，請各組互相合作，自行擬定對策，挑戰接下來的課程吧……韋菲利特哥哥大人，那一年級生什麼時候要召開對策會議呢？」

韋菲利特緊盯著羅德里希與舊薇羅妮卡派學生坐著的桌子，猛然起身。

「今天晚上，大家要各自確認兄姊教過自己哪些上課內容，手邊又有多少參考書。明天早上吃完早餐，馬上召開對策會議。勝利是屬於我們的！」

就這樣，艾倫菲斯特的成績向上委員會正式成立，為了提升成績的奮戰開始了。

升級儀式與交流會

在貴族院的新生活開始了。由於首席侍從黎希達仍在旁隨侍，所以與在城堡的生活相比並沒有太大差別。只不過我起床的時候，莉瑟蕾塔與布倫希爾德都已經梳裝打扮好，在房裡忙碌走動。大家都醒來了，卻只有我一個人還悠悠哉哉地躺在床上，總讓我感到良心不安，很想早點下床，但被人照顧的我要是早起，服侍我的人就必須更加早起。即使醒來了，也要在床上等著一切準備就緒，才是貴族千金應有的表現。

早餐要到餐廳吃。更衣完後，除了所有近侍，她們各自的侍從也會一同往餐廳移動，形成相當壯觀的隊伍。大概是有人先通知了，我坐著騎獸來到二樓的時候，柯尼留斯他們也已經帶著自己的侍從在等候。

「羅潔梅茵大人，早安。」

一旦開始上課，就無法再慢條斯理地把食物往下分送，錯開時間吃飯，所以還是學生的近侍們是和我一同用餐。在一旁服侍的，則是大家各自帶來貴族院的成年侍從。我是在黎希達的服侍下用餐。

吃完早餐後，我請人拿來斐迪南在密集講座時使用的資料，前往多功能交誼廳。一年級的對策會議開始了。

「現在我身邊的侍從有黎希達，還有見習文官菲里妮，我想護衛騎士只要留下一個人就夠了。其他人如果要開作戰會議，可以去參加沒關係喔。」

「羅潔梅茵大人，雖說在宿舍裡頭，但只有一名護衛騎士的守備還是太薄弱了。」

柯尼留斯與韋菲利特雙雙沉下了臉。

「只要在宿舍裡面就不用擔心喔，因為斐迪南大人給了我很多護身符。」

「護身符？」

「也就是如果有人攻擊我，我反而還會同情他的危險魔導具。」

未擁有思達普的我除非唸誦祈禱文，不然就是在生氣得失去理智的情況下發動威懾，否則無法使出像樣的攻擊。例如兩年前遇襲時，我一時之間什麼也無法反擊。向斐迪南報告了這件事情後，他便給了我可以隨身攜帶的魔導具。魔導具會自行幫我補充魔力，並在遭到攻擊時立即發動。

「至於我是怎麼把這些魔導具帶在身上、魔導具又會如何發動，我絕對不能告訴任何人，以防有人能想出對抗方法。總之，是非常有斐迪南大人風格的魔導具。」

聽到我說是「非常有斐迪南大人風格的魔導具」，柯尼留斯與韋菲利特都露出了苦澀的表情。在我沉睡的這段期間，他們與斐迪南之間發生過什麼事嗎？

「……我知道了。那麼，羅潔梅茵大人就交由萊歐諾蕾護衛了。」

「慢著，柯尼留斯。護衛的工作請務必交給我。」

安潔莉卡帶著充滿幹勁的笑容往前一站。柯尼留斯也露出了志氣昂揚的笑臉，與安潔莉卡面對面。

「該怎麼處置妳，才是我們見習騎士組的勝利關鍵。不管是對策會議還是讀書會，都要有安潔莉卡在才能開始吧？」

柯尼留斯笑容可掬，大掌一伸直接將安潔莉卡拖走。兩人的外表雖然都成長了，但言行還是和兩年前一模一樣。優蒂特目瞪口呆地看著被拖走的安潔莉卡。我輕笑起來，視線轉向她說道：

「優蒂特，二年級生已經在那邊的桌子開始討論了喔。」

「啊、是。請恕我失陪了。」

優蒂特會不會一下子就對安潔莉卡感到幻滅呢？雖然令人同情，但還是早點認清現實，才不會造成更大的傷害。安潔莉卡只是很不擅長讀書，但她強大的騎士實力仍是無庸置疑。

「萊歐諾蕾，妳不去讀書沒關係嗎？」

「請您不必擔心。我向柯尼留斯借了資料，已經看過四年級的學科內容了。」

想起「安潔莉卡成績提升小隊」的辛勞，我忍不住稱讚說：「哎呀，真是優秀呢。」萊歐諾蕾卻無奈地笑了笑。

「我可是聽柯尼留斯說過，羅潔梅茵大人在兩年前就記住這些內容了呢……」

「當時為了教安潔莉卡，我只是和達穆爾一起整理了資料，並沒有全部記下來，而且現在也已經忘了。」

「羅潔梅茵大人總是這麼謙虛，您行事真是低調呢。」

……不不，我不是謙虛，這是事實。

那時候因為「安潔莉卡成績提升小隊」，我確實背了很多東西，但早已經忘得一乾二淨。譬如騎士的戰鬥方式與牽扯到魔法的戰術，我想與他領學生舉辦茶會時應該是不會聊到，所以就算忘了也不要緊吧。

「韋菲利特哥哥大人，有哪些學科讓您覺得很吃力呢？」

「我是歷史和地理。其他的因為在冬季兒童室都學過了，莫里茲也說過絕對可以合格。至於其他人，我想也應該要著重在歷史和地理，然後盡快開始術科的訓練。」

韋菲利特向我展示了似乎是他自己想出來的教學計畫。學科有算術、神學、歷史、地理和魔法，但他在歷史和地理上畫了很大的印記。

「請問術科有哪些科目呢？斐迪南大人雖然教了我很多學科的內容，但我幾乎沒有接觸過術科。」

「一年級要上的魔法相關術科，有魔力的操控與壓縮、騎獸製作、取得思達普。這些妳早就熟練到不用再練習了吧？其他還有宮廷禮儀、音樂和奉獻舞，但我看妳在城堡練習的樣子，我覺得妳的程度完全沒問題啊。」

……什麼！原來我早在兩年前那時候，就已經學了許多貴族院會教的術科。神官長實在可怕。

「但是我的表現有到合格分數嗎？尤其是奉獻舞，我覺得自己跳得很差勁呢。」

「一年級生不能出場跳奉獻舞，只要練習就好了。而且不管是哪一門科目，妳應該都已經有合格分數以上的水準。要是明顯太糟，叔父大人才不會放過妳。」

韋菲利特說得沒錯。「為了自己」那般努力指導我的斐迪南，若是看到我有可能不合格，絕不可能坐視不管。本來我還很擔心能不能趕在奉獻儀式前修完課程，現在看來說不定都能勉強過關。

「那麼直到第三鐘響為止，大家一起學習歷史和地理吧。之後是練飛蘇平琴。」

我與韋菲利特分頭教大家歷史和地理。上級貴族當中，有些人早已經學過了。然後不出所料，下級貴族多半都請不起優秀的家庭教師，所以只要是冬季兒童室尚未教到的部分，了解程度都落後其他人許多。尤其是沒有兄姊的菲里妮情況最為嚴重。

「那麼，先從大概的歷史演變開始吧。」

「是啊。建國史的開頭有部分和聖典繪本一樣，應該比較容易背起來吧。」

一年級組的人數最少，也只有我們這一組不到十個人，所以我想在全員最快通過考試這個項目上取得勝利。

「哎呀呀，今年的學生還真是用功。」

「赫思爾老師。」

雖說是舍監，但赫思爾在教師這方面的職務似乎更加繁忙，很少在宿舍露面。她走進多功能交誼廳後，張圓了眼睛。明明還不到學年度的尾聲，面臨有可能留級的危機，所有人卻都聚集在多功能交誼廳，分組訂定考試對策，也難怪她這麼驚訝。

「各位看來都很專心，但請暫時看我這邊。明天第三鐘將在大禮堂舉行升級儀式，之後是兼作午餐會的交流會。艾倫菲斯特今年的號碼是十三號。請各位在行動時，務必時時牢記這一點。在正式開始上課之前，我只想繼續做自己的研究，所以會待在本館。請兩位領主候補生好好監督眾人，別惹出麻煩要勞煩我出動。」

說完了要告知的事項以後，赫思爾火速離開。比起管理宿舍，居然更優先重視自己的研究，不愧是斐迪南至今還保持著聯繫的對象。他們鐵定都是瘋狂科學家。

「這老師還真怪。」

韋菲利特嘀咕說完，在他身旁待命的護衛騎士點頭同意。

「是的，赫思爾老師是有些奇特。但是在此之前，她只有在貴族院剛開學需要打開宿舍房間，以及最後要鎖門的時候才會出現。所以她剛才那樣也已經是看在領主候補生的面子上，特意來露面了。因為就我所知，她以前在傳達通知事項的時候，一律都只用奧多南茲。」

聽說直到去年，都是以奧多南茲通知她新生已經集合完畢後，她再直接只用奧多南茲回覆了聯絡事項。韋菲利特聽完，不高興地皺起眉。

「那個赫思爾第一次見到我們的時候，也沒有跪下來問候喔。不光從教師的角度來看，她身為艾倫菲斯特的貴族，這樣也很不應該吧。」

「不，赫思爾老師並非是艾倫菲斯特的貴族。她的籍貫已經移到中央，所以現在是中央的貴族。另外在貴族院，原則上老師的地位比學生更高，因此我想院內的老師沒有人會向學生下跪。」

「……原來是這樣啊。」

總之，我們趁著這一天的時間確認了上課範圍，和大家各自感到不擅長的地方，再根據這些資訊進行加強。

「今天一天這樣看下來，冬天大家一起在兒童室練習飛蘇平琴好像很有效嘛。依照目前這樣，下級貴族應該也能順利過關……說到這裡，以後冬季兒童室的學習科目，是不是也該加進地理和歷史比較好？」

「哥哥大人說得是。為了有助於學習，也要製作可以當教材的繪本才行呢。若是沒有任何輔助工具，莫里茲老師教起來會很辛苦吧。」

為了孩子們，來做書吧！我鬥志高昂地握拳宣告後，韋菲利特輕抬起手制止我。

「羅潔梅茵，妳等一下。既然要做教材，先從二年級的參考書開始做起吧，對明年的我們才有幫助。反正到了明年，妳也打算像這樣強迫大家讀書吧？」

韋菲利特咧嘴笑說，我對他點頭。因為必須打造出一個即使我成天待在圖書館，大家也能互助合作、提升成績的環境，所以如果今年很順利，我打算明年繼續進行。

「您說得沒錯。那我就先做二年級的參考書吧。」

「嗯。」

吃完晚餐要沐浴，由於明天有升級儀式與交流會，我打算使用絲髮精，徹底地把頭髮洗得柔柔亮亮。下達準備絲髮精的指示後，布倫希爾德的小臉一亮。

「羅潔梅茵大人，這個絲髮精真是太出色了，是您命人做的嗎？」

「嗯，是呀，是我委託奇爾博塔商會製作的。」

布倫希爾德說她也是絲髮精的忠實愛用者。她感受著我帶來的新款絲髮精的香氣，發出了感動的讚嘆聲。她說美容之類的流行在女性面前沒有派系之分，所以現在已經和兩年前不同，所有上級貴族女性都會使用絲髮精。

「如果艾倫菲斯特的所有女學生都使用絲髮精洗頭，能不能藉機展示我們領地現在的新流行呢？」

我提出問題後，布倫希爾德思考了一會兒。

「我認為可以。因為能讓頭髮散發出如此強烈的光澤，真的非常少見。沒興趣的男士也許不會發現，但我想女孩子一定會注意到。」

「那麼，若有學生沒有絲髮精，請分一些給她們吧。明天大家一起帶著富有光澤的頭髮，出席升級儀式。」

我與布倫希爾德在討論時，與黎希達一起作著沐浴準備的莉瑟蕾塔前來呼喚。

「羅潔梅茵大人，絲髮精就由我去分送，請您去沐浴吧。」

由於共用房間的學生們在洗澡時水也是共用，所以只需要用到很少量的絲髮精。莉瑟蕾塔帶著絲髮精離開，還表示會順便教大家怎麼使用。真是太貼心又可靠了。

「明年也能考慮大家一起佩戴相同的髮飾呢。款式都挑選一樣的，顏色再配合每個人的髮色。」

決定要慢慢推廣艾倫菲斯特的新流行後，布倫希爾德甚至開始思考起明年的規劃。

「這個主意真不錯。可是，下級貴族有能力購買和我一樣的髮飾嗎？」

「……考慮到費用，要所有人都佩戴一樣款式的髮飾恐怕有難度，要統一顏色也不切實際。因為大家的髮色都不一樣，適合的顏色也不盡相同。」

「明年之前再好好想想吧。」

我在黎希達的協助下洗好了澡，這時莉瑟蕾塔已經回來了。接著接受莉瑟蕾塔的按摩，喝著布倫希爾德準備的果汁，我詢問了分送絲髮精時大家的反應。

「至今從未使用過絲髮精的女孩子們，全都感到新奇地洗著頭髮。」

「莉瑟蕾塔和菲里妮也可以使用，請讓頭髮充滿光澤吧。」

「感激不盡。」

沐浴完後直到就寢為止，我都和菲里妮一起唸書。正確來說是我教菲里妮讀書，自己則是照著韋菲利特的指示，整理二年級的參考書。明年大家絕對也需要讀書用的參考書吧。

隔天早餐席間，看到所有女學生在過了一個晚上之後，頭髮全都變得柔順而充滿光澤，男生們都吃驚得瞪圓雙眼。「妳到底在想什麼？」韋菲利特還這麼問我，我「唔呵呵」地笑著回答：

「我們在假裝不經意地展示新流行。」

「哪裡假裝了？根本就很明顯！」

「但除了絲髮精以外，目前還沒有預計要推廣其他新流行，所以我覺得這樣已經很低調了喔。我們還在計畫，明年要大家一起佩戴相同的髮飾呢。」

雖然我個人很想從賣書開始推廣新流行，但考慮到了現在正努力提升大家的成績，我想還是再保密一陣子吧。等到艾倫菲斯特的成績向上委員會成功上了軌道，屆時再賣書。在艾倫菲斯特引起流行的事物有美容、服飾和美食，我想從這幾樣慢慢推廣會比較好。既然絲髮精能夠不分派系地普遍為女性所接受，那麼美容這方面的流行也一定比較容易被接受。

「妳有思考過就好，但還是別太張揚喔。畢竟妳的外表本來就很引人注目了。」

「……是。」

吃完早餐，要在第三鐘前移動至大禮堂，必須先整理好儀容，穿戴披風和胸針，這樣才能離開宿舍。據說若沒有披風和胸針，到時還會回不了宿舍。

「羅潔梅茵大人，由於交流會的人數眾多，基本上是同階級彼此交流。請您從近侍當中選出三名護衛騎士，以及文官與侍從各一名，隨侍在您身邊。」

既然是依照階級參加，那麼我與韋菲利特要前往的，自然就是領主候補生與王族齊聚的交流會。最好是挑選上級貴族，以及已經了解貴族院生活的高年級生陪在我身邊，會比較妥當吧。

「那麼，護衛騎士就由安潔莉卡、柯尼留斯、萊歐諾蕾，文官是哈特姆特，侍從是布倫希爾德，由以上五人陪我前往吧。」

「遵命。」

作好準備後，我一如往常坐上騎獸。

但到了宿舍的玄關大廳，柯尼留斯卻請我從騎獸下來。聽說是學生不能夠在貴族院的建築物裡頭騎乘騎獸。只不過他也說由於貴族院的占地非常廣大，所以在外頭倒是可以使用騎獸。

「剛入學的新生如果乘坐著外形前所未見的騎獸，恐怕會太過惹人注目。」

「羅潔梅茵，更何況妳的外表已經這麼年幼了，還是別再引來注目比較好吧。」

「可是，萬一去大禮堂還有很長一段距離，我根本走不到啊。」

要是走到一半癱軟無力，得由侍從抱我進去，那樣也會引來無謂的矚目吧。

「大禮堂的距離不遠，我想您不用擔心。此外最一開始上課，也都是在大禮堂或者附近的大教室，所以應該也沒有問題。如果真的覺得勉強，再由哈特姆特或是我抱您過去吧。至少不會比羅潔梅茵大人的騎獸醒目。」

所有人都在玄關大廳集合。大家不只穿著以黑色為基底的服裝，又佩戴著相同的披風與胸針，所以即使服裝的款式不同，還是有統一的感覺。

宿舍的玄關大門敞開後，我在近侍的包圍下開始前進。玄關外頭並不是戶外，而是類似走廊的通道。我放眼環顧四周，只見一段距離外也有門，披著水藍色披風的學生們正從門內魚貫走出。

「這道十三號門，是通往艾倫菲斯特舍的大門。請各位要小心，千萬別搞錯了。其他領地的大門我們無法打開，倘若搞錯一次，也不會被追究，但若是太過頻繁地想要強行開門，便有可能被視為是惡意挑釁或者攻擊而遭到逮捕。」

高年級生說完，新生們都一臉嚴肅地點頭。聽說十三號是根據去年成績與領地影響力所決定的順位，每年都會變動，也與在貴族院的生活密切相關。

「無論是問候的順序還是座位的分配，都會被順位影響。」

在走廊上前進時，從其他大門走出來的學生也變多了。隨著不斷前進，門上的數字也越變越小。而且似乎必須讓路給數字小的學生，直到所有人都出來為止，我們只能停在原地等候。

……這裡的披風是深綠色的。

在大禮堂集結的全校學生大約共有兩千人。至於領地人數接近小領地的中領地艾倫菲斯特，所有年級的學生加起來也不到七十人。聽說大領地的學生人數通常更多，有些地方甚至會超過一百五十人。反之最少的領地，今年的學生還不到五十人。

我們站在指定好的位置，等著升級儀式開始。由於我被身旁的近侍們團團圍住，所以一點也不起眼，除了艾倫菲斯特的披風外也看不見周遭景色。

……既然是照著領地順位排隊，那麼從上面看下來，應該是一片片清楚的色塊吧。

「肩負尤根施密特未來的孩子們，今年研究之門再度為你們敞開。為了成為尤根施密特貴族的一員，為了提升各自所屬領地的影響力，切記努力不懈。」

大概是每年都會聽到一樣的致詞吧，高年級生們都一臉厭煩。

恭賀大家升級的致詞結束後，接著是告知課程相關的注意事項。大概是使用了類似音響的魔導具，雖然我完全看不見是誰在講話，卻能清楚聽到聲音。

一、二年級生由於只有共同科目，所以會統一在大禮堂內上課。一年級生上午先在大禮堂上學科課程，下午則依據身分前往其他教室，由老師指導術科。因為低年級生有不少人會很快通過首日的考試，人數若是變少，就會再換到其他教室。

升級儀式上老師的說明就此結束，聽說接下來的交流會才是重頭戲。因為要與其他領地的學生進行交流，就和出席社交活動一樣，絕不容許失敗。

「接下來大家要依照自己的階級，前往舉行交流會的會場，記得一定要盡可能同領地的人一起行動。不論在哪個會場，高年級生們都要照顧新生。新生們也都還一無所知，所以要跟從高年級生的行動與指示。」

最高年級生這麼囑咐後，眾人應聲完，隨即分成了下級貴族、中級貴族、上級貴族、領主候補生與其近侍。連從大禮堂退場好像也是按照領地排名，很大一群人最先出去。

緊接著我們也步出大禮堂，在高年級生的引導下，往各自的會場移動。領主候補生們要前往小會廳。

「第十三名艾倫菲斯特，韋菲利特大人與羅潔梅茵大人入場。」

站在門口的文官宣告後，我們走進了名為小會廳的會場。會場正前方有張較大的桌子，只有那裡的擺設格外不同，由此可知坐在那裡的是王族。

雖然從我這裡看不見長相，但我知道是誰坐在那裡。在政變中獲勝的第五王子即位後，如今他的第二王子正在貴族院就讀最高學年，如果我的記憶沒錯，名字應該是亞……亞納索塔瓊斯。斐迪南對我說過：「你們只有一年的時間會同時在貴族院，不太可能與他有交集，只要記住名字就沒問題了。」

……神官長說得簡單，什麼只要記住名字就好了，王族與貴族的名字每個都很長，非常難記啊！真是的！

我在心裡頭大肆抱怨，環顧小會廳，只見現場等間隔地準備了四人座的桌子。看到大家是從前面開始就座，我猜座位也是按照順位吧。

「……那個小不點是怎麼回事？」

充滿好奇的目光與帶有調侃的話聲都集中落在我身上。感覺得出站在我旁邊的韋菲利特用力咬緊了牙關。目前在場的人，地位都比我們要高，所以絕不能有任何怨言，只能默默忍受。

「好像有小孩子誤闖進來了呢，她是不是搞錯自己該去的地方啦？」

在可以聽見這類訕笑的情況下，我繼續往自己的座位前進。布倫希爾德為我拉開椅子，我坐上去後，文官哈特姆特坐在我的旁邊，侍從和護衛騎士則站到我身後。其他桌子也都是這樣。

「羅潔梅茵大人，請。我想您在問候時會有需要。」

一坐下，哈特姆特便用只有我能聽見的音量說道，悄悄遞來折起的紙張。垂下視線一看，是寫了今年領地的順位與披風顏色，還有領主候補生名字的小抄。先前我雖然硬是記下了披風的顏色與領地名稱，卻不知道今年領地的確切順位，還有一年級領主候補生的名字，所以這份小抄簡直救了我一命。

「哈特姆特，你真是幫了我大忙。」

「不敢當。稍後羅潔梅茵大人必須向王族請安，也要依序向順位高的領地問候，順位低的領地則會前來問安。您先看其他人怎麼做，應該就明白了。」

等到所有領地的領主候補生全員到齊，大門隨即關上，正式開始問候。據說最具有影響力的大領地庫拉森博克的領主候補生最先站起來，紅色披風隨之擺動。帶著近侍上前向王族問候後，便回到了自己的位置上。緊接著起身的，是穿著藍色披風的大領地戴肯弗爾格的兩名領主候補生。他們向王族以及庫拉森博克的領主候補生問候過後，返回自己的位置坐下。

「……亞倫斯伯罕明明是大領地，為什麼是第六名呢？」

我看著小抄問道，哈特姆特面露難色。

「似乎是這些年來影響力下降，內部局勢也相當不穩定。但是，就算我想在貴族院的見習文官聚會上蒐集情報，也遲遲打聽不到多少消息。」

他說順位低的人，很難打聽到順位高的人的資訊。

亞倫斯伯罕的淡紫色披風飄動起來。站在最前頭的，是一名有著飄逸金髮的少女。她就是喬琪娜的么女嗎？我把視線投向手上的小抄。

……蒂緹琳朵。

向王族問候完後，蒂緹琳朵朝這邊轉過身來。由於有著一頭金髮，氣質看來並不相似，但無論是五官還是眼睛，幾乎都與喬琪娜如出一轍。

一瞬間，我覺得自己好像與她四目相接。

王族與他領貴族

同個領地有好幾名領主候補生的時候，會一起上前問安。至於沒有領主候補生的領地，會由最高年級的上級貴族做為代表負責問候。我觀察著大家的行動，發現了這樣不成文的規定時，輪到了艾倫菲斯特。韋菲利特站起來，我也在布倫希爾德的協助下離開椅子。

「下椅子居然要人幫忙……」

聽見了音量雖小，卻足以傳進我們耳裡的嘲笑後，韋菲利特的臉龐變得僵硬。看見他僵硬的表情與緊緊握起的拳頭，我想周遭人們夾帶著嘲弄的竊竊私語，想必比起我更對韋菲利特造成了打擊吧。

……韋菲利特哥哥大人不習慣聽到這些話吧。

我打從平民時期就一直被人說矮，也曾有貴族仗著自己的身分，對我極盡冷嘲熱諷之能事。真要說的話，除非是關係親近的人，否則不認識的陌生人不管對我說什麼，我都不會放在心上。不過，韋菲利特顯然不是這樣。

「韋菲利特哥哥大人，不認識的人不管說我什麼，我都不在意唷。因為我知道，有很多人都站在我這一邊。」

我握住韋菲利特緊握成拳頭的手，小聲對他說道，近侍們也輕輕點頭。

「……這樣啊。羅潔梅茵，那走吧。」

韋菲利特的表情雖然還有些僵硬，但他配合著我的走路速度，與近侍們一起筆直地朝著王族的座位走去。我也盡可能走得非常優雅。不管別人說什麼，都要抬頭挺胸，落落大方地面帶笑容，絕對不低下頭。這是長久以來，大家一直耳提面命對我說的話。所以這天我也遵循教導，帶著笑容往前移步。

來到小會廳前方，在王族的座位前跪下後，我們在胸前交叉雙臂，垂下臉龐，說出首次見面的問候語。低頭看著我們，不可一世地點了點頭的，是位有著綺麗金髮，眼眸為灰色的俊美王子。以前我曾經不自覺地喃喃說過：「王子要是長得很醜，會讓人非常失望吧。」斐迪南便說：「國王都會迎娶貌美的女子，所以上位者大多相當俊美。」眼前的王子也確實有著讓人點頭同意的英俊相貌。

「亞納索塔瓊斯王子，歷經生命之神埃維里貝的重重嚴格遴選，得以有幸與您會面，願能為您獻上祝福。」

和其他人一樣得到了「准許你們」的許可後，我與韋菲利特往戒指注入魔力，獻上祝福。我小心著不要過度，慎重地僅注入少許魔力。

「……很好。」

看見自己獻上的祝福分量與身旁的韋菲利特差不多，我在心裡鬆了口大氣，期間問候仍在繼續。

「亞納索塔瓊斯王子，初次與您見面。韋菲利特與羅潔梅茵將代表艾倫菲斯特，在此學習如何能成為不辱尤根施密特之名的貴族，往後還望您不吝賜教。」

聽完我們的問候，亞納索塔瓊斯揚聲說道：「抬起頭來。」我慢慢抬起頭後，只見王子有些不太高興地低頭打量我。從頭到腳把我審視一遍後，亞納索塔瓊斯哼了一聲。

「妳就是羅潔梅茵？他人口中艾倫菲斯特的聖女？傳聞說妳擁有稀世的美貌與才智，還擁有豐富到足以成為領主養女的魔力，而且心地善良、仁慈博愛……可我怎麼完全看不出來？」

……我才想知道，是什麼時候被加油添醋到這種地步了！

「所謂謠言，很輕易便能任人恣意扭曲呢。這樣的傳聞，連我也是初次耳聞。可能是與他人的傳言混在了一起，也可能是有太多人覺得有趣，便誇大其辭吧。」

如果貴族間流傳著這種謠言，也難怪大家看見我以後會出言嘲笑。因為不管橫看豎看，以一個看似才剛受洗過的年幼女童來說，這些傳言實在是過譽了。我避重就輕地帶過後，亞納索塔瓊斯似乎是覺得掃興，不快地微微皺眉。

「真是……居然得把一個只是魔力量多了些的女童吹捧成聖女，我看艾倫菲斯特也快走投無路了吧。」

「您說得沒錯，亞納索塔瓊斯王子。」

不愧是王子殿下，真是明察秋毫——我適度地奉承對方後，盈盈微笑。

「如您所知，艾倫菲斯特不過是無足輕重的領地。如今魔力還不足到了必須把我這樣的女童收為養女，甚至吹捧為聖女。我們都心懷著無法實現的冀求，多麼希望奉獻給諸神的花朵能再次回到我們手中呢。」

……艾倫菲斯特本就是一塊在最低順位徘徊、處境艱難的領地，還會被周遭領地敲詐魔力，結果你們一族還發起了無謂的政變，才讓我們的處境又變得更加艱辛。至少把帶去中央神殿的神官們還回來啦。

我在心裡頭大肆抱怨，表面上以手托腮，表示「真傷腦筋呢」，故作乖巧地側過頭。中央在大規模的肅清以後，便從地方召集了貴族與神官來填補空缺，所以一切大概仍能照常運作吧。但是，貴族與神官被帶走的地方卻是苦不堪言。明明王族一族才是害得許多領地都陷入混亂的元兇，現在居然還嘲笑我，讓我有些火大。

「聽說妳是為了團結領地才成為聖女，但妳就算成了聖女，艾倫菲斯特似乎也並未團結一心。妳不是遭到了自領貴族的襲擊嗎？」

「是的，權力在轉移的時候，儘管規模不一，總會出現風波。幸虧只有我一人遭難，一切便和平落幕。」

亞納索塔瓊斯輕挑起眉，感到無趣似的揮了揮手。我與韋菲利特明白他的意思是「退下吧」，便站起來告退。

……平安無事地結束了呢。太好了、太好了。

但是，並不是只要向王子問安就結束了。接下來反而才是真正的開始。我打起精神，接著繼續。順位第一到第五的大領地與中領地似乎完全沒把艾倫菲斯特放在眼裡，並沒有特別說什麼，僅接受祝福後，幾乎沒有交談就結束了。

緊接著，是向排名第六的亞倫斯伯罕問安。容貌神似喬琪娜的蒂緹琳朵面帶著溫柔微笑，迎接我們的到來。

「蒂緹琳朵大人，歷經生命之神埃維里貝的重重嚴格遴選，得以有幸與您會面，願能為您獻上祝福。」

「准許你們。」

兩人往戒指注入魔力，獻上祝福後，蒂緹琳朵柔柔微笑。

「韋菲利特，真高興見到你。兩年前，你邀請了我的母親大人造訪艾倫菲斯特吧？當時她也打算帶我一同前往，所以我本來非常期待能拜訪艾倫菲斯特呢。」

因為我們同是領主的孩子，極少有機會見到他領的親族吧？蒂緹琳朵露出了天真無邪的笑靨說道。但也因為這樣，明明是初次見面，她卻沒有加上敬稱直呼名字，讓我很難判斷她究竟是把韋菲利特當成了感情很好的親人，還是不承認他與自己是地位相當的領主候補生。

「可是，因為領主一族受到攻擊，母親大人便被禁止回鄉訪問吧？我真的覺得非常可惜。畢竟我們是表姊弟，在貴族院好好相處吧。」

「我才要請您多多關照。」

韋菲利特露出社交性的微笑回答後，蒂緹琳朵的笑容也更是甜美。

「你不必這麼見外。我今年已經四年級了，你可以多依賴我一點唷。」

「感激不盡。」

我與韋菲利特同時回道。蒂緹琳朵手托著腮，微微偏首。

「對了，韋菲利特，我聽說羅潔梅茵中了毒，浸在尤列汾藥水中陷入沉睡。畢竟有時即便是父母的藥水，也有可能出現排斥反應呢。但居然沉睡了兩年之久，實在非常罕見，她的身體沒問題嗎？」

想必度過了一段艱難的時光吧？——蒂緹琳朵雖然面露擔憂地這麼說，雙眼卻從未往我的方向望過來。

「請您放心。羅潔梅茵的身體已經復原得差不多了，也才能夠來就讀貴族院。感謝蒂緹琳朵大人為羅潔梅茵如此掛心。」

「蒂緹琳朵大人，感謝您的擔心。我的身體原本就不強壯，所以早已習慣臥病在床，現在也已經恢復健康了。」

「這樣呀。那麼，今年夏天我能去艾倫菲斯特玩嗎？我希望能與韋菲利特多做交流，增進感情。」

至此我總算注意到，她對韋菲利特露出的笑容，從頭到尾沒有對我展現過。

……態度也太明顯了，但她到底有什麼目的？

如果只是不喜歡我那倒也罷，但也有可能另有目的。我不知道蒂緹琳朵究竟掌握了哪些消息，又了解得多麼深入。

「若要邀請他領貴族入城，必須先徵得奧伯．艾倫菲斯特的許可，恕我無法以一己之見給您回覆。」

「說得也是呢，我會期待著韋菲利特幫忙說話唷。」

我的存在就這麼徹底遭到無視，與亞倫斯伯罕的問候便結束了，然後往旁邊繼續移動。我慢吞吞地站起來，動著腦筋思索。

……關於我被自領貴族襲擊而陷入昏睡這件事，王子好像也知道，但究竟有多少情報外流，又傳進了哪些人耳中呢？

在貴族社會，我曾陷入沉睡一事已是眾所皆知的事實了嗎？還是說蒂緹琳朵那一番話意在牽制，想表示「我知道艾倫菲斯特的所有事情喔」？由於我現在什麼都不知道，為了不額外透露消息，我決定不管別人問什麼，都帶著模稜兩可的笑容搪塞帶過。

排名第七到第十二的中小領地，與艾倫菲斯特的排名之爭最為激烈。因為只要有些許的差異，立場就有可能顛倒過來，所以他們的態度最是刻薄，還有不少人講話十分刺耳。他們像是串通好了，每個人都說：「想不到艾倫菲斯特的聖女竟然只是這樣的小女孩。」但是在這些嘲笑背後，彷彿可以看見他們對於排名被超越的恐懼，所以發現我根本沒有傳聞中的聖女那麼了不起，都對此流露出了安心。

對於他們的嘲諷，我一律以「我才大病初癒，不能勉強自己」、「還請您不吝與我們切磋琢磨」、「很榮幸您將我們視為對等的對象」這三句話帶過，結束了問候。

順位的改變究竟會帶來多大的影響？關於這點我雖然還沒有真實感，但被人這麼狠狠譏諷，我反而很想努力提升自己領地的順位。

……艾倫菲斯特成績向上委員會，加油！

結束了向順位高的領地問候後，接著是接受順位比我們低的領地的問候。順位接近的領地，果然也是用帶有敵意的眼神看著我們。當中還有西邊領地法雷培爾塔克的領主候補生。

法雷培爾塔克今年的順位是第十五名，在中領地之中排名最低。記得在我陷入沉睡之前，領地就在政變中落敗，現在正努力重振旗鼓。以前我曾有兩年的時間幫忙法雷培爾塔克為小聖杯注入魔力，但居然到了現在順位還在第十五名，表示他們在重建領地這條路上坎坷不易吧。

……也說不定是因為我拒絕了幫他領的小聖杯注入魔力。

本來齊爾維斯特每年都會答應，但我在三年前的冬天拒絕說了：「這是最後一次，再也不會幫忙。」再加上在那之後，我就浸在尤列汾藥水裡陷入沉睡。後來要為各個直轄地供給魔力的時候，甚至出動了韋菲利特與夏綠蒂幫忙，我想在這種情況下，更不可能答應接下他領的小聖杯。就算答應了，也恐怕完全沒有餘力去處理吧。魔力方面不能再仰賴艾倫菲斯特以後，法雷培爾塔克這兩年的排名肯定又下降了。

「韋菲利特大人、羅潔梅茵大人，歷經生命之神埃維里貝的重重嚴格遴選，得以有幸與您會面，願能為您獻上祝福。」

「准許你。」

「我是法雷培爾塔克的盧第格，今年就讀五年級。雖然有些厚顏，但因為彼此的雙親有著手足之情，我不禁覺得自己與韋菲利特大人擁有濃厚的羈絆。」

盧第格跪在地上，向我們獻上祝福。也難怪本人會說覺得有濃厚的羈絆，他的五官確實與韋菲利特十分相似。髮色和韋菲利特一樣，眼眸則與夏綠蒂一樣為藍色。兩人如果站在一起，真的就像是親兄弟。

「我由衷期盼著，我們也能如同彼此的雙親般建立起深厚情誼。」

「我們也請你多多指教。」

所有人都結束了問安後，午餐也開始端上桌。和我一同用餐的，有哈特姆特、柯尼留斯、萊歐諾蕾。布倫希爾德負責服侍我用餐，安潔莉卡負責護衛。

吃了一口食物後，我「嗯……」地沉吟。由於艾倫菲斯特的地理位置相當偏僻，我還以為中央的餐點會更精緻和美味，但吃起來其實就是一般的貴族料理。畢竟有一年一度的領主會議，也會在貴族院進行交流，艾倫菲斯特應該也盡可能引進了中央的飲食文化吧。味道沒有值得一提的地方。只不過，餐桌上有著在艾倫菲斯特從未出現過的食材，我倒是想要了解更多食材。但我不可能去食材庫，也不會有機會親眼見到吧。

「……味道很普通呢。」

「直到幾年前為止，我還覺得沒有比這更美味的料理呢。」

哈特姆特苦笑說道。他說宿舍的餐點是從三年前開始改變，之後更是一年比一年美味。最主要也是因為廚師們開始習慣新的調理方式了吧。

「看來有關餐點的話題要避開了呢。」

然後大家聊起問候時的表現，哈特姆特還稱讚我，避重就輕帶過的反應很正確。其實關於與他領的關係，我還有很多想詢問和思考的事情，但在這裡不能討論，必須回到宿舍以後再說。

「餐後與人交流時也請照現在這樣，不過不失地含糊帶過吧。今年都要讓人以為您才大病初癒，身體還很虛弱，所以請羅潔梅茵大人坐在位置上就好。我會負責蒐集情報。」

「我知道了，那就麻煩哈特姆特了。」

我們一邊商量接下來該怎麼應對一邊用餐，這時甜點送上來了。淋了樂得樂沛果醬的格雷餅上，點綴著非常可愛的小鳥造型砂糖。

整體外觀閃耀著教人食指大動的光澤，擺盤也非常精美。雨果和艾拉並沒有擺盤這方面的美感。我真想直接把這道點心帶回去，讓他們觀摩學習。

「真讓人捨不得破壞呢。」

我說完，吃了一口淋有紅色果醬的格雷餅。下個瞬間，強烈的衝擊讓我差點失去意識，完全喪失了說話能力。這道點心的甜度幾乎可以當成兇器。彷彿在說高價的砂糖就是要用越多越好，甜到我只吃了兩口，就放棄與這道點心奮戰。

……嗚嗚嗚，嘴巴裡面都是砂糖顆粒。

我放下餐具，喝了口茶後，聽見周遭的人也低聲說著：「一開始的第一、二口雖然好吃……」臉上都露出了和我差不多的表情。果然凡事都要適度才好。

我輕輕放下茶杯，呼一口氣。

「我的食譜書在中央能流行起來嗎？如果他們平常都覺得這樣的點心很好吃，那恐怕不太容易吧。」

「我想應該可以，只是廚師在取得新技術後，可能要花上不少時間才能烹調到可以入口的程度。我家的主廚好像也歷經了很多次失敗。」

聽了柯尼留斯的回答，我從容不迫點頭。看來就算食譜流傳開來，技術也很難馬上追上。難不成這也表示在那之前，不管我受邀參加誰的茶會，都必須與這種兇器般的甜點奮戰？

……嗚嗚，我更害怕參加茶會了。

「要在中央推廣食譜書固然不錯，但我認為不該一口氣就公開羅潔梅茵大人的所有食譜，應該分次展示。除了食譜書外，羅潔梅茵大人是否還有可說是底牌的其他食譜和情報呢？」

哈特姆特彷彿在測試我，輕挑起眉問。我先放下餐具，擦了擦嘴角後，微笑回答：

「那當然。能提供給其他領地的情報、能給艾倫菲斯特領導階層的情報、只讓監護人知道的情報、只有我才知道的情報……光是我手上的食譜，也分成了需要保密與可以公開這兩種喔。」

「噢噢……」哈特姆特嘆道，雙眼亮起興味盎然的光輝。「這可真教人期待。那麼，該如何打造聖女傳說才好呢？」

「咦？沒有必要打造聖女傳說喔。我只想當個普通的學生，埋沒在人群裡。」

好不容易現在旁人對我留下的印象，都是「什麼嘛，說是聖女也不過爾爾」，我只想當個普通的學生埋沒在人群裡，過著平穩安逸的生活。在貴族院，我要成天都待在圖書館。然而聽了我的期望後，哈特姆特的表情顯得有些不滿，接著又揚起嘴角。看起來明明從容沉穩，笑容中卻有種不容分說的魄力。

「很遺憾，那可不行。若想提升艾倫菲斯特的影響力，聖女的存在不可或缺。」

……咦？他是不是打開了什麼奇怪的開關？

不知為何，哈特姆特開始講述起他是如何見證聖女傳說的起源。原來是奧黛麗帶著他來參加過我的洗禮儀式。

當時他的母親奧黛麗指著剛要受洗的我，說：「她就是我今後的主人喔。」眼看母親竟要侍奉一個比自己還年幼，而且雖說成了領主的養女，但和他們同樣是上級貴族的小女孩，哈特姆特說當年還小的他對母親感到非常失望。

「但是洗禮儀式上，羅潔梅茵大人竟給予了所有賓客祝福。從戒指飛出的藍色光芒籠罩了整個大廳，灑在每個人身上，我還是第一次看到這樣的規模。這也是我第一次在得到祝福後深受感動。」

看來我那時候的祝福，在哈特姆特心裡成了不可抹滅的記憶。

「那只是我監護人們的陰謀。為了不讓貴族們在收養我時提出異議，才要我給予大家祝福。哈特姆特，你被騙了，我並不是聖女。」

「我會認定羅潔梅茵大人為聖女，並不只有洗禮儀式這個原因。」

那年秋天，為了讓韋菲利特可以改頭換面，我幫忙出了很多主意。當時從母親口中聽說了這件事的哈特姆特還心想：「都已經成為養女了，可以競爭下任領主之位，把他踢下去就好了啊。」他說他還想過假設自己是近侍，會怎麼把韋菲利特拉下來，然後向母親進言。然而，奧黛麗不但駁回了他的進言，還這麼說道：「羅潔梅茵大人不會希望這種事情發生。那位大人一心只想要引領大家往上提升。倘若你想成為近侍，應該要思考如何帶領眾人提升，並推崇羅潔梅茵大人為聖女，這樣更有效果吧。」

「於是我開始思考，究竟該怎麼打造聖女傳說才有效。但就結果而言，即便我想破了頭，也無法超越斐迪南大人的計畫。」

……我一點也不想問到底想過哪些計畫。

「況且，羅潔梅茵大人的行為已經證明了自己是聖女。冬季的首次亮相上，您竟然邊為諸神獻上音樂邊給予祝福，這件事沒有其他人辦到過。當時祝福的光芒從您彈奏著飛蘇平琴的指尖流瀉而出，實在美得如夢似幻。獻給萊登薛夫特的祝福在大廳裡擴散，還緩緩地飄向了天花板吧？」

……咦？有這回事嗎？因為那時候我滿腦子都是「我搞砸了，怎麼辦？」，所以完全沒有印象。

我只記得擅自形成了祝福後，我感到非常吃驚，然後就被斐迪南強行帶下舞臺。當時我在驚訝下就急忙止住了祝福的光芒，但看在旁人眼裡似乎不是這樣。

「從那一刻起我便深信不疑，羅潔梅茵大人是遠遠超出了斐迪南大人所能預期的聖女。我希望能讓周遭的人也認同羅潔梅茵大人是聖女。」

為此我將不遺餘力──聽到這句話，我的臉頰抽動了下。

我本來還以為哈特姆特是比較有常識的尤修塔斯，看來並非如此。再加上哈特姆特的能力確實相當出色，真不知道自己的聖女傳說會加速發展到什麼程度。

……我好像納了一個有點危險的人成為自己的近侍了。

算術、神學與魔力操控

明天開始就要上課了。首先會有新生說明會，針對課程與貴族院的設施進行說明。吃晚餐時，柯尼留斯告訴我開始上課後的一天生活。

「有上課的日子，貴族院鐘響的次數也不一樣。第二鐘與第三鐘之間會有一個半鐘，那是表示開始上課的鐘聲。」

第二鐘響後要吃早餐，二鐘半開始上午的課程。第三鐘響後換上其他科目，三鐘半時再換一門科目。第四鐘，學生們會返回各自的宿舍吃午餐，四鐘半則表示下午的課程開始了。然後一直到第六鐘響為止都要上課，之後是吃晚餐。第七鐘是關門時間，宿舍的玄關大門會鎖上。

「……這也就是說，午餐過後直到四鐘半都是自由時間吧？那我想趁著午休時間去圖書館……」

「羅潔梅茵大人，那並不是自由時間，應該要用來為下午的課程作準備。更何況您尚未去圖書館完成登記。」

柯尼留斯加深了笑意對我說道，我也擠出更加燦爛的笑容應戰。從麗乃那時候我就決定好了，午休時間就是要去圖書館，這在學校生活中不可或缺。

……明明有圖書館和午休時間卻不能去看書，這根本不合理！

「當然我是指在登記之後，也會在早晨出發前就作好一天的準備，所以讓我去圖書館……」

「不行。」

……嗚唔唔！我才不認輸！直到獲得讀書時間為止，我絕不退讓！

「請讓我去圖書館吧！下午的上課鐘聲一響，我一定馬上回來。」

「我已經說了不行。況且就算上課鐘聲響了，羅潔梅茵也絕對聽不見，結果沒有回去上課吧？」

被踩到痛處了，這個可能性非常高。麗乃那時候，我也是在預備鈴響起的同時，就被圖書室老師趕了出來。

「可是，我想盡可能與書增進感情。至少讓我知道圖書館裡有哪些書也好，先仔細地看過一遍……如果真有需要，我也可以跳過午餐不吃。」

「不行。這樣對身體不好，而且身為主人的妳如果不吃午餐，所有近侍也都無法吃飯。」

「怎、怎麼這樣……我的圖書館……」

我早就在心裡決定好，到了貴族院要去圖書館。現在竟然不讓我去圖書館，實在太殘忍了。我「嗚嗚～」地雙眼含淚，瞪著柯尼留斯，在隔壁桌子吃著晚餐的韋菲利特發出嘆氣聲。

「羅潔梅茵，妳適可而止吧。妳因為外表年幼，如果再這樣任性耍賴，別人看了真的會以為有小孩子混進來喔。」

……咦？我現在就像是任性的小孩嗎?!

韋菲利特的提醒令我大受衝擊，環顧了大家一圈。的確，十四歲的柯尼留斯都已經反對了好幾次，一直告訴我不行，有著六、七歲幼童外表的我卻遲遲無法接受。看在旁人眼裡，我就只是個在耍任性的小女孩。

「羅潔梅茵，妳因為外表年幼，言行舉止必須比我們更小心。別讓他領的人覺得有機可乘。」

「……是。我會放棄午休時間，改成每天下課後再去。」

我無精打采地垮下腦袋，點了點頭。韋菲利特經過這兩年真的長大了，反倒是我徹底變成了妹妹。孩提時期的兩年影響真大。

「韋菲利特小少爺，您出色地阻止了大小姐呢。」

黎希達笑容滿面地稱讚了韋菲利特後，在我面前跪下來。

「此外，斐迪南小少爺也已經吩咐過我，大小姐直到通過所有考試為止，都要禁止您進入圖書館。斐迪南小少爺說了，這是為了讓您能趕在奉獻儀式之前回去，還請以通過考試為優先。」

「咦咦?!怎麼這樣，太不講理了！空閒時間至少該讓我隨心所欲度過吧！」

明明有圖書館卻禁止我進去，這太過分了。

「在貴族院雖說可以自由使用空閒時間，但斐迪南小少爺說了，明知道大小姐會為旁人造成困擾，更不能夠輕易答應您。畢竟您以前在神殿的圖書室就曾為了優先看書，跳過午餐不吃結果昏倒，害得身邊的人臉色慘白；在卡斯泰德大人的宅邸，也曾因為太過興奮，在抵達圖書室前就半路昏迷，讓柯尼留斯也嚇得六神無主；第一次踏進城堡的圖書室時，您也因為太過專心看書，完全沒聽見奧斯華德的聲音，最終只好找我來叫您。他說是根據這些經驗，才禁止您進入圖書館。」

「是啊，那時候我真的嚇得魂飛魄散。斐迪南大人的決定非常合理，是理所當然的處置。」

被人把自己至今的行徑一一攤開，我半個字也無法反駁。

……唔唔！可惡的神官長！

他究竟要阻撓我的圖書館繭居計畫到什麼地步？搞不好我最大的敵人其實是斐迪南。

「相對地，他也說了只要您通過所有考試，之後就算要一整天都待在圖書館也無所謂。除了回去舉行奉獻儀式的那段時間，您都能自由行動，只要留心身體狀況，別忘了用餐，您都能盡可能地把時間花在讀書上。」

黎希達安慰般地又補上了這段說明後，我猛然抬頭。

「……所以我只要通過考試就好了吧？」

「是呀。大小姐也是為此，才在城堡那般拚命學習吧？」

黎希達說完，我用力點頭。斐迪南的密集課程雖然嚴格，但應該是以我能在奉獻儀式前修完課為前提。既然我已經達到合格的水準，這也表示我不會完全沒有時間去圖書館吧。

「我明白了。為了能盡快前往圖書館，我會全力以赴修完所有的課！」

我用力握拳宣告後，韋菲利特搖了搖頭。

「慢著。不只羅潔梅茵，所有一年級牛也都要通過考試才行。」

但和我不一樣，大家並沒有上過斐迪南的密集課程，所以我不知道大家能否在奉獻儀式前就通過考試。

「……一定要所有一年級生都先通過考試嗎？」

「對啊。因為我擔心妳成天待在圖書館以後，會把成績向上委員會撇在一邊。別忘了妳可是領主候補生。」

他說提升領地的成績，以及努力取得一年級組的勝利是我的義務。

「……是嘛，我明白了。那麼，這件事我也會全力以赴。」

我「唔呵呵呵」地笑著，回想明天的行程，然後環顧餐廳內的一年級生。

「總之，明天的課有說明會、算術與神學吧？我聽說去年和前年，曾待過冬季兒童室的學生都在算術與神學課的第一天就全員合格。這也就是說，今年應該也能全員一舉通過考試才對。我絕不允許有人拖後腿，沒有合格喔。」

「是、是！」

視線與我對上的時候，一年級生便渾身一顫，挺直腰桿。聽到了正面的回應後，我滿意地點一點頭。

「下午的術科是魔力操控課吧。這堂課一結束，大家要立即回到宿舍，預習隔天的歷史、地理與魔法，以備通過考試。請各自加強昨天說過的不擅長的地方，我也會負責在旁邊指導大家。以全員一舉合格為目標吧。」

「全員一舉合格?!羅潔梅茵，妳認真的嗎?!」

韋菲利特臉色鐵青地霍然起身，但事到如今這樣的反應真令我不解。既然直到所有人都合格為止，我才能去圖書館，那我當然只能盡快讓所有人都通過考試。

「韋菲利特哥哥大人，我剛才說過我會全力以赴了吧。既然我要為了大家忍著不去圖書館，我也會要求大家付出能與我的忍耐匹敵的努力。」

在甚至能聽見吞嚥口水聲的悄然靜寂中，哈特姆特獨自露出了開心的微笑。

「看來新的聖女傳說要揭開序幕了呢。」

晚餐後直到第七鐘響為止，我都要求一年級生們熟讀歷史與地理。很快就有人大感吃不消，但都還沒有開始上課呢，真是缺乏幹勁。

第七鐘響後，我洗完了澡便上床睡覺，在第一鐘響的同時起床，為還沒有達到合格標準的五個人整理弱點補強資料。

「羅潔梅茵大人，您為什麼已經下床了?!」

在叫醒我前要先整理房間的黎希達一走進來，看見我還穿著睡衣就坐在書桌前，立刻吃驚得抬高了音量。

「因為距離考試沒剩多少時間了。」

「大小姐，您把自己逼得太緊了，這樣對身體不好。」

「才沒有呢。和之前為了舉行夏綠蒂的洗禮儀式，拚命作準備的那段時間比起來，我現在幾乎沒有多少可以做的事情。要自己通過考試雖然簡單，但要怎麼督促他人也展開行動，這點真的非常困難呢。」

今天一天究竟可以讓他們吸收多少呢？我「嗯……」地沉吟。

我帶著專門為每個人整理的資料，前往餐廳吃早餐，然後把資料發給五個人。

「請大家看著這份資料學習吧，我把你們各自還沒背熟的範圍都寫下來了。」

我把資料逐一交給臉色難看的一年級生。見狀，韋菲利特皺起了眉。

「羅潔梅茵，妳不能為了自己要去圖書館，就一直逼迫大家。」

「為什麼不行？韋菲利特哥哥大人不就是希望我能督促大家，就算是用逼的也要讓大家以最快速度通過考試嗎？所以才提出了所有一年級生必須合格的條件，我才能夠每天前往圖書館。我應該說了我會全力以赴。」

吃完早餐，立刻為接下來要上的課作好準備，然後在多功能交誼廳讀書。

「菲里妮，國王的名字寫錯了喔。羅德里希，這裡和這裡領地的名字寫反了。」

「對不起。」

「我馬上改正。」

對中級和下級共五名學生進行斯巴達特訓後，很快就到了上課的時間。我看著五人的進度，盤起手臂沉吟。學習進度遲遲無法達到我訂定的目標。

「……重點在於時間吧。今天的考試應該沒什麼問題，請一定要合格喔。」

我這樣表示後，五個人都如釋重負地放鬆下來，接著站起身。

「大小姐，這樣是否有些太嚴格了呢？」

黎希達擔憂地這麼說道，我重重點頭。

「不只是有些而已。居然要等到所有一年級生都合格才能去圖書館，對我真是太嚴格了。可是，我絕對不會放棄。我要成為誰也無法有怨言的領主候補生，再以最快速度去圖書館。為了能夠安心看書，我只能不擇手段！」

我用力握拳宣告，只聽見韋菲利特的聲音從角落傳來說：「大家，抱歉了。」

請黎希達帶著上課用的文具，我往大禮堂移動。近侍們也一路跟著我走到大禮堂。送我進去後，就交由站在門前的中央士兵負責護衛。

「在來接您之前，您絕對不能走出大禮堂喔。」

這樣叮嚀完後，黎希達與其他侍從離開了。我與一年級生們一起進入大禮堂，在標記著數字十三的位置成排坐下。

「接下來開始為各位說明。請專心傾聽，希望能為你們的貴族院生活帶來幫助。」

我坐在大禮堂內，開始聆聽課程方面的說明。所有科目第一天都有考試，只有未通過考試的人需要留下來上課。

「歷年來都會有許多一年級生在學科首日便通過考試，但到了術科卻反而要花費不少時間。」

所有年級只要是共通的學科都會在大禮堂上課，但術科因為每個人的魔力量都不一樣，所以是按照階級分開來上課。上課地點就是昨天舉行交流會的那些場地，人數一旦變少，就會再換到其他教室。

接著是關於圖書館的說明。圖書館從今日起開放，只要各自前往圖書館辦理登記手續，就可以開始利用。只是辦理登記時，必須要有名為索蘭芝的圖書館管理員，也就是圖書教師在場，所以一定要先預約會面。預約會面以後，等收到了回覆再當天前往……想不到真正去圖書館辦理登記之前，可能要先等上好幾天的時間。

……回去吃午餐的時候，要記得先預約會面才行。

此外臺上老師也提醒我們，在圖書館辦理登記時需要支付費用，而下級貴族因為大多付不出這筆錢，各領地的領主候補生與上級貴族要記得給予下級貴族工作。

……那就讓下級貴族抄寫城堡圖書室裡沒有的書吧。就這麼辦！

隨後老師還表示與他領交流是件好事，建議我們多多舉辦社交活動。由於學生不能進入他領宿舍，所以舉辦茶會用的房間都已經標上號碼決定好了。但我對茶會沒什麼興趣，完全沒在認真聽。對我來說圖書館更重要。

相當長時間的說明結束後，第三鐘也響了。接下來有算術考試。直到下一個老師進來為止，大家有短暫的休息時間。

「那麼，各領地請派一名學生前來領取考試用紙。」

我們是見習文官羅德里希作為代表前去領取。考試用紙似乎是羊皮紙。由於最近都只使用植物紙，感覺多少有些新鮮。

「請各位準備好書寫工具。我會唸出題目，請抄寫下來。每道題目我會重複三次，請寫下後再作答。」

書寫工具指的是魔導具筆。是種可以用自己的魔力進行書寫的神奇文具。姑且不論上課中要抄寫筆記的時候，在貴族院考試時，據說都要使用這種魔導具。事後只要把紙放進可以融解魔力的溶液裡，就能夠消除字跡重新利用。這件事引起了我濃厚的興趣。

「開始。」

把羅德里希領回來的紙放在自己面前，所有人都各自拿好了筆。

考試非常簡單，是一到二位數的加法與減法。在老師重複三次唸著問題的時候，我就已經寫完了。放眼看向四周，可以看見艾倫菲斯特的學生們都一臉游刃有餘地寫著答案。這樣看來應該不必擔心。

「請問作答完畢時該怎麼辦呢？」

「……只要同領地的所有學生都提交了試卷，你們可以看書準備下一場考試。但是，記得保持安靜。」

我於是下達指示，從最後一個人依序把考卷傳給旁邊的人，集齊了艾倫菲斯特共八名學生的考試卷後，交給老師。然後，小聲吩咐大家開始看書。當然，是看明天的歷史和地理。

「艾倫菲斯特，全員合格。」

老師似乎很快就改好了考卷，如此宣布的聲音在大禮堂內迴盪。比起「好耶」地發出歡呼，大家反而是安下心來地說：「太好了。」然後注意力馬上放回還感到不安的科目上。大家努力用功的時候，我已經開始思考更之後的考試。

艾倫菲斯特雖然全員都以優秀的成績通過考試，但一年級的課程內容並不難，所以其他也有很多學生一樣取得了出色成績。下一堂神學課的考試，艾倫菲斯特也是最快交卷，而且順利全員合格。全員都通過考試雖然不稀奇，但兩場考試都是最快交卷，似乎還是稍微引來了側目。第四鐘響後，回去吃午餐時韋菲利特說了。

「羅潔梅茵，妳都沒注意到其他人的視線嗎？」
「我只想著明天的考試，才沒有心力去留意別人的反應。重點在於所有人都拿到合格分數，我才能去圖書館。成績不好也就算了，但如果成績很好，旁人有什麼觀感根本無所謂吧？」
「不對，一點也不好。旁人的反應非常重要。」
「那麼觀察別人的反應這件事，就交給韋菲利特哥哥大人了。您應該可以順利地通過所有科目的考試，就請您負責留意四周吧。」
把這項工作交給韋菲利特後，午休時間我也監督著五名一年級生的學習進度，並寫了會面邀請函要給圖書館員索蘭芝，然後拜託布倫希爾德幫我送過去。
……希望可以很快收到索蘭芝老師的回覆。

下午換作二年級生使用大禮堂，所以一年級生要依照階級分開來上術科課。由於領主候補生的人數不多，所以是和上級貴族一起上課。
今天是魔力操控課。赫思爾站在遼闊的教室前方，「咚」地把木箱放在講桌上。
「箱子裡放有魔石。請大家都來拿取一顆魔石，並染上自己的魔力。也就是朝著魔石注入魔力。等到完全染上顏色以後，再拿來讓我檢查。之後，只要能再徹底取出魔石裡的魔力，就算是完成了今天的課題。」
往魔石注入和取出自己的魔力，是一種不管做什麼都會用到的能力，所以我們必須要能做得迅速又確實。

「因為之後要製作騎獸的時候，你們也需要先讓魔石染上魔力。」

學生們照著領地的順位前去拿取魔石。我也拿了一顆魔石，但往位置坐下時，我卻發現手裡的魔石不見了，只剩下金色粉末。

……魔石消失了?!

我看著自己的掌心，眨了眨眼睛，韋菲利特一臉詫異。

「羅潔梅茵，妳沒有拿魔石回來嗎？」

「不，我拿回來了喔。我明明就拿在手上……」

所有人都拿了魔石以後，我再一次排隊領取魔石。這次我輕輕地把魔石放在掌心上，全程都緊緊盯著以防它消失，一邊走回自己的座位。我自始至終都沒有別開目光，但透明的魔石還是在我回到座位之前就迅速地染作淡黃色，接著微微發光之後，再度潰散成了金色沙子。這一連串的變化讓我覺得很眼熟。那時候前任神殿長也是朝我舉著黑色魔石，我不斷注入魔力以後，就發生了一樣的情況。雖然魔石的大小不同，透明與黑色魔石的屬性也不一樣，但兩者肯定是一樣的現象。

……可是，為什麼？我什麼也沒做啊。我完全沒想過要注入魔力，魔石卻擅自吸走了魔力變成沙子。

我注視著金色沙子，眉頭緊皺起來。

「那麼，請往魔石注入魔力。」

赫思爾輕拍了一下手說，大家開始集中精神在魔石上。坐在旁邊的韋菲利特經過這兩年，似乎已經相當習慣操控魔力，很快就讓魔石染上了顏色。

「好，成功了……羅潔梅茵，妳的魔石呢？」

「失敗了。」

我看著自己掌心上的金色沙子，只覺得束手無策。

「真難得妳會失敗。妳要不要再拿一次魔石？」

「……說得也是呢。」

但我想結果應該還是一樣。明明沒有想要注入魔力，卻被魔石擅自吸走，若不先設法解決這個情況根本沒用。和完全不知道該怎麼辦，只是無計可施的我不一樣，韋菲利特意氣揚揚地拿著魔石去找赫思爾。

「速度很快，而且也很成功呢。非常了不起。」

獲得了赫思爾的稱讚，韋菲利特笑容滿面地走回來，又馬上取出了魔石裡的所有魔力。

「真沒想到我會比羅潔梅茵更快結束術科課。」

韋菲利特得意地這麼說完，踩著雀躍的步伐第一個衝出教室。

我往金色粉末注入些許魔力，嘀咕唸著「合起來、合起來，變圓吧」，試著要把粉末變回魔石，卻什麼變化也沒發生。上級貴族與領主候補生大概是因為都擁有充足的魔力，幾乎毫不費力就讓魔石染上顏色，再取出魔力，結束了這堂課。

就在他人開始對我投來「領主候補生居然在術科課上留到最後」的嘲笑時，還在教室裡的學生已經一隻手也數得完，最後很快地只剩下我一個人。

「羅潔梅茵大人，為魔石注入魔力並不難吧？如果這點程度也做不到……」

赫思爾用無奈的語氣說道，走到我的座位旁邊，但在看見桌上的金色沙子以後，她立刻了然於胸地說：「噢，原來是這樣啊。」

「請問這是怎麼一回事呢？我明明沒有想要注入魔力，魔石卻擅自染上顏色，還變成了粉末，我已經不知道該怎麼辦才好了。」

「斐迪南大人曾告訴過我，羅潔梅茵大人身上戴著身體強化用的魔導具，這就是原因喔。因為現在的妳隨時都被大量的魔力包圍，所以這樣的小魔石只要輕碰一下，很快就超出了它的負荷量吧。請把左手的魔導具卸下來。」

赫思爾在我面前重新放下一顆魔石，說完後露出了開心的笑容，喜孜孜地收集金色粉末。

「呃，赫思爾老師。真是對不起，我害魔石變成了粉末……」

「沒關係。魔力達到飽和狀態而形成的金色粉末，可是非常貴重的材料呢。」

……原來很貴重啊。那當時前任神殿長的魔石變成了粉末以後，後來怎麼樣了呢？是瘋狂科學家神官長收走了嗎？

我邊想著這些事情，邊照著赫思爾的指示卸下左臂上的魔導具。下個瞬間，自己的左臂突然變得無比沉重，無法自主行動。我用還戴有魔導具的右手扶著左手。

「首先，請試著只是用手觸碰魔石。要確認妳能否在不注入魔力的情況下觸摸魔石，千萬不能用還戴著魔導具的右手去碰。」

我奮力移動幾乎不聽使喚的左手，輕輕地讓指尖觸碰魔石，同時小心著不要注入魔力。保持著這個姿勢幾秒鐘後，魔石的顏色也沒有變化。

「看來是沒問題呢，接下來請注入魔力。」

在赫思爾的催促下，這次我以自己的意志，往魔石注入魔力。下一秒，魔石「碰！」地碎裂飛散。

「呀啊?!」

「妳一下子注入太多魔力了。這次再少一點，慎重地……」

赫思爾說著，又在我面前放了一顆魔石。出乎意料的狀況讓我的心臟跳得飛快，我再一次把顫抖的指尖放在魔石上。

……一點點，只要一點點就好了。

我緩慢地注入魔力。雖然我個人認為只是一點點而已，魔石卻又再次「碰！」地碎裂散開。

「哇?!」

「重來。」

碰！

「好，再一次。」

結果在犧牲了十顆魔石以後，我才成功地讓魔石染上顏色又取出魔力。

「由於羅潔梅茵大人擁有過於豐富的魔力，如何細膩地操控魔力，便是妳今後的課題呢。好了，把這些全部變成粉末吧。」

赫思爾把飛散開來的魔石碎片都集中放在我面前，這麼說道。我重新戴上左手臂的魔導具手環，觸碰碎片。轉眼間，微小的碎片全都變成了金色粉末。

「赫思爾老師，請問該怎麼做才能熟練地操控魔力呢？」

「這件事妳去問斐迪南大人吧。那位大人也是剛入學的時候，便擁有過於豐沛的魔力，卻又在學會了魔力壓縮以後，不間斷地進行挑戰，想知道魔力究竟能增加到哪種地步。雖然本人總是一臉若無其事地不斷壓縮，但看著的人可是冷汗直流呢。」

回想起了斐迪南之前也是喝藥讓魔力恢復後，又繼續挑戰新的魔力壓縮法，我相信斐迪南從學生時期到現在，肯定一點也沒變。

「斐迪南大人對研究非常沉迷，現在的生活也和以前差不多喔。」

「這樣啊。從前他曾說過，在貴族院的生活比在城堡快樂，看來他現在連在艾倫菲斯特也過得悠閒自在，那我就放心了。」

赫思爾露出了感到懷念的表情說完，微微一笑。

歷史、地理與音樂

與赫思爾稍微聊了過往的事以後，她突然問我，有沒有辦法修好斐迪南在學生時期製作的魔導具。我立刻表示沒有辦法。我可不希望她以為我和斐迪南一樣。

「話說回來，斐迪南大人寄給您的信上寫了些什麼呢？呃，因為很多要求我得保密的事情，赫思爾老師好像都知道……」

「關於妳在自己的領地遭受攻擊，又浸入尤列汾藥水裡陷入沉睡一事，在貴族院已經是眾所皆知。聽說專屬醫師在察看過妳的情況後，判斷妳有可能無法在冬天之前醒來，必須延遲入學。所以在春季的領主會議上，艾倫菲斯特曾提交專屬醫師所提供的診斷資料，並且提出申請，希望能對妳採取特別措施。」

貴族的孩子年滿十歲後，直到成年為止都要進入貴族院就讀，否則不會被視為是真正的貴族。所以如果出了什麼狀況而無法入學，就會採取特別措施。所謂的特別措施就是不光冬季期間，也藉由一整年都待在貴族院學習，在成年之前修完所有規定課程。由於這樣一來，必須安排老師留在貴族院，所以領主必須事前提出申請。

赫思爾說政變之後，有很多人都採取了特別措施。為了填補驟減的貴族人數，還俗後的青衣見習神官與青衣見習巫女都採用了這種措施，進入貴族院就讀。

「至於我個人另外知道的消息呢，就是斐迪南大人是妳的監護人，還有妳因為剛醒來，身體還無法自主行動，所以身上戴有魔導具，也因此魔法方面的術科課程可能會有些吃力，希望我能多多關照。此外，我還聽說妳的思考方式相當獨特，很可能會想出什麼有趣的主意……大概就是這些吧。」

……有趣的主意是什麼？神官長的貼心雖然令人感激，卻又無法由衷感謝。

「我也曾聽學生們說過，近幾年來艾倫菲斯特的學科成績之所以突然提升，都是多虧了艾倫菲斯特的聖女，如今又有斐迪南大人這一席話。我真是期待二年級以後，開始實際製作魔導具的課程呢。」

魔力操控課花了我不少時間。走出教室一看，在門外等候室等著的黎希達與早就上完課的柯尼留斯都一臉憂心忡忡。

「您好晚才出來。由於羅潔梅茵大人不可能在魔力操控上遇到困難，所以我很擔心您是不是出了什麼事。」

和韋菲利特一樣，柯尼留斯似乎也認定了我不可能在魔力操控上遇到困難。我緩緩搖頭。

「我因為身上戴著輔助身體強化的魔導具，所以無法順利地操控魔力。」

但其實是因為尤列汾藥水融解出了太多魔力，我還無法好好駕馭。不過，今天會操控失敗，魔導具確實也是部分原因。

「對喔，還有這方面的壞處。因為羅潔梅茵現在能和常人一樣行動，我都沒有想過這個層面。妳和赫思爾老師討論過該怎麼解決了嗎？」

「她說也只能習慣了。」

「……這樣啊。那我們回宿舍吧。」

我沮喪地垮下肩膀，柯尼留斯便從護衛騎士切換成兄長的表情，拍了拍我的肩膀以示安慰。

從十三號門返回宿舍後，只見安潔莉卡一雙藍眼泛著淚光地衝上來。

「羅潔梅茵大人，請讓我也執行護衛任務吧。明明與主人一同就讀貴族院，能夠護衛您的時間變多了，我卻幾乎沒能盡到本分。」

此刻的安潔莉卡看來就是個因為主人不分配工作給她，因而鬱鬱寡歡的美少女，正含淚泣訴著希望可以改變現狀，但我不會被騙。剛才安潔莉卡那些話，翻譯過來就是「好不容易羅潔梅茵大人來到貴族院了，我想執行護衛任務，減少讀書時間」。

大家都在拚命苦讀的時候，安潔莉卡卻只想著逃離學習。我往上瞄了一眼柯尼留斯，他的漆黑眼珠也望著我，更對我點一點頭，臉上寫著：「讓安潔莉卡徹底死了這條心吧。」

「那麼我身為主人，在此命令安潔莉卡，請妳盡快通過學科的考試吧。這是妳的首要之務，我也會期待著安潔莉卡能回來執行護衛任務的那一天。」

「羅潔梅茵大人……」

「這是主人的命令，安潔莉卡。身為騎士，應該要優先服從主人的命令吧？走了，去讀書吧。萊歐諾蕾，不好意思，能麻煩妳護衛羅潔梅茵大人嗎？」

柯尼留斯把安潔莉卡拖走以後，萊歐諾蕾很快地護衛在我身邊。我變出騎獸坐上去後，返回寢室換衣服。就在走上樓梯時，聽見了安潔莉卡的哀嘆聲。萊歐諾蕾回頭瞥了一眼，看著樓下。

「無論羅潔梅茵大人還是柯尼留斯，對待安潔莉卡都猶如親人呢。雖然看似對她非常嚴格，但都竭盡所能不讓安潔莉卡留級或退學。」

「因為安潔莉卡是我的護衛騎士呀。身為主人的我都已經在貴族院了，怎麼可以讓她留級呢。」

我挺胸這麼說完後，萊歐諾蕾一度露出了非常羨慕的表情注視樓下，然後默默垂下目光。

「大家都這麼重視安潔莉卡，想必傳聞是真的吧。聽說安潔莉卡身為波尼法狄斯大人的愛徒，將來會嫁給卡斯泰德大人的其中一位公子。」

「有這種傳聞嗎？我還是頭一次聽說呢……」

……安潔莉卡會與哥哥大人中的某人結婚？完全想像不出來。

「安潔莉卡的魔力再怎麼多，畢竟仍是中級貴族。即便祖父大人希望她能與自己的血親成婚，也應該是選擇像托勞戈特那樣，第二夫人或第三夫人那邊的孫子更有可能吧？安潔莉卡也比較適合成為那邊的第二或第三夫人。」

倘若波尼法狄斯專斷獨行，或許誰也無法反對吧。可是，如果真要與騎士團長卡斯泰德的兒子結婚，老實說，我覺得安潔莉卡會因為身分差距而非常辛苦。尤其安潔莉卡不擅長思考，屬於靠直覺行動的人，並不適合當第一夫人。

「第二夫人或第三夫人嗎？那麼，羅潔梅茵大人認為怎樣的女性才適合成為第一夫人呢？」

「因為我的哥哥大人們都是領主一族的護衛騎士嘛。我認為最理想的女性，就是像我母親大人那樣，能夠支持著與領主一族有密切連結的丈夫，還能代替經常不在家的丈夫打理好家務，在社交界也能為自己的族人展開行動。母親大人非常厲害喔。我希望自己總有一天，也能成為像母親大人這樣度量如此寬宏的女性。」

就算丈夫把一個來歷不明的小女孩當成自己的女兒帶回來，艾薇拉在聽完丈夫的解釋與計畫後，也能把我視作是自己的孩子籌辦洗禮儀式，還教導我如何能夠表現得像個上級貴族千金，最後更能待我如真正的領主養女。這些事不是任何人都做得到的。

「不僅確保自己身為貴族的利益，也符合上級貴族的身分對社會做出貢獻，得到旁人讚賞的同時，也對自己的興趣絕不妥協。我打從心底把母親大人視為榜樣。」

「那麼，我也要以艾薇拉大人為目標。」

萊歐諾蕾微笑說道。我們一起把艾薇拉視為是貴族女性的典範。

更衣完前往多功能交誼廳一看，大家都在專心讀書。一年級生們的表情都彷彿抱著必死決心，而被他們的魄力影響，其他年級的學生也十分認真。佩服、佩服。

監督著大家學習進度的韋菲利特抬起頭來。

「羅潔梅茵，妳好慢才下課。」

「是啊。因為戴著不熟悉的魔導具，所以我要多花很多工夫才能操控魔力。不說這個了，大家的進度怎麼樣呢？」

我繞了一圈察看大家的進度，菲里妮說：「我們正在努力。」所有人都拿著我發給他們的弱點補強資料在奮戰。

……只要照這樣繼續努力，應該可以勉強合格吧？

「對了，韋菲利特哥哥大人，您要求的全員合格是只有學科？還是術科也包括呢？」

我問完，所有一年級生不約而同看向韋菲利特。在大家的注視下，韋菲利特肩膀一震，慌慌張張地忙不迭搖頭。

「只、只有學科而已！妳今年說過要加強的，也只有學科而已吧？而且大家的魔力有差距，術科我們就算想教也幫不上忙。學科合格就夠了。」

只有學科而已——韋菲利特不斷重複說道，一年級生們也如釋重負地放鬆了肩膀。看來我也能比預期更快地前往圖書館，所以鬆一口氣。

「如果只有學科而已，我應該再過幾天就能前往圖書館了吧。為了明天也能全員合格，大家努力加油吧。」

我與韋菲利特分頭指導大家時，布倫希爾德回來了。然後，她輕輕地朝我遞來一片木板。

「羅潔梅茵大人，圖書館的索蘭芝老師捎來回覆了。」

「哎呀！」

收到回覆的我太高興了，立刻開始看起木板。上頭寫著：「由於每個領地需要分開辦理登記，請在四天後的午休時間，帶領艾倫菲斯特的所有新生前來。」此外還寫了辦理登記的所需費用。原來登記費與借書時要支付的保證金是分開的。如果真是這樣，我想能利用圖書館的學生恐怕不多。

「登記費一個人就要一枚小金幣，金額相當高呢。」

「太貴了……我根本付不出來。」

菲里妮露出了絕望的表情。

「菲里妮，登記費我會借妳，妳只要蒐集故事與抄寫書籍，用這些來償還就好了。等修完學科，妳就會有自由時間了吧？」

「羅潔梅茵大人，如果我也抄寫書籍，您願意買下來嗎？」

羅德里希畏畏縮縮地開口問道。發現多功能交誼廳裡其他年級的學生也往這邊看來，我轉頭環顧大家一圈，用力點頭。

「那當然。只是派系不同而已，書本沒有任何的罪過。我想趁著待在貴族院的期間，盡可能蒐集更多故事與其他書籍的內容。只要抄寫的是城堡圖書室裡沒有的書，我都會二話不說買下來。只不過，當然我也會要求字跡工整，也不能有太多錯字。」

至今我會這麼努力賺錢，就是為了增加我的藏書量。只要藏書能夠增加，我會毫不吝惜地使用這些錢。

「此外，我也會提供紙張和墨水給大家抄寫書本。不過，因為紙張和墨水的價格都很昂貴，所以為免有人私吞或暗中轉賣給別人，關於誰拿走了多少、又抄寫了多少書籍回來，這些我都會仔細確認。」

聽到我也會出借抄書用的工具，下級貴族們的眼睛發出精光。看來我在第一天為故事與情報支付報酬時，那些現金發揮了強大的威力。

「羅潔梅茵，妳要怎麼判斷抄寫來的書籍，有沒有在城堡的圖書室裡頭？」

「我早就製作好了城堡圖書室的藏書目錄，大家可以參考這份目錄喔。」

「妳……到底是什麼時候完成的？」

「圖書室裡的書只要一看完，當然就要記錄下來呀。不只城堡，我這邊還有神殿和騎士團長家的藏書目錄副本。因為在製作羅潔梅茵十進分類法時也會用到嘛……」

我「唔呵呵」地挺起胸膛，韋菲利特一臉愕然，咕噥說道：「妳真的睡了兩年嗎？該不會其實都在暗地裡偷偷活動吧？」韋菲利特說得正是，如果我這兩年來其實都是躲起來偷偷看書的話，真不知道有多麼幸福。奈何現實是天不從人願。

「總之四天後在前往圖書館登記之前，所有一年級生要努力通過學科考試。」

「……是。」

事後我才聽柯尼留斯說，高年級生看著拚命讀書的一年級生們，眼神中都充滿了憐憫。而且安潔莉卡還向神獻上祈禱說：「由衷感謝我與羅潔梅茵大人不是同年級。」

當晚我們也一直讀書到第七鐘響為止，隔天早上醒來，像要做最後衝刺般吃完了早餐後又繼續唸書，迎戰接下來的考試。一年級生們都有些睡眠不足，充血的雙眼也有些紅腫，嘴裡唧唧咕咕地唸著國王和土地的名字。高年級生都說，大家的樣子根本不像是要上第一堂課，而是要去參加攸關留級的最終測驗。在剛進入貴族院，心情都還很浮躁雀躍的新生當中，就只有艾倫菲斯特的一年級生們明顯不太一樣。

「今天是重要的一戰。大家都非常認真讀書，一定會過關的。」

只要歷史和地理課的考試合格了，魔法課的內容就只是關於魔石屬性與顏色，所以考試並不難。

「是的，我們會竭盡全力。」

看著眼前的歷史考卷，我拿起魔導具筆，決定命運的考試開始了。我振筆疾書地寫完了答案，本想要一起提交所有人的考試卷，但今天菲里妮與羅德里希的速度比較慢。看來是遇到了讓他們相當苦惱的問題。

「我、我可以交卷了！」

菲里妮煩惱到了最後一刻，上前交出試卷的時候，作答時間也已經快要結束了。但是，四周幾乎所有下級貴族都還在抱頭苦思，與題目奮戰。

「十三號的菲里妮，請上前。」

音響魔導具中傳出了老師的聲音。不知道為什麼被指名的菲里妮嚇得臉色發白，走上前去討論了幾句話後，只見她左右搖頭。

「發生什麼事了嗎？」

「不知道。」

我與韋菲利特忐忑地在旁看著，最後菲里妮露出鬆了口氣的表情，捂著胸口走回來。

「菲里妮，老師對妳說了什麼呢？」

「……真是慚愧，老師說我的分數勉強在合格邊緣。」

所以老師建議她，可以在上完課後，重新接受考試。

「不過，我拜託老師說了：『老師的心意我很感激，但我現在這樣的分數也沒關係，請算我合格。因為三天後就要去圖書館辦理登記，我必須在那之前合格。』」

看到菲里妮拚了命地婉拒，最終老師這麼說了：「看起來似乎有什麼很重要的理由，那我姑且算妳合格，但妳還是可以來上課喔。」

「能夠合格真是太好了──」

菲里妮話才說到一半，老師的聲音便從音響魔導具中傳出，響徹大禮堂。

「艾倫菲斯特，全員合格。」

四周頓時譁然嘈雜。近幾年艾倫菲斯特在參加算術與神學的考試時都是全員合格，但因為其他領地的合格率也很高，所以大家並不會太過驚訝。但是到了歷史和地理，中級貴族與下級貴族的合格率便會顯著下降。這兩門課甚至可以說就是為了中級與下級貴族而開。然而，我們卻連下級貴族也包含在內全員合格，自然成為矚目的焦點。

「……我們好像太顯眼了。」

「雖然這麼招人注目並不是我的本意，但為了圖書館也沒有辦法，對於他人的眼光也只能概括承受了。接下來是地理。目前為止都很順利，大家不要鬆懈，繼續加油吧。」

不擅長地理的羅德里希抿緊嘴唇，全神貫注地看起資料。

「羅潔梅茵，妳滿腦子只有圖書館的程度真的很驚人。」

「咦？現在沒有其他事情比圖書館更重要了吧？」

至今我還無緣踏進貴族院的圖書館，聽說藏書量高居全國第二。對現在的我來說，沒有比看完裡頭的書更重要的事了。

「原來叔父大人說的，圖書館能成為良藥也能成為劇毒，是這個意思啊……」

「斐迪南大人又說了什麼嗎？」

「他說控管妳去圖書館的頻率，就和投藥一樣困難。要是不知道控管方式的無能之人胡亂干涉，只會造成嚴重的災害。我現在對這句話有深刻的體悟。」

韋菲利特的語氣好像他有過慘痛的經驗一樣，我有些不高興。

「韋菲利特哥哥大人，您是什麼意思？大家不是都順利合格，結果皆大歡喜嗎？居然說是嚴重的災害，太失禮了……」

「……是很嚴重沒錯啊。對了，妳最好最後也要檢查一遍。因為妳有可能會注意力不集中，就犯下簡單的失誤。」

大概是大家都沒命似的努力學習發揮了效果，地理考試也是全員合格。地理換成是羅德里希勉強在合格邊緣，但他也和菲里妮一樣，拜託老師說：「我會繼續上課，但如果分數足夠的話，請算我合格。」最後通過了考試。

「艾倫菲斯特，全員合格。」

魔法課的考試一樣順利全員合格。所有一年級生都是首日就通過考試，修完學科。在旁人充滿驚嘆的目光注視下，大家都握著拳頭高興歡呼。

「我今天終於可以好好品嘗美味的餐點了！」

總算克服了自己不擅長的地理，羅德里希握拳這麼說道。他說萬一只有不同派系的自己沒有合格，完全不敢想像今後在貴族院生活會是什麼樣子，所以一直心驚膽顫。

「為了慰勞大家這麼努力，我會吩咐廚師，請他們今晚為所有一年級生的晚餐附上點心。」

「羅潔梅茵大人，真的嗎?!」

「是呀。因為圖書館能離我越來越近，都是多虧了大家的努力。」

雖然是我全力施壓逼迫大家讀書，但其實我沒想到真的可以合格。我本來還以為菲里妮他們至少要再挑戰一次才行。如果這麼喜歡甜點，要招待多少都沒問題。

「我們全員合格了喔！」

回到宿舍吃午餐時，我向高年級生挺起胸膛，誇耀一年級生們在首次考試就合格了。由於全員都通過了學科考試，一年級組已經確定以最快速度獲勝，但其他組的成員都沒有露出羨慕的表情，只是一逕地稱讚我們的努力。

「太好了，你們真的很認真。」

「能夠全員合格真是太好了呢，連我也覺得好感動。」

「一年級生都這麼努力了，我們也不能輸給你們呢。」

明明是競爭對手，高年級組卻都發自內心地慰勞我們，反而是我深受感動。

午餐之後是音樂課。多半是因為大家在冬季的兒童室都練過飛蘇平琴，所以心情也比較放鬆，通過了學科考試的一年級生們吃著午餐時，臉上的笑容都充滿了成就感。

「菲里妮，現在還剩下術科，不可以太過鬆懈唷。」

「是，羅潔梅茵大人。」

「下午的術科是音樂課嗎……羅潔梅茵大人，由於一年級生們在首日就通過考試，已經讓其他人大感驚訝，不如音樂課上您也在演奏飛蘇平琴時給予祝福，讓旁人更是吃驚吧。這樣一來，所有人都會認同羅潔梅茵大人是聖女。」

哈特姆特的橙色雙眸充滿期待地閃耀發光。

「我拒絕。提升艾倫菲斯特的評價，與我個人引起這樣的騷動完全是兩回事。演奏時我不能向神獻上祈禱。」

「真遺憾您無法理解我的苦心，可惜了難得的機會……」

我現在還沒確切掌握自己的魔力量，也還無法駕馭，要是真的給予祝福，連我也不知道會發生什麼事，太恐怖了。絕對不能這麼做。我拒絕了頻頻慫恿我獻上祝福的哈特姆特，前往要上音樂課的小會廳。

和魔法術科一樣，音樂課也是依照階級分開上課。畢竟音樂課若太多人會無法一一進行指導，而且階級不同，樂師與樂器的品質也有明顯的差異。

「今天老師想先看看各位的實力，請各表演一首自己擅長的曲子吧。」

大家依著領地的順位各自上臺彈了一首。實力相近的人，好像也容易選到同一首曲子，所以聽的時候會不由自主進行比較。看來表演時最好選擇少人聽過的曲子，老師也會比較有耳目一新的感覺吧。我邊這樣心想邊聽著大家的演奏，然後發現了一件事。

……神官長真的是斯巴達教育！他到底逼著我多學了多少東西?!

由於斐迪南與齊爾維斯特的飛蘇平琴都彈得很出色，灰衣巫女羅吉娜與葳瑪也說飛蘇平琴是種愛好，輕輕鬆鬆就能彈得很好，所以我一直以他們為貴族的基準，認真投入練習。但是，原來根本不是這樣。

只是自彈自唱就能讓女性昏迷過去的斐迪南，水準本就超出常人，能和他一起演奏的齊爾維斯特其實也只是略遜半籌的超高水準；至於為藝術傾心，甚至擁有藝術巫女這個別名的克莉絲汀妮也同樣琴藝高超，所以在她身邊受過薰陶，更得到她賞識的灰衣巫女羅吉娜與葳瑪自然也是琴藝過人。

……光是能和神官長並肩一起演奏，我就應該要發現養父大人與羅吉娜的琴藝都非比尋常啊，怎麼會完全沒有發現?!我應該要發現才對吧！

我當然很慶幸自己有辦法彌補這兩年的空白。真的覺得好險。可是，我現在還是悔恨得不得了，早知道我說不定就有更多時間可以看書了！

……唔唔！明明可以再降低標準的！

直至今天才驚覺到自己設為目標的水準，與旁人的目標水準有多麼懸殊後，我懊惱地在心裡頭直跺腳，這時輪到了艾倫菲斯特。由上級貴族開始先彈。

「接下來換我，妳最後上場吧。」

韋菲利特說完便站起來。因為沒有反對的必要，我點點頭，看著他往前移動。輪到韋菲利特彈奏後，我抱著自己的飛蘇平琴往前移動，坐在等候用的位置上。

「那位大人在魔力操控上都有困難，不曉得琴藝能否有常人的水準呢？」

「不可以這樣說，畢竟那位大人浸在尤列汾藥水裡沉睡了兩年。只要能達到外表給人的水準就夠了吧。必須用溫暖的眼光看著才行。」

亞倫斯伯罕的方向傳來了我都能聽見的交頭接耳聲。如果只聽到其中幾句，會以為對方是在斥責其他人，為我說話吧。但是，翻譯過來其實是：「她的內在也和外表一樣毫無成長，別抱有無謂的期待了。」

……雖然我並不在乎別人說什麼，但這些事情也是蒂緹琳朵散布給一年級生知道的嗎？

我還是摸不清蒂緹琳朵的意圖，這時輪到我了。我選擇了其他人幾乎沒有聽過，自己彈得最習慣的曲子。也就是斐迪南改編過的動畫歌曲。明明當初是為了在斐迪南彈奏動畫歌曲時可以嘲笑他，結果現在反而成了我最熟悉、彈得最順手的曲子。

……反正在這裡沒人知道原曲是什麼，又多虧神官長進行了改編，所以根本像是一首全新的歌曲，沒問題的。誰也不會笑我。

我自始至終小心著不要形成祝福，彈完了飛蘇平琴。

「聽說妳沉睡了兩年的時間，琴藝卻比我預期得還要出色，真是教我吃驚。只要繼續練習，說不定能成為揚名全國的飛蘇平琴手呢。」

「多謝您的稱讚。」

……其實只是因為身邊的人都超級厲害，我完全不打算以此為目標喔。

我微微一笑，接受了讚美後正要回座時，又被老師叫住。

「羅潔梅茵大人，我在貴族院當了將近二十年的音樂教師，卻是生平第一次聽到妳演奏的這首曲子。這究竟是什麼曲子呢？」

「是獻給萊登薛夫特的夏之歌……除此之外我也不知道。」

只是無名作曲家所創作的，隨處都能聽見的練習曲之一喔——我本想就這樣蒙混過關，韋菲利特卻咧嘴一笑。

「這首曲子的作曲者正是艾倫菲斯特的聖女，蘊含著獻給萊登薛夫特的祈禱。羅潔梅茵創作的全是獻給神的歌曲，我知道其他還有好幾首喔。」

不——！這裡竟然有伏兵！

始料未及的攻擊讓我瞪大眼睛，老師卻是期待得雙眼亮起光芒。

「真希望有機會也能聽聽其他曲子呢。」

「倘若時之女神德蕾梵庫亞所交織的命運絲線再度交會……」

……韋菲利特哥哥大人這個笨蛋大笨蛋！

騎獸製作與魔力壓縮

上午的學科課程已經都結束了。早上一變得清閒，就很想去圖書館，但還不到與索蘭芝約好的日子。這種時候，我真的很討厭貴族院這種凡事按照成績順序的規定。明明我這麼翹首期盼，卻只能苦苦等著輪到自己。

……還有兩天真是太久了！誰快來給我書吧！

我嗚嗚哀歎，找來了一年級生們，開始製作明年要用的參考書。我告訴大家只要像這樣預先複習，明年就不用讀得這麼辛苦，他們便非常配合。

「內容請盡量整理得詳細一點。只要做好了，我也會買下這本書喔。」

「是！」

中級貴族與下級貴族的回應都很有活力，上級貴族卻顯得意興闌珊。

「現在因為是羅潔梅茵大人的請求，我才會幫忙，但像這種自己賺錢的行為只有下級貴族才會做，希望您別以為我的內心十分樂意。」

……噢噢？靠一己之力賺錢是下級貴族才會做的事情？上級貴族不應該自願做這種事嗎？

「但我雖是領主的養女，也是靠自己的能力在賺錢唷。」

「……啊。」

「如果賺不到足夠的錢，我就無法在兒童室發送點心給大家，也無法準備好幾本教材。你雖然知道如何花錢，卻不懂得賺錢的辛苦，只會使用父母親的錢吧？你應該多學習一點關於金錢的正確觀念唷。」

「……真是非常抱歉。」

嘴上雖然道了歉，但他的眼神和表情都在說自己並沒有錯。這才是上級貴族的標準嗎？我看向韋菲利特。

「韋菲利特哥哥大人，所有上級貴族都是這樣的想法嗎？」

「……差不多吧。因為上級貴族都是靠土地的收益與領主給的年俸在生活，我想大家應該都沒有要自己賺錢這種想法。雖然首席侍從奧斯華德也會教我怎麼分配撥給自己的經費，但如果不是代替妳管理冬天的兒童室，我大概永遠也不會注意到妳會自己賺錢增加預算。」

韋菲利特發現單靠他們自己的預算，無法不間斷地準備點心，便向負責管理我經費的斐迪南提出請求，希望能幫忙負擔點心的費用。聽說他們直到那時才知道我即便陷入沉睡，能夠使用的經費還在持續增加，所以感到非常吃驚。韋菲利特說在那之前，他從來沒想過可以自己增加預算。

「為了賺錢而四處奔走這種庸俗的行為，不符合上級貴族的身分。」

「雖然你這麼說，但在自己的領地內拓展我所推廣的製紙業與印刷業，並藉此獲利的基貝．哈爾登查爾，正是上級貴族喔。你不知道嗎？」

「基貝．哈爾登查爾嗎?!」

艾薇拉的老家是上級貴族，他不可能不知道。我對吃驚得瞠大雙眼的他點一點頭。

「管理一塊土地，就是要驅使平民幫忙賺錢，而非由自己動手。你似乎打從心底抗拒賺錢這件事，但這樣子可成為不了能敏銳察覺利益的貴族喔。你必須培養上級貴族該有的賺錢思維才行。」

「驅使他人，不由自己動手……？」

「對，事實上，我也不是自己在印刷做書。墨水、繪本、歌牌、撲克牌和幫浦，全是在工坊裡工作的人做出來的。可是，每當他們做出成品，賣給別人以後，我都能夠從中獲利。所以即便我陷入沉睡，預算還是能持續增加，再用那些預算讓廚師製作點心、購買情報，還有拜託大家抄寫書籍，讓自己得到更多的書。」

我本想請大家幫忙蒐集情報、抄寫書籍，也會支付對等的報酬，但如果上級貴族都是這樣的想法，恐怕很難蒐集到上級貴族間的情報。搞不好還會拒絕我，覺得抄寫書籍與蒐集情報是庸俗的行為，那可就傷腦筋了。願意幫忙的人就變少了。如果我想得到更多的手抄書，只能設法改變大家的觀念，不然就是讓他們產生積極賺錢的意願。

……必須讓上級貴族意識到賺錢的必要性。

我「嗯……」地沉思，全力製作參考書。拚命整理資料的時候，第四鐘響了，高年級生們也回來了。

……不光一年級生，真想讓高年級生也幫忙抄書呢。

一年級生只有八個人，若能動員包含高年級生在內的六十幾人抄寫書籍，這樣勢必更有效率。可以的話，我希望不只下級貴族，上級貴族也能工作。為此，我必須提供一些好處讓他們願意賺錢。有沒有什麼東西是我有，但上級貴族就算靠著自己能力賺錢也買不到的呢？

「大小姐，您的臉色真是凝重，怎麼了嗎？」

「有沒有什麼東西是只有我有，而上級貴族也非常想要的呢？」

「那不就是魔力壓縮法嗎？達穆爾的魔力可是成長到了足以向中級貴族的布麗姬娣求婚。安潔莉卡也因為能夠嫻熟施展身體強化，成了波尼法狄斯大人的愛徒。柯尼留斯更是據說單看魔力，已經成長到快要與卡斯泰德大人不相上下。我想貴族院的學生們都恨不得能早日知道吧。」

雖然我之前就聽說過大家的魔力增加了、成長了，但原來到了這樣的地步。看來這能成為非常有吸引力的誘餌。

在所有人都到齊的午餐席上，我表示有重要通知，請大家看過來後宣布：

「如果各位想要知道我的魔力壓縮法，不管是上級貴族還是領主候補生，都請你們靠自己的力量賺到應付金額。」

不只韋菲利特，原本預計可以學到魔力壓縮法的同派系上級貴族也都一臉驚愕，「啊?!」一地定住不動。

「在貴族院賺錢的方法有很多，大家可以蒐集情報、抄寫書籍，或是蒐集魔石與材料賣給其他人。至於學習魔力壓縮法的費用，上級貴族是兩枚大金幣，中級貴族是八枚小金幣，下級貴族是兩枚小金幣。同家族的第二個人開始算半價，所以父母他們可以算是半價喔。」

「這樣子對上級貴族也太嚴苛了吧！」

上級貴族們不知所措地左右張望後，開始向我提出抗議。

「上級貴族的魔力量高，又有優秀的家庭教師，不論術科還是學科都比其他人有利。而且如果想要打倒魔物取得魔石，也是魔力多的人更有利吧？下級貴族就連圖書館的登記費都必須自己賺錢支付，我認為這樣的差額很合理。」

聽了我突如其來的宣布，學生們都臉色大變，只有已經學過魔力壓縮法的柯尼留斯露出了無法理解的表情，冷靜問我：

「羅潔梅茵大人，您為何突然這樣規定？上午發生了什麼事情嗎？」

「因為上級貴族似乎不懂得賺錢的辛苦，所以我想讓他們實際體會看看。雖然有不懂得賺錢辛苦的人說了，賺錢是種庸俗的行為，但我絕不是為此感到生氣喔。」

是誰說的？所有人開始尋找起犯人時，我順便建議道：

「如果想要積極賺錢，大家可以抄寫書籍喔。一邊抄書一邊還能賺錢，感覺很有涵養，也符合上級貴族的身分吧？」

似乎是領悟到了我完全無意改變想法，哈特姆特輕輕聳肩。

「既然以魔力壓縮法為誘餌，上級貴族也不得不展開行動。既能讓口出狂言的人自食惡果，還能促使上級貴族改變對金錢的看法，順便也能蒐集到自己想要的手抄書。真是太了不起了，羅潔梅茵大人。因為您什麼都不必做，就能得到您想要的所有東西。」

只要取代羊皮紙，使用植物紙與植物紙專用墨水，就能壓低成本，再以金錢和魔力壓縮法為誘餌，動員學生們抄寫書籍，比起自己一字一字慢慢寫下來或是依照尋常途徑向人購買，更能獲得多出數倍不止的書籍，所耗費用也會減少非常多。哈特姆特在說話的同時，愉快地環視眾人。

「那麼為了向羅潔梅茵大人展現忠誠，我也會去蒐集情報與手抄書。」

「哈特姆特，你對賺錢這件事不感到抗拒嗎？」

「我並不認為自己是在賺錢，而是在換取合理的對等報酬。因為我只是如同往常，利用自己以上級貴族身分建立至今的人脈去蒐集情報，然後僱用他人，讓人抄寫書籍。我不會自己動手拚命賺錢。」

上級貴族只要用上級貴族自己的方式賺錢就好了——哈特姆特此話一出，再也沒有人出聲抗議。

這天下午是術科的騎獸製作課。為了能夠跨坐在騎獸上，女性都必須另外換上一套衣服。我在黎希達與莉瑟蕾塔的協助下，第一次穿上了騎獸服。騎獸服是下襬很長且飄逸的褲裙，如果像平常一樣站著，看來就像是裙子。

「大小姐的騎獸因為不須更衣就能乘坐，所以平時並不需要換裝。只是因為在貴族院要上課，還是為您縫製了一套騎獸服。」

「畢竟大家都換了衣服，總不能只有我一個人穿著裙子上課嘛。」

更衣完後，我帶著騎獸用的魔石準備上下午的術科課。我把放有魔石的金屬籠子掛在褲裙的腰帶上，垂在腰間。雖然上課的教室不同，但同樣是一年級生，同樣要上騎獸製作課的菲里妮也換上了騎獸服。她的腰間也掛有放著魔石的皮袋，十分慎重地隔著袋子撫摸。

「要為魔石染色很辛苦吧？」

我在製作騎獸的時候，被魔石吸走了相當大量的魔力。所以我想菲里妮是下級貴族，又還沒有壓縮過魔力，對她來說應該是相當辛苦的作業。然而，菲里妮只是怔怔地偏過腦袋。

「我們從出生起就利用魔導具儲存魔力，為什麼會辛苦呢？」

菲里妮說明，作為贈禮，貴族在出生時便會收到可以吸取魔力的魔導具與魔石。魔導具會吸收第一個登記的人的魔力，再轉存進魔石裡。不光父母，兄弟姊妹或是侍從等其他人就算碰到了魔石，魔力也不會被吸走，所以絕對不會混雜到他人的魔力。聽說每當魔力快要滿溢而出的時候，他們就會慢慢地把魔力儲存進去，然後把染好顏色的魔石帶來貴族院，在上課時使用。

……如果每個孩子都要準備一個魔導具，又要儲存十年份以上的魔力，每一個人也都需要好幾顆魔石吧。那真的非常花錢。

我總算知道了既沒學過魔力壓縮，而且直到洗禮儀式才會獲得戒指的一般貴族孩童在就讀貴族院之前，成長階段都是如何處理滿溢而出的魔力。難怪準備不了魔導具的貴族會把孩子送進神殿。

「羅潔梅茵大人的情況不一樣嗎？」

「呃，我因為是在神殿長大，所以魔力基本上都用來奉獻。」

「咦？那您是如何準備騎獸用的魔石呢？」

洗禮儀式之前您都是在神殿生活的吧——菲里妮張圓眼睛。

「我是拿著斐迪南大人提供的魔石直接注入魔力，一鼓作氣染上顏色。」

「這種事只有魔力量大到足以成為領主養女的羅潔梅茵大人才辦得到呢。我完全沒有辦法像您這樣。」

……對喔，我連在這方面也缺乏貴族的常識，還是盡量閉上嘴巴吧。

中途與階級不同的菲里妮他們分開，抵達小會廳後，黎希達與護衛騎士們一如往常地叮嚀我：「請一定要等到我們來接您。」然後我、韋菲利特與上級貴族一起走進屋內。已經在小會廳裡聚集的學生們都拿著各自染好顏色的魔石，正在互相展示，察看彼此魔石的樣子。韋菲利特也得意地拿出自己的魔石。

「羅潔梅茵的魔石是淡黃色，我的魔石是淡綠色。」

「哇，真的耶。」

魔石的顏色差異與魔力的屬性密切相關。我的魔石難以分辨究竟是黃色還是金色，所以應該是風或者光的屬性最強。至於韋菲利特在他擁有的幾種屬性當中，可以看出是水的屬性最強。而且擁有越多屬性，魔石的顏色就越淡。擁有七種屬性的我是淡黃色，擁有六種屬性的韋菲利特是比我要深一些的綠色。我記得只有風屬性的達穆爾，魔石是相當深的黃色。

「好了，安靜！」

今天負責講課的女老師名為傅萊芮默，外表看來四十幾歲。有些高亢的尖細嗓音讓人印象深刻，身型瘦瘦長長，看起來心高氣傲，給人的感覺冷漠帶刺。她似乎是亞倫斯伯罕的舍監，面對亞倫斯伯罕的學生們倒是露出了相當親切的笑容。

「今天先練習注入魔力，讓魔石變形。注入魔力以後，試著改變魔石的大小。」

和斐迪南以前教我時一樣，這裡也是先從改變魔石的大小開始練習。改變大小我已經會了，而且很簡單。但難得有機會，我悄悄卸下左臂上的魔導具，試著練習操控魔力，邊注入魔力邊改變魔石的大小。要少量地注入魔力果然很難。

……不可以像用水桶倒水，要努力練習到像用水龍頭在慢慢滴水那樣。

我把自己的指尖想像成水龍頭，練習調節魔力量。還有，我雖然很習慣奉獻魔力，卻不太習慣如何回收自己注入魔石裡的魔力，所以也一併做了回收魔力的練習。其他人都在練習改變大小的時候，我聚精會神地練習如何操控魔力。

「已經能隨意改變大小的人，接下來塑造騎獸的外形吧。不少學生都會變出家徽上的動物，而考慮到騎乘時的方便性，馬匹外形的騎獸也相當常見。」

傅萊芮默說完，開始有學生努力地想要變出騎獸。韋菲利特似乎是經過這兩年十分習慣操控魔力了，魔力方面的術科課進度很快。

「我要變成獅子。因為我是領主的兒子。不過，羅潔梅茵的騎獸鬆鬆軟軟的，那樣好像也不錯。」

韋菲利特「唔唔唔」地皺著眉，往魔石注入魔力。雖然花了很多時間，但變出了獅子的形狀。

「和斐迪南大人的騎獸很像呢。」

「因為如果參考父親大人的騎獸，就會變成三頭獅子。叔父大人的騎獸比較容易拿來當範本。」

「這麼說來，我曾有一次見過養父大人的騎獸，確實是有三顆頭的獅子呢。養父大人的騎獸還真奇怪，對吧？」

「我想父親大人應該也覺得妳沒資格說他奇怪。」

正如韋菲利特所言，用這裡的標準來看，我的小熊貓巴士可能是有點奇怪，但我覺得很可愛又方便，性能也是最優秀的。

「十三號！不要閒聊，快點認真製作騎獸！」

高亢的怒斥聲讓我嚇得一震，趕緊注視自己的魔石。可是大家都說我的騎獸很奇怪，在這裡變出來真的沒關係嗎？

我正感到苦惱，似乎以為我在偷懶的傅萊芮默便跨著大步飛快走來，高傲地揚起下巴。

「好了，快點開始吧。」

我聳聳肩，如同既往變出了一人座的小熊貓巴士。看到可以坐在裡面的小熊貓巴士，他領貴族都瞪大眼睛，然後笑了出來。

「那是什麼啊？」

「那麼高坐不上去吧，她打算怎麼坐上去？」

「騎獸的模樣還真是奇特呢。」

「哎呀，外型很可愛唷，只是感覺不出實用性呢。」

大家雖然都嘲笑小熊貓巴士很奇怪，但主要是針對外形，完全沒人說到斐迪南和騎士他們提起過的「窟倫」。也沒有人說：「妳為什麼把魔獸變成騎獸？」

「……截至目前為止，別人倒是常說我的騎獸很像魔獸呢。」

「因為一年級生還不會討伐魔獸，所以都不知道吧？我也不知道那是什麼。」

原來如此——我點了點頭。只有傅萊芮默一個人臉色大變，喃喃說著「窟倫」。果然老師知道窟倫的存在。

「……羅潔梅茵大人！騎獸製作不是在玩遊戲，請妳認真製作！」

被人用刺耳高亢的聲音怒吼，我不由得皺起臉龐。我不懂她為什麼要生氣咆哮。我並不是在玩啊。

「我確實是非常認真在製作喔。」

「哪裡認真了？從妳把騎獸變成窟倫這點來看，就絲毫感覺不出妳有認真看待。我不承認這樣子的騎獸，快點消除。」

她不分青紅皂白就要求消除，我有些不高興。雖然小熊貓巴士的外觀在這裡確實是有些奇怪，但我明明完成了老師要求製作騎獸的課題，而且我的小熊貓巴士可是非常厲害。我一點也沒有消除它的打算。

「傅萊芮默老師，恕我直言，我的騎獸遠比其他人的騎獸還要優秀喔。我完全沒有消除它的打算。」

「這種外形仿造魔獸的騎獸哪裡優秀了?!」

「我既不需要另外換上騎獸服便能乘坐，還可以提供給多人乘坐喔。」

我說完，把一人座的小熊貓巴士變成小巴士的大小。

看見突然變大的小熊貓巴士，周遭人們都吃驚得張大了眼睛。連韋菲利特與艾倫菲斯特的其他學生也一樣。

仔細回想起來，我雖然在城堡和宿舍都會坐著一人座的小熊貓巴士到處跑，但好像沒在大家面前變大過。

「我的騎獸可以自由自在地變化大小。」

我利用體內豐富的魔力，隨意地變大又縮小。傅萊芮默一句話也說不出來地瞪著小熊貓巴士，我表示「怎麼樣呀？」地挺起胸膛，她雙眼圓睜又說了：

「這種騎獸要如何在空中飛行？妳的騎獸根本沒有翅膀！」

「我的小熊貓巴士當然也能在空中飛喔。」

我重新把小熊貓巴士變回一人座的大小，坐了進去。在大家「咦咦?!」的驚叫聲中，小熊貓巴士在小會廳裡奔跑，然後躍進空中。

「太、太荒謬了！」

傅萊芮默這麼大叫以後，吐著白沫昏倒了，騎獸製作課就此被迫中斷。傅萊芮默被騎士們帶出去後，被找來收拾殘局的赫思爾老大不高興地瞇起眼睛，宣布今天就上到這裡，下一堂課再繼續。

學生們陸續走出小會廳時，赫思爾叫住了我。韋菲利特擔心地轉過頭來，她向他說明：「我只是想了解詳細情況。」讓他先回去後，一骨碌地轉身面向我。

「好了，羅潔梅茵大人，請讓我好好觀察害得傅萊芮默暈倒的騎獸長什麼樣子吧。」

因為突然被叫過來，我調合到一半只能中斷，結果失敗了。這點小事妳應該會答應的吧？」

「當、當然。」

看著那張與斐迪南威脅人時十分相似的笑臉，我不禁打從心底體認到：「嗯，這個人百分之百是神官長的老師。」

隔天下午的術科課是魔力壓縮。由於魔力壓縮課要出動好幾名老師，所以會把一年級生分成兩組，一邊學習宮廷禮儀，另一邊學習魔力壓縮。這天我是學習魔力壓縮，菲里妮是上宮廷禮儀課。

魔力壓縮課的教室裡，十位老師一字排開。當中有昨天暈倒的傅萊芮默，她今天看來已經恢復生氣，另外還有赫思爾。

「隨著身體成長，魔力也會不斷增加。想當然耳，積存魔力的器官也會變大。藉由盡可能地把大量魔力儲存在器官裡頭，便可以促進器官生長。因此成長時期學會魔力壓縮，促使器官發育是非常重要的事情。」

赫思爾說明完，傅萊芮默往前一站。

「魔力量對貴族來說至關重要。直到停止發育，都要竭盡所能增加魔力。能發揮魔力壓縮最大效果的時間是有限的，請大家一定要認真看待！」

另一名老師高舉起手中的魔導具。

「首先，我們會用這個魔導具測量各位魔力的濃度。戴在手腕上後，先測量最一開始的魔力值，等你們挑戰過魔力壓縮，再測量你們成功壓縮了多少。只要能夠成功壓縮些許魔力，就算是通過了這一門課。各位必須摸索出適合自己的方法，努力進行壓縮。我們能做的，就只是最一開始為你們提供方法。」

……這也就是說，我得再壓縮現在的魔力才行囉？不——！

我痛苦抱頭時，老師們輪流開始說明自己的壓縮方式。

「我在壓縮魔力時，都是想像著去除果汁中的水分，除掉魔力中無用的成分。」

「我是把分散開來的魔力盡可能往中心集中。」

「我覺得魔力壓縮就好比是熬煮藥水呢。」

「總之不停不停地往下壓就對了。」

雖然老師們接連說明了自己的壓縮方式，但我覺得這樣反而會讓大家感到混亂。事實上學生們聽了以後，都一臉茫然自失。

「關鍵在於絕對不能勉強自己，否則會有生命危險。」

「但是若不稍微勉強自己，就無法進行魔力壓縮，所以要戰勝自己體內的魔力。」

聽了老師們的說明，韋菲利特有些無法理解地眉毛皺成一團。

「老師們講的話好像有些互相矛盾？那我到底該怎麼做？」

「雖然聽起來互相矛盾，但實際上要壓縮魔力的時候，會發現老師們說的全部沒錯喔。壓縮魔力時，使用適合自己的方式確實更有效率，如果不打起精神勉強自己硬塞，也無法進行壓縮。但是，要是勉強到了自己無法負荷的地步，又有可能危及生命。斐迪南大人說過，為了盡量避免危險發生，會由好幾名老師指導一名學生。」

我說完後，韋菲利特嚥了嚥口水。他緊握著自己的手，看著我說：

「……那妳是怎麼壓縮魔力的？」

「我想想，告訴哥哥大人第一階段應該沒關係吧。我們體內都有儲存魔力的器官。我在壓縮魔力的時候，會想像自己不斷往裡頭灌塞魔力，一直到蓋子都快合不起來的地步，然後強行蓋上蓋子，再鎖上鑰匙不讓魔力跑出來。至於更進一步的方法，就是所謂的羅潔梅茵式壓縮法，所以是秘密。」

我「唔呵呵」地笑起來，韋菲利特瞪大了眼睛：「到底有幾個階段啊？」

「總共有三階段。斐迪南大人挑戰了第三階段後，還說他因為一下子壓縮過多魔力，覺得頭暈不舒服呢。」

「那個叔父大人……居然會覺得不舒服？」

韋菲利特的小臉變得無比僵硬。就在這時候，老師叫到了我與韋菲利特的名字。

魔力壓縮四階段

「十三號，韋菲利特大人、羅潔梅茵大人。」

我與韋菲利特站起來，走向正在等著的幾位老師。

十位老師分成兩人一組，觀看學生壓縮魔力的情形，領主候補生們依序被叫上前。大領地的領主候補生似乎比較習慣操控魔力，所以也相當快就壓縮成功。成功了的兩人回到位置上後，開始在眉心使力，想要繼續壓縮。

往四周看去，另外三名領主候補生則在老師的包圍下緊皺著眉頭，努力壓縮魔力。其中一位老師會拿著某種魔導具，仔細觀察學生在壓縮魔力時的情況，另一位老師是凝神注視著學生戴在手腕上的魔導具。我看見傅萊芮默也正專心地注視著魔導具。由於我昨天才害她暈倒而已，總覺得有些尷尬，所以發現不是由她負責指導自己，我在心裡頭悄悄感謝諸神。

……不過，那壓縮該怎麼辦呢？

如果要再壓縮現在的魔力，我必須趕快想出可以當作下一階段的其他壓縮方法。可是，究竟該怎麼做才能繼續壓縮呢？

如果要想像成用機器壓縮，應該可以壓縮得更小吧……

可是，說到用機器壓縮，我腦海中只浮現出了被壓扁成四方形的鋁罐。雖然確實可以變小，但我不覺得自己之後想要使用魔力的時候，可以讓其恢復原狀。而且只要我一覺得好像辦不到，就絕對辦不到。要是讓魔力凝固到了連自己也無法使用的程度，說不定融解時又需要再次使用尤列汾藥水。

……我不想再當浦島太郎了！

有沒有什麼新的壓縮方法可以參考呢？我回想了老師們剛才在說明壓縮方法時，各自是進行了什麼想像。「把分散開來的魔力往中心集中」和「不停不停往下壓」這兩種方法我已經做過了，另外還有「想像成去除果汁中的水分」、「好比是熬煮藥水」。看看能否從這些提示想出新方法吧。

嗯……如果參考赫思爾老師說的好比是熬煮藥水，那我可以想像成是煮湯，在沸騰以後也繼續熬煮，這樣應該不難吧？

湯煮久了以後水分便會蒸發，煮到濃稠的地步時體積更會減少許多。那就試著在魔力壓縮的最初階段，先想像自己在煮湯吧。

……好，試試看吧。我要順利合格過關。

打起精神後，我站到老師面前。赫思爾以外，還有一名體格健壯的男老師，我猜平常是負責指導見習騎士。我聽見那名男老師小聲嘟囔說：「雖然早就聽說過了，但本人一看還真嬌小。」

「羅潔梅茵大人，協助妳進行魔力壓縮的有我赫思爾，還有洛飛老師。」

「有我在旁邊看著，妳不用擔心。只要不停不停地把魔力往下壓就好了，壓縮並不困難。我會為妳加油，一起努力吧！」

洛飛露齒一笑，給人的感覺很陽光，但從他的言行舉止來看，我覺得他是那種我不太擅長應付、熱情得令人難以招架的熱血教師。由於麗乃那時候就曾有老師說著：「別光看書，要多動動身體！」硬是在休息時間把我拖到外面去，所以我對這類型的老師始終感到非常棘手。

「好了，羅潔梅茵大人，請把左手腕伸出來。要戴上這個魔導具。」

我捲起袖子露出手腕，伸出左手。赫思爾把手上的魔導具戴在我的手腕上。造型宛如陽剛大錶的魔導具咻地改變帶子長度，剛剛好地套住我的手腕。

……好重！

我的手腕頓時往下掉，赫思爾幫忙扶住後，定睛注視著魔導具。

「我這邊準備好了。羅潔梅茵大人，請開始壓縮吧。」

「好，打起精神，開始把魔力往下壓吧！用力地不斷往裡頭灌注就行了。戰勝自己的魔力吧！」

我露出敷衍的笑容，點頭回應洛飛有些吵的聲援，輕輕閉上眼睛，把注意力放在自己體內熱源的流動上。

……如果要用熬煮的方式進行壓縮，必須先把魔力全部釋放出來才行呢。雖然也是因為神官長給了我很多魔導具，才能夠這麼做。

「很好，妳能感受到魔力的流動嗎?!」

你會害我無法集中，請稍微安靜一點——我一邊這樣心想著，一邊打開了深處放有魔力的容器蓋子，一口氣釋放出積存在裡頭的所有魔力。緊接著，開始不斷把魔力灌向斐迪南借給我當護身符，還有雙手雙腳上用來身體強化的魔導具。能塞多少就塞多少地把魔力都灌進了魔導具裡以後，此刻我的身體變得非常輕盈。感覺要是跳起來，可以跳得非常高。

……只有這一瞬間，我說不定變得比祖父大人還強呢。

然後我慢慢睜開眼睛。也許是視力經過了強化，我可以清楚看見遠方學生的五官；聽力似乎也一樣，各種雜音聽得一清二楚，甚至讓我覺得很吵。

「就是這樣，妳的魔力正在流動。就這樣往深處壓去吧！加油！」

不只是身體強化用的魔導具，我把魔力也傾注進了斐迪南提供的所有護身符裡，所以現在體內殘餘的魔力相當稀薄。我決定使用新的方法，對剩下的魔力進行壓縮。在腦海中想像著把魔力倒進鍋子裡，開火。

……那麼，把這些魔力熬煮到只剩下一半的體積吧。

腦海裡頭播放起了麗乃那時候母親經常收看的料理節目音樂，彷彿還能聽見有人說：「這裡有熬煮好的魔力喔！」

熬煮好了魔力後，接下來就和至今的壓縮方法一樣。把煮過的魔力仔細地摺疊起來，盡可能沒有空隙地密密麻麻擺在一起，再裝進袋子裡頭。

……疊起來裝袋後，再整個人坐上去壓扁。噗咻——！嗯，徹底變扁了呢。

接下來，我再讓強化用魔導具裡的魔力回到自己體內。我雖然習慣釋放魔力，卻不太習慣吸取。花了一點時間後，我還是成功地從魔導具裡取回了一些魔力，然後同樣進行壓縮。

我閉著眼睛，集中精神壓縮時，聽見就在附近學習壓縮魔力的韋菲利特合格了。

「韋菲利特大人，你很有天分呢。請照剛才那樣勤奮壓縮，努力增加魔力吧。」

「謝謝老師的稱讚。」

韋菲利特得意萬分的聲音傳來，我也在全身使力。

……我也要加油才行。

我盡可能地把魔力壓縮到極致。只要過了最一開始的熬煮階段，之後就是非常熟悉的步驟，所以幾乎不會花到多少時間。看來我今後的課題，就是如何提升壓縮的速度吧。

壓縮完了所有魔力後，我慢慢地吐出一口氣，睜開眼睛。只見赫思爾表情凝重地瞪著我手腕上的魔導具，我開口問她：

「請問結果怎麼樣呢？我想比起一開始應該壓縮了不少喔。」

我滿心期待地觀察著赫思爾的反應，但她從手腕上的魔導具別開視線後，只是緩緩吐氣。看到她沒有說我合格，洛飛歪過腦袋。

「赫思爾，要再試一次嗎？」

「不了，沒有問題，非常好。羅潔梅茵大人合格了。」

赫思爾邊解開我手腕上的魔導具，邊用有些顫抖的聲音這麼表示，還慰勞我說：

「妳非常努力呢。」但她這句話幾乎被洛飛喊著「很好！太了不起了！」的聲音蓋過。

「就這樣繼續增加魔力吧。羅潔梅茵大人因為體型嬌小，說不定成長率會是最高的。凡事都只有努力這條捷徑，但一下子若壓縮過多魔力，可能會導致身體不適，所以記得要每天慢慢壓縮。」

「我會盡自己最大努力，謝謝兩位老師的指導。」

我向洛飛道謝時，赫思爾已經轉過身背對我，窸窸窣窣地整理魔導具。是在為下一個學生作準備吧。因為還有很多學生等著輪到自己。

為免妨礙到兩位老師，我很快回到自己的座位。

「老師稱讚我很有天分喔。」

先回來的韋菲利特開心不已地向我報告。仔細一看，可以發現他正不自然地在全身使力，整個人很緊繃。一看就知道是在偷偷壓縮魔力。

「韋菲利特哥哥大人，壓縮魔力也要適可而止喔。要是壓縮過度導致身體不舒服的話，就會和斐迪南大人一樣了。」

「可是好不容易學會了，當然會想要不停壓縮吧？」

「我明白您的心情，但就是因為每年一定會有學生感到頭暈不適，才安排了兩位老師，負責在旁邊監督已經練習過的學生吧。明明老師都提醒過我們了，要是還偷偷壓縮魔力，導致身體不舒服而倒下來，會非常沒有面子喔。」

我邊用眼神示意看著這邊的兩位老師，邊提醒韋菲利特，坐在附近的他領領主候補生也和韋菲利特一樣身體一震。負責監督的老師們輕笑起來。

領主候補生都接受過了指導後，輪到上級貴族開始挑戰壓縮魔力。但才過沒多久，就有學生陸續倒下。

「洛飛，快把他搬到位置上！」

赫思爾喊完，洛飛立刻扛起癱坐在地的那名學生，把他帶回位置上。

「魔力失控了！快戴上魔導具！」

傅萊芮默用高亢的嗓音大喊後，另一位老師急忙為學生戴上魔導具。學生在兩人之間驟然軟倒。

「……大家沒事吧？」

由於領主候補生學會的速度都相當快，所以我並未意識到魔力壓縮的困難，但現在看來，對上級貴族來說顯然並不容易，能夠順利結束的人反而少見。

我擔心地察看著周遭的情況時，韋菲利特環抱手臂發出沉吟。

「嗯……我猜最大的差別，就在於是否曾為基礎魔法提供過魔力，習不習慣操控魔力吧。」

經韋菲利特這麼一說，我記得自己第一次奉獻魔力的時候，也是突然動彈不得，然後不支倒地，雖然有部分也是因為我跳過了午餐沒吃。韋菲利特那時候也是好一會兒都站不起來。

「但妳不用擔心，只要休息就會恢復了。我和夏綠蒂都是這樣。」

「……如果連上級貴族都這樣，真教人擔心下級貴族呢。」

「奧斯華德對我說過，魔力越多的人，在習慣之前負擔也越大，所以下級貴族在壓縮魔力時反而比較輕鬆。」

「原來是這樣啊，韋菲利特哥哥大人知道得真多呢。」

我佩服地表示自己是第一次聽說後，韋菲利特露出了五味雜陳的表情看我。

「妳明明看起來像是什麼都知道，卻一點常識也不懂，這點才讓我驚訝。想不到這兩年的空白有這麼大的影響。」

「只要是書本上沒寫的，會在生活中自然而然學到的事情，我都不知道喔。尤其是我在洗禮儀式之前，成長環境又和一般貴族不太一樣。」

我以貴族的身分開始生活至今，其實還不滿兩年，所以常識與知識非常缺乏。

「這兩年我很努力喔，應該多少可以幫上妳的忙。」

「我會期待哥哥大人大顯身手唷。」

結果上級貴族大半都沒有合格。他們必須讓身體慢慢適應操控魔力時的感覺吧。老師下令解散後，我們返回宿舍。

這天的課程也順利通過了以後，我回到宿舍繼續製作參考書。一邊製作，一邊也問了中級與下級貴族的一年級生宮廷禮儀課的氣氛如何、在課堂上做了哪些事情。然後我也告訴了大家魔力壓縮法第一階段的訣竅，還有課堂上上級貴族們因為還不習慣操控魔力，接二連三地倒下一事。

「聽了羅潔梅茵大人講的這些，真教人緊張呢。」

「韋菲利特哥哥大人說過，魔力較少的人，一開始的負擔也會比較小唷。」

「可是相對地，這也表示要增加魔力相當困難吧？」

「沒錯。如果不拚命到面臨生死關頭的話，魔力很難大幅增加喔。」

我這麼表示後，好幾個人都說：「居然要為了增加魔力拚上性命，這也太恐怖了。」就在大家一致得出結論，要在不過度勉強自己的情況下增加魔力時，赫思爾無預警地走進多功能交誼廳。她打開門後，掃視眾人的紫色雙眼亮著精光，最後鎖定了我。

「咦？赫思爾老師?!」

「發生什麼事了嗎?!」

舍監難得出現，多功能交誼廳內頓時一片嘈雜。一般而言舍監出現在宿舍並不稀奇，但在艾倫菲斯特舍，舍監不在反而才是常態。

赫思爾的目光緊盯著我不放，沒有發出任何腳步聲，以快到驚人的優雅步伐朝著我走來，完全無視一路上學生們提出的問題。我猜她眼裡也完全沒看到他們。

不知是對赫思爾過快的速度感到吃驚，還是因為她銳利的眼神與強大的壓迫感令人心生警戒，萊歐諾蕾拿出了思達普，柯尼留斯也站到我前面。安潔莉卡動作輕快地移步過來保護我，神采奕奕地握住魔劍斯汀略克。此外大概是還不習慣擔任護衛騎士，或者是因為年級還不高，優蒂特與托勞戈特愣了一下後，才恍然驚覺地跑來我身邊。

「真是一群優秀的近侍呢。」

赫思爾輕笑了聲，看著護衛騎士們這麼說道。

「羅潔梅茵大人，妳好呀。我有急事想與妳討論，方便去妳的房間打擾嗎？」

赫思爾雖然笑咪咪的，但眼神中的銳利還是不變。我根本沒有辦法拒絕，只能頷首說：「嗯，當然沒問題。」

在我答應的同時，我也在眼角餘光中看見黎希達與莉瑟蕾塔迅速轉身，前往房間去作迎接訪客的準備。留下來的見習侍從布倫希爾德為我移動椅子，讓我能夠站起來。

為了爭取更多時間讓黎希達與莉瑟蕾塔能作好準備，我從容不迫起身，環顧了一圈充滿緊張氣氛的交誼廳。

「哈特姆特、菲里妮，你們就留在這裡繼續製作參考書吧。此外，同行的護衛騎士有女性就夠了。畢竟男士也不能走上三樓……」

我面帶優雅的微笑下達指示，但因為完全不知道是怎麼回事，其實正在心裡頭無措打轉。

……我好像惹老師生氣了。為什麼？我做了什麼嗎？

難不成是我昨天害傅萊芮默暈倒那件事？可是，我昨天向赫思爾展示小熊貓巴士的時候，她看起來明明很開心，還說了些佩服我的話，我還以為已經避免了說教危機。不過，搞不好是傅萊芮默醒來後又向她抱怨了某些事情。

……光想到她是神官長的老師，就覺得好恐怖。

我按著陣陣抽痛的腹部，帶著護衛騎士，在布倫希爾德的領頭下走回房間。早一步回房的黎希達兩人已經作好了接待客人的準備。

我喝了口黎希達泡的茶，再吃了一口點心後，也請赫思爾不用客氣。赫思爾吃了口盤子上的點心後，微微瞠大眼睛。

「……這是什麼點心？」

「這款點心名為磅蛋糕，最近在艾倫菲斯特非常流行喔。」

「噢……是新的點心啊。」

感覺到赫思爾散發出的氛圍柔和下來，我鬆了口氣，切入正題。

「請問老師說的急事是什麼呢？」

「是關於本日的魔力壓縮課，我有話想跟妳說。請摒退其他人。」

一旦關係到魔力壓縮，很多事情都必須保密。我點了點頭，輕輕揮手。近侍們迅速地退出房間。確認了這點後，赫思爾又在我面前放下防止竊聽用的魔導具。

「這是用來防止竊聽的魔導具。」

「我知道，因為斐迪南大人經常使用。」

「噢？妳與那位斐迪南大人竟是會使用魔導具談論秘密的關係嗎？」

赫思爾的紫眸亮起了促狹光芒後，下一秒她卻長嘆口氣，聳了聳肩。

「但我想他會準備魔導具，是因為他也和我一樣覺得有必要吧……那麼事不宜遲，請妳說明本日進行魔力壓縮的時候，妳究竟做了什麼吧。」

「做了什麼嗎……我只是壓縮了魔力而已。究竟是需要我說明什麼呢？」

赫思爾露出了彷彿發現獵物的眼神，往我傾身問道，但老實說我只是滿頭問號。除了壓縮魔力以外，我什麼也沒做。並沒有哪一點需要特別說明。聽了我的回答，赫思爾用力閉上眼睛，喃喃說著：「所以是毫無自覺嗎？」看來我又做了什麼不該做的事。

「請問，我的魔力壓縮合格了吧？是有哪裡做得還不夠好嗎？」

「不，並非如此。妳反而做得太好了。這還是我長年來的教師生活中首次遇到的異常現象，我只是想要了解清楚。」

「異常現象嗎？」

雖然知道赫思爾希望我能說明，但我想破了頭，還是不知道異常現象是指什麼。

「請問異常現象是指什麼呢？我好像做了某種不尋常的事情，可是我並不知道到底是指什麼。」

赫思爾吃驚地雙眼瞪大後，「喀恰」一聲拿下腰間的魔導具，放在我面前。就是壓縮魔力時，我曾戴在手腕上的那個魔導具。當時赫思爾目不轉睛注視著的面盤上，有著類似電壓計的刻度和指針，指針在這時指著正中央。

「今天使用的這個魔導具，是用來測量魔力的濃度。只要戴在手腕上，戴上時的魔力便會成為基準，於是就能檢測學生是否成功壓縮了魔力。壓縮成功後，魔力的濃度變濃，指針便會往右擺動。由於只要學會了如何壓縮魔力，之後就只能靠學生自己努力，所以基本上只要指針有稍微向右偏去，便算合格。」

她說這不是用來測出魔力量與濃度的數值，而是藉由指針的擺動與否，來檢測學生是否壓縮成功。因為只要懂得如何壓縮，往後要怎麼提升效率和大量壓縮，端看本人的努力，不再是老師們可以干預的問題。

「我戴在羅潔梅茵大人手腕上的魔導具非常特殊，是我當年為了測量斐迪南大人的魔力濃度，特別製作的工具。」

聽說貴族院時期的斐迪南在壓縮魔力時，可以輕易地超過面盤上的最高刻度。赫思爾說她為了能觀測到更大的擺幅，才改造了魔導具。

「今天，我對羅潔梅茵大人使用了當年斐迪南大人用過的魔導具。因為妳在騎獸製作課上都害得傅萊芮默暈倒了，誰知道還會發生什麼事。」

……對不起。

「結果呢，真不知該說是不出所料還是出乎預料，發生了我完全沒有預想到的情況。我請羅潔梅茵大人開始壓縮魔力後，指針就突然偏到了最左邊。這可是專為斐迪南大人設計的魔導具，居然有人的魔力濃度能變淡到超過最低刻度，我還是頭一次見到。以要準備壓縮魔力的學生而言，怎麼想指針都不該出現這樣的變化。」

……啊，對喔。因為我在壓縮前先釋放了魔力，所以濃度才一下子變淡。

「隨後，妳彷彿早就習慣了壓縮魔力，指針眼看著又慢慢地回到正中央，最後更是開始往右偏。」

「這也就是說，比起最一開始的狀態，我的魔力濃度上升了吧？所以我的魔力壓縮成功了對吧？」

「無庸置疑。」

雖然是想到的當下就立刻實行，但看來我真的成功地讓羅潔梅茵式魔力壓縮法變成了四個階段。萬歲——我在心裡頭高興得手舞足蹈，赫思爾則是一臉目瞪口呆，喃喃說著「果然是斐迪南大人的愛徒呢」。

「好了，羅潔梅茵大人，請仔細說明妳到底做了什麼吧。」

「是。老師們在說明魔力壓縮的時候，說過之後要測量魔力的濃度，只要成功壓縮了現有的魔力就算合格，所以我才心想，必須再對現在的魔力進行壓縮。於是測量的時候，我先釋放出了壓縮過的所有魔力，重新進行更高強度的壓縮。啊，赫思爾老師的建議給了我很大的幫助喔。」

我說明自己做了什麼後，赫思爾垮下肩膀，緩緩搖頭。

「那真是太好了。但是，既然妳在此之前就已經壓縮了魔力，其實大可以在測量前先降低濃度，測量時再壓縮回原本的濃度就好了。一般人並不會想到要繼續壓縮。」

……啊，這是盲點呢。

「真是抱歉，我完全沒有想到。」

赫思爾一臉疲憊不堪地看著我。

「不過，妳果真是斐迪南大人的愛徒呢。真不知該說妳異於常人，還是超出了常人的想像……艾倫菲斯特會再度迎來名揚全國的時代嗎？但羅潔梅茵大人因為毫無自覺，似乎會比斐迪南大人更教人頭疼哪……」

這麼嘀咕說完後，赫思爾像是重新打起精神，倏地揚起頭，一雙紫眼饒富興味地璀璨發亮。

「羅潔梅茵大人，妳剛才說妳參考了我的壓縮方法吧？那麼我也希望能參考羅潔梅茵大人的壓縮方法。」

「……實在非常抱歉。我的壓縮方法是艾倫菲斯特的機密，必須要有領導階層六個人的同意才能教給別人。」

「哎呀，真遺憾。那領導階層的六個人是哪幾個人呢？」

赫思爾雖然說著遺憾，表情卻完全沒有放棄，倒像是在思考要從哪邊得到資訊。

「我想應該有領主夫婦與騎士團長夫婦吧？而斐迪南大人是羅潔梅茵大人的監護人，想必也包含在內？最後一個人我想不到是誰呢。是曾經擔任齊爾維斯特大人首席侍從的黎希達嗎？還是領主一族的波尼法狄斯大人？」

艾倫菲斯特出身的赫思爾顯然也相當了解內情，我冷汗涔涔地聽著她說話。

「要取得艾倫菲斯特領主夫婦的許可太簡單了。卡斯泰德大人與艾薇拉大人也欠了我不少人情，就算有些棘手，也應該可以說服。最後還有誰呢？」

赫思爾一邊說著，一邊目不轉睛地望著我，嘴角往上勾起。

……嗚哇！感覺赫思爾老師握有很多艾倫菲斯特領導階層的秘密與弱點！噫——神官長，救命啊！

我的心情宛如被蛇盯上的青蛙，赫思爾輕笑一聲後，敏捷起身。

「騎獸、魔力壓縮，還有這個點心……羅潔梅茵大人究竟會帶來什麼樣的變化，真是教人拭目以待呢。」

圖書館登記

「唔呵呵、呵呵呵～」

這一天，我的心情從早就好到了近侍們都用奇怪的眼神看我。因為今天的午休時間要去辦理登記，我終於要踏進貴族院的圖書館了！事實上早在昨晚就寢之前，我就因為要去辦理登記而興奮得躁動不安。已經在房裡看過我有多麼雀躍的莉瑟蕾塔，環顧了一圈跟不上我情緒變化的近侍們，露出苦笑。

「羅潔梅茵大人真的非常喜歡圖書館呢，竟然從昨晚就開始期待。您的喜好，剛好與從未踏進過圖書館的姊姊大人截然相反吧？」

吃早餐時所有近侍都到齊了，由於男性近侍們並不知道我昨晚的情況，莉瑟蕾塔藉此委婉告知。聽到妹妹拿自己與主人作比較，安潔莉卡得意地挺起胸膛。

「騎士團長也說過，主從就應該要彌補彼此的不足。羅潔梅茵大人擅長學習，卻不擅長活動身體；而我不擅長學習，卻擅長活動身體，所以我們是一對互補的好主從。」

「照姊姊大人這麼說，一旦羅潔梅茵大人學會身體強化，能夠活動身體了，屆時您也需要讀書，才能維持主從間的平衡唷。」

莉瑟蕾塔咯咯笑道，安潔莉卡瞪大了雙眼回道：「怎麼會這樣！」從這個反應可以看出她有多麼想逃離讀書，大家都笑了起來，吃完早餐。

這時，布倫希爾德像是想到什麼似地揚起頭。

「羅潔梅茵大人，由於昨天赫思爾老師突然來訪，我沒能夠向您稟報。音樂課的老師們有意邀請羅潔梅茵大人參加茶會，想詢問您的意願喔。」

聞言，高年級生們發出了「噢噢」歡呼，而且都顯得興奮又開心。一年級生與二年級生則歪著頭，不明白他們為何有這種反應。

「因為昨天下午，三年級生的術科是音樂課。」

音樂課雖然依照階級分開來上，但不論是上級、中級還是下級，聽說每位老師都這麼說了：「羅潔梅茵大人在一年級的音樂課上演奏了全新的曲子，那首曲子在艾倫菲斯特是否相當知名呢？請你們也演奏羅潔梅茵大人創作的歌曲吧。」

原來我演奏的那首曲子，因為斐迪南在飛蘇平琴演奏會上彈奏過，也印成了樂譜販售，所以在艾倫菲斯特境內已經變得相當知名。而且對買了樂譜的人來說，這已經是兩年前的曲子了，有非常充分的練習時間。

三年級生們便依據自己的程度，表演了各自喜歡的曲目，所以我創作過不只一首曲子這件事已經開始傳開。擔任我見習侍從的布倫希爾德還在上完音樂課後被老師叫去，問她：「艾倫菲斯特的一年級生們都已經修完了學科，那麼上午應該有時間吧？」

「因為貴族院會匯集所有領地的文化，今年卻突然出現了好幾首與過往截然不同，而且充滿獨創性的樂曲，所以音樂老師們都非常感興趣。」

「但是我開始販售樂譜至今，已經有大約兩年的時間了，至今誰也沒有在貴族院演奏過嗎？」

「這是奧伯．艾倫菲斯特的指示。他說羅潔梅茵大人創造的所有東西，都要在您入學以後再慢慢推廣。」

因為我想出來的東西，基本上都是由神殿和平民區的人製作；平常我又是在神殿活動，城堡文官絲毫沒有參與，斐迪南也只負責聽取報告，了解銷售額和完成了哪些商品，所以就算要在領主會議上討論這些東西，也沒有人能詳細回答，和具備可以向他領推廣的知識。因此領主才下了封口令，要大家先保密吧。

「布倫希爾德，那個茶會妳也能同行嗎？」

一個人去會讓我感到不安，所以我這麼問布倫希爾德。她那雙蜜糖色的眼眸閃閃發亮，用力點頭。

「當然，身為見習侍從，請務必讓我同行。其實說穿了，能接到老師的邀請，就代表中央對艾倫菲斯特的文化產生了興趣唷。可以一同出席這麼重要的活動，我感到非常榮幸。」

布倫希爾德說能夠受邀參加老師舉辦的茶會是種榮耀，而且就她所知，艾倫菲斯特至今從未受邀過。我總算明白了為什麼聽到我受邀參加茶會，高年級生們會發出這麼驚訝又興奮的聲音。

「這是我第一次在貴族院參加茶會，該怎麼與老師應對，又該準備哪些東西，都交給見習侍從布倫希爾德決定了。日期已經確定了嗎？」

「不，還沒有，因為要先問過羅潔梅茵大人的意願。我還需要幾天的時間才能修完學科，等收到了老師們寄來的正式邀請函，我可以回應說道，要等您與侍從仔細商討過後再作回覆嗎？」

布倫希爾德說她打算在茶會舉辦前修完學科。朝著目標勇往直前的模樣讓人不覺微笑，所以我在心裡給予支持。

「我完全沒有問題喔。修完學科以後，馬上就要準備與老師們的茶會，一定會很辛苦，但就麻煩布倫希爾德了。」

「請交給我吧。在茶會之前，必須萬全地準備好服裝、髮飾、音樂與禮品等所有細節，真是讓人摩拳擦掌呢。」

布倫希爾德扳著手指，列出了參加音樂老師們的茶會時該準備的東西。當然，她說屆時也要帶著我的專屬樂師羅吉娜一同前往。

「雖然茶會的日期尚未決定，但請您交代樂師開始練習吧。不嫌麻煩的話，若能再有一首羅潔梅茵大人創作的新曲就更好了。」

「新曲嗎？我會與羅吉娜討論看看。因為我雖然想得出曲子的旋律，但無法馬上自行彈奏呢。」

基本上我只會哼唱。所以寫成飛蘇平琴的琴譜，還有加以改編，都是專屬樂師羅吉娜的工作。

「午休時間要去圖書館，請各位上完上午的課以後，要盡快回來喔。」

我笑容滿面地目送高年級的近侍們離開宿舍，然後在一年級生們編寫參考書的時候，在旁邊與羅吉娜討論新曲。聽到有改編新曲的工作，羅吉娜笑逐顏開。

「羅潔梅茵大人，請您快點哼唱吧。」

準備好了飛蘇平琴、筆和白紙後，我開始哼唱主旋律，羅吉娜一邊彈琴確認音階，一邊每隔幾小節就記錄下來。這次因為要表演給音樂老師聽，所以我從古典音樂中挑選了曲長較短的樂曲。

「這次的曲子要獻給哪一位神祇呢？」

「為了紀念我第一次踏進圖書館，就獻給睿智女神梅斯緹歐若拉吧。」

做著參考書的一年級生都用充滿好奇的眼光，觀看著曲子完成的過程。最後羅吉娜抓好了主旋律，開始編曲。

吃完午餐後，我與韋菲利特，便帶著所有一年級生與兩人的近侍前往圖書館。同行的還有負責拿著登記費用的黎希達，以及韋菲利特帶來的成年侍從奧斯華德。近侍們在玄關大廳算著人數，確認是否全員到齊時，我感覺到自己的情緒越來越亢奮。

「圖書館、圖書館，有著豐富藏書的幸福之地，嚕嚕嚕、啦啦啦～」

由於上午一直在哼唱樂曲，我情不自禁地唱起歌來。

「這是羅潔梅茵大人剛才創作的曲子吧？您已經想好歌詞了嗎？」

哈特姆特睜大眼睛，我燦笑著點了點頭。

「剛才想好的。曲名就叫作『諸神創造的地上樂園』如何？」

「慢著，羅潔梅茵。老師們要是聽到這種歌，會不知道該如何反應吧。歌詞應該更用心思考才對吧？這首曲子又不是要獻給圖書館，是獻給睿智女神梅斯緹歐若拉。」

韋菲利特一臉受不了地說完，四周響起了輕笑聲。眼看我的情緒完全處在亢奮狀態，黎希達嘆了口氣勸道：

「大小姐，今天只是去辦理登記，沒有時間可以看書唷。您下午還有宮廷禮儀課。」

這句話黎希達從早到現在已經講過很多遍了，我點頭回應。既然都說了必須通過包括術科在內的所有測驗，才能夠自由進出圖書館，我當然完全沒有想要蹺課的念頭。可是對於現在要去圖書館，我還是按捺不住興奮。

「我知道，但至少在快要開始上課之前，可以去閱覽室散散步吧？」

……順便稍微偷瞄一眼圖書館裡有哪些書籍，這樣應該沒關係吧？用煮菜來比喻的話，這就像是試吃！

正打著這個主意時，黎希達瞇起黑色眼眸瞪著我說：

「大小姐，我已經說過好幾遍了，您沒有時間可以看書。」

「這我當然知道。」

聽了我與黎希達之間已經重複出現過好幾次的對話，一年級生們發出苦笑聲。

「所有人都到了。出發吧。」

走出宿舍，外頭便是大禮堂前的走廊。經過平常用來上術科課的小會廳後，就進入了我從來沒進去過的區域。再經過中級與下級貴族用來上術科課的會廳，離開有著大禮堂與小會廳等許多教室的中央樓，向著南邊在迴廊上移動後，遇上了T字路口。迴廊朝著左右兩邊繼續延伸，盡頭是一扇大門。

「往左是見習文官在使用的專業樓，往右則是見習侍從上課用的專業樓。」

聽著柯尼留斯的說明，我偏過腦袋。

「那見習騎士的專業樓在哪裡呢？」

「在中央樓的北邊，所以正好是反方向，在專業樓中也是離圖書館最遠的一棟。果然一般人都認為見習騎士很少會使用圖書館吧。」

柯尼留斯向安潔莉卡瞥去一眼說。尤其安潔莉卡明明已是最終學年，居然至今都沒有來圖書館辦理登記過。本人表示她既沒有事情要來圖書館，而且都最終學年了，再繳交登記費也只是浪費錢，所以沒這個必要。斯汀略克聽了怒斥：「主人，去圖書館迎接主人的主人時，護衛騎士必須要能夠進去吧?!」所以她今年也要一起辦理登記。

……居然直到今天從來沒有踏進過圖書館，真教人不敢置信！

「這扇門後面就是圖書館。」

已經辦理過登記的高年級生們雖然進得去，但尚未登記的我們若不與圖書館員索蘭芝一同行動，就無法進入圖書館。

「羅潔梅茵大人，請把索蘭芝老師送來的木板投進這裡。」

大門上有著形似送報口的開口。聽說只要把預約了會面的木板投進去，索蘭芝老師就會知道我們到了。「哐」地投下木板後過了幾秒，大門自動打開。門後是一條陽光傾瀉的明亮迴廊，盡頭同樣又有一扇門。

在第二扇門前方，一位有著淡紫色頭髮與藍色眼眸，看來氣質高貴的老婦人正等著我們，臉上帶有和煦的笑容。老婦人的體型有些豐腴，一看就覺得很好相處，想必就是這裡的圖書館員吧。

「韋菲利特大人、羅潔梅茵大人，這位便是索蘭芝老師。」

「歡迎艾倫菲斯特的各位來到圖書館，我是索蘭芝。關於艾倫菲斯特今年一年級新生的出色表現，我已經有所耳聞。居然在來圖書館辦理登記之前，便修完了所有學科，真是教人吃驚呢。」

索蘭芝笑容可掬，用從容沉穩的語調這麼說完後，微微側過有些豐腴的身軀，示意身後那扇門。

「這扇門後便是閱覽室。」

看來只要步出貴族院的中央樓，再往南邊筆直前進，就可以一路直達圖書館的閱覽室。這真是太棒了，肯定不會迷路。我不由自主朝著閱覽室邁開腳步，但柯尼留斯立刻按住我的肩膀，再強迫我往右轉。與此同時，索蘭芝也說著：「今天因為要先辦理登記手續，請往這邊走。」然後向右轉彎。

……噢嗚，明明閱覽室正呼喚著我。

我依依不捨地回頭看著閱覽室的大門，跟在索蘭芝身後。

索蘭芝打開了一扇距離閱覽室相當近的門，裡頭是她的辦公室兼接待室。為了讓新生可以辦理登記，辦公室相當寬敞，可以容納好幾名學生。縱長型的房間朝著內部延伸，細長的窗子等間隔排開。

房間一進來就是待客用的空間，灑有窗外陽光的地方擺放著桌椅。桌上擺有筆架，立著可用魔力書寫的魔導具筆。幾張單人椅與當作椅子使用的整排木箱擺在牆邊，索蘭芝要我們坐在那裡，等著輪流辦理登記。韋菲利特、我與上級貴族往單人椅坐下，中級與下級貴族則坐在箱型椅子上。雖說是木箱權充的椅子，但外觀也相當豪華，不只有精細的雕刻，椅面上還鋪了布。

往內看去有張橫靠著窗戶的辦公桌，讓人可以就著窗外的光線辦公，四周還有複數的書箱與書櫃，但全都上了鎖，連書背也看不見。光是想像裡頭不知道放了什麼書籍，我就雀躍不已。

辦公桌後方立有阻隔視線用的屏風。回想自己房間的配置，我想屏風後頭多半是索蘭芝的私人空間。牆邊的櫃子上放有兩隻看起來和我差不多大的兔子布偶，顏色一黑一白，身上穿著衣服，並肩坐在一起。雖說是布偶，但不是麗乃那時候的圓圓Q版造型，外型相當逼真。想像了已是老婦人的索蘭芝寶貝地對待兔子布偶的溫馨情景，我忍不住面露微笑。

我轉頭觀察了房間一圈時，索蘭芝從辦公桌拿了好幾張紙過來。她把紙放在接待區域的桌子上後，來到坐於牆邊的我們面前站定。

「圖書館是睿智女神梅斯緹歐若拉賜予我們，集結了貴重知識結晶的場所。唯有向睿智女神梅斯緹歐若拉獻上敬意，並發誓會小心觸碰書籍的人，才能夠進入圖書館。」

「索蘭芝老師，我完全同意您說的話。圖書館是神賜予我們的地上樂園呢。閱讀書籍時感受到的喜悅，便是神賜予我們的幸福。」

我說完，索蘭芝露出了欣喜的笑容，慢慢點了好幾次頭。同意我看法的索蘭芝，顯然也是愛書人士。我個人覺得自己應該可以與索蘭芝處得很好。

「請問登記費用已經備妥了嗎？」

索蘭芝問道，黎希達隨即上前遞出裝有費用的袋子。確認過了裡頭的金額後，索蘭芝「哎呀？」地側過臉龐。

「我記得艾倫菲斯特今年的一年級生共計八名，這裡卻有九人份的費用呢。」

索蘭芝一臉納悶，重新算起等著辦理登記的學生共有多少人，這才注意到了與一年級生一起坐著的安潔莉卡。

「原來還有今年也來登記的高年級生呢。通常學生只要第一年沒來登記，之後也幾乎不會再過來，這可真教人高興。」

由於需要支付登記費，所以就算是新生，也未必都會來圖書館辦理登記。但聽說沒有在第一年就辦理登記的學生，往往會就此持續到畢業。

確認完了金額後，索蘭芝開始說明圖書館的使用方式。

「一樓的藏書多是學科方面的參考書。只要是在閱覽室內，便可以帶到自己喜歡的位置上閱讀，也可以抄寫書上的內容。如果想帶到閱覽室外，便需要辦理出借手續並且支付保證金。」

索蘭芝說需支付與書本等價的保證金。此外，借出的書籍必須在畢業典禮的前一天歸還。看來這裡的借書期限相當長。

「二樓藏書是與貴族院課程無關的貴重書籍，會以鎖鍊固定在架上。這些書籍只能當場翻閱。不只禁止借出，即便是在閱覽室內，也不能夠解開鎖鍊。」

索蘭芝接著又說明了一些注意事項，諸如在閱覽室內禁止飲食，開館是二鐘半，閉館是第六鐘等等。

「唯有發誓會遵守這些規定，慎重對待書籍的人，才能夠辦理登記。」

「我發誓！」我立刻舉起手說，索蘭芝開心地瞇起藍色眼睛，微笑說道：「那麼先從羅潔梅茵大人開始登記吧。」然後請我到窗邊的桌子坐下。這樣我就是艾倫菲斯特的一年級生中最先辦理登記的人。但我還是禮貌性地向韋菲利特問了一聲：「我可以先去辦理登記嗎？」韋菲利特輕輕聳肩，揮了揮手說：「可以啊。」

「唔呵呵、呵呵呵～」

我隔著桌子坐在索蘭芝對面。索蘭芝朝我遞來一張空白的羊皮紙，再遞給我要用魔力書寫的魔導具筆。

「那麼請在這張紙上，寫下『我發誓會對睿智女神梅斯緹歐若拉獻上敬意，遵守圖書館的規定，小心觸碰書籍』。」

我依言把這些話寫下來。索蘭芝又要我在這段誓言後面寫上自己的名字，我再簽了名。索蘭芝確認過內容後，也簽名表示同意，羊皮紙隨即冒出了金色火焰燃燒消失。看來是與圖書館簽訂魔法契約，這樣子魔力登記就完成了。

「下一位是誰呢？」

「是我。」

接著換韋菲利特，我重新坐回單人椅上，等著大家完成登記。然後在全員辦理完登記的同時，我馬上笑容滿面地站起來。

「好，那麼馬上前往閱覽室吧。」

「大小姐，今天只是辦理登記而已。我已經叮囑過好幾遍了吧？」

黎希達的表情變得非常恐怖。再這樣下去，別說是實現去閱覽室散步的野心，我連圖書館長什麼樣子都沒看到就得回宿舍了。一想到又要再一次經歷樂園就在眼前，自己卻進不去的絕望，我不由得倒吸口氣，在心裡大喊我不要！

我從昨晚開始就期待到連莉瑟蕾塔都忍不住苦笑。對於能來藏書量高居全國第二的圖書館，我真的是望眼欲穿。如果辦理登記時是在閱覽室的櫃檯進行，我應該也不會對閱覽室這麼執著吧。我作夢也想不到居然連圖書館的內部都沒看見，就要被逼著回去了。

「黎希達，我只要看一眼閱覽室就好了！至少讓我聞聞放有很多書的書架味道吧！拜託，請讓我進入圖書館！」

「大小姐一旦進去，就不會再出來了吧？要讓大小姐與書本分開，可是非常勞累的工作。下午的術科課就要開始了，您不能進入閱覽室。」

「圖、圖書館……」

黎希達厲聲禁止的同時，我的眼淚也瞬間湧上眼眶，然後潰堤般地直往下掉。雖然身邊的人一直對我耳提面命，說貴族千金不能在人前落淚，但現在這些囑咐已經完全被我拋在了腦後。

看到我低頭唸著「圖書館、圖書館」，眼淚掉個不停，大家都手足無措。

「黎希達，羅潔梅茵為了能來圖書館，已經讓所有一年級生都通過考試了。那個，讓她稍微去看看閱覽室也沒關係吧？」

「而且我們有這麼多人，只要時間一到，逼羅潔梅茵大人與書分開，再扛著她離開圖書館，我想應該是不會遲到。」

韋菲利特與柯尼留斯說完，為了來圖書館辦理登記，不得不以最快速度修完學科的一年級生們也幫我說話：「請您答應羅潔梅茵大人吧。」聽了大家的請求，黎希達露出苦笑，最終答應了。

「既然連大家也如此希望……不過，大小姐，真的只是參觀閱覽室而已唷。」

「是！大家，謝謝你們。」

我正要抬手擦眼睛，莉瑟蕾塔立即按下我的手，用手帕為我拭淚。在旁邊聽著我們的對話，索蘭芝咯咯笑了起來。

「難得來了，就由我帶領各位去閱覽室吧。這麼想進入圖書館的學生實在罕見，我也非常高興呢。」

「索蘭芝老師，謝謝您。我真的一直、一直引頸期盼著能夠進入神賜予的地上樂園。能夠與貴族院的圖書館相遇，我要向睿智女神梅斯緹歐若拉獻上感謝與祈禱！祈禱獻予諸神！」

可以去圖書館了！因為黎希達禁止而一度跌進絕望深淵的我，此刻心中湧起的感激與感動比原先更加強烈，我不由自主舉起雙手，抬起左腳。一時間太過高興下，就真的向神獻上了感謝與祈禱。下個瞬間，魔力形成的祝福從戒指大量飛出。由於是向睿智女神梅斯緹歐若拉獻上祈禱，黃色光芒籠罩了整個房間。

……我又失控了。

索蘭芝瞠目結舌地望著祝福的光芒時，韋菲利特嘆氣說道：「我就知道結果會變成這樣。」哈特姆特則是露出了愉快的笑容說：「不愧是羅潔梅茵大人，居然自行創造了聖女傳說。」

我默默別開視線，往房間內部看去，發現屏風後方的兩隻黑白兔子布偶竟然站起來了。我還以為它們只是大型布偶，現在卻用兩隻腳在走路，小步小步地往這邊走來。

「咦？『兔子』動了？」

「天、天呀！這不是休華茲與懷斯嗎！」

索蘭芝的雙眼瞪得老大，語氣親暱地這麼呼喚兩隻兔子。但是，高度大約到我肩膀的兩隻兔子直接經過索蘭芝旁邊，來到我面前停下腳步。

「公主殿下，要幫什麼忙？」

「工作嗎？工作嗎？」

兩隻兔子的額頭上都鑲有深金色魔石，圓滾滾的金色大眼睛盯著我瞧。我只是不明所以，向索蘭芝求助。

「……索蘭芝老師，這究竟是怎麼回事呢？」

「以前還有數名上級貴族擔任圖書館員的時候，他們都會幫忙處理圖書館的工作，是玩偶型的魔導具喔。只要注入魔力，就會協助主人。應該是羅潔梅茵大人的祝福讓他們得到了魔力，才能夠重新活動，所以在兩人眼中，羅潔梅茵大人便是主人吧。」

索蘭芝說她是中級貴族，靠她的魔力無法讓他們維持運作。她甚至感動得眼眶泛淚說：「竟然還能再看到休華茲與懷斯動起來……」「休華茲、懷斯，那請你們幫索蘭芝老師的忙吧。」

既然兩隻兔子玩偶是專門在圖書館幫忙工作的魔導具，那請他們繼續幫忙是最好的吧。這麼心想的我下了指示後，兩隻兔子點一點頭。

「知道了。幫索蘭芝的忙。」

「索蘭芝，要做什麼？」

索蘭芝低頭看著休華茲與懷斯，眼角閃動著懷念的淚光。

「首先，就請你們為羅潔梅茵大人帶路吧。」

休華茲與懷斯

「公主殿下，去閱覽室。」

「帶路。」

兩隻兔子開始為我帶路。休華茲與懷斯一邊說著，一邊朝著辦公室裡頭走去。艾倫菲斯特一行人面面相覷，不知道能不能跟著往裡面走，索蘭芝苦笑著叫住他們。

「休華茲、懷斯，你們不能帶客人從那扇門過去唷。新的公主殿下不是圖書館員，請把她當作客人看待吧。」

看來辦公室後頭有著可以直接通往圖書館辦公空間的門扉。索蘭芝出言提醒，不該帶著不是圖書館員的主人走那裡後，休華茲與懷斯接著再小步小步地走向我們剛才進來的那一扇門，然後把門打開。

「從這邊走。」

「公主殿下是客人。」

大概是在製作時就已經預計要讓他們工作，兩隻兔子都穿著袖子蓬蓬的短袖連身裙。黑色休華茲的服裝是以白色為基底，白色懷斯是以黑色為基底，顏色正好相反。除了連身裙外，還穿著一件用各色絲線繡上複雜圖案的背心。當作鈕扣使用的發光石頭看似是魔石。如果飾品這類的鈕扣也是魔石，那麼光是衣服恐怕就價值不菲。再加上，我從來沒見過能像這樣自主工作的魔導具，說不定存在本身就非常珍貴。

「索蘭芝老師，休華茲和懷斯有沒有可能突然被人擄走，或是被人搶走身上的衣服呢？我突然非常擔心……」

「休華茲與懷斯是製造來在圖書館工作的魔導具。除非有主人同行，否則無法在圖書館外活動。此外，雖然我也不太清楚，但歷任主人似乎也都有同樣的擔憂，所以在他們身上裝了各式各樣的護身符，讓人無法任意帶走。所以只要待在圖書館內就無須擔心。」

那就好……我有些安下心來，在休華茲與懷斯的催促下走出索蘭芝的辦公室。

「公主殿下，這邊。」

兩隻兔子站在一行人的最前面，在迴廊上邁步。他們搖晃著腦袋瓜與耳朵，小步小步走著的姿態非常可愛。不知道究竟是誰創造了他們，但我們對於可愛的見解似乎差不多。正想著這些事情時，我身後傳來了陶醉不已的嘆息聲。

「呼……真是可愛呢。」

回過頭一看，平常總表現得比實際年紀要成熟的莉瑟蕾塔難得雙眼發亮，深綠色的眼珠目不轉睛地凝視著休華茲與懷斯。視線與我對上的瞬間，莉瑟蕾瑟驚醒般地立即正色。不過，她似乎還是非常在意兩隻兔子，頻頻地瞄向他們。

「聽到莉瑟蕾塔稱讚休華茲與懷斯，身為主人的我也很高興呢。」

「……真不好意思，因為我在家裡也飼養了蘇彌魯，又是第一次看到這麼大型而且會說話的蘇彌魯魔導具，心情好像有些太激動了。」

莉瑟蕾塔鬆了口氣地露出微笑，視線又慢慢地投向休華茲與懷斯。眼神正強烈訴說著他們真是太可愛了！為之著迷的莉瑟蕾塔當然可愛，但有個單字更令我在意。

「……蘇彌魯嗎？」

記得我好像在哪裡聽過……我邊搜索記憶，邊看向休華茲與懷斯。在我還無法馬上想起來的時候，莉瑟蕾塔開心地告訴我更多蘇彌魯的資訊。

「真正的蘇彌魯比我的膝蓋再矮一些，在貴族之間是種賞玩用的魔獸。當然和圖書館的魔導具玩偶不一樣，既不會說話，也只會發出噗咿噗咿的叫聲而已。不知道羅潔梅茵大人是否看過蘇彌魯呢？牠們非常喜歡樂得樂沛，認真吃著果實的模樣非常可愛。」

……會發出噗咿噗咿的叫聲？

這句話總算讓我想起來了。腦海中立即浮出了初次見到齊爾維斯特時留下的不太愉快的回憶，我臉色略略一沉。

「……雖然不能明說是哪一位，但曾經有人說過，我長得很像蘇彌魯。」

「哎呀，聽您這樣一說，金色眼眸確實很相似呢。我見過的蘇彌魯都有著充滿光澤的藏青色毛皮，對方想必是在稱讚您非常可愛吧。」

……才不，初次見面就要求別人「噗咿」地叫，這絕對不是稱讚。

接著我也想起了頭一次做出小熊貓巴士時，斐迪南曾說過：「妳倒不如變成蘇彌魯。」那時候如果知道蘇彌魯就是兔子外形的魔獸，我也許就會改成蘇彌魯了。但如今我對騎獸的想像已經定型了，要現在才改為蘇彌魯的造型不太可能，所以我從今往後還是會繼續使用小熊貓巴士。

「公主殿下，這裡，閱覽室。」

休華茲與懷斯說著，打開閱覽室的對開式厚重門扉。從敞開的大門往內看去，只見與牆壁有段距離的建築物中心間隔相等地排列著許多木製書架。書架數量遠比艾倫菲斯特的圖書室還要多。

……呼噢噢噢噢噢！有好多書！真的好多耶！太高興了！我要哭了！

眼前書架的數量就和麗乃那時候規模中等的區立圖書館，或是大型市民圖書館的分館差不多。我第一次在這個世界看到這種規模的圖書館，感動得內心澎湃。

「真是太美妙了，我幸福得都要哭了，必須向神獻上感謝……」

「都還沒進去耶?!」

韋菲利特訝聲大叫，柯尼留斯立刻拍拍我的肩膀說：「禁止妳再給予祝福。」黎希達也再一次提醒我說：「只是參觀而已唷，絕對不能看書。」要不是他們限制我只能參觀，我鐵定早就衝到書架前面，從第一本書開始看起來了吧。休華茲與懷斯張著金色雙眼，呆呆地仰頭看著站在門口說話的我們。

「公主殿下，進去。」

「是，那我就失禮了。」

我感覺自己心跳加速，走進去後左張右望，看見右手邊有塊區域沒有窗戶，擺著辦理櫃檯業務的辦公桌。雖然沒有窗戶，但有門，我猜那扇門就是通往索蘭芝的辦公室。那裡肯定是圖書館員專用的出入口。除此之外還有其他扇門。

每面牆邊都間隔相等地排有宏偉巨柱，柱子之間是一扇又一扇的縱長型窗戶。另外還有護牆板般，有著細膩雕刻的木板沿著館內牆壁鋪了一圈，高度大概到我的肩膀。

由於貴族院、城堡和艾倫菲斯特舍都是用相同的材料建成，所以圖書館的牆壁與柱子也是白色的。大量的縱長型窗戶似乎是為了加強採光，當光線從窗外傾瀉進來，再加上建築物本身是白色的，圖書館內便出乎預料的明亮。柱子和牆壁也都有著裝飾性的雕刻，雖說是純白色，卻一點也沒有單調簡樸的感覺。

……好像和神殿有點像。

圖書館中心的天花板往上挑空，所以明亮的日光也會從上方灑落。左手邊看去則有一道寬敞的樓梯，顯示圖書館還有二樓。

……哇啊！竟然是有兩層樓的圖書館！啊啊，我激動得胸口好痛！

居然不只一樓，還有二樓。看來藏書量相當值得期待。真想馬上一本本地看完所有的書。但如果要看書，哪裡是最舒適的位置呢？在這裡又沒有電燈，館內是哪裡比較明亮呢？與書架的距離近嗎？話說回來，提供給人看書的地方在哪裡？我來回環顧閱覽室，尋找看書的空間。

「公主殿下，在找什麼？」

「有問題？」

見我不停東張西望，休華茲與懷斯問我。

「圖書館內的書要拿去哪裡看才好呢？這裡有供人看書的地方嗎？」

「有，這邊。」

休華茲與懷斯從門口朝著深處走去，筆直地穿過圖書館。我跟在他們身後，一路上順便觀察書架上的書。架上的書外觀都很樸素，只是用薄薄的木板夾住，再以繩子裝訂起來而已，不是城堡裡那種用精美皮革封面包起來的書。比起書，更像是資料集。我還以為既然是貴族院的圖書館，應該會有很多裝飾更閃亮又豪華的書籍，看來並非如此。每本書都在繩子上繫了木牌，上頭寫著年級與科目。

「這些書的封面真簡單呢，這邊架上的書主要都是這一種嗎？」

「目前一樓架上的所有書籍，全是由學生寫成的參考書。」

索蘭芝回答了我的問題。她說每年為了幫助經濟拮据的貴族，圖書館會向成績優秀以及字跡優美的學生，購買他們寫成的參考書。但因為購買量大，損壞與汰換的速度也快，不可能為所有參考書都加上皮革封面。原來如此，我點著頭環視書架。照這樣看來，我在艾倫菲斯特做的書也只要加上木板封面，就算擺在一起，應該也沒什麼問題吧。

……不過，好香喔。真的有被書包圍的感覺呢。

我用力吸了一口書的香氣，在兩隻兔子的帶領下，來到盡頭牆邊。牆面交錯並列著我大概要張開手臂，手指才能勉強搆到左右兩端的雄偉方柱，以及寬幅與柱子相同的縱長型窗子。

大概是為了讓學生能利用窗外的光源讀書，柱子與柱子之間擺有簡單的木製桌椅。此外，我從入口看過來時以為是護牆板的木板，其實是門板而不是護牆板。門板還上了鎖，不能任意打開。

「這裡，閱覽席。想要的人，就給他鑰匙。」

……嗚哇！居然有個人閱覽席！

柱子之間大約一公尺見方的空間就好比是自習用的小房間，也是供人閱覽書籍的場所，我的心情立刻變得更加亢奮。

而且這裡的閱覽席好像是供人當成自己的房間使用。明明座位上沒人，書桌上卻還是堆著成山的書，墨水和木板也疊在一起。

「大家在這裡學習。看書。也可以午睡。經常在睡。」

……的確，吃過午餐以後，如果暖洋洋的日光又從窗外照進來，會讓人很想睡吧。

那現在有沒有人在睡午覺呢？我察看四周，卻發現閱覽室裡幾乎沒有人影。頂多只有幾個人正在使用閱覽席，卻沒看到有人在圖書館內走動。明明有這麼多書，甚至還有個人閱覽席，真是太暴殄天物了。

「會來圖書館的人還真少呢。」

「不是，公主殿下。」

「只有現在，才人少。」

休華茲與懷斯講話太簡潔了，索蘭芝幫忙補充說明。

「如今已通過學科考試的高年級生還不多，首日考試便合格的新生則是多數都還未前來辦理登記，所以現在是圖書館人最少的時期。等冬季中旬一過，到時出入的學生還會多到閱覽席不夠用呢。每年都是最終測驗之前最多人。」

索蘭芝還說了，上級貴族比起待在狹窄的閱覽席唸書，更傾向於支付保證金後，帶回自己的房間閱讀。而付不出保證金的下級貴族與中級貴族因為必須待在圖書館裡翻閱，所以閱覽席就成了他們讀書的場所。也因為這樣，會利用課堂空檔頻繁出入圖書館的學生，都是在占領了閱覽席後，幾乎是當成自己的房間使用。

「我因為是中級貴族，在學習這條路上也歷經過辛苦，所以能夠理解他們的心情，但一直把書放在閱覽席的位置上，還是教人有些傷腦筋呢。」

但也是因為不希望在抄寫完之前，書就被人借走吧——索蘭芝笑著這麼說道。

聽說可以眺望窗外風景、日照充足的南側閱覽席很受歡迎，至於不受歡迎的，則是有西曬困擾的西側，以及雖然有窗戶，但因為在通道旁邊，採光不好的大門這一側。閱覽席間的爭奪戰一樣是用順位和身分來決定，所以小領地的下級貴族經常只能排到西側和大門那一側的閱覽席。

……我也好想要有自己的閱覽席喔。

不僅離書架很近，還能坐下來悠哉看書，這種環境真是太棒了。等到所有課程都合格，我也想要有自己的閱覽席。

休華茲與懷斯經過閱覽席，走向辦理櫃檯業務的辦公桌。今天來圖書館的人還寥寥無幾，艾倫菲斯特這麼一大群人走來走去，便引起了他們的注意。那些學生抬起頭來，轉頭看見兩隻兔子後，都吃驚得瞪大眼睛。聽說政變之前，休華茲與懷斯都會在圖書館幫忙工作，所以我想斐迪南那個年紀的學生應該都見過他們。不過，從學生們吃驚的反應來看，會動的魔導具該不會其實非常稀有吧？

「索蘭芝老師，雖然我還沒有見到過，但貴族院裡頭是否還有很多像休華茲與懷斯這樣會動的魔導具呢？」

「不，他們其實非常罕見唷。因為研究成果往往不會對外公開，所以我曾聽前任圖書館員說過，他們的製作方法已經佚失了。據說創造他們的人，是從前的一位公主。所以對休華茲與懷斯來說，所有主人都是公主殿下。」

她說即便是男性圖書館員，也都是稱呼對方為「公主殿下」。想像了男性圖書館員直到習慣為止都會露出厭煩的表情，艾倫菲斯特一行人輕笑出聲。

「索蘭芝老師，圖書館架上的書都是怎麼陳列的呢？請告訴我分類方法。」

「架上的書都是依照取得的順序陳列。因為大家都喜歡新書。」

索蘭芝說一樓的書都是參考書，所以比起舊的，新的更受學生們歡迎。也因此每年圖書館開館的上課第一天，高年級生之間都會有一場參考書的爭奪戰。此外，每年也都有領主候補生與上級貴族支付完保證金後，便把品質較好的幾本書帶出圖書館，再也沒有歸還，所以負責管理的索蘭芝為此相當頭疼。

「竟然不把書歸還……如果用奧多南茲催促對方呢？」

「還有上級貴族在擔任圖書館員的時候，只要通知一聲，學生便會歸還，但如今即便我提出請求，也大多不被理會。因為我是中級貴族……」

上級貴族與領主候補生只要支付保證金就能把書帶出去，不管索蘭芝說什麼都沒有用，他們只會充耳不聞。這樣子會影響到圖書館的運作吧？

「現在為什麼沒有上級貴族擔任的圖書館員了呢？」

「因為政變的緣故……他們被指派了其他的工作。當時前任主人還把休華茲與懷斯託付給我，說是只要有他們在，圖書館就能夠正常運作。然而，光靠我的魔力並不足夠吧。我無法讓他們動起來。」

她說休華茲與懷斯負責辦理出借與歸還的手續，還有管理閱覽席。原本還能靠著前任主人留下的魔力活動，卻在過了大約一年後完全靜止。於是索蘭芝把他們擺在辦公室裡頭，懷抱著失去了工作夥作的悲傷，繼續工作。

「在這裡借書。」

「在這裡歸還。」

走到了圖書館的櫃檯，兩隻兔子爭先恐後似地爬上椅子坐好。雖說櫃檯，其實只是一般辦公用的桌子，休華茲與懷斯拍了拍桌子說，他們會在這裡辦理圖書館的各種手續。桌子四周還有許多櫃子，擺滿了資料與工作所需的工具。這讓我想起了麗乃那時候當圖書委員和在圖書館打工時的情景，感到非常懷念。

「對了，不只是來圖書館的學生，我也沒看見其他圖書館員呢。」

我環顧了圖書館後這麼說道，索蘭芝神色灰暗地低下頭。

「現今因為人手不足，中央不會再為圖書館增派文官了吧。」

原來竟然只有索蘭芝一個人在管理圖書館！聽說當時得到的回覆也只是：「只要能夠登記與註銷學生的資料就夠了吧。」但圖書館員的工作才沒有這麼簡單。

「但是圖書館員除了這些事以外，還有很多工作要做，您都是怎麼處理的呢？」

「除了學生與書籍的登記及註銷，還有借書手續的辦理，基本上都是等到貴族院關閉……也就是等到幾乎沒有學生蹤影的春天到秋天再處理。」

這樣的情況也太糟糕了吧。我感到一陣暈眩。

……啊！難不成這正是我出場表現的好機會？

雖然我具備的常識和這裡的人不一樣，但我擁有圖書館事務方面的知識。既然有這麼棒的圖書館，我當然也想參與其中，讓圖書館能夠順利運作。如果學生當不了圖書館員，那圖書委員如何呢？

……說到學校就是圖書委員！只有這個方法了！

「索蘭芝老師，我想幫老師……」

我想幫老師的忙，成為圖書委員——這句話才說到一半，彷彿穿透了彩繪玻璃的七彩光芒突然灑落下來，籠罩了整間圖書館。但明明窗戶上的不是彩繪玻璃，照下來的光線卻有紅色也有藍色，我大吃一驚地抬起頭，只看見五顏六色的光芒打在白色天花板與牆壁上，卻沒有看見其他機關。

絢麗的光芒在幾秒後就消失了，圖書館內的幾名學生闔上書籍，不約而同起身。

「請問剛才的光芒是怎麼回事呢？」

「這陣光芒是用來提醒大家下午的課程要開始了，請盡速離開。因為有些學生會專心得甚至聽不見鐘聲，但只要看到手上的書變了顏色，一定會注意到吧。所以圖書館在鐘聲響起之前，都會先以這陣光芒提醒大家。」

這種一旦開始看書，就聽不見周遭聲音的情況我懂。我重重點頭後，聽見了身後的黎希達喃喃說道：「這可真是好消息。」

「索蘭芝老師，我來歸還閱覽席的鑰匙……」

「好、好。下午是術科課吧？加油喔。」

學生們一邊在意地瞄向休華茲與懷斯，一邊把閱覽席的鑰匙交給索蘭芝，慌慌張張地離開閱覽室。見狀，黎希達也笑咪咪地示意大門的方向。

「大小姐，既然這是在催促學生離開圖書館，我們也出發去下午的術科課吧。」

「都進來閱覽室了，妳也該滿足了吧？之後就等妳所有課程都合格再說。」

「下午的術科課快要遲到了喔。」

大家你一言我一語，我仰望著沒能踏上去的二樓，輕嘆口氣。雖然沒能去二樓，也沒能看到半本書，實在非常可惜，但今天也只能先死心了。不過，我的幹勁正急速上升中。看到了這麼多書，又吸了這麼久的書香，也和索蘭芝聊了許多事情，我想每天來圖書館報到的欲望正熊熊燃燒。

……接下來我一定要火速通過所有考試，一整天都待在圖書館！

我握起拳頭下定決心，和大家一起走出閱覽室。休華茲與懷斯出來送行時，輕拉了拉我的衣袖。

「我們，工作了。」

「公主殿下，獎勵。」

休華茲與懷斯並肩站在我面前，輕輕閉上眼睛。不明白他們要我做什麼，我抬頭看向索蘭芝求助。

「羅潔梅茵大人，請觸碰休華茲與懷斯額頭上的魔石，為他們注入些許魔力吧。這樣一來，他們又能活力充沛地繼續工作了。」

我照著索蘭芝說的，觸碰休華茲與懷斯額頭上的魔石，稍微多注了一些魔力給他們。在我所有考試都合格之前，希望他們可以繼續努力工作。

「休華茲、懷斯，謝謝你們為我們帶路。接下來要乖乖聽索蘭芝老師的指示，協助她處理工作喔。」

「知道了。幫索蘭芝的忙。」

「所以，公主殿下，新衣。」

懷斯又提出了簡短得難以理解的要求，我再度歪過頭。索蘭芝像在回想許久前的記憶，眼神游移了一會兒後，輕拍掌心。

「歷任主人在交替的時候，都會賜予休華茲與懷斯新衣。他們是希望羅潔梅茵大人也賜予自己新衣吧。」

「……可是，我並未帶著裁縫師一起來貴族院，也沒有準備布匹，所以可能要等到明年喔。這樣沒關係嗎？」

如果要縫製兩套服裝，勢必要花上不少時間，不可能在冬季期間趕出來。我說完，休華茲與懷斯大力點頭。

「新衣，很花時間。」

「知道。」

既然他們不介意等，相信可以為他們做出可愛的服裝。

「對了，索蘭芝老師。休華茲與懷斯有性別嗎？」

「哎呀，羅潔梅茵大人，魔導具怎麼會有性別呢。無論是什麼樣的服裝，重點都在於要由主人賜予。」

原來外型仿造了蘇彌魯的休華茲與懷斯沒有性別。聽說時期不同，服裝也都不一樣。有些主人會讓他們穿上女孩子的衣服，也有些主人會把他們打扮成男孩子。

……要讓他們穿上什麼樣子的衣服呢？但不管要設計成什麼款式，都需要有圖書委員的臂章吧？

既然要為休華茲與懷斯製作臂章，我也想要有一樣款式的臂章。等回到艾倫菲斯特，再拜託多莉製作吧。

「那麼我會盡快修完所有課程，再次來到圖書館。要是休華茲與懷斯的魔力不夠了，請馬上通知我吧。」

我對索蘭芝這麼說完，向休華茲與懷斯揮了揮手，舉步踏出圖書館。

……好，術科測驗也要以最快速度過關！

宮廷禮儀與赫思爾的來訪

一走出圖書館，就是通往文官與侍從專業樓的迴廊。我和韋菲利特要近侍中的見習文官與見習侍從各自前往專業樓上課後，再帶著見習騎士與一、二年級生們，一大群人一起回到中央樓。

接著二年級的近侍優蒂特等人前往大禮堂，菲里妮與羅德里希他們分別走進了下級貴族與中級貴族使用的教室。領主候補生和往常一樣在小會廳上課，但今天上級貴族要去其他教室。由於宮廷禮儀課對每個階級的要求都不一樣，會觀察得非常仔細，所以今天上級貴族與領主候補生是在不同教室上課。

「稍後再前來迎接您。」

抵達小會廳後，見習騎士、黎希達與其他成年近侍這麼說完就離開了。我和韋菲利特走進教室。

「羅潔梅茵，妳看起來很有幹勁嘛。」

「那當然呀。為了前往圖書館，我必須盡快通過所有課程的測驗。這門宮廷禮儀課，我也打算要在今天之內就合格。」

我只參觀了圖書館，連一本書都沒看到。無論如何我都要合格過關，從早到晚窩在圖書館！

「我會抱著必死的決心上課。」

「……嗯，這麼努力也是好事啦。」

韋菲利特又嘀咕說：「但我覺得不會這麼順利就是了。」然後往十三號的位置坐下。

「一年級的宮廷禮儀課，是要教導大家問候的方式，以及參加茶會時的禮儀。隨著慢慢修完各門科目，你們會與他領學生舉辦茶會，展開交流，這點各位也知道吧？為免雙方屆時產生不愉快的感受，才要各位學習共通的禮儀。」

儘管大家至今已經學過了禮儀規範，但在自己的領地裡頭，執行起來難免變得鬆散，領主候補生也可能因為自己在領地內是地位最高的人，而不習慣向他人行禮如儀。因此，接下來會模擬我們正受邀參加茶會，主辦人則是在貴族院內地位比我們高的王族，藉此觀察大家的宮廷禮儀是否正確，才能為往後的我們帶來幫助。名為普琳蓓兒的老師如此說明道。

由於宮廷禮儀課是模擬茶會，不只要向設定上是主辦人、身分還是王族的老師問安，現場還有三位老師，會負責觀察大家的對話內容、表情、吃喝時的動作等細節。也因為會觀察得非常仔細，所以分成兩組進行，一組是順位第一到第十，另一組是順位第十一到第二十的領主候補生。

「那麼，從順位靠前的領主候補生開始吧。」

普琳蓓兒說完，順位高的領主候補生便站起來。首先要向邀請自己來參加茶會的主辦人問安，這部分必須從順位最高的人開始。大家都有過經驗了吧。排成隊伍以後，所有人都一派鎮定自若，開始問安。菲里妮告訴過我：「宮廷禮儀課的老師們大多都很端莊又溫柔，所以課堂上很少有人不合格。」所以一開始我還優哉游哉地坐在位置上，看著順位高的領主候補生們。

「請再說一次。」

「……咦？」

只是最一開始的問候而已，學生們卻接二連三沒能通過。接受問候的普琳蓓兒散發出了不容質疑的氛圍，露出雍容文雅的微笑說道：

「身為有可能受邀參加王族茶會的領主候補生，絕不能有現在這樣的表現。尤其是下任領主在參加領主會議時，必定會與王族一同用餐以及舉辦茶會。還請各位全神貫注。」

想要一舉過關似乎沒想像中容易。我挺直了背，認真地觀察起上位領主候補生的表現。問候方式明明都遵照了禮儀，我完全看不出來是哪裡做得不好，才會無法過關。每一個人至少都被要求再說一次，茶會在有些緊繃的氣氛下開始了。

……簡直像是高壓面試。

普琳蓓兒不斷地要求重來，靜靜觀察學生的反應。她的眼神讓我聯想到了面試時的面試官。

……因為領主候補生在領地內是地位最高的人，所以她想看看當王族無理找碴時，大家會有什麼反應嗎？

由於我們是在一段距離外看著，所以聽不見茶會上的談話內容。但是，可以看出在一開始問候時就被要求重來好幾次的學生，很明顯地委靡不振。他們似乎都很擔心老師又說自己不合格，視線老是不安地東飄西看，生怕自己有哪裡做錯。

「想不到這麼嚴格。」

韋菲利特小聲嘟囔說。問候完以後，再也沒有聽見老師說「請重來」。反倒是站在老師們身後，扮演侍從的那些人不停地在記錄著什麼。從這副模樣看來，我想最好把負責扮演侍從的那些人也想像成是面試官。

「今日時之女神德蕾梵庫亞的命運絲線似乎十分圓滿地交錯了呢。」

普琳蓓兒這句話的意思是「愉快的時光這麼快就結束了呢」，代表茶會就此結束。上位的領主候補生們告退後，回到自己的位置坐下。

扮演侍從的人們把場地收拾乾淨，開始重新準備茶水和點心，等一下就輪到我們這些下位的領主候補生參加模擬茶會。期間，老師們拿著剛才那些侍從寫過什麼的木板，發表對上位領主候補生的評語。

「九號，動作記得保持優雅。即便是指尖的動作也要小心留意。」

「真是非常抱歉。」

「三號不該一味講自己的事情，也該側耳傾聽別人說話。」

「二號既是大領地的領主候補生，應該要表現得更有威嚴。」

「七號……」

聽了三位老師相繼發表的評語後，我覺得關鍵似乎在於要保有貴族的風範。感覺老師像在告訴我們，別因為高壓面試就畏縮。正如同我以貴族的身分開始生活後，身邊人們一直提醒我的，要抬頭挺胸，隨時隨地面帶從容不迫的笑容，絕對不低下頭。要保持優雅，仔細觀察四周。

……只要照著母親大人的教導去做，一定沒問題。

「十三號，韋菲利特大人、羅潔梅茵大人。」

從被叫到的那一刻起，測驗就開始了。參加面試時，聽說連等候與走進房間的動作也是評分的一環。我盡可能挺直背脊，展現端正的坐姿，朝著韋菲利特微微一笑並伸出手。看到我意味著「快護衛我吧」而伸出的手，韋菲利特一瞬間瞪大眼睛，但馬上握住我的手。如果沒人護衛，現在的我甚至沒辦法優雅地從椅子上起身。

在韋菲利特的護衛下，我們走到普琳蓓兒面前準備問安。由韋菲利特先開始。他跪下後，在胸前交叉雙臂，垂下頭去。

「歷經生命之神埃維里貝的重重嚴格遴選，得以有幸與您會面，願能為您獻上祝福。」

「重來。」

韋菲利特像是在說「果然嗎？」，微微垂下目光，再一次說了問候語。普琳蓓兒沉著地觀察他的反應，又讓他重複說了兩次。可以看出韋菲利特不甘心地咬緊牙關。

「韋菲利特大人，你可以退下了。」

普琳蓓兒輕嘆口氣，揮了揮手，指示韋菲利特退下。韋菲利特安靜起身，退到一旁。

我接著往前站。先與靜靜注視著我的普琳蓓兒眼神交會後，揚起嘴角露出微笑，然後恭敬跪下，在胸前交叉雙臂。

「歷經生命之神埃維里貝的重重嚴格遴選，得以有幸與您會面，願能為您獻上祝福。」

「重來。」

「遵命。」

我讓臉上的待客用笑容更是真摯懇切，再一次更加恭謹地問候。

「准許妳。」

我只重說了一次便成功過關，接著走向要舉辦茶會的桌子。在旁邊等著護衛我的韋菲利特不甘心地小聲嘀咕：「妳竟然只重來一次就合格了。」

「要訣在於別把對方當成老師，而是真正的王族喔。」

我帶著笑容面向前方，小聲向韋菲利特提供建言。韋菲利特一臉不太明白，歪過頭說：「我有啊？」由於韋菲利特極少接觸到地位比自己高的人，所以就算要他把老師當成王族，即便自認為大腦理解了，實際上也不明白吧。

「韋菲利特大人，你的座位在這邊喔。」

一位老師提醒後，韋菲利特反射性就要往那邊走。我立刻用力抓住他的手臂，加深了臉上的笑意。韋菲利特似乎明白了我無聲的暗示：「你想拋下護衛我的任務嗎？」他向老師輕舉起手，表示要先送我到位置上，然後開始移動。

此刻除了老師，扮演侍從的那些人也都擦亮了眼睛在觀察每個學生，所以不能夠大聲討論訣竅。有沒有什麼關鍵字，能夠短短一句話就讓韋菲利特意會過來呢？和那些真的處在上位，幾乎無須向人低頭的領主候補生不一樣，韋菲利特在經歷了多次的挫折後，就連一開始那麼討厭的斐迪南，現在也能對他盡到該有的禮數。只要展現出面對斐迪南時的態度，要通過這門術科應該不難。

「韋菲利特哥哥大人，斐迪南大人正注視著您在這場茶會上的表現喔。」

我一悄聲說完，韋菲利特的背部忽然挺得筆直，臉上也露出笑容，視線固定在前方，只是全身明顯充斥著在察探四周的緊張感。看來這招非常有效。

「這裡似乎就是我的位置了。韋菲利特哥哥大人，謝謝您。」

向一路護送我到座位旁邊的韋菲利特道謝後，我再笑著說道：「請您保持現在這樣，繼續加油喔。」韋菲利特對我回以了與剛才截然不同、充滿自信的笑容後，走向自己的座位。

「羅潔梅茵大人，請。」

「喀噹」一聲，扮演侍從的人為我拉開椅子。看見椅子的高度後，我眨了一下眼睛。雖然用爬的坐得上去，但左看右看都無法保持優雅。

我仰頭看著那名侍從，以手托腮側過臉龐，表示「真傷腦筋呢」。不只法藍，這一招對很多人都通用。只要是受過侍從教育的人，應該都能看懂。然而，對方也只是稍微偏了偏頭，並沒有幫忙把我抱上椅子。

……這也是測驗的一環嗎？

我維持著「真傷腦筋呢」的姿勢思索。這種時候最正確的反應是什麼呢？要是對方能二話不說就把我抱上椅子固然很好，但老師們好像也在觀察我面對不夠細心的侍從時，會有什麼反應。這時候若自己爬上椅子絕對是不合格，但若是傻傻天真地拜託對方說：「我一個人坐不上去，請幫忙把我抱上椅子。」也不是領主千金該有的舉動。直接說自己「做不到」是不行的。

……應該要委婉地以某種方式讓對方能理解我的意思呢？還是說，要對這名侍從表達不滿才是正確反應？設定上主辦人是王族吧？唔……

與對方對視了一會兒後，我才發現只剩自己還沒能就座。除了正參加模擬茶會的領主候補生外，已經上完課的上位領主候補生們也定睛看著我這邊。

「羅潔梅茵大人，怎麼了嗎？」

觀察著這邊情況的主辦人普琳蓓兒問道，我維持著「真傷腦筋呢」的姿勢回頭。

「普琳蓓兒老師，您剛才說過要假設這是王族所舉辦的茶會，我應該沒有誤會您的意思吧？」

「是的，沒錯唷。」

普琳蓓兒回道，同時臉上浮現了饒富興味的微笑，雙眼閃過亮光。這對我來說恐怕是最重要的課題。既然如此，我應該要保持貴族的風範，不慌不忙地應對才是正確答案吧。我是受王族之邀前來參加茶會的客人，不需要顧慮侍從的心情。

「普琳蓓兒老師，這名侍從是否還有些生疏呢？我只是有些驚訝，還請您不要太責怪她。」

主辦人若對自己邀請的客人一無所知，可謂失禮至極。究竟要邀請誰？對方喜歡什麼？位置順序該如何安排？每一位客人又要如何應對？每次舉辦茶會的時候，艾薇拉都會反覆提到這些事情，準備必要物品，並且仔細提醒當天在桌邊服侍的侍從們要注意哪些細節。接待客人時，侍從的失態等同主人的失態。

至於今天的茶會，主辦人理應要知道我的身材比別人都矮小，很難自己坐上椅子。在茶會開始前就應該針對這件事作好安排，讓我不會有任何不便。

我說的「侍從有些生疏」，言下之意就是在質疑主辦人是否沒有用心蒐集情報，或是沒有確實向侍從下達指示，指摘對方對侍從的教育不夠充分。等於在說：「這場茶會是不是有些太敷衍了事呢？」

「哎呀，這真是太失禮了。」普琳蓓兒說完，旋即命令為我拉開椅子的那名侍從退下，再搖響手邊的小手鈴。另一名扮演侍從的人立刻過來，協助我坐上椅子。只是搖搖手鈴就解決了所有問題，顯見普琳蓓兒確實蒐集過了我的情報，也向侍從下達過指示。然後藉由這樣的處理方式，向我表示只是那名侍從的個人能力不佳。

「羅潔梅茵大人，讓這般生疏的侍從來招待妳，真是不好意思。」

「哪裡，我不會放在心上。畢竟近來優秀的侍從也是不可多得呢。」

在協助下坐上椅子後，我露出優雅的微笑。只見站在普琳蓓兒身後的侍從不知道又在記錄什麼事情。

然後茶會開始了。我在應對的時候，直接想像成這是有提供茶點的小組討論。我會主動向只是安靜喝茶的學生攀談，聊些無關緊要的話題；若有學生想展現自己的滔滔不絕，便在旁邊出聲應和；也提到了茶水與點心，來讚美主辦人的用心。我真的努力了。期間不時會出現一些小陷阱，和很明顯是想觀察我們臨場反應的突發狀況，我一邊看著其他人，一邊思考換作自己會怎麼做。

韋菲利特也遇到了被挑釁的狀況，但他和問候時不一樣，面帶著笑容輕鬆地度過難關。看來「神官長正注視著你」這句話真的很有效。

「今天合格的學生有十三號，韋菲利特大人、羅潔梅茵大人。兩位即便在貴族院受邀參加茶會，想必也沒有任何問題吧。」

今天就在宮廷禮儀課上合格的人，只有我與韋菲利特。成功通過普琳蓓兒的測驗了！我強忍下高興得想跳起來的衝動，只是露出更燦爛的笑容。

「謝謝老師。」

我再一次感覺到了普琳蓓兒的視線。我在心裡不斷提醒自己，「直到回去前都還不算結束」，努力表現得落落大方，一路走回宿舍。

「我宮廷禮儀課合格了！」

宿舍的玄關大門一關上，我便露出非常開心的笑容向黎希達報告。圍繞在我四周的近侍們嚇了一跳；韋菲利特的近侍們則在意著自己的主人，悄聲問他：

「那麼韋菲利特大人……？」

「我也合格了。多虧了羅潔梅茵，如果沒有她那句話，我大概不會合格吧。」

韋菲利特用感慨萬千的語氣說道。大概是因此被激起了好奇心，黎希達眨了好幾下眼睛。

「韋菲利特小少爺，大小姐對您說了什麼呢？」

「我只是說，斐迪南大人正看著哥哥大人喔。」

這兩年來，韋菲利特代替我管理了冬天的兒童室，還幫忙舉行了神殿的祈福儀式與收穫祭。知道這段時間來不得不與斐迪南相處的韋菲利特有多麼心力交瘁，黎希達「哎呀！」叫道，咯咯笑了起來。

「小少爺，我曾說過任何事都能成為寶貴的經驗，看來您很快就體會到了呢。」

「嗯。」

換好衣服後，我在多功能交誼廳看著大家製作參考書，如果有學生提供情報，就買下來再記錄成文字。由於我要是也自己動手編寫參考書，只會搶了下級貴族的工作，所以我都盡量委託給大家，頂多在旁邊提醒字跡太潦草了，和糾正奇怪的用字。

在大家努力摸索著可以怎麼賺錢時，我決定為接下來的課程擬定對策。為了快點前往圖書館，究竟該怎麼做才好呢？現在宮廷禮儀課已經合格了，剩下的術科有奉獻舞、音樂、騎獸製作與思達普的取得。

奉獻舞因為今年只有練習而已，想必對一年級生的要求不會太高。整套舞步我已經會了，但還是預習一下，確認自己沒有忘記吧。最重要的是為免引發無謂的騷動，我要小心別向神獻上祈禱。

至於音樂課，既然老師們都邀請我參加茶會了，應該已經到達了合格標準。屆時試著交涉看看，能不能在演奏新的曲目後，就給予我合格的成績吧。

上一堂騎獸課因為傅萊芮默暈倒而中斷，所以會接著從上次教到的地方開始吧。赫思爾說過，最終只要可以騎著騎獸飛到外頭，並繞著貴族院的占地飛行一圈就算合格，所以我想應該沒問題。

……只要傅萊芮默老師沒暈倒的話，應該沒問題。

要是赫思爾會擔心上一次暈倒的傅萊芮默，一起來騎獸課協助指導學生的話，我想自己應該很快就能結束。但是，赫思爾成天只想待在研究室裡頭，我不認為她會願意攬下額外的工作。如果要拜託她，就必須提供給她對等的好處。

……然後，明天就是思達普的取得……

聽說所有一年級生要進入名為最奧之間的場所，在裡頭取得人稱「神的意志」的魔石，也是製作思達普的原石。我雖然很擔心自己能否採集成功，但柯尼留斯說：「沒問題，妳一定能採到。」據說「只要走進去就會知道」。只不過，並不是採到原石後就結束了。之後還要變成思達普，學會思達普的基本用法。

「羅潔梅茵大人在嗎？」

就在我大概想好了要如何通過剩下的課程時，赫思爾一個箭步衝進宿舍。雖然高年級生都說她是「只有最一開始和最後才來宿舍露面的舍監」，但我倒覺得她很常出現。看著走進多功能交誼廳的赫思爾，我眨眨眼睛。

「老師今天有什麼事嗎？」

「剛才有個學生告訴我，聽說妳讓圖書館的魔導具復活了？妳是怎麼辦到的？明明有守護用的魔法陣，主人以外的人應該不能觸碰他們啊。」

赫思爾神情興奮地劈哩啪啦講了一大串。她說她曾不小心碰到休華茲與懷斯，結果被兩人擊退。想不到竟然在這種地方意外得知了護身符的效力。話說回來，閱覽室裡的學生應該不知道是艾倫菲斯特的哪個學生讓魔導具復活的吧。

「老師，您為何認為是我讓他們復活的呢？」

我提出疑問後，赫思爾一派理所當然地聳聳肩。

「那個學生說了，當時艾倫菲斯特的一年級生們正在圖書館裡參觀，還有巨大的黑白兩隻蘇彌魯在為他們帶路，想也知道只有可能是妳造成的。這種史無前例的事情，鐵定都與羅潔梅茵大人有關。而且妳也沒有送來奧多南茲向我報告這件事。」

「……只是讓休華茲與懷斯動起來而已，我不認為需要拿這件事去打擾赫思爾老師，所以也完全沒想過有義務向您報告。」

看著赫思爾隱隱非常興奮的紫色雙眼，我覺得她不像是以舍監的身分想要了解情況，應該是想要研究休華茲與懷斯比較正確。身為新的主人，我必須保護他們。

「休華茲與懷斯不能離開圖書館喔。」

「……但只要和主人在一起，應該就能出來吧？」

「感覺會被赫思爾老師拆開來，所以恕我拒絕。」

我毫不信任地瞪著赫思爾，她便叫道：「哎呀，討厭啦。」臉上露出了笑容。

「請別說這種會引來誤解的話。我只是想稍微脫下他們的衣服。」

「……所以赫思爾老師有脫下魔導具衣服的興趣嗎？」

妳是變態嗎！我的戒心霎時變得更強，赫思爾卻垮下臉來。

「我是專門製作魔導具的老師喔。面對這種製作方法並未流傳下來的魔導具，我當然會想要仔細了解吧？根據我掌握到的消息，他們的衣服底下似乎藏有關於製作方法的秘密。我只是想要親眼確認。」

赫思爾雖然擺出了有老師風範的正經表情，但簡而言之她就是想脫掉他們的衣服。我的擔心成真了。

「我身為主人，有義務要保護休華茲與懷斯。他們要是離開圖書館，索蘭芝老師工作起來會非常辛苦的。」

赫思爾皺起了細眉，陷入沉思。然後，她和沉思時的斐迪南一樣，開始用指尖輕輕敲起太陽穴。

……神官長是被赫思爾老師的習慣動作影響了呢。

我在心裡頭「噗噗」直笑，而赫思爾像是想到了什麼，忽然揚起下巴，嘴角勾了起來。臉上的單片眼鏡反射了下光芒。

「羅潔梅茵大人，我記得……每任新的主人，都必須賜予他們新衣才行吧？」

「……您在說什麼呢？」

赫思爾長年來都待在貴族院，我不知道她究竟掌握到了多少消息。我露出了客套的笑容想要帶過，但大概是我一瞬間的驚惶讓赫思爾更加確信，她臉上的笑意變濃。

「那之後為他們測量尺寸與更衣的時候，請讓我也待在現場吧。當然，我絕對不會用手去摸他們，或是去脫他們的衣服。」

赫思爾這番話更讓我覺得她是變態了，簡直像是在說她雖然不會動手去脫，但請讓她跟著一起去浴室。這時她臉上的笑容幾近燦爛。

「只要妳願意答應，接下來其餘與魔法有關的術科課程，我都可以擔任羅潔梅茵大人的指導老師喔。如果不修完所有科目，妳就不能前往圖書館吧？如今傅萊芮默對妳可是避之唯恐不及，騎獸課想要合格恐怕遙遙無期呢。」

……這個人是惡魔！這裡有個誘使學生步入歧途的惡魔！

然而一來一往的攻防持續了一會兒後，我終究抵擋不了惡魔說她直到畢業為止都會幫忙通融的誘惑，沒骨氣地宣告敗北。

思達普的取得

這天上午，大家都在練習飛蘇平琴和編寫參考書。由於在神殿，早餐過後到第三鐘為止都是飛蘇平琴的練習時間，羅吉娜要我開始繼續練習。大家看見以後，也自發性地拿來了飛蘇平琴，在多功能交誼廳裡集合，和我一起練琴。

我練習著屆時參加茶會預計要演奏的曲子，其他人則依據自己的程度自主練習。其他年級的學生也有不少人已經修完了學科，結果直到第三鐘響為止，大家都在多功能交誼廳裡練琴。想唸書的人都回到了自己的房間，但過了一段時間後，也許是太在意琴聲而無法集中精神，結果也有人又拿著飛蘇平琴回來。

「以前在宿舍因為不會特別安排時間練琴，練習量都減少了吧。慢慢升上高年級以後，在音樂課上得到稱讚的次數也變少了。」

「那麼，往後每年都安排一段時間用來練琴，應該是不錯的主意呢。」

我練習著要在茶會上演奏的曲子時，羅吉娜負責修改新曲的歌詞。

「羅潔梅茵大人，既然這首曲子是在讚揚睿智女神梅斯緹歐若拉，比起圖書館，應該稱頌古得里斯海得更適合吧？」

古得里斯海得是睿智女神梅斯緹歐若拉擁有的最古老聖典。相傳被諸神選中的初代國王，獲得允許能夠抄寫古得里斯海得。只要交給羅吉娜修改歌詞，她會不斷地加進與神話有關的詞彙，而我在歌詞中對圖書館灌注的熱情則會逐漸消失。像是原先讚揚圖書館的歌詞，已經改成了在頌揚睿智女神梅斯緹歐若拉。照這情況看來，最終我自己寫的歌詞會幾乎被刪光光。

……不過呢，反正身邊的人本來就不太能理解我對圖書館的熱情，而且要是真的唱了自己寫的歌詞，也很有可能惹出麻煩，還是全由羅吉娜來作詞會比較好吧？

「羅吉娜，這首曲子能不能從頭到尾都由妳作詞呢？因為如果由我填詞，一旦唱起讚揚圖書館的歌，演唱期間說不定又會突然飛出祝福。」

「哎呀，既然這是讚揚神的歌曲，羅潔梅茵大人若在彈琴時獻上祈禱、灑下祝福，我不認為這樣有任何問題呀？」

我的專屬樂師羅吉娜，至今都與世隔絕地在神殿這種隨處可見神像的環境下長大，又受過藝術巫女的薰陶，對於祝福的看法似乎和大家不太一樣。我要是在貴族院灑下祝福，勢必會引發不小的騷動，但她恐怕無法明白吧。

「但是，我想盡量避免這種情況發生。」

「……既是羅潔梅茵大人的指示，我會避免用到與圖書館有關的歌詞喔。」

第三鐘響後，我結束了飛蘇平琴的練習，接著直到午餐時間為止，都在編寫著文官課程參考書的哈特姆特旁邊幫忙，順便開始預習文官課程的上課內容。

「羅潔梅茵大人，您也打算要修習見習文官的課程嗎？」

「對。因為我想成為圖書館員，所以在修習領主候補生課程的同時，也打算修習見習文官的課程。我已經和斐迪南大人商量過了。」

我一邊回答，一邊看起現在三年級生的上課內容。

「羅潔梅茵大人不想成為奧伯．艾倫菲斯特嗎？」

「我從沒想過要讓自己坐上那麼麻煩的位置喔。我才不想成為奧伯．艾倫菲斯特，我的目標是圖書館員。關於將來的夢想，現在我最大的野心，就是成為艾倫菲斯特的聖女留在神殿，把神殿圖書室變成自己的東西，不然就是一邊協助領主的工作，一邊把城堡圖書室變成自己的東西。」

不過，比起成為圖書館員，如果能嫁給擁有這世上最大圖書館的人，然後從早到晚都待在圖書館裡不出來，那就更完美了。但這種夢想當然不能對近侍說。

「所以，一旦你覺得就算成為我的近侍也對將來沒有幫助，歡迎隨時向我坦白喔。我會讓大家走在自己期望的道路上。」

這天下午的術科課是取得思達普。思達普是一種最能有效運用、也最適合用來任意操控體內魔力的工具，聽說只有得到思達普，才算是真正的貴族。斐迪南說過，至今也曾有多名學者想要試著做出比思達普更好用的工具，但時至今日還沒有人成功。聽說是材料的品質相差太懸殊了。

據說約十年之前，貴族院的學生們都是在升上三年級後，分開來上專業課程時才取得思達普。但是現在的國王認為，如果想學會如何使用思達普，應該是越早取得越好，所以改成了入學不久以後就進行。

今天的這堂術科課，就只是尋找思達普的原料「神的意志」，然後採集帶回來。只不過，思達普的取得同時也是一項非常重要的活動，代表自己成了真正的貴族，所以向著大禮堂移動的一年級生們表情都有些興奮。一起出門要去上下午課程的高年級生們看著亢奮不已的一年級生，都露出了懷念的表情，從旁邊經過時也提醒大家「冷靜一點」。

「……光是一年級生，就有這麼多人嗎？」

今天因為要取得思達普，所有一年級生都在大禮堂集合。看著大禮堂內攢動的人群，我眨了眨眼睛。

「因為羅潔梅茵大人已經不用上學科的課了，才會有這種感覺吧。」

還在上地理與歷史課的菲里妮小聲笑道。合格以後，上午的學科課我就再也沒有出席過，所以好久沒看到這麼多一年級生同時聚集。

聚集了許多學生的大禮堂內吵鬧萬分，但老師們一出現，現場立刻安靜下來。普琳蓓兒往前一站，環顧大禮堂內的學生。

「看來全員到齊了呢。那麼從領主候補生開始，老師將帶領你們前往最奧之間，但是在那之前，有幾件事情請大家務必遵守。首先採集結束以後，請小心不要碰到他人。因為若想擁有高品質的思達普，必須要只染上自己的魔力。回程的一路上請與他人保持距離，不要撞到別人。最後，明天土之日請花一整天的時間，慢慢為思達普注入魔力。」

領主候補生排好隊伍後，普琳蓓兒走到最前頭開始移動。大禮堂深處有一道門，她帶著我們走進裡頭的房間。

……是禮拜堂！

裡頭是一間雪白的房間，左右兩側間隔相等地排列著圓柱。盡頭的牆壁從天花板直至地板，都以色彩瑰麗的馬賽克磁磚拼繪出了複雜圖案。正中央是一道從地板往上延伸將近三層樓高，大約有四十階的階梯，就好像是雛人偶的擺放架。階梯上不只擺著要給神的供品，還裝飾著神像。最上面的是最高神祇夫婦神，稍微下面一點的是捧著聖杯的土之女神，再下來是水之女神、火神、風之女神、生命之神。

……不知道神殿的侍從們現在過得怎麼樣了？

抬頭看著熟悉的祭壇，我覺得自己好像回到了神殿，沒來由地感到十分懷念。畢竟在我沉睡的這兩年來他們都做得很好，現在就算我不在神殿，相信他們也能順利完成工作。但是，我還是突然好想見見法藍他們。

仰望著祭壇，就像想家一樣感到寂寞的人似乎只有我而已，其他人看著極少見過的祭壇，都發出了「噢噢……」的讚嘆聲。

「這裡是距離諸神最近的最奧之間。採集的機會每一個人都只有一次。所以採到了『神的意志』後，請千萬小心不要撞到他人。為免大家在去程和回程的路上相撞，裡頭有兩條路，回來時請務必走左邊那一條。」

普琳蓓兒一邊說著，一邊朝著不知道是什麼的魔石伸出手。下個瞬間，響起了某種巨大物體在滑動的聲音，只見祭壇上有部分階梯移動了。緊接著，出現了一個偌大的漆黑洞口，可以通往祭壇深處。

「願諸神的加護及指引與各位同在。」

在普琳蓓兒的催促下，在最前頭的領主候補生一臉緊張地跨出步伐，走進洞口。我與韋菲利特也跟著走了進去。祭壇似乎和貴族院以及宿舍一樣，都是由白色石頭建成，洞口蓋得非常方正。所有人都按照順序移動，發出「噔、噔、噔」的腳步聲。通道並不狹窄，足以讓三個人並肩前行。

前進了大約五公尺後，四四方方的通道突然中斷，只有腳下的白色走道還是沒變，但四周變成了粗糙岩表裸露在外的天然洞窟。黑暗中只看得見往返用的兩條白色走道，散發出了淡淡光芒。

「原來禮拜堂裡面有這樣的地方啊。」

我不斷左右張望，總之先繼續前進。白色走道拐著大彎在洞窟裡延伸，而且好像是逐漸往上升高。一路上曾遇到過幾次階梯，走了一段路後又是階梯。就這樣走了一陣子後，感覺得出自己的所在位置越來越高。

……因為一直是快步走，我快無法呼吸了。

戴了身體強化用的魔導具後，我的體力也只是恢復到與常人無異，現在又因為比其他人要矮，所以走路速度很慢，漸漸地與前面的人拉開距離。

「各位請先走吧。諸位也知道我的身高與大家有差距，所以很難用一樣的速度走路。」

我讓了路給後面的領主候補生先走。韋菲利特馬上開口表示：「那我和羅潔梅茵一起……」他想要陪我一起走，但我拒絕了。

「反正回程也不可能一起走回來。韋菲利特哥哥大人，請您先走吧。回程路上遇到我的時候，如果不嫌麻煩，再請您告訴我大約還要走多久吧。」

「……好吧。」

韋菲利特一臉不滿，頻頻回頭，與其他領主候補生先往前進。

我依著自己的速度走路後，總算鬆一口氣。如果只有一段路而已，我還能勉為其難跟上大家的腳步，但都不知道這條路要走到什麼時候，我實在無法一直維持著快步走的速度，還要走得很優雅。

領主候補生們都走了以後，過不久我開始聽見新的一批腳步聲。是上級貴族走過來了。看見一個人走著的我，他們都露出了不知道該對我說些什麼的表情，我於是說了同樣的話，請他們先走。艾倫菲斯特的上級貴族也和韋菲利特一樣，一邊擔心地屢屢回頭一邊往前走。

我邊讓後來的人先過，邊照著自己的速度繼續走路。上級貴族走遠後，接著是中級貴族。面對眾人奇異的眼光，我還是一樣請他們先行前進。

「羅潔梅茵大人？」

「哎呀，羅德里希。你可以先走沒關係唷。」

我也對羅德里希說了一樣的說明。就在這時，走在稍遠前方的他領中級貴族突然間興奮大叫：「找到了！」

「咦？」

我完全不知道他找到了什麼。在我眼中，只看得到還在持續延伸的洞窟岩表，沒看見任何不尋常的東西。然而，那名少年卻專注地凝視著某一點，走到白色走道外，朝著洞窟牆壁的方向伸長手，觸碰牆面。他的動作毫不遲疑，由此可知在他眼中確實是看見了什麼。少年轉過身來的時候手指彎曲，像在握著某種筒狀的物體。

「不好意思，可以借過一下嗎？」

請大家讓道的少年笑得非常開心，橫切過所有人都停下腳步的去程走道，移動到回程走道以後，很快地開始往回走。他的眼睛自始至終都緊盯著自己的雙手。

「……不知道他找到了什麼呢？羅潔梅茵大人看得見嗎？」

「不，我也看不見。」

由於出現了第一個找到「神的意志」的人，大家都變得有些興奮，邊走邊開始慎重地留意四周，行進速度因此變慢了。現在這樣的速度我剛好可以配合，所以我和羅德里希聊起天來，討論著不知道「神的意志」究竟是什麼樣的魔石，一邊緩慢前進。

走了幾步路後，這次換後頭傳來少女喊著「找到了！」的雀躍話聲。前面也能看到有個少年忽然衝到白色走道外，朝著牆壁走去。找到的人全都毫不猶豫地衝上前，看來是真的有名為「神的意志」的魔石。多半是因為其他人都漸漸找到了自己的「神的意志」，羅德里希也開始來回張望，臉上露出了非常渴望能找到的表情。

「啊！」

羅德里希尖聲大叫，定睛望著前方的某一點。

「找到了嗎？」

「是的！它發出了非常美麗的光芒。」

我果然還是看不到。但是，羅德里希似乎看得見。他露出了自豪的笑容，離開白色走道往下跑，慢慢地朝著岩壁伸出手，輕輕觸摸。羅德里希先是驚訝地張大眼睛後，再把我看不見的魔石抱在懷裡。

「羅潔梅茵大人，恕我先失陪了。」

「要小心別掉下來，或是撞到別人喔。」

羅德里希踏上回程的走道，朝著與我相反的方向前進。

四周依然不間斷地傳來高興呼喊，就在大家都保持著距離以免撞到彼此，一個個地往回走時，前方開始出現往這邊走回來的上級貴族。既然上級貴族是從那邊走回來，表示我的魔石一定在更裡面。

……還要往裡面走嗎？我開始累了呢。

我慢吞吞地走在行人變少的去程走道上。周遭有越來越多人都離開走道去採集，所以走起來暢通無阻。感覺既輕鬆愉快，視野也變好了。只不過，因為大家都一個接著一個離開了，讓人覺得有點寂寞。

我一步一步慢慢前進，走上階梯，更繼續往裡面走的時候，去程路上已經沒有半個人影，反倒是回程的走道上擠滿了人。由於大家都與其他人保持距離，生怕撞到彼此，所以形成了相當奇特的光景。中級貴族似乎大多在這一帶採到「神的意志」，接著也能看見上級貴族從相當遠的前方走了回來。

漸漸地，在往回走的上級貴族當中，也開始出現領主候補生。全是術科課上我曾見過的臉孔。然後我看見韋菲利特也在其中。

「妳才走到這裡而已嗎？領主候補生的魔石還在很裡面喔。」

韋菲利特一看見緩步移動的我就瞪大眼睛，懷中也慎重地抱著某種東西。

聽到韋菲利特說還在很裡面，我往身體強化用的魔導具都再注入了些許魔力。這樣一來，走路就會變得輕鬆許多，但要是注入太多魔力也會有後遺症。隔天肌肉會非常痠痛，讓人連一根手指頭也不想動，所以不能夠長時間使用太多次。

我略略加快速度，一個人朝著深處前進。很快地，連回程的走道上也不見半個領主候補生，真的只剩下我一個人了。在闃寂無聲的洞窟中，只有我的腳步聲不停迴盪。走上階梯，繼續前進。還是沒有任何發現，又走上階梯。單調不變的景色與四下無人的情況讓我開始感到無聊。

「我的魔石～你在哪裡啊？我已經累到走不動了～」

我試著開口呼喚，但當然沒有回應，只有我的聲音在洞窟裡形成回音。繼續在白色走道上前進後，又遇到階梯。但和之前只有幾階的階梯不同，這次是有一層樓高的螺旋階梯。

「嗚啊……又是階梯。我究竟要走到什麼時候？」

我嘀嘀咕咕地大發牢騷，走上白色螺旋階梯。隨著一階階往上走，我發現四周也變得越來越明亮。

「哇啊……」

眼前是一處光芒滿溢的雪白廣場。這裡似乎是盡頭，沒有路可以再往前走了。腳底下是圓形的潔白地板，正中央有棵宛如以相同材質雕刻而成的白色巨木。巨木的樹幹向著天花板聳立，舒展著雪白的枝椏。也許是天花板上有著偌大的開口，彷彿日光透下般，無數細細長長的光束從巨木的繁茂白葉間流淌而下。

就在那棵巨木的樹根旁邊，我看見了發出七彩光芒的魔石。水晶般的六角柱魔石筆直地於地面突出，和我的腰部一樣高。

……啊啊，這個就是我的魔石。

確實如同大家說的，看到就知道了。而且翩然灑落的日光一照到魔石，它似乎還變成了不可思議的顏色。看著魔石與這麼充滿神秘色彩的光景，我不禁心生敬畏，把背挺直，走向「神的意志」。魔石發出一陣亮光。

「那麼恕我失禮了。」

我跪在「神的意志」前面，輕輕伸出手。手一碰到的瞬間，魔石就從與地面連接的地方斷開，彷彿在說著「接下吧」浮到我眼前。抱住了發出七彩虹光的「神的意志」後，我心滿意足地輕聲嘆氣。

「好，那回去吧。」

得把這個帶回去才行。我抱著「神的意志」，往身體強化用的魔導具注入魔力。

「咦？」

然而我重新往魔導具注入的魔力，卻全被懷裡抱著的魔石吸走了。看來是無法再進行身體強化，只能以現在這樣的狀態回去了。一想到這一路我不知道走了多久，忍不住垮下肩膀。

但一直待在這裡也無濟於事，所以我轉身背對白色巨木，有氣無力地開始邁步。還要走上長長一段路才能回去。這次從頭到尾都只剩我一個人了。

由於兩手都抱著魔石，我心驚膽跳地走下螺旋階梯，開始往回走。洞窟裡迴盪著

的，只有我一個人的腳步聲。由於回程是走下坡，心情上雖然比去程輕鬆，但平常的運動量不足在這種時候反映出來，我累得幾乎快要走不動。

「稍微、休息一下吧。就算進行了身體強化，還是會撐不住吧。」

我抱著魔石在半路的階梯坐下來，決定休息片刻。由於放眼望去一直是相同的景色，所以我也不知道自己已經往回走到了哪裡。「要是已經快到出口就好了。」我嘟囔說著，靠在牆上大口吐氣。疲勞剎時間席捲而來，感覺得出眼皮開始迷迷糊糊地往下掉。我不斷告誡自己：「不可以睡！」結果睡著了。

「不可以睡在這種地方！睡著了會沒命的！快醒醒！站起來！妳的人生現在才剛要開始！」

「什麼?!」

洪亮的說話聲突然在洞窟裡形成震耳欲聾的回音，耳朵一陣耳鳴。我嚇得跳了起來，發現眼前就是握著拳頭、正慷慨激昂地對我說話的洛飛，臉還靠得很近。

「太好了，妳總算醒來啦。」

洛飛說完，身體稍微往後退。我這才看見了在場還有好幾名老師。赫思爾與洛飛交換位置，走到我面前說明。

原來是因為我實在太晚還沒有回去，老師們竟然派出了搜索隊。「路只有一條，應該不可能迷路啊……」赫思爾一邊這樣說著，一邊進來找我，卻發現我倒在了半路上。人雖然找到了，但如果我已經抱著「神的意志」，就不能任意觸摸，只能用叫的叫我醒來。

只是赫思爾說她不管怎麼呼喊，我都沒有反應。

心急的赫思爾於是先回到禮拜堂，再帶了幾名老師一起回來。由嗓門最大的洛飛負責叫我，我才終於恢復意識。

「因為聽說妳身體非常虛弱，我真的很擔心妳是不是斷氣了呢。」

「實在非常抱歉。」

「雖然斐迪南大人早就說過，妳的身體還沒完全恢復健康，但因為妳在貴族院活動時看來並無異樣，我才輕忽大意了。」

赫思爾說完，催促我自己站起來。

艾倫菲斯特的聖女在採集「神的意志」之際，險些在最奧之間裡登上通往遙遠高處的階梯。

儘管非我本意，但我似乎在貴族院的歷史上留下了新的傳說。

第一次的土之日

歷經一番千辛萬苦後，我總算回到了自己的房間。黎希達要我把魔石放在床上，我依言照做。

「雖然我實在是不願意，畢竟這樣也有可能影響到魔石……」

黎希達嘆氣說道，但還是戴上了可以阻隔魔力的手套，動作迅速地脫下我身上的衣服。原本好像要等到為「神的意志」注入完魔力後才能沐浴，但因為我靠在岩壁上睡著了，所以不能夠直接上床。只是黎希達也說現在這樣不可能洗澡，但至少用了浸過溫水的毛巾幫我擦拭身體，這讓我鬆了口氣。

「大小姐，請喝下這個藥水，好好歇息吧。」

黎希達準備了斐迪南特製的超級難喝藥水，稍微往後退開，靜靜等著我把藥水喝下。因為有身體強化用的魔導具，我覺得自己還是可以正常跑跳，但整個人卻又冷得直打哆嗦，腦袋也昏昏沉沉。連我也感覺得出自己正在發高燒，只能看看黎希達，再看看如果可以真不想喝的藥水。

……現在身體這麼不舒服，真不想喝下一點也不為病人著想的超難喝藥水……

看著那瓶斐迪南特製、完全沒考慮過要改良味道的超難喝藥水，我畏縮不前，黎希達便非常靈活地運用自己的五官，一邊笑著一邊還讓眼尾上揚，睨著我說：

「竟然在這個季節在最奧之間這種洞窟裡睡著，就連一般人也會染上風寒，一個不小心還有可能登上遙遠的高處。老是因為一點小事就臥病在床的大小姐此刻竟然還能活著，簡直都可以說是奇蹟了！」

「……對不起，讓妳擔心了。」

在城堡裡頭，對於我的身體之虛弱最感到驚慌的人就是黎希達。這次因為我遲遲沒有回來，黎希達擔心之下，就向赫思爾和其他老師說出了我至今因為太過虛弱而留下的事蹟。本來我在老師們的認知當中，還只是個沒有體力、在採集「神的意志」半路上太累了才休息一下的學生，聽完以後馬上擔心起我是不是倒在路邊快要沒命。

「好了，大小姐，快點喝下吧。」

「是……」

我單手接過裝有黏稠綠色藥水的瓶子，一鼓作氣喝光。喝這種藥水的時候絕對不能猶豫。如果不一口氣喝光，只會延長痛苦的時間。

「嗯嗚～！」

好久沒喝超難喝藥水的我立刻摀住嘴巴，以免自己吐出來，噙著眼淚在床上瘋狂翻滾。但是就在我感到痛苦的時候，身體狀況也在頃刻間好轉。藥效真的非常好。只是在喝下的那一瞬間，會覺得自己好像蒙主寵召。

「那麼請您好好歇息吧。」

黎希達整理好了房間以後，很快離開。

「變得好小喔。」

我躺在床上，看著大小已經變到可以用單手拿取的「神的意志」。用力握緊，繼續注入魔力後，「神的意志」更是變得越來越小。聽說「神的意志」會與魔力融合，被吸收進自己的體內。

不小心在最奧之間裡頭睡著後，我醒來時驚訝地發現魔石的體積變小了，赫思爾便告訴我：「這是正常現象。直到魔石與自己融合為止，請持續注入魔力。」

也就是說，直到「神的意志」完全融進自己的體內為止，我們都要像親鳥孵蛋般一直抱著魔石。由於幾乎要抱上一天一夜的時間注入魔力，才能夠與自己融合，所以規定是每年都要在實之日取得思達普，然後在不用上課的土之日這天專心注入魔力。

「嗯，不過，真是幸好平安回來了呢。」

想起了直到剛才為止的一連串騷動，我長嘆口氣。雖然洛飛用大嗓門叫醒了我，但後來還是經歷了一番波折。

我本來在身體強化用的魔導具裡多注入了點魔力，但是睡著期間，卻退回到了平常的狀態。而且我馬上開始感到肌肉痠痛，就算想要站起來，雙腳也抖個不停。再加上不小心睡著後似乎是感冒了，我不只頭痛欲裂，也冷得直打寒顫，身體卻又非常滾燙。但儘管我處在這種狀態，老師們也不能碰到我，只能在旁邊不安又緊張地注視著。

「赫思爾老師，只要今天就好了。我可以坐著騎獸返回宿舍嗎？」

在艾倫菲斯特的城堡內，我是取得了奧伯．艾倫菲斯特的許可才能騎乘騎獸。而貴族院的宿舍也算是奧伯的所有物，所以我也是得到了齊爾維斯特的許可，才能夠騎著騎獸到處跑。

然而，貴族院的管理者是王族。若想在貴族院內騎乘騎獸，就需要負責人的許可。我環顧周遭的老師們，提出請求。普琳蓓兒蹙起漂亮的柳眉，緩緩搖頭。

「我雖然可以答應妳，但妳抱著魔石也變不出騎獸吧。」

聽到這句話，我想起了之前想進行身體強化的時候，魔力卻全被「神的意志」吸走。不過，只要把騎獸用的魔石拿在手上，專注地心想著要往魔石注入魔力，說不定就可以變出騎獸。

「……我還是試試看。」

我握住騎獸用的魔石，試著注入魔力。雖然有一半都被「神的意志」吸走，但我還是勉強變出了一人座的小熊貓巴士。我搖搖晃晃地坐進去，把「神的意志」丟在腳邊，握住方向盤。

魔力說不定會經由小熊貓巴士再流入「神的意志」。由於腦袋昏昏沉沉的，魔力流往騎獸的方式似乎和往常不太一樣。小熊貓巴士以比平常慢上許多的速度開始移動。

但雖說比平常更慢，也確實有在移動，所以老師們都有些安下心來。他們走在慢吞吞移動著的小熊貓巴士旁邊，七嘴八舌地發表感想。

「哎呀，這個就是傳說中的……？」

「噢噢？這個就是讓傅萊芮默昏倒的騎獸嗎？看來確實很強。」

……才不強呢！我的小熊貓巴士明明就很可愛！

雖然很想反駁洛飛，但我連開口的力氣也沒有，只是嘛起嘴巴做出不滿的表情。

「穿著裙子也能乘坐這一點真是太優秀了，對吧？我下次正想挑戰看看能否做出這種外型的騎獸呢。」

「哎呀，這種事情有可能嗎？看來構造十分複雜呢……」

赫思爾說完，普琳蓓兒立刻表現出了興趣。果然騎乘騎獸時都需要換裝這件事，讓人覺得很麻煩吧。

「羅潔梅茵大人曾為我說明過，但我還是不太明白方向盤與剎車是什麼意思。所以，我打算先把騎獸設計成可以像這樣坐進去，再和以往的騎獸一樣在裡頭裝上轡繩。」

雖然傅萊芮默曾尖叫說過，沒有翅膀也能在空中飛太荒謬了，但赫思爾認為，事實都已經擺在眼前了，只要大腦理解到了有人可以辦到，自己也應該飛得起來。

「傅萊芮默的腦筋有些太死板了，騎獸比起優美，更該注重方便性吧。而且這種騎獸還能載運行李，我認為這點非常出色。」

聽見赫思爾這句話，我想起了斐迪南明明嫌棄我的小熊貓巴士很奇怪，還說「不美麗」，卻又心機地利用我的小熊貓巴士來幫他載東西。

……師徒果然很像呢。

一路上被好奇不已的老師們包圍，還會探頭察看騎獸內部，我駕駛著一人座的小熊貓巴士往出口移動。速度不僅比起我用走的要快上許多，而且最後也平安歸來，老師們都如釋重負地大口吐氣，那幅畫面讓我印象非常深刻。

一直在外頭等我出來的黎希達與韋菲利特都哭著說：「幸好妳沒事。」赫思爾更表示：「妳要是上課上到一半差點沒命，我也無法安心研究。」然後一路送我回到宿舍。

今天是土之日，是我來到貴族院以後的第一個假日，也不需要上課。但是，一年級生並無法好好放鬆休息。因為昨天採集到了「神的意志」後，今天必須如同親鳥般一直抱著魔石，繼續注入魔力。為了得到高品質的思達普，要盡可能避免混雜到他人的魔力，所以這天的三餐都是由侍從送到各自的房間，自己一個人吃。

「休假的時候，高年級生們都在做什麼呢？」

我這麼詢問送來早餐的黎希達。她說有人會去圖書館看參考書，有人會與他領的朋友舉辦茶會，有人是蒐集情報，也有人是參加見習騎士的訓練，大家都各隨己意。

「我也好想去圖書館喔。」

「大小姐必須等到身體調養好了，還有修完所有的課程。」

「我已經喝過藥，恢復元氣了。而且，魔石現在也變小了很多喔。」

「是、是。但是，您今天一整天還是要躺在床上休息。」

黎希達這麼說著，朝我遞來改良版的藥水。我喝完藥後，她立刻把我趕上床。

「黎希達，請至少拿本書來給我看吧。」

「大小姐，今天就請您與魔石好好相處吧。」

黎希達完全沒有要幫我拿書過來的意思。聽著她離去的腳步聲，我也只能放棄看書。然後，要把魔力注入已經變成掌心大小的魔石時，我突然想到一件事。

「如果拿掉身體強化用的魔導具，注入起魔力會不會更輕鬆呢？」

我左手拿著魔石，用右手卸下左手臂的魔導具。只見魔石在轉瞬之間越變越小，終至完全消失。

……我應該要早點發現的！

我愣愣地望著魔石消失了的掌心，用力嘆口氣後，稍微安慰自己說：「沒辦法，誰教我之前發燒嘛。」然後重新戴上身體強化用的魔導具。「神的意志」雖然已經與自己徹底融合，但我感覺不出身體有任何的變化。

「嗯……所以現在真的可以變出思達普了嗎？」

我回想了大人們的思達普形狀，試著想像自己慣用的右手也握著思達普。才一眨眼，手中就出現了非常熟悉的發光魔杖。

「成功了耶！好厲害！我好像是魔法師！」

我躺在床上，激動地來回揮舞魔杖狀的思達普。

「……但既然要想像成是魔法師在拿的法杖，能不能也變成其他形狀呢？」

比如水之女神芙琉朵蕾妮的法杖，那種豪華精美的長杖或許也不錯。我在腦海中回想了神殿裡的芙琉朵蕾妮之杖，再一次變出思達普。

「噢噢噢噢，成功了！」

我正想和剛才一樣揮舞長杖狀的思達普，卻馬上驚覺這樣的長度並不方便揮舞。關於思達普的用途，我最常看到的就是用來輕敲魔石變成奧多南茲。這種長杖也很難揮起來輕敲魔石。

「嗯……原來思達普會那麼短也是有原因的啊。」

如果要用來敲魔石注入魔力，這樣的長度最剛好吧——我這樣心想著再次變出思達普，結果就和大人們所用的思達普長度差不多。為了更方便拿取，我還試著稍微改變造型，或是加上類似劍的護手那種裝飾品，也曾試著變成書本和筆的形狀，玩了好一會兒。但是，不論哪一種用起來都十分彆扭。因為如果要改變造型或是加上裝飾品，腦海中都需要有明確的想像，所以每次變出來的樣子都有些不一樣，導致思達普的狀態不太穩定，老是維持不了多久就消失。

至於筆和書本，雖然光看造型就讓我覺得美好又興奮，卻無法實際用來敲魔石，也沒辦法像斐迪南那樣再讓思達普變形，用來敲打齊爾維斯特。結果到頭來，我還是覺得大人們在用的魔杖狀思達普最好。

「真想知道有沒有什麼有趣的用法呢。」

總之關於該如何使用思達普，下一堂課就會教到基本用途。現在也只能期待下一堂課的到來了。

「大小姐，我為您端午餐過來了。」

午餐過後，黎希達依然表示：「居然想離開房間四處走動，那怎麼可以。」明明我已經徹底退燒，魔石也完全與我融合了，黎希達還是不肯點頭。

「如果您在晚餐之前都乖乖躺在床上休息，我可以允許您去餐廳用晚餐。」

黎希達離開房間去清理午餐的餐具。我坐在床上目送，確認黎希達已經走遠後，才悄悄地溜下床。要我沒有書就躺在床上一整天，我只會閒得快要發瘋。我偷偷地從自己的桌子抽屜裡拿出書來，緊接著跳回床上。

「接下來是看書時間呢，唔呵呵～」

開始看書之後，收拾完餐具的黎希達便回來了。一看到躺在床上看書的我，她立刻橫眉豎目。

「大小姐！我不是說了您今天一整天都要歇息嗎！」

「對啊，所以我現在正在休息喔。」

「真是的，不管我說了多少遍，只要是與書有關的事情大小姐就是怎麼也說不聽！頑固這一點，還真是與齊爾維斯特大人還有斐迪南大人一模一樣！」

黎希達氣得七竅生煙，搶走我手上的書，然後說道：

「既然您這麼有精神，我有話想對您說。大小姐，您並無意成為奧伯・艾倫菲斯特吧？」

聽見這句話，我歪過了頭：「為什麼這麼問呢？」總覺得昨天好像也聽到過一樣的問題。

「因為大小姐是領主夫婦正式收養的養女，也有資格成為奧伯・艾倫菲斯特。與韋菲利特大人已經內定為下任領主的那時候不一樣，如今只要羅潔梅茵大人有意，也能夠爭取這個位置。」

而且因為我是卡斯泰德的女兒，也與上上任領主有血緣關係，所以血統上並無問題，黎希達這麼說道。

……但只是大家不知道，其實血統上問題可大著呢。

「原本從古至今，一般都認為領主該由能力最強的人來擔任。雖然比起女性，還是男性領主更加理想，但大小姐如今已有艾倫菲斯特的聖女這個頭銜。所以，似乎有近侍想讓羅潔梅茵大人成為下任領主。在周遭人們為您鋪好前進的道路之前，我想先了解大小姐自己的意願。」

……啊，是哈特姆特說了什麼吧。

聽說這次的事情才發生不久，哈特姆特便暗中展開了某些行動。我猜大概是在加速散布我的聖女傳說。

「我個人完全沒考慮過要成為奧伯・艾倫菲斯特喔。我想一邊輔佐未來的奧伯・艾倫菲斯特，一邊管理圖書室。」

「哎唷，真像是大小姐會說的話。」

黎希達咯咯笑道，鬆開了緊繃的肩膀。

「那麼我會遵從大小姐所說的，您無意成為下任奧伯的意願。」

黎希達露出了煩惱一掃而空般的表情走出房間。看這樣子，黎希達會幫忙阻止身邊其他人擅自為我鋪好道路吧。確認黎希達的腳步聲已經遠離後，我才拿出偷偷藏在其他地方的另一本書，鑽進被窩裡看起來。

「大小姐！」

本來想在黎希達回來時把書藏到被子底下，結果我不小心看書看到睡著了，又惹得黎希達大發雷霆。失策、失策。

但因為睡得很熟，我徹底恢復了活力。黎希達生氣地說：「與其讓您躲起來偷偷看書，不如去餐廳與其他人多多交流吧。」所以我在她的協助下換好衣服，離開了房間。

沉睡了兩年的我別說是他領學生，其實也極少與自領貴族有往來。與一年級生們因為要一起面對考試，又有一舉合格的目標，彼此之間才產生了連帶感，也因為我會指導大家唸書，所以多少有些交流。然而，我與高年級生們幾乎沒有交集。坦白說，我甚至和自己的近侍也沒有太多互動。

我移動著肌肉痠痛的身體坐進小熊貓巴士，和黎希達以及在房外負責護衛的安潔莉卡一同前往多功能交誼廳。聽說現在因為快到晚餐時間，外出的學生們都回來了，正各自做著自己的事情。

「安潔莉卡，妳今天一天做了什麼呢？」

「上午柯尼留斯、萊歐諾蕾與托勞戈特邀了我一起練習迪塔。優蒂特雖然也很想一起去，但因為有護衛任務，只能等下次了吧。」

聊著聊著，我發現托勞戈特已經在二樓待命。與他會合後，我們一起下樓。

「迪塔是什麼樣的競賽呢？」

在相當久以前，艾克哈特告訴過我這是一種見習騎士在貴族院經常舉辦的比賽。我好奇發問後，安潔莉卡簡潔有力地回答：

「就是狩獵魔物。」

「安潔莉卡，妳這樣說羅潔梅茵大人根本聽不懂吧。」

托勞戈特皺眉對安潔莉卡說完，再為我詳細說明。

「迪塔有好幾種不同的類型。有時是比誰狩獵到的魔物更強，有時是比數量，有時是比速度，獲勝條件每次都不一樣。」

聽說規模最盛大的是奪寶迪塔，比賽一開始必須先生擒己方騎士團要保護的魔物。奪寶迪塔會依據領地共有多少見習騎士來決定參賽人數，然後在各自的宿舍附近設立陣地。隨後，就是出發去狩獵魔物，當作絕不能被他領奪走的寶物。這部分的關鍵在於只能讓魔物變得虛弱，絕不能讓魔物變成魔石。之後，要在他領的攻擊下保護魔物，但也要小心別反被己方的魔物攻擊，同時更要設法去搶奪他領的魔物。另外據說，在搶奪他領魔物的時候，就算讓魔物變成魔石也沒關係。

「從前奪寶迪塔在領地對抗戰中是最受歡迎的活動，但如今因為整體人數減少，很難再舉辦奪寶迪塔，所以現在的迪塔，都是在比哪個領地能最快打倒老師做出來的訓練用魔獸。」

「那真是期待領地對抗戰的到來呢。」

「我們會努力表現，向羅潔梅茵大人展示自己優秀的一面。」

由於還沒有參加過，所以很難想像，但我不禁期待起今後的領地對抗戰。更何況聽說安潔莉卡與柯尼留斯都變強了，但我還沒見過兩人戰鬥時的英姿。

「今年有安潔莉卡與柯尼留斯在，我想領地對抗戰時應該也能有不錯的成績吧。」

托勞戈特這麼說道，聲音卻很低沉，表情也顯得不滿。

「托勞戈特，明明你說會有不錯的成績，但表情看來一點也不高興呢。」

「不瞞您說，我非常不甘心。希望明年參加對抗戰的時候，我也學會了羅潔梅茵大人的魔力壓縮法，不只魔力量變多，也變得更強了。」

抵達多功能交誼廳後，我發現女孩子們正圍著莉瑟蕾塔與布倫希爾德聚在一起，不知道在寫什麼東西。

「妳們在做什麼？」

我一開口說道，大家就「呀啊！」大聲尖叫，急忙把東西藏起來。我偏過了頭。

「是不能被我看到的東西嗎？」

「不是的，呃……我們只是因為撇下主人羅潔梅茵大人，自顧自討論得這麼開心，所以感到有些難為情。絕對不是在做問心有愧的事情。」

布倫希爾德露出傷腦筋的微笑，莉瑟蕾塔與其他女孩子也不住點頭。

「因為休華茲與懷斯實在太可愛了……所以我們忍不住開始討論，倘若羅潔梅茵大人要為他們準備服裝，可以採用哪些正在流行的款式。我們竟然趁著羅潔梅茵大人不在的時候自行討論起來，真是萬分抱歉。」

「我一點也不介意喔。那可以讓我看看妳們想出了什麼樣的設計嗎？」

我滿懷期待地伸出手去，莉瑟蕾塔輕輕地將紙張遞給我。紙上用黑色墨水畫著休華茲與懷斯，畫功非常出色。與目前顏色正好相反的黑白連身裙不一樣，設計圖上似乎是想讓他們一個穿男裝，一個穿女裝。

「我們很希望可以加上花飾，此外如果您不介意，也許可以讓他們一個穿男裝，一個穿女裝……」

我看起畫得非常細膩的設計圖。懷斯的服裝預計使用可愛的蕾絲，而休華茲的服裝則是想走帥氣凜然的路線。還寫到如果要加上花飾，究竟該擺在哪裡？花飾的大小又要多大？連相當細節的部分都考慮到了。

「羅潔梅茵大人今年出席首場宴會時所穿的服裝，裙子部分非常可愛，我們也在考慮裙子是否要採用一樣的設計。」

莉瑟蕾塔的雙眼熠熠發亮，說起我為了掩蓋真實長度而進行修改的氣球狀裙子。我很少聽到旁人對我的服裝有什麼感想，現在才知道原來多數人都覺得我當時的裙子別出新裁，非常可愛。還有人認為我不光是兩年前做給布麗姬娣的那套禮服，自己也開始穿起了能夠引領流行的新衣。我還真是頭一次聽說。

我感到驚訝地看著比平常還要多話的莉瑟蕾塔，安潔莉卡輕笑起來。

「莉瑟蕾塔從小就非常喜歡可愛的東西，就連家裡養的蘇彌魯，她也會自己縫衣服給牠們穿。」

「姊姊大人！」

被安潔莉卡揭露了自己私底下的模樣，莉瑟蕾塔鼓起臉頰。那副模樣很符合她現在的年紀，我不覺微笑。

「……我只要修完所有科目，就可以進入圖書館喔。如果莉瑟蕾塔也能在那之前修完學科，要不要和我一起去測量尺寸呢？」

「我可以同行嗎?!」

「因為大家一起集思廣益更開心嘛。還有其他人也想同行嗎？」

我說完，莉瑟蕾塔露出了開心的笑容，環顧在場眾人，上次沒有一起去圖書館的其他女孩子們都表示想在測量尺寸時同行。

「我也想親眼看看休華茲與懷斯。」

「而且實際測量過尺寸後，更能了解他們適合什麼樣子的服裝吧。好期待唷。」

「那麼，在我修完所有課程之前，請各位也修完學科吧。因為一旦投注心力在有趣的事情上，就會很難專心讀書。」

「羅潔梅茵大人說的是！我們會加油！」

看著興奮地開始鼓勵彼此，大家要一起修完學科的女孩子們，我微微一笑。

為了保護可愛的休華茲與懷斯，最好的方法就是帶著可以阻止赫思爾的他人一同前往。而且，最好還是對休華茲與懷斯抱有善意的人。

……因為我根本不知道要怎麼為大型蘇彌魯測量尺寸，再加上如果要阻止有可能失控的赫思爾老師，人手當然是越多越好。我一個人絕對應付不來。能找到這麼多適合的幫手，真是太好了！

奉獻舞

隔天吃早餐時，有幾名一年級生並未在餐廳現身，但到了午餐時間，總算是全員到齊。看來所有人都順利地讓「神的意志」與自己融合了。

「我本來還擔心會來不及在午餐前結束呢。」

韋菲利特一派神清氣爽地說道。此刻我正與韋菲利特還有近侍們，一同前往要練習奉獻舞的小會廳。領主候補生有奉獻舞練習，見習上級騎士們則有劍舞練習。除此之外的學生們，聽說要練習彈奏樂器。因為不可能所有人都演奏飛蘇平琴，所以也會練習笛子和太鼓這類的其他樂器。

「……安潔莉卡明明是見習中級騎士，卻是練習劍舞嗎？」

「是的。是洛飛老師推薦了我。因為我非常不擅長彈奏樂器，所以很高興。」

後來柯尼留斯私底下偷偷告訴我，原來是因為安潔莉卡的魔力已經與上級貴族不相上下，劍舞也跳得非常出色，而且有著美少女的外表，所以跳起劍舞來賞心悅目，再加上她完全不想學會彈奏樂器，遲遲沒有進步。基於以上種種理由，洛飛才推薦了她。

「可是，雖然妳說妳不擅長彈奏樂器，但飛蘇平琴也是術科之一吧？」

「因為飛蘇平琴是從小就不得不練，再加上為了得到許可，讓我可以培育魔劍斯汀略克，所以我在二年級時曾沒命似地練習過。雖然從那之後就幾乎不再有進步，但也因此順利活到了現在。」

聽說安潔莉卡在選擇專業課程的時候與家人起了爭執，為了得到認可，成為可以持有魔劍的見習騎士，她拚盡了全力練習。只要訂下了想要達到的目標，安潔莉卡就會非常努力。我十分能夠明白她的心情。

「……這樣呀。幸好是一位願意通融的老師呢。」

「是的。而且跳劍舞非常有趣，我也很高興能得到推薦。」

既然安潔莉卡本人也有幹勁，這樣就好了。但是，把這件事想得太簡單的我在聽完優蒂特說的話以後，驚訝得瞠大眼睛。

「羅潔梅茵大人，安潔莉卡真的非常厲害，她這樣可是特例喔。即便是上級貴族，也不是任何人都能獲選。尤其是綜觀艾倫菲斯特的歷屆畢業生，也沒有多少人被選上過。然而安潔莉卡明明是中級騎士，卻還能被選上表演劍舞，代表她的能力真的非常出眾。」

優蒂特的堇紫色雙眼亮著燦爛光芒，她還得意地挺起胸膛，告訴我不論奉獻舞還是劍舞，都是在第五學年快要結束時進行選拔。聽說夏綠蒂的護衛騎士鄂妮思塔就是在第五學年開始前才學會了羅潔梅茵式魔力壓縮法，所以沒有足夠的時間增加魔力，結果只差了那麼一點便沒被選上。偏偏到了隔年的最終學年時，魔力量就已足夠，所以鄂妮思塔對於這件事一直很懊惱。

「我因為是中級貴族，又不像安潔莉卡那麼強，大概沒有機會被選上吧。但是，萊歐諾蕾與托勞戈特都還有可能。」

只要能在今年的冬天尾聲學到羅潔梅茵式魔力壓縮法，並在選拔開始前持續增加魔力，身為上級貴族的兩人就有可能獲選，上臺表演劍舞。托勞戈特的群青色眼睛亮起銳利光芒。

「等學會了羅潔梅茵大人的魔力壓縮法，我也想像安潔莉卡一樣被選上。」

「如果我的護衛騎士中有人被選上，我也會很開心。請加油喔。」

「韋菲利特小少爺、羅潔梅茵大小姐，請兩位都要打起精神，好好練舞……因為今天是所有年級的領主候補生都在這裡。」

黎希達叮囑完，我與韋菲利特慢慢點頭。今天所有年級的領主候補生都要在小會廳練習奉獻舞。不光還是新生的我們，連最高年級生也要出席。自從交流會結束後，我再也沒見過中高年級的領主候補生，所以有點緊張。

「上半堂課一年級生們請先在旁邊觀摩，仔細觀察高年級生的舞步。後半堂課將請你們親自上場，確認你們已經會跳多少了。」

老師說完，要一年級的領主候補生們坐在擺放於角落的椅子上。我環顧了小會廳一圈，只見每個年級都分散開來練習。第一堂課的練習，似乎是要讓老師驗收大家從春天到秋天期間進步了多少。

從旁觀的角度看去，二年級生的舞蹈實力好像每個人都差不多，但隨著年級越高，個體間的能力差異就變得非常明顯。有幾個人翻轉手腕與擺動指尖時的動作非常流暢優美，特別吸引人的目光。至於已經結束選拔的最高年級生人數最少，有三名男性舞者與四名女性舞者，正各自穿上代表著神祇貴色的薄衣。他們頭上蓋著薄布，腰間繫有銀色腰帶。聽說當天因為慶祝成年，屆時會換成金色腰帶。

……款式與神殿的儀式服很相似呢。

但與儀式服不同的是，為了在旋轉時能顯得輕盈靈動，服裝是使用了透明到可以看見另外一邊的輕薄布料，下半身從腰部直到下襬也多處都有裁開的設計，不知道是為了讓舞者方便行動，還是為了讓下襬在旋轉時可以展開來。換好衣服的女學生張開手臂，轉了一圈，和服振袖般的長長袖子便大幅飛揚翻起，下襬跟著輕柔飄動。

最高年級生開始練舞。除了換上薄衣的七個人，還有並未換裝的幾名男女。我猜多半是候補吧。他們都露出非常羨慕的眼神，看著那七名舞者翻飛的長袖，以及隨著舞姿柔美飄動的衣襬。

「創世諸神，吾等在此敬獻祈禱與感謝。」

七名舞者一開口，就說出了我十分熟悉的祈禱文。接著先是祝賀嚴寒的冬天已去，春天即將到來，再感謝直至自己成年為止，諸神賜予自己的加護，最後是祈求從今往後仍能得到諸神庇佑，聲音在小會廳裡朗朗迴蕩。

之前在艾倫菲斯特因為沒剩多少時間，所以我只練習了奉獻舞的舞步而已，還是第一次聽到祝禱文的開頭，驚訝得張大雙眼。聽見聖典上的祝禱文不是由神官，而是由輕蔑神殿的貴族們口中說出，讓我有種非常不可思議的感覺。說不定神殿的地位只是在漫長的歷史中逐漸下降，其實原本可以與王族平起平坐。

「祈禱獻予諸神！」

接著他們舉起雙手與左腳，擺出祈禱的姿勢後，開始跳起奉獻舞。雖然艾倫菲斯特的奉獻舞老師說過，這個動作的難度在於如何優美地保持平衡，但因為我在神殿早已經習慣獻上祈禱了，所以反而是把所有心力都投注在記住舞蹈動作上。當時並沒有什麼時間仔細思考奉獻舞的意義，但此刻光是看著奉獻舞，就可以感覺出從前神殿的力量應該更加強大。

配合著徐緩柔和的動作，七色如振袖般的長長衣袖也隨之翩然飛揚。雖然只是練習用的薄衣，但換上衣服跳舞後，揮著長袖跳舞的模樣與日本舞十分相似。

……話說回來，亞納索塔瓊斯王子是負責向黑暗之神獻上祈禱呢。跳舞時能夠擔任的角色，想必也與領地的影響力有關吧。

我邊這樣心想著，邊觀看亞納索塔瓊斯跳舞。他的實力明顯輸給了向光之女神獻上祈禱的那名女學生。明明要向最高神祇獻上祈禱，兩名的實力水準卻不相當。

……在那名女學生旁邊跳舞，不管是誰都會相形失色吧。但是王子殿下相形失色好像不是一件好事。

向光之女神獻上祈禱的那名女學生，在這群舞者中又特別秀逸出眾。無論指尖的動作還是目光的流轉，都優美又曼妙得教人陶醉。我的目光完全無法移開，自始至終都緊盯著那名為光之女神獻上祈禱的女學生。

「哎呀，韋菲利特。」

「蒂緹琳朵大人……」

一到中間的休息時間，亞倫斯伯罕的領主候補生蒂緹琳朵便以雀躍的聲音喊道，面帶著笑容走來。她輕輕撥開滑落到肩膀上的流麗金髮，開心地瞇起與韋菲利特相似的一雙綠眼。

「我已經聽聞了你這陣子的出色表現唷。身為表姊，我也感到相當自豪呢。居然能讓所有一年級生在學科第一天就合格，這可不是一般人能做到的事。」

「多謝您的稱讚。但是，那是羅潔梅茵……」

「哎呀，在大家都知道事實的時候，還把自己的功績讓給他人也沒有意義唷。只會強調你有多麼謙虛而已。」

不，不是的──但韋菲利特話才說到一半，蒂緹琳朵就露出寵溺的笑容打斷，然後伸出纖細的白皙指尖，緩緩撫過韋菲利特的太陽穴。

「韋菲利特，你非常努力喔。你真是我的驕傲。」

蒂緹琳朵帶著柔和的笑容這麼說道，韋菲利特睜大了雙眼，定定看著她。

「怎麼了嗎？」

「不……沒事，什麼也沒有。」

韋菲利特垂下眼瞼，搖了搖頭，但臉上一點也沒有突然被人觸摸的不快，反倒露出了像是感到懷念的笑容。

「對了，韋菲利特，我們像這樣可以見面的機會太少了。難得你來到貴族院了，真希望表姊弟可以一起好好談天呢。我可以邀請你來參加茶會嗎？」

蒂緹琳朵迅速瞥了我一眼，強調地說了表姊弟，由此可知她的意思是血緣上並非是她表妹的我，並不在受邀之列。不過，這種時候我不能在聽懂她的暗示後，就這麼撒手不

管。不管她會說我遲鈍，還是覺得我應該要識相一點，我都必須看緊韋菲利特。

……我們可不希望他又像上次那樣，引發會面臨廢嫡危機的騷動。

「哇啊，韋菲利特哥哥大人，要舉辦茶會呢！真是教人期待。」

「哎呀，我看妳似乎沒有察覺，但妳並不是我的表妹唷。」

我本來想假裝沒有發現，一起參加茶會，卻被蒂緹琳朵明白地拒絕了。看來她也一樣，並不打算在聽懂暗示後就此作罷。

「但是公開場合上，我也算是奧伯．艾倫菲斯特的女兒唷。」

「但那是公開場合上吧？這次我預計舉辦私人的茶會，能請妳迴避嗎？」

我與蒂緹琳朵笑盈盈地互相瞪視，揣測著對方下一步會怎麼出招，這時突然變大的韋菲利特踏步走到我們兩人之間來。原來是因為相像，所以看來才像是變大的韋菲利特，但其實是法雷培爾塔克的盧第格。

「蒂緹琳朵大人，那既然我是妳的表兄，妳是否也能邀請我呢？」

「……是呀，說得也是呢。盧第格確實是我的表兄，那當然歡迎呀。」

不曉得蒂緹琳朵在沉默的那幾秒鐘裡究竟想了些什麼，但她最終微微一笑。

「那麼就是這樣，實在不好意思，還請羅潔梅茵大人迴避吧。」

蒂緹琳朵露出了得意非凡的笑容說道，三個人開始討論茶會細節。畢竟我確實不是血親，也已經故作遲鈍，厚著臉皮想同行過了，但都已經被對方這麼明白拒絕，我也無法再強行加入。接下來只能靠韋菲利特自己努力了。

我與開始討論茶會事宜的三個人拉開距離，左右看了一圈小會廳。現在是休息時間，所有人都是各自與朋友談笑聊天，但只有那名穿著光之女神薄衣的女學生還在練舞。練舞時，她臉上露出了非常開心，而且樂在其中無法自拔的表情，我不由自主受到吸引，恍惚地走過去，在不會妨礙到她的距離外坐下來。

沉醉地注視著那名女學生的舞姿時，背後突然傳來話聲。

「喂，艾倫菲斯特的小不點。」

四周隨即響起了嘈雜的交頭接耳聲。雖然這種稱呼無禮至極，但這道聲音的主人確實可以這麼無禮。一旦王族呼喚自己，就絕對不能無視，這點真教人火大。我深感可惜地從女學生身上別開目光，臉上堆起和宮廷禮儀課那時一樣的客套笑容，轉過身去。

「……亞納索塔瓊斯王子，承蒙您的呼喚，實屬榮幸。」

「聽說妳做了不少有趣的事情吧？說來聽聽。上前來。」

我聽從地走向亞納索塔瓊斯，同時歪過頭。雖然他說聽聞了不少關於我的事蹟，但他究竟是聽誰說的？是聽到了什麼？對此又有什麼想法？這些我完全沒有頭緒。而且，我也從來不記得自己做過什麼有趣的事情。

「亞納索塔瓊斯王子，請問您聽聞了什麼事情呢？我不記得自己曾做過會讓人覺得有趣的事情呀……」

我個人絲毫沒有印象呢──我跪在亞納索塔瓊斯面前回答。有幾名女學生隨侍在側的亞納索塔瓊斯輕輕挑眉。

「妳不是變出了仿造魔獸的奇怪騎獸，攻擊了傅萊芮默嗎？」

怎麼會有這種傳聞？聽他這樣說，我簡直是個危險人物。我急忙否認這件事。否認的時候態度一定要堅決，絕不能閃爍其詞，否則會被人以為我其實在默認。

「我向神發誓，我絕對沒有做出攻擊老師這種危險的事情……只不過，我的騎獸確實是與其他人不太一樣。」

我說完，亞納索塔瓊斯狐疑地微微瞇起雙眼，低頭看著我，視線來回移動，似乎是在沉思。

「嗯。雙方的說詞不同，根本無法查明真相……好吧，既然如此，就讓我看看妳的騎獸吧。由我來判定妳的騎獸是否具有危險。」

……不勞你費心。我才不想讓不是老師的你來幫我判定。

我把心聲塞到客套的笑容底下，說著「感激不盡」，在胸前交叉雙手。

「好，那去外面吧。」

亞納索塔瓊斯站起來，想要現在馬上就看，我大吃了一驚。上課途中直接跑出去，這種行為太引人注目了，我一點也不想做。更何況萬一無法在練舞開始前趕回來，老師責罵的也不會是貴為王族的亞納索塔瓊斯，而是只是聽從他指示的我。

「……亞納索塔瓊斯王子，能否等到奉獻舞的練習結束以後呢？畢竟我的騎獸其實無足掛齒，奉獻舞的練習更加重要。」

這堂課我想盡快合格。為此，我絕不能翹掉第一天的練習。大概是休息時間也快結束了，看見負責指導奉獻舞的老師們都走了回來，亞納索塔瓊斯輕輕聳肩。

「好吧，那就之後再說……妳雖然容貌年幼，卻相當工於心計嘛。就算以奇怪的騎獸為餌，我也不會輕易上鉤。」

「上鉤……嗎？」

呃……如果我的記憶沒錯，明明是他命令我變出騎獸給他看的吧？為什麼會說得好像是我在勾引王子？

雖然完全無法理解對方的思考方式，但我決定斬釘截鐵否認。要是回答得模稜兩可，我很可能才剛入學就招來閒言閒語，說我不自量力勾引王族。

「請您放心吧。我絕對不會勾引，或是引誘亞納索塔瓊斯王子。既然已經答應您了，我自然會向您展示我的騎獸，但我發誓，以後絕對不會再主動接近您。」

「……是嘛。」

亞納索塔瓊斯露出了困惑的表情，但為免招來無謂的誤解，一開始就否認到底才是上策。而且老實說，圍繞在他身邊的姊姊們的視線好可怕。想必是為了畢業典禮上誰能由亞納索塔瓊斯護送，女人之間正展開激烈的戰爭。競爭激烈到了就連外表明顯不在考慮範圍內的我，也能感受到她們的敵意。好恐怖、好恐怖。

亞納索塔瓊斯允許我告退的時候，老師們也重新開始上課。韋菲利特一臉擔心地等著我回來，我向他報告說：「練習結束以後，我要向亞納索塔瓊斯王子展示自己的騎獸。」

「羅潔梅茵，妳一定要小心，絕不能做錯事喔。」

韋菲利特的臉色比我還糟，看起來也很緊張。我點了點頭後，後半堂課的練習開始了。

「那麼接下來，要看看各位的奉獻舞都練習到了什麼程度。」

老師說只要達到合格的水準，一年級生就算是修完了這門課。因為老師們會優先指導最高年級生，所以要我們各自在領地內勤加練習。然後明年再向老師展示，我們在升上二年級前進步了多少。

……我一定要在今天就合格。

所有人排好隊伍，照著自己至今在領地裡練習過的動作跳起奉獻舞。我一邊回想剛才那名向光之女神獻上祈禱的女學生的舞姿，一邊全神貫注地跳舞，想要盡可能跳得像她一樣。

……圖書館、圖書館，圖書館正等著我！

我非常投入地跳完了奉獻舞後，似乎也順利達到了合格水準，老師還笑著稱讚我說：「跳得非常好喔。」這樣一來，我也沒有必要再來參加奉獻舞的練習了。而且今年的一年級生也都達到了合格水準，所以全員合格。

「往後大家可以自行前來觀摩。觀看高年級生跳舞，也是一種學習喔。」

老師這麼說道。但是，比起奉獻舞的練習，對我來說圖書館更重要。我完全沒打算把時間花在觀摩上。

……現在就差一點，只剩下騎獸和思達普了。萬歲！

騎獸課我已經和赫思爾暗中完成了交易，而且我也已經自己偷偷摸索過思達普，所以操控起來應該不難。

……就快要可以去圖書館了。

在奉獻舞課上合格後，興奮不已的我走出小會廳，準備要返回宿舍。下一秒，臉色大變的韋菲利特伸手揪住我的後領，小聲對我怒吼：

「羅潔梅茵，妳是不是忘記和亞納索塔瓊斯王子的約定了？」

「……我忘得一乾二淨了。」

「我就知道，妳實在是……」

韋菲利特抱頭長嘆後，要我待在小會廳外面與黎希達一起等候，然後自己返回宿舍。聽說沒有受到邀請的韋菲利特不能在場。

……真是好險、好險。

我在心裡捏了把冷汗，與黎希達一起站在小會廳的門口旁邊，等著亞納索塔瓊斯出來。不久之後，亞納索塔瓊斯帶著好幾名女學生一同走出，看見我後哼了一聲，對我投來瞧不起人的輕笑。

「怎麼？妳居然呆站在這種地方等我嗎？抱歉，我突然有急事，沒空陪妳了。」

「不好意思呀，亞納索塔瓊斯大人要陪我們呢。」

吃吃笑著的女學生們散發出了明顯的敵意。我才不想讓自己惹上麻煩，加入這群想得到亞納索塔瓊斯青睞的姊姊們。我決定馬上告退。

「我當然也知道王族總是事務繁忙，還請您不用放在心上。好了，黎希達，我們快點回宿舍吧。」

我對表情比平常要僵硬一些的黎希達說。我想大概是因為我受到這麼輕忽的對待，黎希達生氣了吧。

「我想繼續看今天早上的書。」

我笑著這麼說了以後，黎希達也拿我沒輒似的鬆開肩膀，邁出腳步。

由於我太害怕女學生們恐怖的視線，所以沒有再回頭，完全不知道此刻亞納索塔瓊斯的臉上是什麼表情。

騎獸製作課合格

這天一整天都不用上課，我試著表示自己想去圖書館後，果不其然遭到黎希達的反對，只好把精力放在接下來要印製的原稿上。我把用小孩子的說話方式寫成的故事，修改為書面語。這樣一來，春天過後也可以繼續印書了。

接著隔天下午是音樂課。由老師指定一首曲子，只要會彈就算合格。由於老師指定的曲目是斐迪南也曾要求我練習的曲子，所以我看著樂譜練習了幾次以後，便走到老師面前演奏，很快就合格了。

「羅潔梅茵大人，妳不只自己創作的曲子，其他樂曲也練習了不少呢。」

「我只是照著樂師與指導老師的吩咐練習而已。」

「那名樂師妳也會帶來一同出席茶會吧？真是教人期待呢。」

「能夠受邀參加老師們舉辦的茶會，我與樂師都受寵若驚到睡不著覺喔。」

「哎呀，妳也說得太誇張了。」

與老師交談了幾句話以後，今年的音樂課也算是結束了。事實上羅吉娜不只要為新曲填詞和改編，又很勤奮練習，好像因此稍微壓縮到了她的睡眠時間。而且我並不是誇大其辭，羅吉娜應該是真的非常期待茶會，臉上不時會露出期待得無法自抑的興奮表情。

「羅潔梅茵，妳也太快就結束了吧。」

們的學習，真希望他們可以多為學生設想一下。

「這樣一來，以前編寫的參考書不就派不上用場了嗎？」

對於像我這樣想要一舉合格的學生來說，學習時以前的參考書卻完全無法派上用場，只會覺得非常困擾。通往圖書館的路程只會變得更遙遠吧……我忍不住不滿地咕噥，菲里妮輕笑起來。

「那如果換個角度來想，圖書館也因此多了寫有新內容的參考書，能否緩和羅潔梅茵大人的怒氣呢？」

「菲里妮，妳真是太聰明了。我現在突然有點感謝政變了。」

「任何事都要換個角度來想嘛。」

韋菲利特「嗯、嗯」地點頭。

「……現在參考書也快做好了，菲里妮接下來打算做什麼呢？」

「不久之後，想要成為見習文官的下級貴族們會聚在一起，舉辦茶會。」

做完了參考書的菲里妮，表示她今後想與他領的下級貴族多做交流。她向我報告說了，為了得到有用的情報，會開始參加社交活動。

「因為如果要參加有高年級生的茶會，還是會很緊張，所以大家決定先一起練習……對了，那個，關於茶會上的話題，有沒有什麼是我該注意的呢？」

「這件事也是我要好好思考的事情呢。」

「我之後也要與表姊還有表哥舉辦茶會。所以我在想，應該要找個時間也把高年級生們都叫來，大家一起討論可以提供情報到什麼程度。」

我「嗯……」地煩惱起來。這時因為今天上午的課已經合格了，下來多功能交誼廳打發時間的哈特姆特便在旁邊提供建議。

「菲里妮，我想一定會有人問妳艾倫菲斯特的成績為何大幅提升。」

因為就連不同年級的我，也被追問了不少問題，哈特姆特說。由於我們成立了成績向上委員會，整體而言今年很早就通過學科考試的人相當多，一年級生更是全員都一舉合格，所以聽說艾倫菲斯特現在備受矚目。

「韋菲利特大人是因為成績優秀而引人注目；至於羅潔梅茵大人，則是各個方面都受到了他人矚目。」

「我都是因為不好的事情才引起注目吧？像是魔力操控課上弄丟了好幾顆魔石，還是最後一個留下來的人；後來還傳出謠言，說我變出仿造魔獸的騎獸攻擊了老師；最近又在最奧之間裡暈倒……」

我根本不想因為這些事情受到注目，不由得感到沮喪。然後我再問了哈特姆特，他是如何回答別人的問題，他露出非常燦爛的笑容說了：

「我一律回答，我們的成績之所以能有所提升，全是歸功於艾倫菲斯特的聖女。明年還會讓你們更加吃驚。」

「哈特姆特?!」

「我說的可是事實。艾倫菲斯特的成績向上委員會就是在羅潔梅茵大人的推動下才成立，一年級生能夠這麼快就合格，也是多虧了您對圖書館的熱情。學會了羅潔梅茵式魔力壓縮法的人，魔力在增加以後，明年也將能有更出色的表現，所以我並不是信口開河。」

此外，羅潔梅茵大人自己似乎不知道，您引人注目的，其實並不只是那些有損名聲的事情。您不只創作了許多新曲，學科也幾乎都以滿分合格，更一舉通過了宮廷禮儀課，這些優秀的表現也同樣讓您深受矚目。」

哈特姆特神情歡快地說完，再轉向菲里妮。

「菲里妮，妳不需要向他領詳細說明，只要說得模稜兩可就好了，但是絕對不能說謊。因為要先得到信任，進而才能欺騙敵人。」

哈特姆特面帶笑容，說得毅然堅決。菲里妮便說：「那麼我也會這樣回答。」甚至還用尊敬的眼神看著哈特姆特。

「怎麼這樣！那些莫名誇大的艾倫菲斯特的聖女傳說，全是哈特姆特造成的吧！」

「……羅潔梅茵大人，您誤會了。絕不只是我一個人的關係，所有艾倫菲斯特的學生都正團結一心在散播。」

「那樣更糟糕！韋菲利特哥哥大人才是有可能成為下任領主的人，至少要說這些都是他的提議啊。我只想當個普通的學生，從早到晚待在圖書館裡頭。」

我表達了自己的意見後，結果不只哈特姆特，連在多功能交誼廳裡的其他學生都說：「事到如今好像已經來不及了。」

「再說了，若讓韋菲利特大人太過習慣攬下羅潔梅茵大人的功勞，也無益於他的成長。」

「是啊，我會努力做好自己做得到的事情。」

被兩人這麼說服的我，絲毫沒有發現艾倫菲斯特的聖女傳說正在加速傳開。

這天下午就是騎獸製作課。由於我在上一堂課害得亞倫斯伯罕舍的舍監傅萊芮默嚇暈過去，所以聽說她現在對我避而遠之，甚至還因此傳出了我用仿造魔獸的騎獸攻擊她的謠言。

……要避著我是無所謂，但如果不能通過這門課，那就教人傷腦筋了。

由於已經和赫思爾暗中達成交易，我想應該有辦法過關，但那位老師真的不會忘記這件事，出現在課堂上嗎？我多少有些擔心。感覺她一旦埋頭研究起來，很可能轉眼間就忘了與我的約定。畢竟那位老師與斐迪南比起來，簡直像是瘋狂科學家的進化版，實在無法對她放心。

不過，最終我的擔心只是杞人憂天，赫思爾不只在騎獸製作課上現身，還帶了好幾名我從未見過的老師。

「哎呀，各位老師，你們今天怎麼都過來了呢？」

「因為上次傅萊芮默暈倒，導致我調合到一半只能中斷吧？我不希望今天又被臨時叫過來，所以決定從一開始就在旁邊觀摩。」

赫思爾「呵呵呵」地笑著，紫色眼睛亮起犀利光芒。

「調合失敗後害我浪費了許多材料，但我當然不是對此懷恨在心喔。只要妳願意賠償的話。」

「哎、哎呀，如果妳要求償，也應該是向用騎獸攻擊了我的危險學生才對吧。」

「傅萊芮默，雖然妳聲稱受到攻擊，但這件事還有待商榷吧？依據我上回的觀察，羅潔梅茵大人的騎獸並不會做出攻擊人的舉動。會不會只是妳太大驚小怪啦？」

「妳、妳說什麼?!」

傅萊芮默怫然變色，幾乎同一時間，一位看來沉穩和藹，但眼光十分銳利的年邁老師走到兩人之間。

「雖然還不能說妳是大驚小怪，但既然已經出現了有學生變出仿造魔獸的騎獸，甚至攻擊老師的傳聞，為了避免發生危險，最好也讓其他老師在場吧。順便也能證明妳說的話是否為真。」

年邁的男老師說了，這是為了確保安全與確認謠言的真偽。似乎是自己到處聲稱「她的騎獸很危險」的傅萊芮默，也只能夠接受。

「那就讓你們自己親眼看看，她的騎獸有多麼危險吧。」

傅萊芮默的語氣幾乎是死鴨子嘴硬，然後趾高氣揚地大步站到學生們中心，要大家拿出變成騎獸用的魔石。為了自己的安全，我也移動到赫思爾附近，拿出魔石。緊接著幾名老師開始移動，圍著我站成一圈。

根本不需要這麼警戒啊……眼看沒有人相信我，我嘆了口氣。赫思爾笑道：

「羅潔梅茵大人，大家都是對妳有著嶄新外形的騎獸感到好奇喔。因為我找來的老師們，全是喜歡研究與新事物的人。」

也就是說，老師們並不是在警戒，反而是抱持著要觀察研究對象的心情，正以充滿好奇與探究的眼神看著我吧。為了讓大家知道我的小熊貓巴士並無危險，今天也只能乖乖地當一次展覽品了。

……只要可以合格，就算得當展覽品我也能忍受啦。

赫思爾說，之前我在最奧之間裡睡著時，在場的幾名老師都見過小熊貓巴士，事後紛紛表示：「騎獸的造型真的很罕見又奇特」、「動作緩慢又遲鈍，完全不會聯想到窟倫呢」所以讓不少老師產生了好奇心。

「為了製作乘坐型的騎獸，我也想再仔細觀察一次。」

我已經準備好了魔石，要用來製作乘坐型的新騎獸了──赫思爾手上拿著魔石，笑得十分開心。

「現在已能變出騎獸外形的人，請開始動作吧。」

傅萊芮默開始下達指示。與此同時，周遭的老師們也催促我：「快點變出來吧。」我於是變出了一人座的小熊貓巴士。

「噢噢，就是這個嗎……雖然長得有些笨手笨腳，但的確是窟倫呢。」

「裡頭還有椅子，但這到底要怎麼坐進去？」

我往後退開一步，看著小熊貓巴士被老師們摸來摸去。

「羅潔梅茵大人，妳說過妳的騎獸還能改變大小吧？」

聽到赫思爾這麼說，我把小熊貓巴士變成了車身較高的家庭房車尺寸。接著再讓車門敞開後，赫思爾隨即樂不可支地走了進去，到處亂摸。上次也是這樣，所以她的動作一點遲疑也沒有。

「噢噢……原來是這樣子乘坐的啊。」

看來這幾位老師確實是喜歡新事物沒錯，只見他們也相繼走進小熊貓巴士裡頭，不停地來回打量。

「羅潔梅茵大人，這個是什麼？要怎麼樣才能動起來？」

「噢，這椅子坐起來還真舒適。」

幾位老師明明是來確認魔獸外形的騎獸有無危險，結果此刻卻都走進小熊貓巴士裡頭，邊觀察邊討論得不亦樂乎。周遭的學生們看著這幕景象，全都啞然失聲。

「妳們看，赫思爾老師還穿著裙子就走進去了呢。」

「這麼說來，我好像聽說過這個騎獸不需要換裝，就可以乘坐……」

「如果換成蘇彌魯的外形，說不定會非常可愛呢。」

大概是產生了些許興趣，女學生們邊說邊慢慢地縮短距離。雖然大家都說小熊貓巴士很像窟倫，但一年級生因為還沒見過窟倫，所以似乎都不感到害怕，在好奇心的驅使下越靠越近。

「太危險了！不要靠近那種不倫不類的騎獸！」

傅萊芮默扯開了嗓門極力勸阻，但其他老師都走進了小熊貓巴士，還在裡頭東張西望，任誰都能看出我的騎獸完全沒有危險。

「那麼我也參考羅潔梅茵大人的騎獸，製作一頭新騎獸吧。我一直都很想要可以安全運送材料與道具的騎獸呢。」

「赫思爾老師，新騎獸這麼容易就能做出來嗎？可是我的護衛騎士說過，要同時操控兩頭騎獸是不可能的事情……」

「對騎士來說，要即時作出判斷，變出自己需要的騎獸可能不容易吧，但只要有時間能慢慢思考，還是可以成功切換喔。更何況，就算以前的騎獸不能用了我也完全不在意，所以這點不必擔心。」

赫思爾注視著小熊貓巴士，手上拿著魔石開始製作新騎獸。大概是因為已經很習慣操控魔力了，她幾乎是不費吹灰之力就做出了新騎獸。

「哇啊啊啊啊！」

赫思爾變出了騎獸後，周遭的學生們爆出一陣歡呼。因為在小熊貓巴士旁邊的，是有著蘇彌魯頭部的一人用騎獸。

和小熊貓巴士不同的是，赫思爾是用韁繩代替方向盤。而且她似乎沒有考慮要載人，裡頭只有一張椅子，但有載運行李用的空間。完全就是專為自己設計的騎獸。

赫思爾稍微揚了揚手，她的騎獸就和小熊貓巴士一樣把入口張開。她穿著裙子走進去，坐在構造也和小熊貓巴士一樣的椅子上，握住了前方代替方向盤的韁繩。

赫思爾接著注入魔力，和其他騎獸一樣操控著韁繩，讓蘇彌魯造型的騎獸動起來後，成功地在小會廳裡奔跑。就連沒有翅膀也能在空中飛翔這一點，她似乎也能明確地想像出來。

……嗚哇，赫思爾老師搞不好比神官長更懂得變通呢。

「就算是用韁繩，也一樣可以順利操作呢。操作方式也和以前一樣。而且可以悠哉地坐在椅子上，以後就能優雅地騎乘騎獸了。」

赫思爾從蘇彌魯造型的騎獸走下來，似乎很滿意坐起來的感覺，笑著點了點頭。

「赫思爾老師，請教我怎麼製作這樣的騎獸。」

「我也想知道。」

熟悉的韁繩與蘇彌魯的外型顯然更容易被大家接受，女學生們一窩蜂地想要模仿赫思爾。才一眨眼的工夫，做出了蘇彌魯造型騎獸的赫思爾就在女學生間大受歡迎。與此同時，再也沒有半個學生還聚集在我的小熊貓巴士旁邊。

「……小熊貓巴士明明也很可愛。」

「可愛雖是不至於，但確實很有意思哪。」

年邁的男老師開口這麼安慰我後，邊說著「今天的收穫還真是教人高興」，邊離開了小會廳。

「接下來，只要能坐在自己製作的騎獸上，在貴族院上空飛行一圈，騎獸製作課就算合格了。」

赫思爾帶領著大家走到外頭，這麼說道。現在因為小會廳裡的騎獸變多了，空間變得狹窄，赫思爾便要已經習慣騎乘騎獸的學生把騎獸變回魔石，然後到外面去。

一接觸到戶外的冬季寒風，身體好像瞬間瑟縮起來。我急忙變出小熊貓巴士坐進去，握住方向盤。小熊貓巴士裡面因為吹不到風，所以還算溫暖。

……不過，和艾倫菲斯特比起來，貴族院這邊比較不冷呢。

雖然冬天都很冷，但艾倫菲斯特的氣溫更低，積雪也更深厚。透過氣候的差異，可以實際地感受到自己現在所在的地方，真的不是艾倫菲斯特。

「走吧。」

赫思爾率先出發。跟在她的蘇彌魯造型騎獸後頭，我的小熊貓巴士也飛上天空。傅萊芮默負責留在屋內，指導進度較慢的學生。

好幾頭騎獸連成了一條線，在貴族院上空飛行。這還是我頭一次看見貴族院的全貌。因為目前為止，我都是利用轉移陣前往宿舍，然後只要打開玄關大門，就能從宿舍通往大禮堂前的走廊，所以還沒看過貴族院與宿舍的外觀。

貴族院坐落在一處高山上。四周是林木蒼鬱的坡面，占地遼闊到了讓人瞠目結舌的地步。正下方最大的建築物就是有大禮堂和其他教室的本館，然後無數的白色建築物環繞著高地四處散布。

外形像是日本冷杉，冬季也不會落葉的針葉樹林披上了白雪做成的衣裳，使得景色放眼望去全是白茫茫一片。而各自矗立在森林中的白色建築物們，我猜應該就是每個領地的宿舍。在貴族院上方飛行時，雖然可以看見許多建築物，但老實說我根本分辨不出來哪棟是艾倫菲斯特的宿舍。只不過確實正如黎希達說的，每棟宿舍的建築樣式都不一樣，這點非常有趣。

很像城堡的建築物……是那棟嗎？還是這棟？

貴族院四周不只環繞著山坡與蔥鬱森林，底下更有雲海，所以無法看見山底下的模樣。不知道天氣晴朗的時候，是不是就看得見了呢？根據飛行一圈往下俯瞰的結果，這座山上似乎只有貴族院與各領地的宿舍。至少不像艾倫菲斯特的貴族區那樣，平民區與農田就在旁邊。彷彿貴族院本身就是一座偌大的神殿。

說不定聖典當中諸神降臨，賜予了國王力量，讓他能夠治理人民的起始之地就是這裡。我一邊在貴族院上空繞圈飛行，一邊這樣心想。白雪覆蓋下的貴族院顯得非常神秘，讓人覺得就算有神降臨於此也不足為奇。

「騎獸製作課合格了。」

騎獸製作課我也順利合格了。而且多虧了赫思爾，乘坐型的騎獸在女學生之間開始廣為流行。

思達普的基礎

距離學習思達普基礎的術科課程，還有好幾天的時間。我每天不是撰寫繪本的原稿，就是預習二年級的課程內容。只要學會了如何使用思達普，就可以光明正大地去圖書館了。我心心念念地期盼著，希望要上思達普基礎課的那一天快點到來。

「就只有這種時候，羅潔梅茵大人的優秀格外教人氣惱呢。」

想要盡快與音樂課的老師們舉辦茶會的布倫希爾德，以及想與我一同前往圖書館、為休華茲與懷斯測量尺寸的女孩子們，此刻都正卯足了全力在讀書，好通過所有學科的考試。

「羅潔梅茵大人，其實您可以不必這麼急著合格喔。」

「再這樣下去，我可能沒辦法一起為休華茲與懷斯測量尺寸了。」

女孩子們認真讀書的模樣，就和之前一年級生為了一舉合格一樣，散發出了破釜沉舟的氣勢。似乎是受她們影響，還有學科尚未通過的男孩子們也埋頭看起了書。看著多功能交誼廳裡的這幕光景，我笑著搖了搖頭。我不想再延後能去圖書館的時間了。

「我想快點合格，趕快去圖書館。我甚至還希望思達普課能提前開始呢。」

我絕對要一次就過關！我氣勢十足地宣告後，哈特姆特輕笑出聲。

「羅潔梅茵大人，思達普的基礎並非那麼簡單易學的事情。尤其是下級貴族，都必須花上很長一段時間才能學會。即便是領主候補生，我也幾乎沒聽說過有人能在第一天就合格。您的目標有些太不切實際了。」

但是，聽到哈特姆特說我不切實際，我反而說什麼也想要合格。

「為了合格，我會極盡所能努力。只要是為了能去圖書館，再多的努力我都願意付出喔。」

「是呀，哈特姆特。如今圖書館就在眼前了，羅潔梅茵大人怎麼可能停下來呢。我們這些近侍在安排行程的時候，都應該以羅潔梅茵大人會以最快速度合格為前提。」

如果羅潔梅茵大人就這樣急不可待地進入圖書館，說不定安排起茶會也會有困難呢……布倫希爾德喃喃說著，低頭看向手邊的參考書。布倫希爾德說她只要通過現在在看的這門科目，所有學科就都修完了。

「嗯。也就是說，只要是為了圖書館，羅潔梅茵大人會毫不保留，全力以赴吧？」

「沒錯。」

「那麼，我會由衷期待著羅潔梅茵大人再度創下傳說。」

哈特姆特這麼鼓勵我說道。

創下新的傳說與圖書館嗎？……怎麼辦呢？

坦白說，我也不希望聖女傳說再繼續被加油添醋。我需要可以埋沒在人群裡的寧靜生活。但是，如果我想要平靜度日，就需要圖書館。到底該如何取捨呢？這真是非常困難的問題。

……雖然困難，但是我也只能選擇圖書館了吧？

對我說來，其他的選項根本不存在。

「羅潔梅茵大人，如果您不想再引來注目，這一次可以試著慢點再合格唷？」

在我要上思達普基礎課的時候，近侍們這麼說著目送我離開。我與韋菲利特還有上級貴族們，一同走進往常那間小會廳。

隨後，赫思爾與洛飛走了進來。看來今天是這兩位老師負責講課。洛飛揮舞著拳頭，開始說明思達普。

「思達普是只有貴族能使用的道具。沒有思達普的人，不能稱為貴族。」

若想成為眾人認可的貴族，就必須擁有足以取得「神的意志」的魔力量。聽說洗禮儀式上確認魔力量的環節，就是在進行篩選。

相傳神賜予初代國王的物品之一，就是思達普。在那之前，國王雖有過多的魔力卻無法盡情施展，直到有了神賜予的思達普，才能夠隨心所欲地操控自身的魔力……這是聖典建國神話上的內容。雖然不知道聖典上的內容是否完全屬實，但如今我可以毫不懷疑地認為，多半也是發生了能夠寫成這種神話的類似史實吧。

「首先，要從做出思達普的外形開始。請各位做出自己最能得心應手的思達普吧。為了確認大家能否穩定地變出思達普，請重複三次變出與消除的動作。只要可以穩定地變出思達普了，就過來讓我檢查吧。」

「好，我要變出很厲害的思達普！」

所有人八成都是一樣的想法吧。只見大家變出思達普後，開始研究要變成怎樣的形狀與大小。多少比較習慣操控魔力的領主候補生們都顯得躍躍欲試，想要做出適合自己的最完美思達普。至於還不習慣操控魔力的上級貴族，光是操控自己的魔力變出思達普，就已經開始遭遇困難。

「我要做出很帥氣的思達普。羅潔梅茵，妳要變成什麼樣的形狀？」

韋菲利特開心得深綠色眼睛閃閃發亮，轉過頭看向我問道。我在取得了「神的意志」的隔天，就躺在床上滾來滾去，好玩地把各種形狀都變了一遍，所以現在完全不拘泥於思達普的外形。因為我已經得出了「簡單才是王道」的結論。

「……我的思達普很普通，就和大人手上拿的一樣。」

「什麼嘛，真無聊。妳可以做得華麗一點啊。反正妳的騎獸都那麼奇怪了，思達普就算再奇怪，也不會有人驚訝吧。」

我的小熊貓巴士是追求便利性的產物，所以外形才和別人的騎獸都不太一樣。我並不是刻意要標新立異。

「騎獸先撇開不說，但對思達普不需要講究外觀喔。」

你可以研究到自己滿意為止——我在心裡頭嘀咕說道，並為韋菲利特加油，然後走向赫思爾。

「哎呀，羅潔梅茵大人，怎麼了嗎？」

「我要變出思達普，請老師檢查。」

「……看來妳偷偷練習過了吧。」

赫思爾用看著問題兒童的眼神注視我，然後我在她的催促下變出思達普。我操控著魔力，連續三次都變出了外觀一模一樣的思達普後，赫思爾微微瞠大眼睛，不敢相信似的長吁口氣。

「穩定性非常完美呢。看這樣子，要進展到下一個階段也不是問題。接下來的課題，是要使用思達普為魔導具注入魔力。洛飛，魔石準備好了嗎？」

「嗯，赫思爾，那當然啊。」

洛飛輕拍了拍自己腰間上的皮袋，轉身走向一段距離外，學生比較少的地方。赫思爾邊看著他，邊告訴我接下來的課題是什麼。

「羅潔梅茵大人，洛飛會在那裡教妳如何變出奧多南茲。請試著讓奧多南茲飛來我這裡吧。」

我點一點頭後，赫思爾臉上依然掛著笑容，但壓低音量說了：

「我們之所以選擇奧多南茲作為教材，是因為只需要少量的魔力便能成功變出。所以妳要盡量抑制，小心別注入太多魔力。」

「是。」

我曾在魔法相關的課程上學到，用來變出奧多南茲的魔石，其實並不是普通的魔石。而是經過調合才做出來的，僅有特定用途的魔石。雖然因為外觀的關係，大家都稱呼為魔石，但嚴格來說算是一種魔導具。

此外，同樣只有特定用途，生活中也經常用到的，就是綠色魔石。聽說這是侍從經常在使用的道具，用來連結水缸與水瓶。只要用思達普輕敲鑲於水瓶底部的魔石，就會有水源源不絕地冒出來，專門用在要為浴缸注水的時候。

走向洛飛後，他便朝我遞來熟悉的黃色魔石。我望著掌心上的魔石，洛飛開始指導我要怎麼做。

「每個人都必須學會如何變出奧多南茲，否則無法傳話給他人。與妳修習哪一門專業無關，所有人在工作上都會用到這個咒文。要是不會使用奧多南茲，見習工作甚至會無法順利完成。妳準備好了嗎？」

「好了。」

「回答太小聲了！」

「好了！」

我用自己最大的音量回答後，洛飛露出了滿意的笑容：「很好，就是這股氣勢。」但我反而感到有些不安，不確定自己能回應他的熱血到什麼時候。就算魔力方面沒問題，體力上卻是大有問題。

「首先，要像這樣用思達普一邊輕敲，一邊往魔石注入魔力，變出奧多南茲。」

我看著洛飛的示範動作，把他交給我的魔石放在左手掌心上，握住右手變出來的思達普。然後照著赫思爾向我叮嚀過的，盡可能注入少量的魔力。

……哇噢，好驚人。

早就聽說思達普可以讓人有效地運用自己的魔力，原來是真的。之前我都覺得自己像是拿著桶子在傾倒魔力，現在卻像水龍頭一樣可以進行調節。

我用思達普輕敲了一下黃色魔石，魔石便變成我熟悉的白鳥。白鳥「啪沙」一聲張開翅膀，隨即停在我的手臂上，收起羽毛。幾乎感覺不到它的重量。看著這麼不可思議的魔法白鳥，我的眼睛瞪得老大。

……嗚哇，我覺得自己好像是魔法師。

不只變出了可以任意操控自身魔力的思達普，用它敲了敲黃色魔石以後，魔石還變成了白鳥。不知不覺間，我已經是奇幻世界裡的一分子了。

「噢，妳做得很好嘛。那麼等奧多南茲張開嘴巴，妳就可以開始說話了。」

我等著奧多南茲張開嘴巴，然後對它說話。

「赫思爾老師，我是羅潔梅茵。我成功變出奧多南茲了。」

我說完後，奧多南茲合上嘴巴。這樣就好了。我正想向赫思爾送去奧多南茲時，洛飛卻阻止了我。他宛如指揮棒般輕揮了下自己的思達普。

「如果妳還有話想說，可以用思達普再敲一次鳥喙，它就會張開嘴巴。」

原來如此，我第一次聽說呢。我「哦哦」地點頭，又敲了一下奧多南茲的鳥喙。奧多南茲於是張開嘴巴。

「……請問現在該怎麼讓它閉上呢？」

「說完話就會閉上了……瞧。」

「咦？那、那如果我要取消自己說過的話呢?!」

我不想要第一次送出奧多南茲，就讓對方聽見這麼愚蠢的對話。洛飛對我的提問笑了起來，告訴我：「用思達普吸收魔力，讓它變回魔石就好了。」我馬上用思達普謹慎地取回魔力，重錄了一次聲音。

「說完話以後，妳要一邊想著讓它飛向赫思爾，一邊揮下思達普，就像是用魔力把奧多南茲推出去。」

雖然洛飛說：「用力推出去吧！」但我要是真的用力推出去，恐怕會釋出過多的魔力。尤其是赫思爾就在旁邊而已，應該用不到多少魔力吧。只要輕輕一推就好，我這麼心想著揮下思達普。

奧多南茲隨即飛向赫思爾，然後和我看過的一樣，連續三次說了同樣的內容。緊接著，奧多南茲也帶著赫思爾的傳話飛回來，重複了三次說：「羅潔梅茵大人，妳做得很好喔。請繼續下一個課題吧。」說完變回了黃色魔石。我把那顆魔石還給洛飛。

「下一個課題是什麼？」

「接著是練習如何用思達普釋出魔力。單純釋出魔力的時候，也能夠用來攻擊敵人，但今天是要學會如何發射路德。路德是求援時所用的紅光。只要妳懂得發射路德，發生危險時就能求救，騎士會即刻趕來。」

說完，洛飛變出自己的思達普，教我怎麼發射路德。

「就像這樣，把體內的魔力都往思達普的前端集中……」

洛飛在說話的同時，似乎也正讓魔力流往思達普前端。前端開始出現拳頭大的光芒，很快地如同靜電般發出了劈哩啪啦聲。

「路德！」

洛飛大吼一聲，朝著上方用力揮下思達普。與此同時，一道紅光直直地朝著天花板飛去，一會兒後消失無蹤。雪白的天花板上沒有留下任何痕跡。

「建築物是用創造魔法建成，所以魔力不會造成任何損傷，路德也不會穿透到外面去。妳儘管放心，使出全力吧。」

「雖然我是可以使出全力，但是，這已經是今天這堂課最後的課題了嗎？」

要是真的照洛飛說的使出全力，之後該怎麼辦？我產生了這樣的困惑，提出疑問後，不知為何洛飛卻驚訝地眨了眨眼睛。

「是的，我正是這個打算。請問有什麼問題嗎？」

「接下來是還有其他課題。可是，難道妳打算今天之內就學完所有內容嗎？」

「……不，我只是在想，是不是該保留點魔力比較好？」

「既然如此，要我在這個課題就使出全力，那不是很奇怪嗎？」

「嗯……嗯，唔，也是啦。那妳就適度地使出全力吧。」

……簡直莫名其妙。適度地使出全力究竟是要我怎麼做？

總之，既然接下來還有其他課題，我決定別完全相信洛飛說的話，多保留一些魔力。我模仿洛飛做過的，慢慢地讓魔力流往思達普前端，直到前端出現與成人拳頭一般大的光芒。往尖端凝聚的魔力光球順利地逐漸變大。

「對，很好！就是這樣！再大一點！繼續注入更多魔力！」

……不過，這個思達普真的好厲害。

我聽說思達普可以最有效率地運用自己的魔力，這真的一點也不誇張。原本我的魔力非常不穩定，也很難進行細微的調整，現在卻能操控得非常輕鬆。幾乎是回到了我在浸入尤列汾藥水前的狀態，操控起來毫不費力。

「好，釋放出去吧！大喊著路德，朝著天空用力發射出去！」

……其實是天花板才對啦。

我舉高握著思達普的右手，朝著天花板釋出拳頭大小的光芒。

「路德。」

紅光筆直地朝著天花板飛去。魔力的調節看來也很成功。眼看自己順利完成了課題，我安心地呼了口氣。

「好，合格……不過，妳的魔力是不是也快消耗殆盡了？」

洛飛看著四周，用有些擔心的語氣這麼問我。我也跟著看向其他學生。只見上級貴族光是要操控魔力變出思達普，看來就已經筋疲力盡。至於本來還起勁地想要做出帥氣思達普的領主候補生，似乎是無謂地消耗掉了太多魔力，疲累得癱坐在椅子上。韋菲利特雖然興沖沖地想要做出思達普，但明明一直待在原來的位置上沒有移動過半步，臉色早已顯得非常疲倦。

只有不拘泥於一定要做出獨特外形，選擇了製作簡單思達普的人，此刻正在挑戰變出奧多南茲。然而似乎光是這樣，就已經讓大家感到相當疲憊，有人並沒有進一步繼續挑戰奧多南茲，也有人在成功變出奧多南茲後就渾身無力。

……我的魔力量真的超乎常人呢。

只是輕閉上眼睛也能感覺到，我的魔力還非常足夠。

「怎麼樣？妳要繼續挑戰下一個課題嗎？」

究竟要放慢腳步與其他人齊頭並進，埋沒在人群裡？還是不管別人說我異於常人，也要盡快前往圖書館？我只煩惱了一秒鐘。

「我要繼續挑戰。」

我這麼表示後，洛飛的雙眼微微瞪大。隨後，他的眼中燃燒起了熊熊鬥志：「人生偶爾也該挑戰自己的極限。好，那就試試看吧！」然後開始講解下一個課題。

「接下來是最後的課題。妳要學會讓思達普變形，作為含有魔力的道具來使用。」

關於思達普的變形，我最早看到過的就是騎士們在戰鬥時變成的武器。但洛飛說了，一年級生的課題，是要把思達普變化成小刀、筆和攪拌棒。

我「嗯、嗯」地聽著，這時赫思爾朝這邊走來。似乎是其他學生都決定不再繼續，今天先到此為止。環顧著因為過度消耗魔力而無法動彈的學生們，赫思爾開口說道：

「練習如何讓思達普變形，可說是非常重要。因為明年會學習調合魔導具的基礎，到時如果無法使用以思達普變成的小刀、筆和攪拌棒，調合的成功機率就會大幅下降。」

主要負責教授魔導具製作的赫思爾這麼說完，學生們的表情都變得緊張。赫思爾說了，小刀要用來切割材料，筆要書寫魔法陣，攪拌棒則要用來邊注入魔力邊攪拌調製鍋。但是，因為我曾在斐迪南的指導下調製過尤列汾藥水，所以我知道其實不一定要用到思達普，只要有替代用的魔導具，一樣可以調配藥水。

「請問要怎麼讓思達普變形呢？」

「先從小刀開始吧。喚出思達普後，妳要在腦中明確地想像出它要變成的樣子。」

我照著赫思爾說的變出思達普，回想了斐迪南在調製時使用的小刀。聽見赫思爾出聲唸道：「密撒。」我也跟著複述：「密撒。」

握在手中的思達普隨即改變形體，變成了小刀。我看向赫思爾，發現她手上也拿著形狀類似的小刀。

「非常好。接著請唸『咯空』，解除變形。」

我握著小刀，唸道：「咯空。」手上的小刀立刻變回了思達普的形狀。噢噢……周遭學生紛紛發出驚歎聲。

「那麼接下來和小刀一樣，請再試著變成筆和攪拌棒吧。」

我依著赫思爾的指導，唸著「司提洛」變成筆，再唸著「佰姆恩」變成攪拌棒。

「……我真是想不到，妳竟然能在第一天就通過所有課題。這可是繼斐迪南大人之後的壯舉呢，不愧是他的愛徒。」

赫思爾不可置信地長長吐氣。學生們聽了，全都吃驚地互相對看。緊接著大家開始議論紛紛，其中有些對話也傳進了我耳裡。

「艾倫菲斯特的斐迪南大人？不就是有名的那位……？」

「對。聽說他在奪寶迪塔上非常有名，想出的戰術都非常巧妙。以前的學生都說，只有他在的那幾年，我們領地才會落敗。還說我們不用遇到他實在很幸運。」

「不對，不是迪塔，我記得他是接連發明了魔導具的天才。因為我的叔父大人向他購買了大量魔導具，這點我可以肯定。」

「他不是戰鬥狂嗎？我聽說他蒐集材料的速度，快到都要把附近的魔物消滅光了。

貴族院這裡的高品質材料，好像大部分都被他拿走了。」

「我是聽說他的飛蘇平琴彈得出類拔萃。我的叔母曾說過，他彈奏出來的琴聲宛如天籟……」

「到底哪個傳聞才是真的?!」

……恐怕全部都是真的唷。因為神官長既是領主候補生，也是見習騎士和見習文官，而且我聽說他所有課程的成績都很優秀。

從他領的學生口中重新聽到斐迪南的豐功偉業，我不禁眨了眨眼睛。之前身邊的人都把他形容得彷彿是全能超人，看來並不全然只是對自己人的偏袒。

「既然領主候補生中有他的得意門生，那也難怪艾倫菲斯特近年來的成績突然提升。聽說斐迪南大人在貴族院就讀的那幾年，複數的課程都拿到了最優秀的成績。」

隨後大家開始說起了自己聽過的斐迪南傳說。但我想絕對不只有斐迪南，還混雜了其他人的傳說吧……眾人熱切地討論著過往傳聞的時候，投注到我身上的視線也瞬間減少許多。

……既然已經有十項全能的天才創下先例，我也不會太過受到矚目了吧。

大家不光是斐迪南，也開始聊起過往學生留下的各種傳奇時，赫思爾叫住了我。

「羅潔梅茵大人，這堂課妳合格了。只不過，妳還是要慢慢習慣，讓自己不用再特意閉上眼睛想像，也能在唸出咒文的同時讓思達普變形。」

「是。」

我掛上了貴族千金該有的社交性笑容回道，在心裡頭大聲歡呼。

……好耶，成功了。全部都合格了！這下子可以去圖書館了！從明天開始，可以每天去圖書館報到！萬歲！我要從早到晚都待在圖書館看書！祈禱獻予諸神！

終章

羅潔梅茵前往貴族院後，齊爾維斯特接二連三地收到了內容令人費解，並且讓人感到非常不安的報告書。往年赫思爾寄來的木板，總是只簡潔地寫著「並無任何異常」，今年卻不是如此。

……上一次讓我這麼想要抱頭哀嚎，已經是初次參加領主會議時的事了！那個笨蛋問題兒童！

在升級儀式尚未開始的土之日，齊爾維斯特就收到了來自貴族院的第一封報告書。是韋菲利特寄來的，向他報告出發前還未決定近侍人選的羅潔梅茵，如今已經選好近侍。

思及兒子這兩年來的努力與成長，還有與貴族之間的勢力關係，齊爾維斯特還是希望能讓韋菲利特成為下任領主。為此，他交代了兒子要好好管理宿舍，並且囑咐他：「在夏綠蒂入學之前，要盡可能取得優勢。」只要他與羅潔梅茵同心協力，這點應該不難。

……嗯，看來韋菲利特也相當努力。

齊爾維斯特很快地看完了第一封報告書。儘管有些地方是想到什麼便寫什麼，但還是無礙於理解內容。當初接到了羅潔梅茵不日便會醒來的通知後，齊爾維斯特也收到報告，知道芙蘿洛翠亞與艾薇拉已經為羅潔梅茵挑選了近侍的候補人選。除了見習中級騎士優蒂特與見習下級文官菲里妮外，其他都不出預料。

「夏綠蒂，妳認識優蒂特與菲里妮嗎？她們兩人成了羅潔梅茵的近侍。」

當天晚餐席間，夏綠蒂好奇地想知道兄姊在貴族院過得如何時，齊爾維斯特這麼問她。他想到正努力管理著冬季兒童室的女兒，也許認識這兩個人。

「是的，優蒂特是十分憧憬安潔莉卡的見習騎士。她想和安潔莉卡一樣侍奉姊姊大人，所以先前拒絕了我的招攬。看來她順利成為姊姊大人的護衛騎士了呢。」

夏綠蒂顯得相當開心，但這可不是招攬遭到拒絕後，領主一族該有的反應。由於羅潔梅茵救了被擄的她，後來又為了填補羅潔梅茵的空缺，努力後卻發現自己比不上姊姊，從而失去了競爭意識，如今的夏綠蒂有些太過崇拜羅潔梅茵了。不知夏綠蒂何時會以何種形式突然失控，齊爾維斯特有些擔憂。

「至於見習文官菲里妮，在冬季兒童室中是最崇敬姊姊大人的人，在等著姊姊大人醒來的期間，很努力到處蒐集故事。今年冬天剛開始時，還向姊姊大人宣誓效忠。當時因為大家的眼光不太友善，我還以為她不會被招攬為近侍呢……」

……看來這兩人都對羅潔梅茵十分忠誠，應該是不必擔心吧。

齊爾維斯特總算放心了。然而，他的安心並沒有維持太久。一週後的土之日，赫思爾寄給他的定期報告書上，寫滿了太過簡潔又讓人摸不著頭緒的報告事項。

「升級儀式上所有艾倫菲斯特的女學生，頭髮全都有光澤得教人吃驚；外表年幼的羅潔梅茵大人頭上更戴著前所未見的髮飾，倍受矚目。」

「今年所有一年級生，都在學科首日便通過考試。老師們正議論紛紛，不知艾倫菲斯特有什麼特殊的學習方式。」
「羅潔梅茵大人創作的曲子引起了音樂老師的注意，似乎要邀請她參加茶會。」
「騎獸製作課上，指導老師見到了窟倫外型的騎獸後，聲稱自己遭到騎獸攻擊。」
「我也想知道羅潔梅茵大人的魔力壓縮法。」
「不知何故羅潔梅茵大人成了圖書館魔導具的主人。據說是諸神的指引。」
「羅潔梅茵大人在最奧之間裡暈倒，教師們組成了搜索隊去找她。」
原來赫思爾也能寫出「並無任何異常」以外的報告書嗎？齊爾維斯特沒來由地感到佩服，但馬上為內容抱頭苦惱。
……怎麼每一件事都和羅潔梅茵有關！那傢伙到底在做什麼，簡直沒完沒了！
報告書上的內容，有大半都與創造流行以及提升領地整體成績有關，所以齊爾維斯特還能理解。若有老師看了窟倫造型的騎獸後瞠目結舌，這也很正常。另外從報告的內容來看，他猜想魔力壓縮這部分，赫思爾應該是幫忙掩蓋過關了；而羅潔梅茵因為才剛醒來不久，還沒有體力，會在半路上昏倒也是可以想見。
……但是，羅潔梅茵因為諸神的指引而成了圖書館魔導具的主人？這也太莫名其妙了吧！這到底是什麼意思啊?!
「斐迪南，我收到了來自貴族院的報告書，你想這到底是怎麼一回事？」
齊爾維斯特忽然想到，說不定斐迪南有辦法解讀赫思爾這些彷彿寫滿了暗號的文章，於是把他叫來，遞出木板。只見他的異母弟弟看完以後，露出社交性的笑容回道：

「內容真是簡潔。相比之下，韋菲利特的報告書還比較詳細。」

「韋菲利特的報告書?!我怎麼從來沒聽說！」

「因為內容只是在向我提問，我以為沒有義務向奧伯報告。」

在文官們面前，斐迪南維持著公事公辦的態度，回答得非常簡潔，但明顯話中有話。齊爾維斯特更覺得莫名其妙和火大，輕敲了敲桌子。

「除了斐迪南與卡斯泰德，其他人退下。」

等到屋內完全沒有了其他人後，齊爾維斯特瞪著斐迪南，催促他回答。斐迪南也不再必恭必敬，挑起單邊眉毛。這個異母弟弟就是任何事都喜歡保密這點不可愛。

「韋菲利特只是向我報告羅潔梅茵的行蹤，以及問我該如何應對。他幾乎每天都會寄來內容錯誤百出的報告書，儘管每次都要糾正他哪裡寫得不好，讓人感到有些厭煩，但與赫思爾的報告書比起來，顯然簡單易懂多了。」

隨後，斐迪南提供了他從辦公室帶來的報告書副本，齊爾維斯特看完後用力按著眉心。上頭只是寫著：「去圖書館辦理登記後，羅潔梅茵成了王族魔導具的主人。」這樣子誰曉得到底是怎麼回事。但是，可以看出韋菲利特非常努力在向斐迪南提問。儘管斐迪南會加上嚴厲的評語批改內容，但韋菲利特絲毫沒有氣餒，還是繼續寫著報告書。看完了他的報告書後，齊爾維斯特才知道，原來艾倫菲斯特的一年級生能夠一舉合格，其實全是因為羅潔梅茵為了去圖書館辦理登記，失控下造成的結果。完全不知道背後有這層原因的齊爾維斯特，惡狠狠地瞪著藏匿了報告書的斐迪南：「這是怎麼回事？」但是任憑他怎麼狠瞪，對方也只是哼聲回應。

「只能怪韋菲利特自己蠢笨，居然把他人牽扯進來，禁止羅潔梅茵去圖書館，會有這種結果也是理所當然的吧？況且我早已算好時間，讓羅潔梅茵能在奉獻儀式前就修完所有課程，也交代了直到她修完為止，都禁止她進入圖書館。韋菲利特不知道這件事，卻還是想藉機利用羅潔梅茵為了目標勇往直前的衝勁，追加了必須先讓一年級生都通過考試的條件，是他太愚蠢了。」

斐迪南的表情冷峻，毫不留情地批評韋菲利特。

「我話先說在前頭，要管束羅潔梅茵可不是一件容易的事。從前她明明是在洗禮儀式時才首次踏入神殿，卻在看見圖書室後，便不擇一切手段，直接找上前任神殿長表示她願意支付一枚大金幣。面對貴族院圖書館這種誘餌，她更是只會往前猛衝。」

「……這麼說來，我好像聽你們提起過。原來並不是誇大其辭嗎？我還聽說她在卡斯泰德家明明發了高燒，卻在走廊上爬行想去圖書室，難不成這也是真的？」

「是指她第一次要去圖書室，卻興奮得在走廊上失去意識的隔天吧？這也是不折不扣的事實。」

卡斯泰德看向斐迪南：「斐迪南還建議我，直接把她和書一起扔到床上。」當時齊爾維斯特只以為他們是故意誇張，沒有認真聽進去，想不到全是真的。如今在貴族院，也發生了和當時一樣的失控舉動。齊爾維斯特不敢想像其他領地的反應。

「羅潔梅茵為了去圖書館而失控後，受到波及的一年級生固然令人同情，但把他人牽扯進來的韋菲利特卻是自作自受。事後才嚇得不知所措也來不及了。我已經建議他，要鄭重向其他一年級生道歉。」

……加、加油，韋菲利特。父親會支持你！

齊爾維斯特在心裡為兒子送上鼓勵，接著指向木板上他最無法理解的部分

「還有，這裡所謂羅潔梅茵去了圖書館辦理登記後，成了魔導具的主人，你想這是什麼意思？就算看了韋菲利特的報告，我還是不明白。貴族院的圖書館有魔導具嗎？」

不同於對圖書館有異常執著的羅潔梅茵，對齊爾維斯特來說，圖書館就是存放資料的地方，而資料是只要向文官下令，便會有人準備好的東西。他甚至沒有自己走進過貴族院的圖書館，所以也不知道裡頭有什麼魔導具，於是詢問就讀貴族院時曾擔任過赫思爾的助手，也頻繁出入過圖書館的斐迪南。斐迪南輕敲著太陽穴，低聲嘀咕。

「說到圖書館的魔導具，我想應該是指休華茲與懷斯，但我記得他們的主人是中央指派的上級貴族。至於羅潔梅茵為何成了主人，過程我也不清楚。是用她龐大的魔力量，直接把他們搶了過來嗎？不，這不可能吧。為免遭人任意改寫，他們身上應該設有許多護身符，禁止主人以外的人觸碰。」

「結果到頭來，還是不明白這到底是怎麼一回事。」

卡斯泰德也同樣感到苦惱，卻只有斐迪南愉快地嘴角上揚。

「諸神的指引嗎……也許是與祝福有關。雖然還無法肯定，但即便與祝福有關，我也想不明白為何因此成了主人……倘若羅潔梅茵真的成了圖書館魔導具的主人，說不定也能對他們進行研究。對於羅潔梅茵的歸來，又多了一件事值得期待。」

……真是有什麼師父，就有什麼樣的徒弟。這個研究狂。

「現在一年級生的學科都合格了，接下來羅潔梅茵只會把精力放在修完自己的課程

上。等到修完了課程，她想必會從早到晚都待在圖書館，只要她老老實實待著，應該不會再惹出多大的麻煩吧。」

……斐迪南都這麼說了，應該不用擔心吧。

雖然還是有些莫名其妙，但綜合兩邊的報告書看起來，提升領地的成績與引發新流行應該都還算順利。齊爾維斯特決定不再深究。

然而隔了一週之後，赫思爾再度寄來了教人頭痛的報告書。

「奉獻舞課上，羅潔梅茵大人與第二王子曾有短暫接觸。王子似乎對人稱聖女的羅潔梅茵大人抱有戒心。」

「為了破除與騎獸有關的不好傳聞，我成了羅潔梅茵大人的指導老師。」

看完報告書後，齊爾維斯特與卡斯泰德互相對望，點一點頭後，立刻喚來斐迪南，再摒退了其他人。感覺與王族接觸，是件非常不妙的事情。

「我本來還在想，羅潔梅茵與王子同時在貴族院的時間只有一年，除了奉獻舞外幾乎沒有機會碰到面，應該不會有什麼問題，但看來沒這麼順利。斐迪南，你說怎麼辦？」

齊爾維斯特立刻遞去報告書，斐迪南看完一臉無奈地盤起手臂。

「沒什麼怎麼辦……王子只是對羅潔梅茵的騎獸感興趣罷了。而且，最終他還是把與羅潔梅茵的約定撇到了一邊。如今羅潔梅茵的奉獻舞也合格了，只要今後不再有交集就沒問題。最大的問題，反倒在於羅潔梅茵那顆讓人頭疼的腦袋。聽說她奉獻舞合格後，興奮得徹底忘了與王子的約定。」

「什麼?!她忘了與王族的約定嗎?!」

齊爾維斯特與卡斯泰德雙眼圓睜，眼前再次遞來了韋菲利特的報告書副本。上頭詳細地寫著，若不是韋菲利特開口提醒，羅潔梅茵根本就打算要直接返回宿舍。兩人看完，都失神了一瞬間。羅潔梅茵心目中對事物的優先順序太不合常理了。

「我們再怎麼殫精竭慮，羅潔梅茵依然會把圖書館擺在第一順位。倘若身邊的人能夠妥善引導，那倒無妨，但恐怕沒有那麼簡單吧。不過，現在比起羅潔梅茵，還有更需要擔心的事情，那就是韋菲利特即將參加亞倫斯伯罕主辦的茶會。」

「你說什麼?!我根本沒聽說！」

赫思爾的報告書裡完全沒有提到這麼重要的事情。齊爾維斯特瞪大雙眼，立刻伸手搶過斐迪南隨意遞來的報告書，急急看完。

「連法雷培爾塔克的領主候補生也會參加，舉辦只有表姊弟的茶會？」

「聽說羅潔梅茵因為沒有血緣關係，想要同行卻遭到了拒絕。總之，我已經建議他，要審慎思考哪些話題在茶會上可以說，也要與羅潔梅茵好好討論該如何回答。」

齊爾維斯特吞了吞口水。說句老實話，韋菲利特在社交方面的表現仍令他感到不安。冬季的社交界上，因為他都只讓韋菲利特與舊薇羅妮卡派的貴族往來，所以勉強還能安然度過，但若要讓他與地位比自己高的人往來，齊爾維斯特實在無法安心。

「在貴族院，都是等到大約冬季中旬過後，領主候補生與上級貴族修完了課程，才會真正開始社交活動吧？可是羅潔梅茵為了奉獻儀式，之後必須回到艾倫菲斯特來，屆時讓韋菲利特一個人去參加茶會真的沒問題嗎？」

齊爾維斯特擔憂地這麼表示後，斐迪南卻冷酷無情地回道：

「若連參加表姊弟間的茶會也應付不來，如何能勝任下任領主的工作？在貴族院的社交活動開始之前，還有非常充分的準備時間。除非他主動問你，否則你不能插手干預。因為基本上貴族院是孩子們學習的場所，極度禁止領地干涉。」

對於任何事情都會準備好場面話再回答的斐迪南，齊爾維斯特覺得他實在沒資格這麼說。他忍不住撇下嘴角，卡斯泰德帶有安撫意味地拍拍他的肩膀。

「現在韋菲利特大人也長大了，甚至比那時候的你還可靠。只要他懂得向旁人尋求建言，聽取忠告，想必不用擔心吧。」

對從前的齊爾維斯特來說，貴族院是個大人管不著，自由又開心的地方。他作夢也想不到，原來在領地乾等的父母，內心竟會這麼焦急。如今換作自己已為人父的齊爾維斯特在內心祈禱著，希望今後不會再出現更大的風波。

但當然，今年在貴族院發生的騷動不可能只有這樣而已。

有意義的土之日

噹啷……一記鐘聲劃破了黑夜。

我們侍從要在第一鐘響的同時立即起床。自從去其他人家當見習侍從，接受培訓開始，每天都要第一鐘醒來，所以對於早起我並不感到辛苦。我坐起身後，推開布幔下了床，看向姊姊大人的床鋪。一如既往，絲毫沒有醒來的跡象。姊姊大人總要等到有人叫她才肯起床。

我發動了床鋪旁邊的照明用魔導具，昏暗的房內霎時變得明亮一些。若不趕緊讓房間變得暖和，稍後更衣時就會很冷。我點燃了暖爐，再一次躺上床。很快地，我的侍從愛蜜莉卡與姊姊大人的侍從芙蘭朵，便會過來進行準備吧。我們兩人的侍從都是親戚中孩子已經長大的長輩，彼此都十分熟稔，所以相處起來也輕鬆愉快。

「莉瑟蕾塔大人，今日見習侍從的工作也休息一天，沒有錯吧？」

愛蜜莉卡一邊拿著鑲有綠色魔石的水瓶進行洗臉準備，一邊向我確認。「是的。」我點了點頭應道。土之日不需要上課，只是本來仍需要換上見習侍從的制服，但今天因為主人羅潔梅茵大人要與「神的意志」融合，一整天都不會離開房間，所以也不需要去服侍她。

「芙蘭朵，今天制服與黑衣都不需要，請幫我準備平常的服裝吧。」

「這我知道。今天莉瑟蕾塔大人要穿休假時的服裝，安潔莉卡大人則是一大早仍要換上簡易鎧甲，才能休假時也打起精神讀書，對吧？」

芙蘭朵開始準備服裝。不同於羅潔梅茵大人有衣物間，我們都是把自己的衣服收放在房間的衣櫥或是木箱裡。

「莉瑟蕾塔大人被納為近侍的時候，我還在擔心該怎麼辦呢。聽到近侍用的房間也有兩人房，我真是鬆了口氣。」

愛蜜莉卡邊為我梳理頭髮邊說道，我也輕笑著表示同意。在貴族院，領主候補生可以把所有雜務都交由身邊的人處理，而上級貴族只是身邊的人數不一樣，其實也過著與領主候補生無異的生活。但是，身為中級與下級貴族的學生不同，並沒有那麼多錢可以僱用下人。因此，大家會藉由共用房間這種方式，讓好幾名侍從一起為沐浴進行準備、打掃房間，好減輕同行侍從的負擔。

由於羅潔梅茵大人是在進入宿舍以後才宣布近侍人選，因此先不論原本就是近侍的姊姊大人，我在為前來貴族院作準備的時候，並未預期會入住近侍用的單人房。所以為了節省開銷以及減輕侍從的負擔，我與姊姊大人是共用一個房間。

優蒂特與菲里妮也基於相同的理由，共住同一間房。布倫希爾德與萊歐諾蕾還十分驚訝地表示：「都成為近侍了，好不容易有這種特權，妳們不住單人房嗎?!」但是，我們與原先就作好準備要住單人房的上級貴族不一樣。其實我們家的經濟狀況並不是無法住單人房，只是一定要在事前作好準備。

「但姊姊大人今年就要畢業了，從明年開始，會變成只有我一個人住吧……」

「莉瑟蕾塔大人，您一個人住單人房也沒問題喔。身為領主一族的近侍，您的表現非常稱職。倒是安潔莉卡大人老是粗心大意，忘記向侍從交代事項，我一個人總是感到非常不安。現在安潔莉卡大人能與莉瑟蕾塔大人住同一間房，真是幫了我大忙呢。」

芙蘭朵說得感慨萬千，我忍不住笑了出來。現在姊姊大人的行程，都是黎希達與柯尼留斯先告訴我，我再轉達給芙蘭朵。聯絡若做得不夠確實，侍從便無法完成工作。現在若不是我與姊姊大人住同一間房，其他近侍便會以為芙蘭朵是不稱職的侍從，無法打理好主人的生活吧。

「安潔莉卡大人竟能成為羅潔梅茵大人的近侍，甚至受到重用，時至今日我還是不敢相信呢。」

芙蘭朵用萬般感嘆的語氣說道，愛蜜莉卡重重點了個頭，朝我伸出手來。我握住她的手起身後，她非常迅速地移動椅子，再朝我遞來襪子。我穿著襪子，回想起了當時親族在聽到消息後，一個個都嚇得六神無主。

「姊姊大人被提拔為羅潔梅茵大人的見習護衛騎士時，大家真是嚇壞了呢。」

「那當然啊。安潔莉卡大人因為不擅長為他人著想，才選擇了成為騎士，而不是侍從。誰也不認為她能夠平平安安地侍奉領主一族，不闖下任何大禍吧？」

女性侍從因為生產和育兒而暫時辭去工作，是司空見慣的事情。芙蘿洛翠亞大人的侍從也都是女性，所以必然會發生換人的情況。那個時候，芙蘿洛翠亞大人因為不想招攬關係與薇羅妮卡大人十分親近的貴族為近侍，所以招攬了我們的母親大人為侍從。聽說最主要是因為，早在父親大人服侍前任奧伯的那時起，我們家便與薇羅妮卡大人稍微保持著距離。

卡斯泰德大人因為信任父母親在工作上的表現，才延攬了姊姊大人成為羅潔梅茵大人的見習護衛騎士。倘若卡斯泰德大人是先詢問父母親，他們必定會委婉拒絕吧。然而，卡斯泰德大人卻是直接問了姊姊大人，姊姊大人更回答：「我會先與父母親商量。」而不是：「我願意。」父母親也因此失去了婉拒的機會。

「幾年前，安潔莉卡大人未能通過貴族院的最終測驗，確定要補課時，我還以為一切都無可挽回了呢。」

單是必須接受補課，在貴族社會就會淪為眾人的笑柄，若再被解除領主一族的近侍一職，姊姊大人今後也無望談成好的親事。最重要的是，姊姊大人是因為父親大人與母親大人建構起來的信用，才被拔擢為羅潔梅茵大人的見習護衛騎士。在這種情況下，姊姊大人還是未能通過最終測驗，丟盡一族的顏面，若再被解除近侍一職，更會辜負領主夫婦與騎士團長夫婦的期望。從今往後，一族的人不可能再被提拔為近侍，也極有可能影響到日後的任職與婚事。這樣便能明白一族的人在內心有多麼驚駭了吧。

儘管在三年級的時候必須接受補課，姊姊大人看起來卻不怎麼焦急，當時甚至還有可能無法畢業。若無法從貴族院畢業，便不會被認可為真正的貴族。倘若未能畢業，思達普會遭到封印，姊姊大人的身分也會降成家裡的僕從吧。但是，多虧了羅潔梅茵大人仍把姊姊大人視為近侍看待，為了讓她補課能夠合格，還一起思考了讀書方法，所以不只姊姊大人，她也拯救了我們一族。對於羅潔梅茵大人，我內心只有無盡的感激。

「現在羅潔梅茵大人也在貴族院，姊姊大人似乎也比較有動力讀書了呢。表情與去年截然不同。」

「最終學年能與主人一起度過，想必十分開心吧。」

「如果能與羅潔梅茵大人同個年級，大家說不定都能過得安心自在一點呢。」

芙蘭朵與愛蜜莉卡咯咯笑了起來，為我拉好裙襬。等做完了準備，接下來得叫醒姊姊大人才行。

「安潔莉卡大人，請起床。莉瑟蕾塔大人都已經準備好了唷。」

「嗯姆……今天不是不用護衛，也不用讀書嘛……」

姊姊大人緊摟著被子翻了個身，水藍色的髮絲也隨著她的動作輕柔滑開。姊姊大人真是一點也沒變，外表明明是楚楚動人的美麗少女，言行舉止卻一點也不像貴族。芙蘭朵受不了地對她長嘆口氣。我走到床邊，開口說道：

「姊姊大人，今天雖然不需要護衛，但上午有迪塔的訓練吧？柯尼留斯不是對您說了，在那之前如果不先唸完書，就不准許您參加訓練嗎？再怎麼感到棘手，若不付出自己最大的努力，會讓羅潔梅茵大人失望的唷。」

「……啊啊，對喔。早上、要讀書……明明不用上課，還是要讀書……」

姊姊大人發出了十分厭煩的聲音，慢吞吞地開始起身。雖然在醒來之前很花時間，但一旦開始行動，姊姊大人的動作就會非常迅速。看這樣子是不必擔心了吧。

「莉瑟蕾塔，我換好衣服就會開始讀書，妳去問問黎希達，羅潔梅茵大人現在的情況怎麼樣吧。」

姊姊大人坐起來，揉著剛睡醒的惺忪藍眼，開口講的就是「讀書與羅潔梅茵大人」。大概是因為直到修完學科為止都不能執行護衛任務，去年姊姊大人只有柯尼留斯在旁邊監督時，才會在多功能交誼廳唸書，但今年已經願意在房間自習了。

……羅潔梅茵大人是否在貴族院，真的有很大的影響呢。
「知道了，我馬上過去。」
交由芙蘭朵兩人為姊姊大人梳洗裝扮後，我走出房間，穿過走廊，走到近侍聚集用的門前輕輕敲門，然後盡可能不發出聲響地小心開門。
「黎希達，早安。羅潔梅茵大人的情況如何呢？」
黎希達停下正在補充茶葉的手，目光投向通往羅潔梅茵大人房間的那扇門。
「剛才我稍微去看了一眼，昨天喝完藥後休息了一晚，今天早上的氣色似乎好多了。只要今天一天躺在床上歇息，就會恢復活力了吧。」
昨天，羅潔梅茵大人進入了最奧之間採集「神的意志」，卻聽說在回程的路上失去了意識。後來她乘坐著速度遠比平常要慢的騎獸回來，之後為了避免混雜到其他人的魔力，只有黎希達負責照顧羅潔梅茵大人。我們直到羅潔梅茵大人與「神的意志」融合為止，都不能夠靠近她。
「因為從未聽說過有學生在最奧之間裡失去意識，真是教人擔心呢……尤其是無法上三樓來的柯尼留斯與哈特姆特，昨晚在用餐期間更是顯得格外憂心。姊姊大人張開眼睛一醒來，也是詢問羅潔梅茵大人的情況。」
「那麼等一下早餐席上，請妳再轉告給其他人吧。因為我會待在這裡處理雜事，一直到羅潔梅茵大人與『神的意志』融合完為止。」
之後直到第二鐘響為止，我與姊姊大人都在房裡讀書，現在要去吃早餐。姊姊大人總算看完了在訓練之前必須讀完的部分，神采奕奕地走出房間。我看見優蒂特就走在我們幾步前方，蓬鬆的橙黃色頭髮跟著她搖搖晃晃。

「優蒂特，早安。菲里妮的情況如何呢？」

「安潔莉卡、莉瑟蕾塔，早安。菲里妮現在一直躺在床上，任何人都不能碰她。雖然知道必須這麼做才行，但沒有人可以說話，我好寂寞喔。我今天早上甚至還希望第二鐘快點響呢。」

優蒂特說她在兄弟姊妹眾多的家庭中長大，所以不太懂得如何一個人打發時間。我們邊聊天邊走進餐廳後，哈特姆特立即綻開了微笑。

「莉瑟蕾塔，妳知道羅潔梅茵大人現在的情況如何嗎？」

「今天早上她的氣色似乎好多了。黎希達說，今天一天只要躺在床上歇息就沒問題。」

「那真是太好了。因為還從未聽說有學生在最奧之間裡暈倒，我擔心得要命呢。也希望不會為思達普帶來不良的影響……」

我轉述了黎希達說過的話後，哈特姆特與柯尼留斯都安心地吐出氣息。柯尼留斯是羅潔梅茵大人的親哥哥，在餐廳裡會這麼露骨地表現出擔心也很正常。可是，哈特姆特明明是進入貴族院以後才成為近侍，唯獨他一個人對羅潔梅茵大人表現出的關心，明顯超出了其他人。

……羅潔梅茵大人因為拯救了姊姊大人與我們一族，所以是我們的恩人，但哈特姆特為何這般仰慕羅潔梅茵大人呢？雖然他說：「只要知道了艾倫菲斯特的聖女有多麼偉大，這不是理所當然的嗎？」我還是一點也不明白。

「羅潔梅茵以前連在屋子裡頭，都曾在去圖書室的半路上暈倒過。其實這件事我們本該有所警覺，因為進入最奧之間以後，不能被任何人觸碰，必須自己走回來。我們身為近侍，真的要小心防範。」

柯尼留斯告訴我們，羅潔梅茵大人以前也曾在屋子裡突然暈倒過，我這才意識到了自己身為近侍，應該要更仔細留意羅潔梅茵大人的情況。

「哎呀，看你們的表情，已經聽莉瑟蕾塔她們說過羅潔梅茵大人的情況了吧。」

布倫希爾德與萊歐諾蕾也走進餐廳，往位置坐下。聽說兩人也都去過近侍室，向黎希達詢問了羅潔梅茵大人的情況。近侍全員到齊後，侍從開始服侍我們用餐。

「今天不需要執行近侍的工作，大家各自有什麼安排？」

柯尼留斯詢問後，大家各自說起了今天的行程。

「我上午要參加與人交流情報的茶會。因為關於今年的一年級領主候補生，大家掌握到的情報都不多吧？所以聽說上午的茶會，集結了領主候補生的上級見習侍從。我與韋菲利特大人的見習侍從伊西多也被要求參加。」

「嗯，我也和布倫希爾德一樣，要參加上級見習文官的聚會。你們護衛騎士沒有類似的活動嗎？」

布倫希爾德與哈特姆特都是上級貴族，今天要出席與他領貴族交換情報的活動。

「我們上午要進行迪塔訓練。一旦羅潔梅茵大人開始成天都待在圖書館，必定要有人在她身邊負責護衛。錯過今天，就很難再有機會全員一起訓練了。安潔莉卡，妳呢？有辦法參加訓練嗎？」

「我已經看完柯尼留斯要求的部分了，所以可以參加。」

柯尼留斯轉頭看向我，像是在問姊姊大人說的是否為真。知道姊姊大人在吃早餐前有多麼努力的我，不疾不徐地點了點頭。

「那麼今天參加訓練的人有我、安潔莉卡、萊歐諾蕾、托勞戈特，以上共四個人。」

「柯尼留斯，請等一下。我也想參加迪塔的訓練！」

優蒂特筆直地舉起手來，但柯尼留斯交抱手臂，「嗯……」地一臉為難。

「優蒂特，但妳還是二年級，並沒有開始修習騎士課程吧？而且妳因為重視成績，修完的科目還不多。今天還是把時間花在學習上吧。」

「嗚……可是，我因為平常都要上課，無法訓練，至少休假的時候希望可以一起參加。我覺得身體好像都要變鈍了。」

雖說優蒂特在老家克倫伯格每天都與騎士們一同訓練，但她今年還是二年級，所以在貴族院的課程都是共同科目。比起三年級以上，開始修習騎士專業課程的學生，訓練時間確實少得無法比擬吧。

「優蒂特，我明白妳想參加訓練的心情。但是，既然如今妳已是領主候補生的近侍，考慮到將來，與其取得勉強合格的分數修完科目，留下優秀的成績更重要。現在妳也只能克制自己不參加訓練，好好用功讀書。」

萊歐諾蕾將滑到肩膀上的紫紅色頭髮往後撥，一雙充滿知性氣質的藍色眼睛靜靜望著優蒂特。

「上級貴族雖然比較少面臨到這種情況，但中級與下級貴族若是成了領主一族的近侍，免不了招來旁人的嫉妒。如果想要減緩他人的嫉妒與憤恨不平，成績便非常重要。只要能讓其他人心服口服，覺得也難怪優蒂特能從中級貴族中脫穎而出成為近侍，這也是一種保護自己的方式。」

萊歐諾蕾說完，轉頭看向我。由於我也是中級貴族，她是希望我也能做到同樣的事情吧。順便說明，姊姊大人的學科成績雖然不佳，但她因為能夠承受住波尼法狄斯大人的特訓，還成為波尼法狄斯大人公認的愛徒，所以待遇非常特殊。

「請問，剛才說過成績可以保護自己……那麼下級貴族菲里妮呢？她在歷史和地理課上只拿到了勉強及格的分數……」

優蒂特的堇紫色眼眸不安地左右搖動，萊歐諾蕾十分冷靜地回答：

「雖然令人同情，但在羅潔梅茵大人無法看見的地方，她想必過得十分辛苦吧。如果她當時為了留下更好的成績，選擇了讓自己首日的成績不合格，事後恐怕要面對其他一年級生的冰冷眼光，在宿舍裡頭待得如坐針氈。而且如果因此使得能夠前往圖書館的日子往後拖延，也可能讓羅潔梅茵大人內心對她的評價變糟。菲里妮身為下級貴族，可以說是根本沒有選擇的餘地，但艾倫菲斯特的大人才不可能了解到這個層面……真的是多管閒事呢。」

萊歐諾蕾低聲說完後，瞥了一眼韋菲利特大人近侍們所在的桌子。眼下韋菲利特大人並不在位置上。

「萊歐諾蕾，謝謝妳。我會盡己所能，努力得到高分。」

優蒂特理解以後，決定好好用功讀書。這時，布倫希爾德轉過臉龐問我：「莉瑟蕾塔，那麼妳今天的安排呢？」

「我和優蒂特一樣，打算認真讀書，希望可以取得優秀的成績，並盡快修完課程。一旦羅潔梅茵大人開始前往圖書館，屆時需要更多可以輪替的人手吧？」

吃完早餐，目送姊姊大人與其他見習騎士一起離開後，我開始在多功能交誼廳唸書。多虧羅潔梅茵大人成立了成績向上委員會，讓我們依據專業課程分組，而且要提供各自擁有的教材、指導彼此，現在既有一起學習的同伴，也形成了大家都勇於發問的良好氛圍。優蒂特似乎也要與二年級的同學一起讀書，只見她走向另一張桌子。對於羅潔梅茵大人能讓大家消除派系的隔閡，一起互助合作，我真的覺得她非常了不起。

「莉瑟蕾塔大人，您還真是認真學習呢。今天羅潔梅茵大人還在與魔石融合，是您唯一的休假吧？」

「凱薩琳大人，您說得沒錯。不過，既然我有幸被選為羅潔梅茵大人的近侍，自然不該留下有失體面的成績，而且為了隨侍在想每日前往圖書館的主人身邊，我也希望自己至少要先修完學科……」

凱薩琳大人是從今年春天開始，確定要侍奉夏綠蒂大人的三年級見習侍從，聽說她直到秋季尾聲為止，都在以前侍奉過芙蘿洛翠亞大人的近侍家裡接受培訓。

「羅潔梅茵大人比我想像中的還要強勢呢。托勞戈特大人似乎也相當傷腦筋，她對一年級生所表現出來的態度也令我大吃一驚。如果主人也在旁邊監督著我，要求我必須在首日就通過考試，我肯定會害怕得不敢動彈吧。」

羅潔梅茵大人在逼迫一年級生都要合格時所散發出的魄力，與她以前在兒童室看書、為大家朗讀繪本、要大家不分派系協助彼此時的樣子比起來，可以說是判若兩人。想必有不少學生都認為，這是領主候補生的專橫跋扈吧。

「畢竟聽說羅潔梅茵大人會進入貴族院，就是為了去圖書館嘛……不過，現在我也變得很期待能一起去圖書館呢。」

我稍稍壓低音量，像在說悄悄話似的說完後，凱薩琳大人睜圓雙眸，目不轉睛地注視我說：「……莉瑟蕾塔大人，我記得您以前對圖書館並不怎麼感興趣吧？」

「呵呵，其實是陪同羅潔梅茵大人去辦理登記時，我發現了去圖書館的樂趣。」

想起了圖書館裡的兩隻蘇彌魯，我不由得輕笑起來。於是不光凱薩琳大人，其他見習侍從也感到好奇地看著我。

「我不是告訴過妳們，圖書館裡有蘇彌魯造型的巨大魔導具，羅潔梅茵大人還成了他們的新主人嗎？他們的名字分別是休華茲與懷斯，我想在修完學科以後，為兩隻蘇彌魯設計服裝。」

「為圖書館的蘇彌魯設計服裝嗎？」

「是的。聽說羅潔梅茵大人身為新主人，必須送給他們新衣才行。這件事我無論如何都想幫忙。」

我在家裡飼養的蘇彌魯們並不會走路，也不會說話，但在圖書館裡協助索蘭芝老師處理工作的，卻是兩隻一黑一白，會用兩隻腳走路，還會說話的大型可愛蘇彌魯。

「穿著同款的衣服，幫忙工作的休華茲與懷斯真是非常可愛……」

「我家裡也養著蘇彌魯，如果圖書館裡有蘇彌魯，還真想去看一看呢。他們大概有多大呢？」

「只看到頭部的話，是羅潔梅茵大人比較高，但他們如果豎起耳朵，說不定會比羅潔梅茵大人還高呢。他們都是照著主人羅潔梅茵大人的指示行動，還會說話唷。雖然講話有些笨拙，但這點更是可愛得讓人整顆心都揪起來呢。」

我訴說著在圖書館看到的兩隻蘇彌魯有多麼可愛後，在老家也養著蘇彌魯的學生們都露出了無法再冷靜自持的表情，互相對看。

「嗯……我要不要現在去圖書館看看呢？」

凱薩琳大人突然間低聲喃喃說道，大家的目光都集中到她身上。

「啊，不是的，那個，我是為了學習，要去找參考書唷。因為和騎士課程比起來，侍從課程的參考書數量很少嘛……大家說對不對？」

凱薩琳大人一臉慌張地環顧眾人，想要粉飾地「呵呵呵」笑著。看著這樣的凱薩琳大人，我覺得在場所有人都產生了一樣的心情。

「凱薩琳大人說的沒錯。我也想看看其他的參考書，請讓我也一起去圖書館吧。」

「我也一起去，這都是為了要找參考書嘛。」

「聽說羅潔梅茵大人與一年級生們，正為了明年開始在編寫參考書。我身為近侍，也時常在想自己必須向他們看齊呢。」

於是為了去看蘇彌魯……不對，是為了去找侍從課程的參考書，我們一行人決定往圖書館出發。

到了圖書館，只見兩頭蘇彌魯正邊走邊微微左右晃動著腦袋，忙著整理書架。

「天、天呀，這真是、這真是……」

「呵呵，非常可愛吧？是不是很想為他們設計服裝呢？」

「該設計什麼樣的服裝才好呢？果然還是同樣款式的衣服最好吧？」

「各位，請冷靜一點。我們來這裡，是為了尋找侍從課程的參考書唷。」

眼看我們太過激動，自己表示要來圖書館的凱薩琳大人小聲制止我們。

「莉瑟蕾塔大人說過，他們是在圖書館幫忙的魔導具吧？那麼，要不要去問他們侍從課程的參考書放在哪兒呢？可以更加靠近他們。」

「凱薩琳大人，這真是好主意！」

我們一行人走向休華茲，詢問了侍從課程的參考書放在哪裡，然後一邊找書，一邊定睛注視著休華茲與懷斯的一舉一動。有幾位老師也來到了閱覽室與索蘭芝老師談天，順便詢問休華茲與懷斯為何重新動了起來。

「老師們果然也對休華茲與懷斯感到好奇呢。」

「就連赫思爾老師也氣勢驚人地跑到宿舍來呢。聽說像他們這樣會自己行動，還會說話的魔導具非常罕見。」

我們邊緊盯著休華茲與懷斯，邊花了很長的時間挑選參考書，但直到催促學生離開的光芒灑下來時，大家才驚覺自己雖然來到圖書館準備借書，卻沒有半個人身上帶了保證金。第四鐘響後，我們返回宿舍。儘管未能借到參考書，但回程的一路上，我們都興奮地談論著休華茲與懷斯有多麼可愛，還有兩人適合什麼樣子的服裝。

「中午用餐的時候我想過了……我覺得果然還是不一樣的顏色比較好。」

午餐過後，凱薩琳大人一眨眼便畫出了想讓休華茲與懷斯穿上的服裝，方才回程路上的熱絡氣氛，再度在多功能交誼廳裡蔓延開來。

「既然他們是在貴族院圖書館工作的魔導具，是不是該以黑色為基底呢？」

「但是，黑色蘇彌魯是穿著以白色為底的服裝吧？我想顏色上應該沒有規定？」

「請問這些圖是什麼呢？」

上午不在交誼廳裡的女孩子們，此刻也都興味盎然地探頭看著設計圖。我與上午去過圖書館的其他人，說明了圖書館裡有蘇彌魯造型的魔導具，並且極力宣揚他們有多麼可愛。

「……所以，我們正在為他們構思新的服裝。大家有沒有什麼好主意呢？」

我徵求大家的意見後，不同派系的女孩子也一起幫忙思索。不知不覺間，不單是見習侍從，連修習文官課程的女孩子也加入了我們。

「各位，討論得這麼開心固然無妨，但為休華茲與懷斯訂製衣服的人，終究是羅潔梅茵大人吧？我們撇下主人自行討論，這樣真的好嗎？」

原先興高采烈地互相提出意見的大家同時安靜下來，注視著說出這番發言的布倫希爾德。在尷尬的氣氛中，我對布倫希爾德投以微笑。

「布倫希爾德，這我們當然知道。但是，這也是因為羅潔梅茵大人今天不在呀。關於休華茲與懷斯適合什麼樣子的服裝、又想怎麼製作，我們單純只是討論而已，應該沒關係吧？還請妳向羅潔梅茵大人保密。」

布倫希爾德看著我和大家，思忖了一會兒後，輕笑起來，用指尖指著凱薩琳大人所畫的圖。

「既然是艾倫菲斯特的領主候補生成了新主人，我想羅潔梅茵大人用在髮飾上的那些花飾，也應該裝飾在他們的衣服上吧。」

布倫希爾德沒有督促我們解散，反而指著畫好的設計圖，提供了新的意見。她的提議真是太棒了，確實是可以搭配羅潔梅茵大人在艾倫菲斯特引發流行的花飾。一起幫忙思考的眾人立即綻開了興奮的笑容。

「如果要增添花飾，裙子造型要不要也參考羅潔梅茵大人的服裝呢？」

「我覺得不一定要做出相同的設計，可以一個男裝，一個女裝，這樣也很吸引人吧？我想讓白色蘇彌魯穿上有蕾絲的可愛服裝，黑色蘇彌魯則是打扮得凜然帥氣。」

「我希望兩隻蘇彌魯的服裝，也能與羅潔梅茵大人的服裝互相搭配。」

布倫希爾德加入以後，大家討論得更是熱絡起勁了。

最終，大家一起想出了好幾種設計，也進行了不少修改。多半是因為太忘我了，我們全然沒有發現羅潔梅茵大人走進了多功能交誼廳。當羅潔梅茵大人開口問道：「妳們在做什麼？」那個瞬間我真的嚇得跳了起來。我慌忙把畫了圖案的那些紙張翻到背面，不讓羅潔梅茵大人看見。

「是不能被我看到的東西嗎？」

「不是的，呃……我們只是因為撇下主人羅潔梅茵大人，自顧自討論得這麼開心，所以感到有些難為情。絕對不是在做問心有愧的事情。」

「我們竟然趁著羅潔梅茵大人不在的時候自行討論起來，真是萬分抱歉。」

身為近侍的我與布倫希爾德站到前頭，相繼這麼說道，不希望其他人因此遭到責怪。於是，羅潔梅茵大人便表示她想看看我們畫的設計圖。面對羅潔梅茵大人充滿期待的目光，我實在無法拒絕。我交出了凱薩琳大人最終畫好的那張設計圖，並且說明我們討論過了哪些細節。

「莉瑟蕾塔從小就非常喜歡可愛的東西，就連家裡養的蘇彌魯，她也會自己縫衣服給牠們穿。」

「姊姊大人！」

因為羅潔梅茵大人看來聽得十分開心，我確實也說明得比平常更加仔細，但怎麼能向主人暴露近侍的私下生活呢！羅潔梅茵大人甚至有些開始陷入沉思了。對於我居然比起平常的工作，更熱中於構思休華茲與懷斯的新衣，說不定她覺得我真是個失職的見習侍從。在主人面前，侍從本該時時保持冷靜，我卻絲毫沒有察覺主人走進來，還撇下主人，忘我地討論著魔導具的新衣。我覺得自己全身的血液都凍結了。要是羅潔梅茵大人判定我失職，進而將我解任，我們一族又將再次墜入絕望深淵。

……父親大人、母親大人，女兒真是罪該萬死！

我在心裡頭拚命向父母親道歉時，羅潔梅茵大人仰望著我，側過臉龐。看著她金色的眼眸與身後的藏青色長髮，我不禁想起了老家的蘇彌魯。好像曾有人讚美說過，羅潔梅茵大人就如同蘇彌魯一般可愛，此刻我非常能夠明白這種心情。

「……我只要修完所有科目，就可以進入圖書館喔。如果莉瑟蕾塔也能在那之前修完學科，要不要和我一起去測量尺寸呢？」

「我可以同行嗎?!」

「因為大家一起集思廣益更開心嘛。還有其他人也想同行嗎？」

一同構思服裝的眾人，也都表示想在測量尺寸時同行。至於今天上午未去圖書館的女孩子們，表情也都顯得萬分期待。

「那麼，在我修完所有課程之前，請各位也修完學科吧。因為一旦投注心力在有趣的事情上，就會很難專心讀書。」

「羅潔梅茵大人說的是！我們會加油！」

如今新衣的設計已經大抵確定，今後將以羅潔梅茵大人的意見為主，現在正是讓大家把熱情從構思服裝轉向讀書的大好機會。

「羅潔梅茵大人正很快地修完每一門課，我們若不多加把勁，只怕來不及修完學科。而且與一年級的羅潔梅茵大人不同，高年級生要修的課也更多呢。」

「總之加油吧。我想和大家一起去測量尺寸。」

想要一同為休華茲與懷斯測量尺寸的女孩子們，全都團結一心地開始讀書。大家全神貫注地讀起書後，多功能交誼廳也安靜下來。我環顧了交誼廳一圈，對於大家的專注力竟能與上午那般不同，不由得發出感嘆。

……羅潔梅茵大人真的很擅長鞭策大家讀書呢。

梅茵醒來了

「呼，好重喔……」

「咚」的一聲，兒子加米爾將背簍放到桌上。今天有市集，所以我們買了大量的肉回來準備過冬。把自己買回來的東西放在桌上後，我向癱坐在地板上的加米爾交代接下來的工作。

「接下來要預先把肉處理好。加米爾，幫我拿鹽過來吧。」

豬肉加工日就快到了，必須快點處理完買回來的肉才行。「我已經很累了耶……」加米爾不滿地嘟起嘴唇，嘴上發著牢騷，但還是立即站起來，走向儲藏室。看著加米爾這樣，我輕聲笑了出來。

……看這樣子，說不定到了春天就能答應他了呢。

大概是因為同年紀的孩子已經開始有人前往森林，幫忙家裡準備過冬，這陣子加米爾老是央求著說：「我也想去森林。」但是，我與昆特只是感到非常擔心。因為還不知道加米爾的體力是否足夠，可以去森林採集完後再走回來；也不知道他是否有不管再怎麼累，都能在關門前與年長的孩子們一起回來的韌性。所以最近我們正在測試加米爾，看他能否往返住家和市集，也會讓他去昆特工作的東門跑腿。

「嘿咻！」

我拿出一大塊木板，鋪上了布，正把肉擺上去的時候，加米爾搬著沉甸甸的鹽袋走了回來。看著他，我不禁想起了根本搬不動鹽袋，噙著淚水呼喚多莉的梅茵。雖然五官不像，但因為頭髮與眼睛的顏色相似，所以看著加米爾的時候，我經常想起梅茵。

……梅茵還沒醒來嗎？

我們都相信著路茲帶回來的信上所寫的「沒有生命危險」，繼續過著每天的生活。

但是，隨著時間不斷流逝，卻始終沒有再收到任何音信，一直到了今年秋天中旬，去遠方工作的路茲回來後，我們才再次得到了消息。

「最近好像稍微有點變化了，但聽說可能要再一段時間……」

在每天都忙得暈頭轉向的時候能夠收到好消息，我們自然非常高興，但是自那之後，很快地一個月又過去了，秋天即將迎來尾聲。從梅茵中毒陷入沉睡的那年初冬直到現在，已經快要兩年了。

……我不喜歡冬天。一旦積了大雪，待在家裡的時間變長，很容易讓人往壞的方面去想。然而，今年的冬天又要來臨了……

當時路茲唸著信上內容的聲音又在腦中迴盪，我想起了自己在聽到梅茵中毒時，整個人幾乎快要無法呼吸，不禁捂著胸口。

「要是能在冬天來臨前醒來就好了……」

「嗯？媽媽，妳說什麼？」

加米爾愣愣地抬起大眼睛看我，我微微一笑指著水缸。

「沒什麼。加米爾，你先去洗手，把鹽抹上去吧。」

「知道了，好期待豬肉加工日喔。」

豬肉加工日就像是小型的祭典，也因為會製作大量食材，孩子們都非常期待。而往年每到這個季節都會發燒的梅茵，總是聽到「豬肉加工」就露出厭惡的表情。但是，剛才還抱怨說著好累的加米爾卻雙眼發亮，開始動手幫忙。

我與加米爾為肉抹好了鹽，用布包起來後，連同木板一起搬進過冬用的儲藏室，接著要準備晚餐。今天昆特是中班，所以預計在關門後回來。

「今天要煮爸爸喜歡的酒蒸鳥肉嗎？」

「不是喔，今天要撒上香草燒烤。酒蒸得抹鹽放上一天，明天才……」

我一邊對加米爾說明一邊準備香草，這時突然有人猛力地拍打住家大門。我與加米爾不由得面面相覷，緊接著門外傳來了大喊聲：「媽媽、加米爾，快開門！我是多莉！」

「咦？多莉？」

現在多莉幾乎都是在實之日的傍晚，或者土之日的早上才會回來，而且在奇爾博塔商會訓練出來的言行舉止似乎也已經徹底成為習慣，回來時的動作總是從容優雅，從來不會像這樣用力敲門，甚至是大聲說話。

我納悶地上前開門後，發現不只多莉，連路茲也跟著衝進屋裡。看兩人氣喘吁吁的模樣，很明顯是一起跑上樓來。

「你們兩個怎麼跑回來了？今天不是要工作嗎？」

「對啊，可是路茲跑來接我，要我今天馬上回家，所以我就回來了。理由去問路茲吧……呼，好難過喔。」

多莉用手捂著喉嚨，加米爾急忙遞了杯子給她。多莉一口氣喝完水後，用袖口大力擦拭嘴角。平常的優雅都不知道跑到哪裡去了。

「加米爾，謝謝你，也倒杯水給路茲吧。」

「嗯！……路茲，給你。」

路茲接過杯子後，也咕嚕咕嚕地大口喝水，然後摸了摸加米爾那顏色與梅茵十分相似的頭髮說：「加米爾，謝啦。」加米爾非常喜歡總是帶來新繪本的路茲，臉上的表情開心得不得了。

「那麼，到底發生什麼事啦？」

我看著興奮不已的加米爾問道，路茲「嘿嘿」地咧開笑容後，開口宣布：

「梅茵在昨天醒來了！」

剛剛才閃過腦海的希望無預警地從路茲嘴裡迸出來，我瞪大了眼睛。多莉高興地拍手大叫：「我就知道！」但是，我卻一點真實感也沒有。雖然一直在想，梅茵要是能在冬天來臨前醒來就好了，但我怎麼也沒想到真的能聽見這樣的消息。

……說不定其實是我正在作夢，這是夢裡發生的事情。

我甚至產生了這樣的想法。因為截至日前為止，我已經數不清有多少次都夢見梅茵醒來，大家為此歡天喜地。我總是作著在我們全家人齊聚一堂時，路茲衝進來通知好消息的美夢。但現在因為昆特還在工作，一家人並未剛好到齊，這點倒是讓我產生了些許真實感。當我還茫然得分不清這是作夢還是現實時，路茲與多莉都露出了興奮的笑容討論起來。

「路茲，那你什麼時候要去見梅茵？」

多莉的藍色雙眼燦爛發亮，路茲一臉得意地用手指抹了抹鼻尖。

「我今天早上就接到吉魯的通知，下午已經去過一趟神殿了。」

「咦？所以你已經見到梅茵了嗎?!我還以為你只是來通知消息，想不到居然已經見過梅茵了，你太奸詐了！」

多莉用力鼓起了臉頰，路茲雖然也用不滿的語氣回道：「這不能怪我奸詐吧……」

但臉上還是帶著笑容。

「聽說她明天或後天就要前往貴族區，所以才急著和老爺討論工作上的事情，我也是突然接到傳喚，大吃一驚地跑過去。」

……路茲已經見過梅茵了？

大腦一時間無法理解兩人的對話。但是，聽著路茲與多莉交談，我的心臟忽然開始「噗通噗通」地劇烈跳動。有一種本來還毫無真實感，彷彿踩不到地，卻突然間就要面對現實的感覺。

「梅茵她還好嗎？我之前不是才和你討論過，要是梅茵在沉睡的這兩年期間長大了，變得好像是另一個人，真不知道該怎麼辦……那她長大了嗎？」

多莉問完，路茲輕笑著搖搖頭說了：

「完全沒有。梅茵雖然很有精神，但外表和內在還是一點也沒變。我還忍不住心想，她以前有這麼矮嗎？但梅茵好像很難過她一點也沒有長高，還哇哇大哭起來，說她很想要長高。」

……梅茵哇哇大哭嗎？

在我至今作過的夢當中，從未出現過號啕大哭的梅茵。無論在哪一個夢裡，梅茵都是笑著揮手對我們說：「大家，對不起讓你們擔心了。我恢復健康了喔。」

「這樣啊……梅茵原本就很在意自己比別人矮了呢。不過，雖然對哭著說想要長高的梅茵很不好意思，但聽到梅茵的外表和內在都沒有改變，還是我認識的那個梅茵，我卻鬆了好大一口氣呢。」

……我也是喔。

我沒有作聲，在心裡頭同意多莉。知道女兒還是自己認識的那副模樣，我感到無比安心。

「對了，路茲。那梅茵會訂做新的髮飾嗎？」
「不知道耶。不過，我這裡早就已經準備好了植物紙、墨水和新的信箋，都是專門要給梅茵的東西，所以不管她什麼時候下訂都沒問題。」
「就算你笑得那麼得意，我才不會不甘心呢。我也早在一年前起就為梅茵做好了很多髮飾，隨時等她醒過來喔。」
多莉挺起胸膛，不甘示弱地回嘴，路茲便笑了起來。多莉也馬上綻開笑容。
……至今從沒作過這樣的夢呢。
我往往只夢到梅茵醒來後，一家人歡天喜地的光景，然後很快就張眼醒來，在昏暗的房裡默默嘆息。然而，眼前的路茲與多莉很快就越過了分享喜悅的階段，開始擔心起現實中的問題。我也總算慢慢產生了真實感，明白梅茵醒來的消息並不是在作夢，雙眼自然而然地湧起淚水。
「太好了。這次真的、不再是作夢了吧。梅茵真的醒來了呢……」
「媽媽……」
兩年的時間太長了。真的好漫長。我甚至曾經有過梅茵是不是再也不會醒來了的念頭。也曾懷疑梅茵其實早就死了，只是貴族大人們不讓我們知道。但是，他們沒有騙人，梅茵真的醒來了。安心與喜悅讓我整個人都放鬆下來。
……太好了，梅茵。這真是太好了。
加米爾眨著淡褐色的眼睛，納悶地仰頭看著熱淚盈眶的我們。
「梅茵是誰啊？」
彷彿突然有人從頭澆了一盆冷水，激動的心情瞬間冷卻下來。我與多莉還有路茲互相對看，皺起臉龐。至今為了避免左右鄰居深入追問，我們很少提起梅茵，也因為只要一提到陷入沉睡的梅茵，家裡的氣氛就會變得很沉重，所以我們都有默契地避而不談。但是，聽到加米爾竟然不知道梅茵，我不禁大受衝擊。

……可是，該怎麼向加米爾說明才好呢？

到了春天，加米爾就四歲了。正是想把知道的事情都告訴任何人，也任何事情都想向旁人問清楚的年紀。萬一他在外頭不小心提起梅茵的事情，那可就不好了。我擦去眼淚，開始思考。看來有必要先和昆特好好談談，該怎麼向加米爾說明。

「重要的事情等昆特回來，吃過晚飯以後再說吧……多莉，妳能幫忙準備晚飯嗎？妳先和加米爾一起去儲藏室，幫我把考夫薯和勒尼耶拿來吧。難得妳回來了，今天晚飯就煮得豐盛一點。路茲，謝謝你今天特地過來。」

我從櫥櫃裡拿出錢包，送路茲到玄關。確認多莉與加米爾走向儲藏室後，我才向路茲遞去小銀幣。

「路茲，真的很不好意思，能麻煩你幫我轉告昆特，請他今天先去喝酒，等到加米爾睡了再回來嗎？」

我把酒錢交給路茲，這麼拜託他後，路茲表情非常困窘地瞥了一眼儲藏室的方向。

「伊娃阿姨，對不起。我……」

「不要道歉。你能來通知我們，我真的很高興。而且，是我們自己沒有考慮過該怎麼向加米爾說明……麻煩你轉告昆特了。」

路茲點一點頭，轉身奔下樓梯。

「還沒嗎？爸爸怎麼還不快點回來。」

「加米爾，我們要不要乾脆先吃飯？我肚子快餓扁了呢。而且爸爸好慢喔。」

「對呀。爸爸搞不好去了酒館，我也沒辦法再等了。大家先吃吧……多莉，妳最近工作上一切還順利嗎？」

我與多莉幾近不自然地避免提及梅茵，準備好了晚飯後，決定先開始吃飯。其實昆特本來就偶爾會在回家前先去喝杯酒，而加米爾大概也肚子餓了吧。他只是感到可惜地看了一眼住家大門的方向後，也跟著開始吃飯。

吃完晚飯後，加米爾興奮地跳上床，說要和好久沒回家的多莉一起睡覺。兩人並肩躺在床上一起聊天，聊著聊著，加米爾很快就睡著了。大概是因為今天去了市集，買了東西背回來，又幫忙先處理好了肉，所以累壞了吧。坦白說，他能在昆特回來前就睡著，我真是鬆一口氣。

第七鐘響後，住家大門發出了輕輕的開門聲。看樣子是昆特回來了。

「昆特，你回來啦。」

「……梅茵與加米爾的事情，路茲都告訴我了。」

我收起昆特脫下的外衣，多莉幫忙泡茶。三個人各自拿著杯子，輕嘆口氣。

「既然都是一家人，我想把真相告訴加米爾……但該怎麼對他說明才好？」

昆特喝了一口茶後，緩緩地大口吐氣。

「聽到加米爾居然不認識梅茵，我也感到震驚，而且既然是家人，也想把真相告訴他。可是，現在我們身邊的人都以為，梅茵被貴族帶走後已經死了。就算告訴加米爾真相，說這是我們一家人的秘密，會不會只是讓他陷入混亂呢？」

「比起加米爾會感到混亂，我更擔心他在不明白嚴重性的情況下，就把我們告訴他的真相說給其他人聽。我很害怕加米爾會亂說話，所以如果要把真相告訴他，我堅決反對。我認為應該要把外人知道的事情，再向他灌輸一遍，這才是最好的辦法。」

多莉的藍色雙眼直直盯著昆特。雖然多莉說得很有道理，但聽到她說「堅決反對」，就好像要堅決把加米爾排拒在外一樣，我不由得垂下目光，看著手中的杯子。

「可是，像妳和路茲都是在剛受洗不久的年紀，就懂得保守秘密了吧？就算現在不行，至少可以在洗禮儀式過後告訴他吧？只要好好說明，加米爾一定會明白。他絕不會向外人洩露我們一家人的秘密……」

多莉用力抿緊了嘴唇，不停搖頭，拒絕昆特提出的折衷辦法。

「不行啦，爸爸。讓外人知道關於梅茵的真相有多麼危險，又是基於什麼理由才禁止我們洩露，這些事情光聽幾句說明，根本沒辦法明白。」

「多莉？」

總覺得多莉的態度超乎必要地堅持，我呼喚了她的名字後，只見多莉的眼眶盈滿淚水，低下頭去。她的眼淚滴滴答答地落在桌面上。

「梅茵當初明明跟我說了危險，叫我不能去神殿，我卻根本沒有明白梅茵的意思。還心想既然有危險，梅茵是我的妹妹，那我一定要保護她……才害梅茵遇到那種事情。」

「不對。多莉，那不是妳的錯。我們不是講過很多遍了嗎？」

從那時候開始，我們就一直這樣反覆告訴多莉，但原來看似已經聽進去的她，內心始終有著沉重的後悔。我與昆特不禁對望。多莉用袖口擦了擦眼角，抬起頭來。

「那時候我只是想要保護梅茵，結果卻適得其反。因為知道自己的行動造成了多麼嚴重的後果、因為自己曾在現場……所以我和路茲都知道，保守秘密有多麼重要。可是，加米爾還沒有同樣的經驗吧？如果因為是一家人，就把真相告訴他，你們要怎麼判斷，他是真的明白了我們的意思呢？」

多莉的一字一句非常沉重，也非常正確。多莉與路茲並不是因為已經受洗過了，才懂得保守秘密。而是因為自身有過經驗，明白了無論如何都必須保守秘密的重要性，才能守口如瓶。

「多莉說得對。現在加米爾還無法理解這些事情有多麼嚴重，萬一他不小心說了什麼，我們可能會有危險。梅茵就是拚了命想阻止這件事發生吧？」

「是啊。就連灰衣神官和哈塞的居民，梅茵都想盡辦法要保護他們。萬一我們出了什麼事，她一定會傾盡全力救我們。」

就算會違背不能稱呼彼此為家人的契約，就算會讓自己陷入險境，梅茵也一定會想方設法救我們。因為梅茵就是為了保護我們才成為貴族，成為貴族後仍渴望著與我們保有聯繫，所以可以想見她一定會這麼做。

「梅茵就算成了貴族，也一樣想保護我們，我們更不能冒險讓這種關係曝光。直到加米爾成年……不對，直到加米爾自己察覺到了某種關連為止，都還不能告訴他。」

昆特也果斷作出了決定，多莉用力點頭。

「要以後再告訴他真相是沒問題，但關於今天多莉與路茲興高采烈地跑回來，該怎麼向加米爾說明呢？」

「雖然也要看今天的對話加米爾還記得多少，但為了不讓他的認知與旁人有出入，我們就告訴他關於梅茵的事情吧，包括她因為貴族而喪命……然後向他解釋，路茲和多莉會這麼高興地跑回來，是因為在奇爾博塔商會發現了梅茵的遺物。」

昆特說話時把手伸進口袋裡，拿出了非常眼熟的老舊髮飾。染上污垢的黃色花朵變得有些髒兮兮的，紅色的花朵也褪色了。

「……好懷念喔。這是梅茵剛成為貴族不久，我做給她的髮飾吧。她還把信夾在印好的書裡面拿給我，我一邊看著信上的圖案，一邊做出來的呢。」

淚水在多莉的藍色雙眼裡打轉，她用指尖輕戳髮飾。不論是線的種類、精緻度還是豪華程度，都與多莉現在做的髮飾截然不同。這樣看來，多莉的手藝真的精進不少。

「這是路茲從歐托那裡拿回來的。聽說本來是當成樣品放在工坊裡面，但現在已經有好幾個人會做了，所以不用再留著，可以讓我們拿回來，用來說服加米爾。」

「因為放在工坊給大家參考，髮飾不只變得老舊，甚至還變形了呢。的確很適合拿來當作梅茵的遺物。」

多莉露出了又像哭又像笑的表情，看向加米爾睡著的臥室。昆特也紅著眼眶，注視著相同的方向。家人之間，如今有了天大的秘密。我也萬般難受地看著臥室。

「我們以後連在家裡……也不能再提起梅茵了呢。」

多莉猛地回過頭來，受到什麼沉重打擊般地哭喪著臉，最終慢慢點頭。

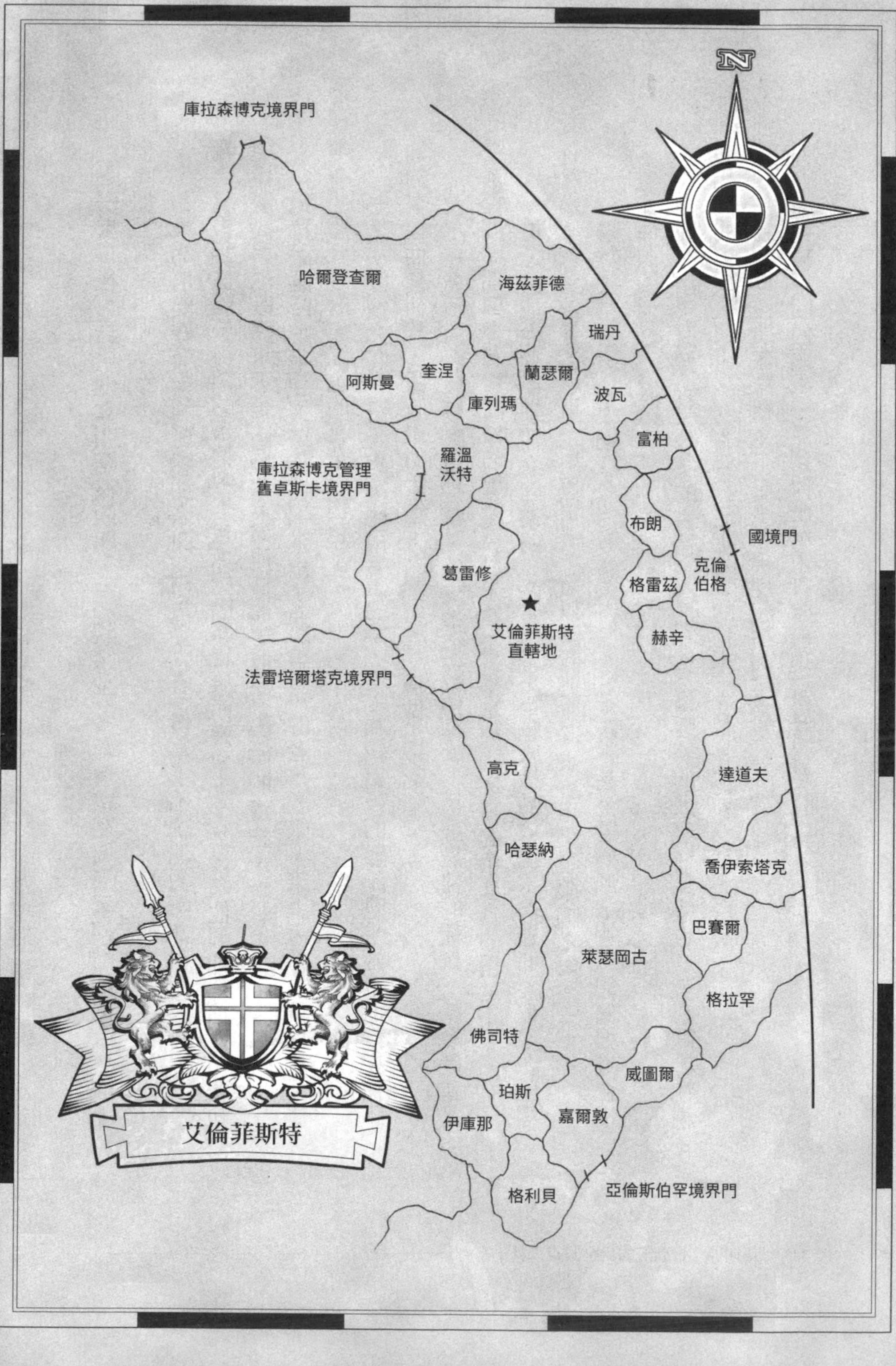
N
庫拉森博克境界門
哈爾登查爾
海茲菲德
瑞丹
阿斯曼
奎涅
庫列瑪
蘭瑟爾
波瓦
富柏
羅溫
沃特
庫拉森博克管理
舊卓斯卡境界門
布朗
國境門
克倫
伯格
格雷茲
葛雷修
艾倫菲斯特
直轄地
赫辛
法雷培爾塔克境界門
高克
達道夫
哈瑟納
喬伊索塔克
巴賽爾
萊瑟岡古
格拉罕
佛司特
威圖爾
珀斯
嘉爾敦
伊庫那
格利貝
亞倫斯伯罕境界門
艾倫菲斯特

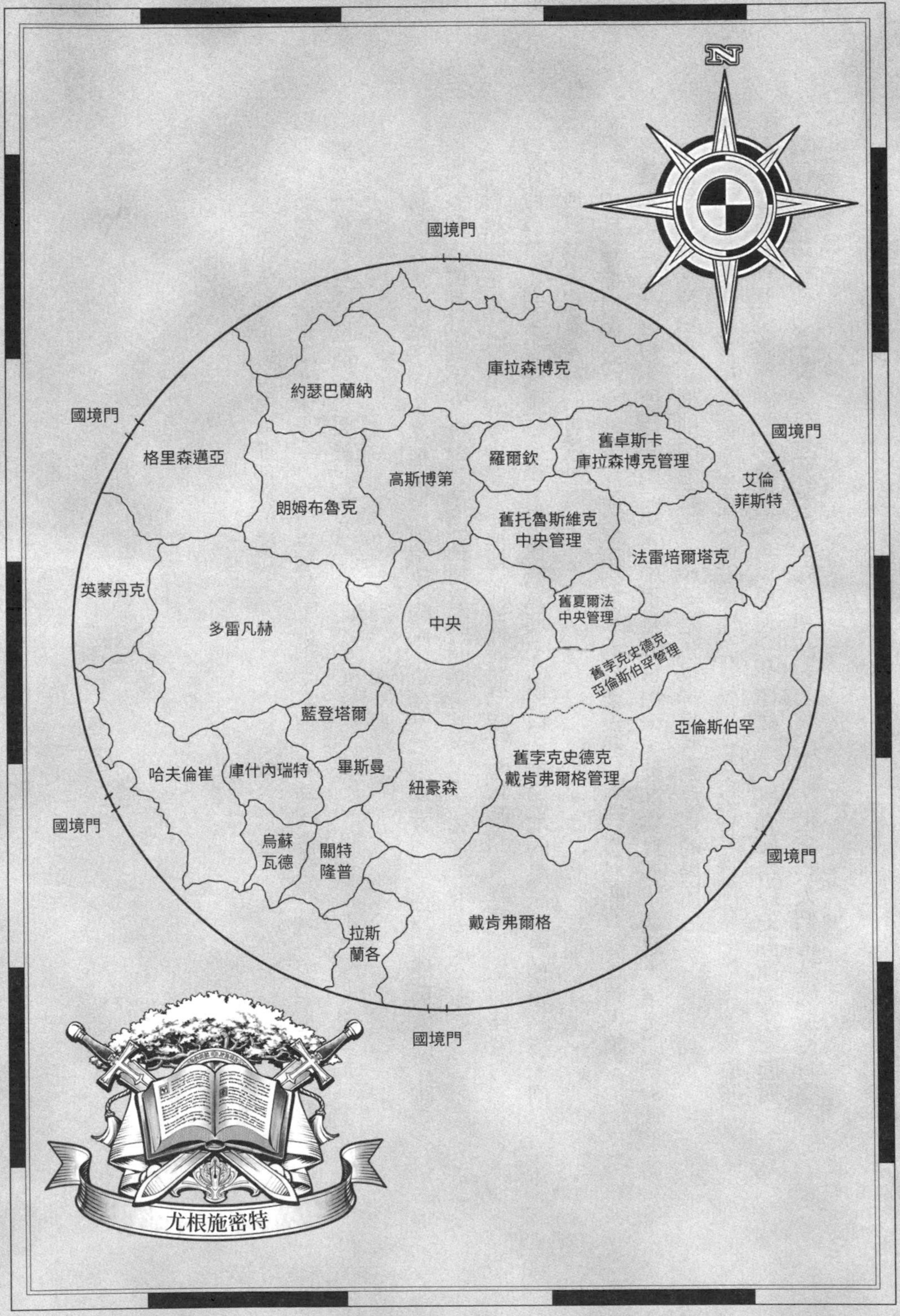
N
國境門
庫拉森博克
約瑟巴蘭納
國境門
格里森邁亞
羅爾欽
舊卓斯卡
庫拉森博克管理
國境門
高斯博第
艾倫
菲斯特
朗姆布魯克
舊托魯斯維克
中央管理
法雷培爾塔克
英蒙丹克
舊夏爾法
中央管理
中央
多雷凡赫
舊孛克史德克
亞倫斯伯罕管理
藍登塔爾
亞倫斯伯罕
舊孛克史德克
戴肯弗爾格管理
哈夫倫崔
庫什內瑞特
畢斯曼
紐豪森
國境門
烏蘇
瓦德
關特
隆普
國境門
戴肯弗爾格
拉斯
蘭各
國境門
尤根施密特

後記

大家好久不見了，我是香月美夜。

非常感謝各位購買本作，《小書痴的下剋上：為了成為圖書管理員不擇手段！【第四部】貴族院的自稱圖書委員（Ｉ）》。

新的篇章開始了。羅潔梅茵沉睡了大約兩年後醒來，如今的狀態宛如浦島太郎。雖然對各個方面都感到不安，但為了前往貴族院的圖書館，正全速狂奔中。

貴族院是貴族就讀的學校。在這裡，個性有些獨特的教師們會教導學生操控魔力、製作魔導具，領主候補生也要學習日後成為領主時用以治理領地的魔法，與他領的孩子們一同成長為尤根施密特的貴族。

由於羅潔梅茵幾乎不把王族與他領的領主候補生放在眼裡，只顧著前往圖書館，把身邊眾人耍得團團轉，所以在她的視角中很難看得出來，但其實貴族院是讓人結交朋友、與他領互相交流，也和從前的達穆爾一樣，是可以尋找將來伴侶的場所。

領主候補生羅潔梅茵原是平民，連一定要有近侍跟在自己身邊都感到麻煩，滿腦子只想著每天前往圖書館。說句實在話，就是個只想單獨一人窩在圖書館的問題兒童。面對羅潔梅茵這般與眾不同的領主候補生，雖然也有人非常頭大，但監護人們因為她還沒有完全恢復健康，也還十分缺乏貴族方面的常識，所以都認為只要她不惹出麻煩就好。然而監護人們的希望只是徒然，羅潔梅茵在下一集又將惹出新的風波……（笑）。

故事進入新篇章以後，登場人物也一口氣增加許多。主要是一同就讀貴族院的近侍們。因為突然間出現了太多新角色，大家可能分不清楚誰是誰，但請從比較常接觸的角色開始慢慢記住吧。羅潔梅茵也和各位一樣，身邊的人增加太多，腦袋正混亂中呢（笑）。

這一集，我讓負責打理生活的侍從們先出現在插圖裡。新的見習侍從有非常喜歡可愛事物的莉瑟蕾塔，她同時也是安潔莉卡的妹妹；以及對美容與流行很敏銳的葛雷修伯爵千金布倫希爾德。此外，還有平常根本不在宿舍的舍監，也是斐迪南的師父赫思爾老師。下一集應該就換護衛騎士了？

這一集的短篇，是以伊娃與安潔莉卡的妹妹莉瑟蕾塔為主角。

莉瑟蕾塔視角的短篇中，我試著從羅潔梅茵以外的角度，描寫貴族在貴族院的生活。像是拜託親族擔任侍從，照顧自己在貴族院的生活起居；為了節省開銷，與別人共用房間；主人不在的時候，近侍們彼此都在聊些什麼；與朋友有什麼娛樂消遣等等，添加了許多本篇中不會出現的細節。

至於伊娃視角的番外篇中，描寫了平民區的家人在聽到梅茵醒來後，有什麼樣的反應。因為梅茵醒來，興高采烈地衝回家裡的多莉與路茲。聽到消息後，也高興得眼眶泛淚的伊娃。然而，只有加米爾一個人聽不懂他們在說什麼。雖然不希望家人之間卻有天大的秘密，但究竟要什麼時候、又該對加米爾說明多少？一家人得出的結論是……

到了第四部第一集，由於故事場景移到了貴族院，所以我繪製了之前在網路上連載時就有諸多讀者要求的尤根施密特地圖。因為是由我自行繪製，所以請抱著輕鬆愉快的心情觀看，只要可以了解各個領地的大致位置就好了。還請著重在氣氛上。另外在官網上舉辦的第二屆人氣角色投票也已經公布結果了。這次的結果也是讓人跌破眼鏡，敬請往後翻看。

此外，TO BOOKS的網路書店上《小書痴的下剋上設定集2》也已於同日發售。除了收錄公開後已經超過一年以上時間的特別短篇，還有配音觀摩報告&報告短漫、全新番外短篇、Q&A、鈴華老師的特別短漫與椎名優老師的四格漫畫等等，內容精彩豐富。

還有正如書腰所示，《小書痴的下剋上》竟榮獲了「這本輕小說真厲害！二〇一八年度」的單行本第一名！都是多虧了各位讀者的熱情支持。由衷非常感謝。

另外，二〇一七年十二月九日至二〇一八年一月八日止，將在印刷博物館舉辦《小書痴的下剋上》首次聯名活動。在創作本書時我就造訪過印刷博物館，所以能夠一起舉辦活動，我真的非常開心。對於印刷流程以及歷史發展有興趣的讀者，（即便不是活動期間也）歡迎前往印刷博物館參觀。讀起《小書痴的下剋上》一定會更有樂趣唷。

為了配合活動，這次還推出了新的周邊商品。有金屬書籤、以漫畫版鈴華老師所繪製人物做成的五種壓克力鑰匙圈、羊皮紙材質的信封信紙組、五種明信片，內容一樣非常豐富（日後會在網路書店上販售）。

本集封面是穿上了貴族院新衣的羅潔梅茵，以及圖書館的魔導具休華茲與懷斯。用這張插圖來為《貴族院的自稱圖書委員》揭開序幕，真是再適合不過了呢。實在是非常可愛。拉頁海報則是新的角色們一字排開。目前還有許多人物都尚未登場，要設計這麼多新角色肯定很辛苦。椎名優老師，真的非常謝謝您。

最後，要向購買本書的各位讀者獻上最高等級的謝意。

第四部第二集預計在初春發行。期待屆時再相會。

二〇一七年十月　香月美夜

每回都出場的
卷末漫畫
輕鬆悠閒的家族日常
作畫 椎名優
斯巴達
目標：一舉合格!!
咦？啊、是！
每天都要喝牛奶
姊姊大人，
ばんっ 砰
這次我一定會保護您!!
不行!!
どどん 咚咚
是我要保護妹妹才對!!
好可愛喔♡
きゅん♡ 心臟一縮
パアァァ
嗚嗚嗚，鈣質！我接下來必須多多攝取鈣質！

定期報告

貴族院的舍監除了要指導學生，
工作內容還包括要向領主報告學生的表現與成績。
You've Got Mail
往年都沒發生需要特別說明的事情，每次的報告內容都一樣，
但今年發生了不少非比尋常的情況呢。
可是，如果想要簡單明瞭，
又可以表達目前的情況……
簡潔
事態異常
斐迪南!!

愛的形狀

哥哥大人，那是……
不准說！別管就是了！

第2屆 小書痴的下剋上 人氣角色投票結果發表！

票數總計 25,061票！

慶祝《小書痴的下剋上》邁入第四部！感謝各位讀者踴躍投票，
票數總計是第一屆（12118 票）的兩倍！就連香月老師也對投票結果大感吃驚，
以下公開競爭激烈的前二十名。

※本次企畫在官網（http://www.tobooks.jp/booklove）舉行，
投票時間從2017年9月8日至10月9日為止。

第2名 神官長／斐迪南 5270票

第1名 梅茵 7086票

第3名 尤修塔斯 2267票

第4名 喬琪娜 1647票

第5名 達穆爾 1079票

第8名 多莉 685票

第7名 安潔莉卡 789票

第6名 哈特姆特 971票

第10名 法藍 620票

第9名 路茲 666票

第11名	韋菲利特	529票
第12名	齊爾維斯特	528票
第13名	班諾	524票
第14名	柯尼留斯	439票
第15名	波尼法狄斯	301票
第16名	艾薇拉	258票
第17名	夏綠蒂	224票
第18名	馬克	82票
第19名	吉魯	78票
第20名	布麗姬娣	70票

香月美夜 老師

多虧了大家熱情支持，這次再度舉辦了第二屆人氣角色投票。這次的結果一樣教人跌破眼鏡呢。上次是達穆爾讓我感到驚訝，但這次我更是驚訝得說不出話來了。
這一次羅潔梅茵追過斐迪南，成為了第一名！看到中間計票結果的時候，還不知道結果究竟如何，但最終羅潔梅茵還是拉開了差距，登上第一名的寶座。真是太好了！
不過，第三名居然是尤修塔斯，而喬琪娜是第四名，這已經不只是出乎意料的程度了。看來讀者對他們的支持，遠比我想像的還要熱烈。
再來，第六名竟然是哈特姆特。儘管書籍版中還未出現在插圖裡，也還沒有出場表現過，名字更只是短暫出現，但看過網路連載的讀者們都給予了熱情的支持，像是正等著他出場。敬請期待他在第四部以後的表現吧。

椎名優 老師

為什麼呢？明明才第二屆，這次的第三名一樣讓人始料未及。不過就個人而言，我本來就非常喜歡有些特殊癖好的怪人，所以倒是覺得：「儘管放馬過來吧！」
此外，在新角色也不斷慢慢登場的時候，達穆爾依然持續奮戰。
真是受歡迎呢～達穆爾。

非常感謝各位讀者踴躍投票！

國家圖書館出版品預行編目資料

小書痴的下剋上：為了成為圖書管理員不擇手段!. 第四部，貴族院的自稱圖書委員. I / 香月美夜著；許金玉譯. -- 初版. -- 臺北市：皇冠，2019.10
面；　公分. --（皇冠叢書；第 4800 種）(mild；21)
譯自：本好きの下剋上 司書になるためには手段を選んでいられません. 第四部，貴族院の自称図書委員. I
ISBN 978-957-33-3484-2（平裝）

861.57　　108015139

皇冠叢書第 4800 種
mild 21

小書痴的下剋上

爲了成爲圖書管理員不擇手段！

第四部 貴族院的自稱圖書委員 I

本好きの下剋上

司書になるためには
手段を選んでいられません

第四部 貴族院の自称図書委員 I

作　　者—香月美夜
譯　　者—許金玉
發 行 人—平　雲
出版發行—皇冠文化出版有限公司
台北市敦化北路 120 巷 50 號
電話◎ 02-27168888
郵撥帳號◎ 15261516 號
皇冠出版社（香港）有限公司
香港銅鑼灣道 180 號百樂商業中心
19 字樓 1903 室
電話◎ 2529-1778　傳真◎ 2527-0904
總 編 輯—許婷婷
美術設計—嚴昱琳
著作完成日期— 2017 年
初版一刷日期— 2019 年 10 月
初版五刷日期— 2024 年 6 月
法律顧問—王惠光律師

讀者服務傳真專線◎ 02-27150507
電腦編號◎ 562021
ISBN ◎ 978-957-33-3484-2
Printed in Taiwan
本書定價◎新台幣 320 元 / 港幣 107 元